国家社科基金
GUOJIA SHEKE JIJIN HOUQI ZIZHU XIANGMU
后期资助项目

格雷厄姆·格林的
国际政治小说研究

Graham Greene's International Political Novels

房岑 著

九州出版社 | 全国百佳图书出版单位
JIUZHOUPRESS

图书在版编目（CIP）数据

格雷厄姆·格林的国际政治小说研究 / 房岑著. --
北京：九州出版社，2022.4
ISBN 978-7-5225-0824-5

Ⅰ.①格… Ⅱ.①房… Ⅲ.①格林(Greene,
Graham 1904-1991)－小说研究 Ⅳ.①I561.074

中国版本图书馆CIP数据核字(2022)第028509号

格雷厄姆·格林的国际政治小说研究

作　者	房 岑 著	
责任编辑	邹 婧	
出版发行	九州出版社	
地　址	北京市西城区阜外大街甲 35 号 (100037)	
发行电话	(010)68992190/3/5/6	
网　址	www.jiuzhoupress.com	
印　刷	三河市国新印装有限公司	
开　本	710 毫米×1000 毫米　16 开	
印　张	19	
字　数	300 千字	
版　次	2022 年 4 月第 1 版	
印　次	2022 年 4 月第 1 次印刷	
书　号	ISBN 978-7-5225-0824-5	
定　价	88.00 元	

国家社科基金后期资助项目
出版说明

后期资助项目是国家社科基金设立的一类重要项目，旨在鼓励广大社科研究者潜心治学，支持基础研究多出优秀成果。它是经过严格评审，从接近完成的科研成果中遴选立项的。为扩大后期资助项目的影响，更好地推动学术发展，促进成果转化，全国哲学社会科学工作办公室按照"统一设计、统一标识、统一版式、形成系列"的总体要求，组织出版国家社科基金后期资助项目成果。

全国哲学社会科学工作办公室

目　录

第三部分 政治美学的多维透视

前　言

"二十几年来，我始终坚持每星期写作五天，每天平均写大约五百个字。我可以在一年里写出一部长篇小说，这里面还留出了用来修改和校对的时间。我总是十分有条不紊地工作：一旦完成了定额，哪怕刚刚写到某个场景的一半，我也会停下笔来。……年轻的时候，就连谈恋爱也改变不了我的工作日程。"[①]

这段自白来自1951年出版的英文小说《恋情的终结》，作者格雷厄姆·格林（Graham Greene）借主人公之口，第一次透露了自己作为小说家的工作细节，至今仍被人们津津乐道。依靠高度自律建立起的创作习惯，格林的写作生涯持续了六十余年，他创作了包括长篇小说、诗歌、短篇小说集、回忆录、文学评论集甚至童书在内的五十多部作品，是20世纪最重要的作家之一。

相较于聚光灯下的文化名人，格林却更愿意将自己隐藏在作品之后，留给后世一个神秘的背影。"我就是我的书"是格林为自己下的唯一注解。而在作品之外，这位文学大师有着诸多暧昧不清的观点和原因成谜的人生选择。

格林曾在大学时短暂加入英国共产党，在《泰晤士报》工作时却反对英国大罢工[②]；他被公认对社会主义国家抱有同情，却在1979年的英国大选中为极右的撒切尔夫人投了票[③]；他与越南革命家胡志明相识，是古巴革命领袖卡斯特罗的座上宾，曾冒着危险亲自将两大箱御寒衣物带过边境送给古巴游击队，一度被美国列入不许入境的危险人物名单；他也在小说中讽刺英国情报机关，同时揭示间谍组织冷酷无情的政治逻辑。

格林因妻子的缘故受洗信奉天主教，却一次次塑造"伤风败俗"的教

---

① [英]格雷厄姆·格林：《恋情的终结》，柯平译，译林出版社（南京），2008年，第31页。

② Norman Sherry, *The Life of Graham Greene I: 1904-1939*, London: Cape, 1989, p.300.

④ From an interview in the *Sunday Times*, 1 April, 1984, p. 33.

徒形象，甚至被教皇约谈要求更改小说内容。他恪守天主教教规终生未与分居多年的妻子离婚，却有着三个人尽皆知的情人，以及难以确数的两性关系。他是历史上仅有的英国皇家"荣誉勋位"和"功绩勋章"五位双料获得者之一，收获了包括"莎士比亚奖"在内的众多文学大奖，也创造了获21次诺贝尔文学奖提名却最终颗粒无收的记录。

格林的政治小说《哈瓦那特派员》曾被宇航员带上太空，成为第一本从外太空返回地球的小说，小说《文静的美国人》被众多英美高校政治学系列为必读书目。包括加西亚·马尔克斯（García Márquez）在内的众多二十世纪文学大师对他的作品不吝美言，也有批评家指责他的小说太过畅销而不够"严肃"。有人说格林曾经在英国情报机关工作的经历丰富了他的小说创作，也有人称格林始终是英国间谍，小说家只是他用来隐藏身份的幌子……格林究竟是谁？他的作品有怎样独特的魅力？他的政治小说作品如何反映第二次世界大战后世界的新格局和新思潮？这是本书旨在讨论的问题。

本书共分为三个部分。第一部分介绍格林其人其作、其政治小说作家的身份、中西方格林批评成果和主要问题，以及本书对于格林政治小说的研究方向和方法。第二部分对格林的五部政治主题作品做文本细读，主要探讨格林的国际政治小说的主题思路、政治伦理、政治批评三大主题，总结其作品中的局限与不足，同时也对西方格林政治美学研究中的相关问题进行回应。第三部分以格林五部国际政治小说总体为对象，分析格林政治小说中的人物情感与观念、作品政治叙事的美学表达，以及格林的政治哲学思想。

研究由一条线索贯穿，即发现格林政治小说创作中由"矛盾"经由"多元"走向"融合"的主题思路。童年寄宿学校的经历对于少年格林意味着"忠诚矛盾"之下的生活绝境，给了他关于人性"善与恶"的最初启蒙。少年格林感受到的是迷惑，成年格林则在迷惑之下努力寻找其成因。在本书讨论的五部小说中，主人公都处在矛盾的两难中，两种选择看起来都是合情合理的，但忠诚于一个却意味着背叛另一个。格林由此挖掘出了这种两难的甚至更多的矛盾冲突所代表的人类生存绝境。绝境意味着曾经以宗教为统帅的一元价值论的全面崩溃：现代社会中不存在一个可为所有问题提供解答的真理，多种答案也不会必然地构成一个和谐的整体。[①]如此一来，"价值多元论"似乎是人类唯一的出路。但相对主义却如影随性，人类逐渐失去了价值判断的分寸感，或如派尔和老霍利迪般笃信意识形态的救赎之功，或如布朗和普拉尔般冷漠疏离、不相信彼岸也无所谓献身。格林在作品中描绘了各种价值的独特性，也批判这些价值在看似多元的外表下，排斥他者的功能如出一辙。每一种价值都宣扬自己是人类重大问题的"终极解决方案"并宣称唯一。人们一旦接受了一套价值，并根据这套价值观念生活，就无法根据一套相反的价值观念思考和行动，形成"一种被隔离的生活状态，无法长久维持而不招致失效和混乱"[②]。本书在《人性的因素》章节对珀西瓦尔医生的"箱子理论"的讨论可以为格林这一观点做诠释——人们都各自生活在自己价值观的那个"箱子"里。因此，打破这些"箱子"、在多种价值之间搭建沟通和理解的桥梁、寻求两者或者多者之间融合的格林国际政治小说，主题思路是鼓励人们在现代社会生活的绝境中进行一次勇敢突围。

在对五部小说的文本细读中，本书着重讨论了"信仰与怀疑""希望与绝望""忠诚与背叛"三大伦理美学问题。五部小说中都有一场虔诚信徒与怀疑论者之间的辩论，呈现出贯穿整个20世纪并蔓延至今的人类信仰危机。通过二者的辩论，小说揭示出真正的危机不是"上帝死了"，而是人类在被物质主义和消费主义侵蚀的现代生活中，遗失了对于"意义"的寻找和追问。同时作为怀疑论者和天主教徒，格林认为宗教感是必须的，因为它"突出了人类行为的重要性，但这不是指天主教，而是一种简单的、认为人类的存在具有永恒重要性的信仰"[③]。由此看来，天主教徒格林认为人需要有信仰，而怀疑论者格林认为信仰并不一定以信上帝为唯一。他既是信仰与怀疑的双重继承者，也构成了对二者的双重颠覆。对"希望与绝望"的讨论，是对生活中理想与现实、精神与物质、热忱与冷漠等矛盾的直观表现。格林的主人公们生活在个人、社会、宗教、政治生活的绝境中，在面对各种追捕的"逃命"过程中，主人公体会到的希望与绝望被凸显出来。通过细致地刻画人物的心理斗争和性格变化，五部小说

①　钱永祥：《纵欲与虚无之上——现代情境里的政治理论》，上海三联书店（上海），2002年，第114页。

②　[美]露丝·本尼狄克特：《菊与刀》，北塔译，上海三联书店（上海），2007年，第8页。

③　A.F.Cassi ed., *Graham Greene: Man of Paradox*, Chicago: Loyola University Press, 1994, p. 277.

真实且细致入微地呈现出现代人类在面对各种问题时的态度和思考方式。这些问题涵盖了个人、社会、宗教、政治等多个维度，它们也不同程度地出现在普通读者的日常生活中，为人们冷静、独立地深思自我和认清外部世界提供了难得的参考和启发。另外，"忠诚与背叛"是格林自幼年起就开始关注，并贯穿其文学生涯始终的一个重要伦理主题。如果说早期的格林作品还将忠诚与背叛放置于伦理天平的两端进行讨论，自国际政治小说开始，"忠诚与背叛"两个概念则不再具有绝对的定义，而成为相对的、运动着的一对伦理观念。通过五部小说主人公在背负背叛之名下的"最后一击"，格林打破了价值间的壁垒，鼓励人们打破各种意识形态、既定原则、公共信条的制约，开启独立的、自主的思考，在内部的个人世界和外部的世俗社会两方面严肃地审查生活。

除此之外，研究亦从"权力政治""人权政治""人本政治"三个维度解读了格林的政治批评，认为三者分别对应现代社会中的国家间政治、国家机构与个人间的国内政治，以及个体间的日常生活政治。格林的"权力政治"批评着眼于国家间政治逻辑的荒谬、幼稚，揭露了以"干涉和介入"为基础的强国外交政策最终给小国、弱国带来的是更加复杂和混乱的局面，且必然将强国自己拖入泥潭。"人权政治"是与"主权政治"相对的，二者既矛盾对立又相互作用。一方面，五部小说的主人公的经历都体现出主权政治对个人生活不可避免的干扰和侵蚀，因此任何个人的逃避和忽视都是不可能实现的，也是危险的、悲剧的；另一方面，通过描写《文静的美国人》主人公福勒和《人性的因素》中卡瑟尔的命运，小说也写出了"人权政治"与"主权政治"之间进行对话的希望，强调了温暖的、人性化的个人行为在集体的、抽象的、无情的主权政治中的能动作用。由此，五部国际政治小说最终突出了一种积极的信念：与其注定悲剧地选择逃避政治，不如积极地介入政治，前提是要用一颗带有人性温暖的心灵和一个理性思辨的头脑武装自己。

与"权力政治"和"国家主权"相对、落实于人与人之间关系的"人本政治"是格林三大政治批评主题的基点和核心。"人本政治"概念由当代法国学者埃德加·莫兰（Edgar Morin）在《人本政治导言》一书中提出，其内容不仅是"确定人是政治服务的对象"，而且"认识到人类社会生活的不幸的根源存在于人类自身"①。五部小说中的每位主人公在进行选择时都因与他人的联系而产生必然的影响，因而每个人都可能同时作为"英雄、受害者、不作为的旁观者"存在于这个世界上。同时，权力政治的无孔不入，决定了旁观者的不作为即是对践踏个人价值的权力政治之"恶"的默许，进而成为某种意义上的"帮凶"。如《人性的因素》中的丹特里一样，现代社会中的大多数人都习惯于担任国家机器和社会惯例所赋予的"角色"，极少做出自己独立的思考和判断，构成了主权政治侵蚀个人生存价值的"沉默螺旋"。

格林的五部政治小说也存在一定的失误和不足，包括在塑造女性人物形象上的乏力和作为西方白人作家在书写第三世界国家上的视角局限，等等。格林对此是有所认识的，所以他借由小说美学方面的技巧来弥补，例如使用不同的人称叙述，选用不同的语言词句，为女性人物赋予更多的观点性对话，等等。但其创作局限仍比较典型地体现了西方作家眼中第三世界的魅惑、混乱与不安，以及由误读激发的错误批评和欲言还休。

尽管如此，格林的国际政治小说仍因对大时代中小人物的精准描绘而具有独特的美学价值。本书的第三部分着力从政治人物、政治叙事、政治思想三个方面来定义这些价值。

首先，通过确立"逃亡者"与"追击者"，五部作品揭示出现代人在政治中避无可避地被卷入、被改写的命运。"闯入者"与"当地人"则定义了国际政治舞台上，情感和观念作为文化根基在人的重大选择上所具有的不可忽视的力量。小说同样塑造了文化的"中间人"形象，他们是"世界公民"的雏形，但小说更多地表现了"中间人"在文化夹缝中左右为难的心理状态和身份迷失。后文也讨论了五部小说中记录的主人公们的道德情感状态，分析了"纯真与世故的矛盾"和"白人中心"等现代情感模型。同时，也从感性到理性，甄别了小说中的"自我"与"他者"的概念，强调了"跨文化者"的特征，进一步分析了在他者消失、自我迷茫、文化冲撞中，政治是如何扮演 20 世纪人类社会决定性角色的。

其次，五部小说的政治叙事方式表现了格林典型的小说创作风格。虽然"政治与诗"之争由来已久，政治小说因其主题"玷污"了小说的"纯艺术性"而备受质疑，但历史已经用事实证明，优秀的小说与其创作主题

---

① 　[法] 埃德加·莫兰：《人本政治导言》，陈一壮译，商务印书馆（北京），2010 年，译者序第 ii 页。

是否是"政治"并无决定性关联。甚至，格林选择政治主题作为继惊险小说、天主教小说后的创作重点，在最成熟的创作生涯呈现，是有其特殊的历史契机与国际视野的——世界政治的主流从"政治家的政治"转向了"公共的政治"，即从个人和小群体决策转向了大众参与。小说家敏锐地抓住了这一时代的特性，以政治小说开启民众观察、思考、参与政治的新契机。确立了"写什么"，下一步是"如何写"。格林着力于改良故事，将现代派的表达技巧和电影镜头语言融入英国传统惊险小说的框架，又通过加入小说背景地独特的文化元素打破惊险小说的公式化情节，融入哲学、社会、心理、政治、文化等多重命题，塑造出复杂的人物形象，从而打造出"为大众写的严肃文学"。

最后，格林的政治主张是流动的、不确定的，但其政治思想却是恒定的，即政治应同情不论何种社会中的弱者并给予帮助。他一次次与世界政治漩涡中心的大人物直接接触，也毫不畏惧地表达他的赞许和批评。纵览其整个文学生涯，写政治小说的格林却没有一个清晰的政治主张。也正因为此，这五部小说避免了意识形态的"站队"，几乎全部的创作重点都放在刻画政治中人的角色和生存状态上。小说中讨论的政治主题常构成二元甚至多元的张力，促使读者思考被放大的美德与罪恶、忠诚与背叛，思考不同价值彼此沟通、交流、共存的可能。

格林是一个谜。他见证了 20 世纪的两次世界大战和"冷战"，亲身感受了辉煌的大英帝国的没落，经历了时代的更迭，看到了旧的思维方式和生存样态被新的所取代。面对这样一位背景如此复杂的作家，在进入他的作品之前，我们有必要从作家本身的经历着眼，梳理其人生轨迹和文学生平，试着描摹出一幅格林草图，并由此挖掘对格林的国际政治小说进行专题研究的意义所在。

第一部分　格林之谜

第一章　格林生平及创作阶段

一

1904 年 10 月 2 日，格雷厄姆·格林（Graham Greene）出生于英国伦敦市郊伯克汉姆思黛德镇（Berkhamsted）的一个中产家庭。在自传《生活曾经这样》中，他记录的最初人生记忆是婴儿期的自己坐在山顶上的童车里，脚边躺着一条死狗。格林母亲记得，在这件事发生的几个月后，他说出的第一个词居然是"可怜的狗"。格雷厄姆·格林对处于困境中的生灵的怜悯，可能在他很小的时候就萌芽了。

他的父亲查尔斯·格林（Charles Greene）是伯克汉姆思黛德公学的校长。在公学的礼堂里，至今还悬挂着包括查尔斯在内的历任校长画像。从 13 岁开始，小格林便在这所学校寄宿学习。礼堂后面有一扇绿色的门，其后就是校长的私人家庭住所。这简单的一门之隔，对于少年的格林来说，却如噩梦一般。校长小儿子的身份让他在同学之间难以自处。学生群体与学校机构一直有一种微妙的对立关系，这两种价值的冲突在身份特殊的小格林身上频繁对抗。他"一方面想效忠于同年龄的学生，一方面又要效忠作为校长的父亲和作为纪律监察生的哥哥"[1]。小格林感到被同学孤立，又无法从父亲和兄长处获得安慰，在两种忠诚对抗的挤压中透不过气来。

尤其是一个叫卡特的同学，给了格林最早关于"恶"的概念和对背叛后果的认识。在 1951 年《失落的童年》一文中，格林这样写道："可能是在我 14 岁的时候，我从图书馆的书架上取下玛乔丽·鲍恩（Marjorie Bowen）的小说《米兰的毒蛇》（*The Viper of Milan*），未来无论好与坏，它都影响极大"[2]。小说的主人公有"恶的天赋"，与欺负格林的卡特几乎出

---

① ［英］格雷厄姆·格林：《生活曾经这样》，陆谷孙译，上海译文出版社（上海），2012年，第 6、69 页。

② Graham Greene, *Collected Essays*, London: Penguin Books, 1951, p. 16.

自一个模子。他让格林仿佛有一种醍醐灌顶的觉醒："善只能一度在人身上完美显现，随即就消失不见，而恶却能在人身体里一直安家。"[1] 格林由此滋生了一种"探究动机，怀疑一切的欲望"——"爱不再是件简单的事情，不再有明晰的答案可以解释"[2]——这种欲望成为贯穿格林小说创作始终的一条牵引线。

在学校的"生存危机"一直持续到格林 16 岁。期间，他寻找过很多方式来逃离心灵的痛苦煎熬：逃学、一个人在树下读小说、用一把钝的小刀割自己的小腿等等。被边缘化的经历对格林来说也并非完全的坏事，他阅读了大量的文学作品，最喜欢的还是各式各样的惊险小说。亨利·莱德·哈格德（Henry Ridder Haggard）是格林的最爱，格林认为他在某种程度上带有英国的气息，是英国的符号，是对那个时代的敬仰。格林后期成熟的小说作品中，主人公常常也是惊险小说的爱好者，比如《人性的因素》中，格林就让卡瑟尔想要如《所罗门的宝藏》中的主人公一样，带着年少的性情与对生命的渴望，纵身一跃。

在家人和朋友看来，青春期的格林行为越来越孤僻，因此被送去伦敦接受心理治疗。与心理分析师肯尼思·里奇蒙德（Kenneth Richmond）住在一起的六个月，不仅成功治疗了格林的焦虑，也成为他文学事业的转折点。里奇蒙德和夫人是伦敦小有名气的文化名人，每周都会在家组织沙龙，格林得以见识到了彼时一流的文学家和艺术家的风采。就像乔治·斯坦纳所认为的，大学真正的意义在于近距离接触大师后的触动和萌发，年轻的格林在里奇蒙德夫妇家里提前领略到了真正的"高手"的风采，开阔了眼界，奠定了他以文学为事业的决心。

1922 年，格林考入牛津大学的贝利尔学院主修历史。在那儿，他把大部分精力都投入到阅读他喜爱的作家和诗人的作品上，也曾因左派读物的影响而短暂地加入过英国共产党。大学里的第二件大事是旅行，包括徒步穿越爱尔兰。朱迪斯·亚当森（Judith Adamson）在为格林的《倒影》（Refelctions）一书所作的前言中写道，大学时的"他旅行得轻松，并且没有恐惧，吸收了很多他日后用来重构现代生活的元素"[3]。然而，少年

---

[1] Graham Greene, *Collected Essays*, London: Penguin Books, 1951, p. 17.
[2] ［英］格雷厄姆·格林：《生活曾经这样》，陆谷孙译，上海译文出版社（上海），2012年，第 88 页。
[3] Judith Adamson, "Introduction," In Graham Greene, *Reflections*, London: Viking Press, 1991.

时的心理阴影并没有完全从格林的生活中去除，他曾用哥哥的左轮手枪一个人玩自杀式的"俄罗斯轮盘"游戏。也许对格林来说，每当他用生命赌博时，肾上腺素在体内翻滚的感觉可以让他如获新生。这种对危险的嗜好为他一生都不断前往生活艰辛、政治动荡之处的世界冒险之旅提供了部分解答。

1925 年大学毕业后，格林在《诺丁山周刊》谋得一职，后来又加入了《泰晤士报》。就在这一年，格林的生活发生了巨变，他疯狂地爱上了薇薇安·戴瑞尔-布朗宁（Vivien Dayrell-Browning）。为了与天主教徒薇薇安的爱情开花结果，格林接受洗礼信奉了天主教，二人于 1927 年 10 月 15 日举行了婚礼。从小疏离而又边缘的格林，在 23 岁成为一家之主，开始承担起照顾家庭的责任。虽然格林与薇薇安在 1948 年就开始分居，但他们遵循天主教教义，将婚姻关系保持了一生，格林也一直为薇薇安和孩子们提供生活费。

如果说少年格林一直在"忠诚矛盾"中成长，那么，写作，就是格林的"方式"（the thing）——他对于群体边缘和人性疏离的体会与思考也促使他寻求一种方式，来与自己对话，来解析心中的万千谜题。1929 年，格林的第一部长篇小说《内心人》（*The Man Within*）发表并获得成功，他离开《泰晤士报》开始了全职作家的生活。

二

格林的文学生涯长达 67 载，作品体裁众多，内容丰富，成绩不俗。他经常同时做纪实报道、文学评论、电影评论，创作长篇小说、短篇小说、剧本等多种体裁作品。单就长篇小说而言，格林的创作可以分为四个阶段。（见表 1-1）

表 1-1　格林创作阶段表

	时间	特点	代表作
第一阶段惊险小说	1929—1937	风格为 19 世纪爱情小说与现代惊险小说相结合，并加入心理分析 作品偏重情节性，属于流行小说	《斯坦布尔列车》

续表

	时间	特点	代表作
第二阶段 天主教 小说	1938 —1951	将创作重点转移到塑造人物上，在宗教意识中讨论信仰和忠诚等主题 作品受到评论界和读者的双重赞誉	《布莱顿硬糖》 《权力与荣耀》 《问题的核心》 《恋情的终结》
第三阶段 国际政治 小说	1952 —1978	进行世界旅行，书写第三世界国家的政治现实和国民生活现状，探讨白人在极端的自然条件和政治条件下的道德伦理和政治抉择，在世界范围内产生影响	《文静的美国人》 《喜剧演员》 《哈瓦那特派员》 《名誉领事》 《人性的因素》
第四阶段 喜剧类型 作品	1969 —1991	将多种体裁相融合，对以往的创作主题进行总结和整合	《与姨母同行》 《日内瓦的费舍尔医生或炸弹晚会》

　　1929 年到 1937 年间，出于经济的压力和事业心的驱使，格林发表了以《斯坦布尔列车》为代表的多部惊险小说、两部游记、一本短篇小说集，以及大量的书评和影评。这是格林创作生涯的第一个阶段，被称为"惊险小说"创作阶段。这一时期，他的写作风格尚未凸显，更多的是将维多利亚时期的爱情故事与现代惊险小说的框架相结合，偏重情节性，其作品属于流行小说的范畴。即便如此，格林冒险的性格在创作小说时已经显露，他实验性地将现代派写作手法中的心理分析加入，使小说的容量和深度都有不同程度的增加。

　　全职小说家的身份并没有妨碍格林继续为杂志和报纸写报道。事实上，作家格林与记者格林的身份是相互渗透的。记者的身份一方面可以为他的世界旅行提供经济上的支持，一方面也有利于他进入一些普通外国人不可能被放行的"禁区"，近距离观察当地人的生活状态和体谅当地人的情绪。1938 年的墨西哥之行，作为格林实际意义上的第一次跨文化之旅，开启了他的"天主教小说"创作阶段。

　　随着 1938 年小说《布莱顿硬糖》的成功，格林进入了他最负盛名的"天主教小说"创作阶段。此后的 13 年时间里，格林持续在主人公的宗教意识维度不断探索信仰的界限和忠诚的意义，陆续发表了《权力与荣耀》(1940)、《问题的核心》(1948)、《恋情的终结》(1951)，它们与《布莱顿硬糖》一起被称为格林的"天主教四部曲"。评论界普遍对格林从技巧纯熟的"心理惊险小说作家"到"天主教小说家"的这一转变表现出浓厚兴趣,而"天主教小说家"的标签也从那时起开始与格林如影相随。然而,通过简单的人物和情节对比就可以知晓,这四部著名的宗教小说的主人公虽都是天主教徒,但其主题都包含在格林早期就表达过的犯罪和阴谋、疏离与爱、忠诚与背叛等主题中,宗教信仰只是将他们的存在困境和冲突进一步升级。事实上,格林早期的惊险小说、中期的天主教小说以及本书重点讨论的、中后期的政治小说中,始终存在这一条横亘的叙事山脉:格林试图说明信仰上帝的那个世界与现实社会中被政治与间谍充斥的世界一样矛盾重重、危机四伏。这之中包含有格林小说的伦理母题:纯真与世故的矛盾,即人类的道德选择之苦。沉浸在这种痛苦之中的是无数边缘的、分裂的个体,带有不可避免的悔恨和孤独。

有批评家认为这一母题是格林从他早期的文学偶像亨利·詹姆斯(Henry James)那里继承得来的,也有将之解释为由其童年经历引发的。笔者认为,两者都只解释了问题的一个方面,实际上是天主教信仰让格林的文学积累和童年经历彼此相融,上升到生命价值的终极问题层面。纵观格林整个人生经历,不难发现,接受洗礼成为天主教徒是一次爱情带来的偶然,也是生命选择的必然。他少年时期的焦虑与疏离、忠诚与背叛的感受在宗教中得以"着陆",宗教为始终纠缠着他的关于人性善与恶的问题提供了一种解释。1938年到墨西哥报道宗教迫害后,现实带来的巨大冲击力使格林的宗教感与他的社会责任感交融,深刻地影响了他的生活和创作。他曾经目睹一场由墨西哥神父组织的罢工。"这场罢工是我遇到的、实施于社会的、第一个货真价实的天主教行动。"[①]宗教自此不再是教堂里的歌声和放入口中的圣餐,而是一次又一次实实在在的、参与到政治和日常生活中的思考和行动。格林不仅报道当地政府对天主教徒的迫害,他见证并记录了教堂被烧毁、警察到处围捕做弥撒的牧师、天主教徒被当作卖国贼处决等种种事实真相,他的思考凝结成游记《无法无天之路》(1939)。天主教徒们在严峻恐怖的政治和社会压迫下依旧坚持信仰的行为,促使怀疑主义者格林从根本上思考宗教和信仰的意义,确立了他第二阶段的小说创作母题。

这一阶段的小说在格林的创作生涯中太成功了,以至于很长时间内他都被冠以"天主教小说家"的名头。但格林自己却不以为然。他认为自己

---

① Graham Greene, *The Lawless Road*, London: Heinemann, 1939, p.28.

只是一个碰巧成为天主教徒的小说家，真正让他着迷的是"天主教的体系、哲学和仪式中的需求、悖论和精神安慰"①。宗教信仰本身似乎并非最重要的，格林更关心它与人性相融所产生的"化学反应"。在 1978 年的一次采访中，格林谈道："宗教感突出了人类行为的重要性，但这不是指天主教，而是一种简单的、认为人类的存在具有永恒重要性的信仰。"② 虽然格林是一个公认的怀疑主义者，但他的宗教感确实是毋庸置疑的。二者不可避免地存在矛盾，用格林自己的话来说，他是"天主教中的不可知论者"③。

信仰与怀疑看似相悖的并行，让格林的小说具有一种别样的魅力。他的主人公常常是天主教中的"堕落"之人，在现世与来世、世俗与宗教、个人情感与意识形态的矛盾交锋中逃亡着、挣扎着，他们带着深深的缺陷，不断犯错又渴望被救赎，抱有信仰又充满怀疑。天主教之于格林，与其说是一种膜拜和笃定的信仰，不如说是一套系统的观念，它包括某种既定的态度和审查的方式，小说家以此来为他对人类生存状态的直觉感受进行排序和书写。同被定义为"天主教小说家"，格林与伊夫林·沃（Evelyn Waugh）等作家的明显区别在于，他不仅在天主教教义内讨论道德伦理等问题，还常常跳出天主教本身，从外部观望和审查：将天主教与其他宗教，宗教与社会、政治等因素相交叉、对比和融合。在应用天主教的系统观念审查世界并进行写作的同时，格林也时刻审视着这种观念本身，这让他得以在某种程度上超越"宗教小说家"的创作局限。

三

第二次世界大战（后简称"二战"）期间，受到叔叔本·格林（Ben Greene）影响，格林加入英国特情局（Special Intelligence Service），被派到塞拉利昂工作。在那儿，他的工作只是剪辑和翻译当地报纸的重要新闻并寄回总部。轻松的工作和大量空闲时间让他完成了《恐怖部》，并且为《问题的核心》做准备。在特情局，他与金·菲尔比（Kim Philby）相识，

---

① Michael G. Brennan, *Graham Greene: Fictions, Faith and Authorship*, London: Continuum, 2010, p.xi.

② A. F. Cassis ed., *Graham Greene: Man of Paradox*, Chicago: Loyola University Press, 1994, p. 277.

③ Graham Greene, An Interview in *Observer*, 12 March, 1978, p. 35.

菲尔比之后成为格林的上司。1944 年 6 月，格林从特情局辞职[1]，回归作家身份。这时他一面创作宗教题材作品，一面为政治主题作品搜集材料。

1945 年，二战结束，格林已到中年。世界政局依然动荡，报纸上每天都有新的流血冲突甚至死亡事件爆出，记者的职业素养让他觉得"只是坐在咖啡馆什么也不干"变得不可忍受，中年危机的出现也让格林猝不及防。他急需找到一种方式，一个出口。他开始了世界范围的旅行。人们总是在世界最危险的地方发现记者格林的身影，用格林自己的话说，"50年代是一段不停歇的时光"[2]。他离开伦敦去往世界多个政治动荡的地区为杂志和报纸撰写新闻稿件。1950 年，格林作为《生活》杂志的通讯记者前往处于"紧急状态"[3]下的马来亚[4]三个月。1952 年，他又在越南为英国《星期日电讯报》和法国《费加罗日报》报道第一次越南战争。1953年，格林还赶往肯尼亚报道"茅茅暴动"。1956 年，他在动荡的波兰待了几个星期。1959 年，在比利时殖民统治的最后一段时期，到刚果的一个麻风病岛住了一段时间。格林持续的旅行总是触及世界上政治最危险动荡的节点，进而凝结成了六部著名作品：越法战争中的《文静的美国人》（1955）、古巴革命中的《哈瓦那特派员》（1958）、刚果麻风岛上的《一个自行发完病毒的病例》（1961）、海地威权暴政下的《喜剧演员》（1966）、拉美游击队革命中的《名誉领事》（1973），以及冷战时涉及南非政治的间谍故事《人性的因素》（1978）。

除了以讨论信仰和追求为主题的宗教小说《一个自行发完病毒的病例》外，其余五部小说都没有前期显著的宗教主题，其重心转向了国际政治。小说将人物置于全球化、东西方冷战和国内政治镇压的大环境中，让他们与意识形态、社会责任、道德伦理发生碰撞和挤压，挖掘在重重矛盾冲突之后的人性因素。在格林的传记作家谢里看来，格林越近晚年，似乎越爱冒险，下定决心支持那些舍生忘死的人。这在《喜剧演员》和《名誉领事》（可能是格林晚年最好的小说）等作品中尤为突出。虽有评论家认

[1] 本书采用格林钦定传记作家诺曼·谢里的记录。也有学者认为格林并未真正辞职，战后也一直在特情局工作。详见 Michael Sheldon, *Graham Greene: The Man Within*, William Heinemann, 1994。

[2] Graham Greene, *Ways of Escape*, London: Vintage, 1999, p. 145.

[3] 指 1948 年马来亚共产党展开武装斗争后，英殖民政府宣布全马来亚进入"紧急状态"的阶段，"紧急状态"持续到 1960 年解除。马来亚人民解放军称这一时期为"反英民族解放战争"阶段。

[4] 马来西亚独立前马来半岛的旧称，相当于今马来西亚西半部。

为格林一直以记者和作家的身份作掩护，在世界各地为英国搜集情报①，但这一说法至今得到证实。支持作家那永不妥协的冒险家精神的，是寻找人性善恶界线的欲望，是对世界苦难根源的探寻，是对生命意义的终极拷问。格林的小说人物身上的忠诚与背叛就像一个透镜，折射出现代社会中人们分裂的意识、多重的关系以及地缘政治运动所带来的全球性影响。这一时期，被认为是格林文学生涯的第三个阶段——"政治小说"创作阶段。

格林创作生涯的最后一个阶段是在他 1966 年定居法国之后。包括肖洛克（Roger Sharrock）教授和戴维斯（Robert Davis）教授在内的多位西方批评家都认为格林这一阶段的创作越来越具有喜剧的特点，因此可以被定义为格林的"喜剧阶段（comic）"。② 这种创作特点最早确立于 1969 年意外获得成功的喜剧《与姨母同行》，之后在怪诞的轻喜剧《日内瓦的费舍尔医生或炸弹晚会》（1980）中得到发展，最后在自我审视的宁静之作《吉诃德大神父》（1982）中升华。格林自己也认为在《与姨母同行》中，幽默和喜剧性第一次超过了他对于悲剧的嗜好。《日内瓦的费舍尔医生或炸弹晚会》则展现了格林将寓言、惊险小说、侦探故事等多种体裁相融合的努力。小说的全名也暗示了格林希望读者从两种途径进入小说：恶魔般的费舍尔医生的生与死，以及他举行的"炸弹晚会"的恐怖和奇异。稍显晦涩的《吉诃德大神父》表现出格林后期的人文主义天主教观。小说写出了失落了内心之爱后，人与上帝的疏离、天主教与人文主义之间的争论，以及一个纯真灵魂曾经的堕落对其一生的影响。评论界给出了一致好评，认为格林在这本小说中用一种宁静的、背景丰富的视角回顾了自己一生的创作主题，将自己早期的问题关注点集合并平衡，它是一位伟大的作家从宏大精彩的表演回归朴实纯粹的经典之作。

在此阶段，格林还于 1971 年和 1980 年分别出版了自传《生活曾经这样》和《逃避之路》，回顾了自己的童年和大部分创作生涯，揭露了小说创作的真实背景和灵感来源。移居法国后的格林已经年过花甲，但他进行世界冒险旅行的脚步却没有因为年龄而停滞。拉美地区是他的主要目

---

① Michael Sheldon, *Graham Greene: The Man Within*, William Heinemann, 1994. 本书所用译名来自韩家明在《一部旨在打碎偶像的传记》中所用，载《外国文学研究》2001 年第 10 期，第 29—31 页。

② Robert Murray Davis, "Standard to Classic: Graham Greene in Transit," *Studies in the Novels*, Vol. 5, No. 4, 1973, pp. 530-546.

的地。他曾到访智利、巴拉圭，70 到 80 年代间还作为奥马尔·托里霍斯（Omar Torrijos）将军的私人访客五次访问巴拿马。格林视这位来自贫民窟的领袖托里霍斯将军为好友，还在 1984 年出版了一本纪实作品《认识将军》。格林创作生涯的最后两本作品是《第十个人》（1985）和《船长与敌人》（1988）。前者改编自他 40 年代为好莱坞创作的一个剧本，是一部惊悚的道德喜剧，后者带有象征意味地回顾了他少年时期的求学经历和他在政治动荡中的巴拿马和尼加拉瓜的旅行所感。

　　1991 年 4 月 3 日，小说家格雷厄姆·格林在瑞士与世长辞。这位总是站在 20 世纪政治和宗教重大事件和问题节点上的作家走完了他 87 年的生命旅程。很多同时代的小说家都给予了他极高的评价。金斯利·艾米斯（Kingsley Amis）认为他"一直是活在世上的最伟大的小说家"，"全世界今后都会怀念他"；伊夫林·沃称格林为"一位天才的讲故事的人"；加西亚·马尔克斯公开表示格林是自己最喜欢的两位小说家之一；威廉·戈尔丁（William Golding）认为格林"自成一派……人们会阅读他的作品，并记着他是二十世纪人们意识与渴望的最终记录人"。① 格林作品中所讨论的问题——人们在分裂的现代社会中对信仰与怀疑的个人理解和痛苦挣扎——始终触碰着 20 世纪的时代迷局，揭示出人类痛苦的真相，格林一直在作品中寻找这些问题背后复杂的成因。同时，格林也是独一无二的。因为持续的笔耕不辍，他在几乎贯穿整个 20 世纪的写作生涯中完成了 26 部长篇小说、2 部短篇小说集、2 本游记、7 部戏剧、2 本自传，还有大量电影剧本、文学和电影评论、报道文学和论文，等等。他传奇而富有戏剧性的一生、丰富而饱含张力的文学作品，都印证了他自己的那句话："一个作家的想象力，就像身体一样，用尽全力对抗着死亡。"②

<hr>

① 主万：《译后记》，载《文静的美国人》，格雷厄姆·格林著，主万译，上海译文出版社（上海），2008 年，第 258—259 页。

② Graham Greene, *Ways of Escape*, London: Vintage, 1999, p. 300.

第二章　批评中的"格林问题"

一

格雷厄姆·格林是 20 世纪的经典作家之一，同时也是最受争议的一位。1998 年美国兰登书屋评出了"20 世纪百部经典英文小说"，格林有三部小说入选，仅次于凭借四部成为入选书目最多的康拉德，充分说明了他在 20 世纪小说史上的重要地位。然而，《南瑞典日报》却称格林为诺贝尔文学奖历史上最大的输家，因为他被提名 21 次之多，却从未获奖，可谓 20 世纪文化领域的一大奇闻。这一"历史事件"透露出两个重要信息：第一，格林持续得到两极化的评价；第二，意见相左的双方评论者在这 20 多年间始终势均力敌。威廉·戈尔丁曾将格林誉为"20 世纪人类意识和焦虑的终极编年史家"①，而 1968 年的诺贝尔文学奖评审之一亚瑟·卢韦斯特（Artur Lundkvist）却公开表示，格林那么"畅销"，奖金给他没意义。格林在 20 世纪 30 年代以创作英国素有传统的惊险小说（Thrillers）为开端迈入文坛，拥有广泛的读者基础，此后他的严肃文学作品也一直保留了故事精巧的可读性。因此，有批评家指责格林在创作"消遣读物"（entertainment）上消耗了太多的精力，以至于他的"文学作品"（literature）也不够"严肃"②。

早在格林之前，就有一位有类似遭遇的英国作家——毛姆。毛姆传记的作者特德·摩根将文学评论界与读者反应的不对等现象称为"毛姆问题"（the Maugham problem）③。因为创作时间跨度长、作品种类和数量众

---

① 张和龙：《战后英国小说》，上海外语教育出版社（上海），2004 年，第 346 页。

② 格林在 20 世纪 60 年代接受采访时将自己的作品分为"消遣读物"和"文学作品"两类，以回应批评界的声音。这也是格林唯一一次对批评的回应。这种分法，据后来的一些批评论家分析，很可能只是格林的一时兴起。

③ ［美］特德·摩根：《人世的挑剔者——毛姆传》，梅影等译，湖南人民出版社（长沙），1986 年，第 409 页。

多，且拥有传奇的冒险和政治经历，"格林问题"比"毛姆问题"更甚，引发了批评界多角度、多方面的争论。对于这位复杂甚至神秘的作家，越来越多的研究者在"很难轻易对其下结论"这一点上达成共识，格林因此被称为"文学批评家和英国传统最难处理的当代英国小说家"①。在 21 世纪的今天，当"IP 价值"成为文学领域的一个热点问题，流行与经典的剧烈冲突与相互渗透越来越常见，精英与大众的界限也越来越模糊，"格林问题"的价值便更加凸显。因此，"格林问题"，即如何定义其小说美学的二元性，始终是"格林批评"的焦点所在。

　　20 世纪 30 年代的头几年，格林虽已出版《斯坦布尔列车》等作品并获得关注，但他显然并非重点作家。30 年代至 40 年代《布莱顿硬糖》《权力与荣耀》《问题的核心》等几部天主教小说的成功，一扫格林"流行小说作家"的形象，使他以天主教小说家的身份进入主流批评的视野。弗朗西斯·昆克尔博士出版于 1959 年的专著《格林厄姆·格林的迷宫之路》②可谓其中的开山之作。该研究肯定了格林小说运用宗教符号追溯人物发展并揭示主题的美学价值，"标志着格林作为评论界的主要研究对象的开端"③。这一时期的研究以文本分析伊始，首先在小说的美学纬度肯定了格林作品的价值。如阿洛特和法瑞斯、戴维茨、戴维·洛奇④都肯定了格林吸收自现代派的简洁凝练的小说语言、细腻的心理描写和抽丝剥茧般的叙事手法，认为他是英国小说"伟大的传统"的继承者。其次是格林对宗教主题的挖掘。学界认为格林小说中的哲学、心理学和神学的元素构成了人物角色和行为的基本规范，因此将其作为一位天主教小说家来研究。法国学者克莱尔·埃利亚内·恩格尔认为格林的全部作品总体上属于詹森主义（Jansenism）⑤；同为天主教小说家的沃则称格林是寂静主义者（Quietism）⑥；埃兰博士指出是奥古斯丁教义（Augustinism）和伯拉纠教义

①　Malcolm Bradbury, *The Modern British Novel 1878-2001*, Beijing: Foreign Language Teaching and Research Press, 2005, p.297.

②　Francis L. Kunkel, *The Labyrinthine Ways of Graham Greene*, New York: Sheed & Ward, 1959.

③　R.E. Hughes, "A Review of *The Labyrinthine Ways of Graham Greene* by Francis L. Kunkel," *Wisconsin Studies in Contemporary Literature*, Vol. 2, No. 1, 1961, pp. 115-118.

④　David Lodge, *Graham Greene,* New York: Columbia University Press, 1966.

⑤　Claire Eliane Engel, *Esquisses anglaises: Chaeles Morgan, Graham Greene, T. S. Eliot*, Paris: Je Sers, 1949, p. 69.

⑥　Evelyn Waugh, "Felix Culpa?" *Commonweal*, Vol. 48, 1948, p.324.

(Pelagianism) 构成了格林的宗教观 ①；法国国家文学大奖得主雅克·马德拉却认为由于目标读者主要是新教徒，所以格林对宗教主题的运用是灵活多变的 ②。可见，学界对于格林小说宗教主题的批评在最初就出现了多向的特质，没有生成权威的结论，间接反映出格林作品的复杂性。"格林问题"初显端倪。

但也有相当一部分研究者认为格林最根本的关注点并不是在宗教上 ③，并从两个方面展开研究：一是认为格林从自身童年经历出发，探讨了个人生活场域的伦理问题，如肯尼斯·阿洛特和米拉姆·法瑞斯认为格林作品的决定性因素是一种对生命恐惧的体察 ④，亚瑟·卡德-马歇尔则从个体与群体的关系出发，论证格林的母题为"个人是受害者，而社会是恶人" ⑤。第二个观点受到更多的关注，即认为格林已经开启了"感知和探究人类生命元意义"的母题。著名评论家戴维茨教授谈到格林小说的聚焦点"主要在人类的堕落和救赎的可能性上" ⑥，布雷布鲁克教授将格林定位为一位能够"为读者提供一种对现实世界全新的更深层次的理解"的先锋小说家，认为他"呈现给读者一种对生命可能性的更新鲜、更有意义的感知" ⑦。

随着 20 世纪 50 年代格林的创作重心转向背景遍布世界各地，且加入社会、心理、政治等多主题的新型作品，"格林批评"也在 20 世纪 60 年代发生转向，并持续到 80 年代末。虽然"宗教小说家"的标签并没有被完全去除，但越来越多的评论家意识到格林作品的多元性和复杂性，因此研究的多对象、多视角、多维度是这一时期的研究特点。虽然"格林问题"由于其诺贝尔奖的落选而凸显，但格林在 20 世纪 60 年代斩获了波兰、英国、德国、法国颁发的 4 项顶级文学大奖，可见学界对于创作巅峰期的格林主要持肯定态度。

---

① Walter Allen, "The Novels of Graham Greene," *Penguin New Wright*, Vol. 18, 1943, pp. 148-160.

② Jacques Madaule, *Graham Greene*, Paris: Editions du Temps Present, 1949, p. 368.

③ George Woodcock, *The Writer and Politics*, London: Porcupine Press, 1948, pp. 151-152.

④ Kenneth Allott & Mariam Farris, *Art of Graham Greene*, New York: Russell & Russell, 1951, pp. 24-25.

⑤ Arthur Calder-Marshall, "Graham Greene," *Living Writers*, ed. Gilbert Phelps, London: Sylvan Press, 1947, pp. 39-47.

⑥ David Lodge, "A Review of *Graham Greene* by A.A. DeVitis," *The Modern Language Review*, Vol.60, No.4, 1965, pp. 607-608.

⑦ Neville Braybrooke, "Graham Greene: A Pioneer Novelist," *The English Journal*, Vol. 39, No. 8, 1950, pp. 415-423.

持续关注格林作品小说美学成就的批评家还是占大多数，其中最具代表性的是葛温·鲍德曼和皮特·沃尔夫。鲍德曼从格林对失落的纯真这一主题的兴趣入手，认为格林去往危险之地的旅行是他寻找纯真的心灵之旅，构成了他独特的美学视角。[1] 沃尔夫则将研究重点第一次放在格林自己划定的"消遣读物"上，认为这七部小说在处理素材、谋篇布局上日臻成熟，且"格林对原罪的确定将消遣读物带离了破解犯罪迷案的固定模式"[2]，转向探讨更深层次的人性和社会问题。沃尔夫的研究首次确立了格林将潜在的严肃主题蕴含在紧张情节与滑稽场景中的创造力，肯定了一向被忽略的、格林所谓的消遣读物的美学价值，开辟了全新的研究空间。沃尔夫专著发表24年之后的1996年，评论家布莱恩·迪曼教授出版《格雷厄姆·格林的惊险小说与三十年代》[3] 一书，追溯了格林对英国19世纪浪漫主义惊险小说和传统侦探小说的继承与改良，认为格林通过加入现代政治的元素使得惊险小说成了一种"流行的"严肃文学形式。这一研究是对沃尔夫研究的回应和拓展，进一步夯实了沃尔夫的判断。

学界亦开始出现以格林的全部作品作为整体研究对象的专著，代表作为格雷厄姆·史密斯的《格雷厄姆·格林的成就》和罗杰·肖洛克的《圣人、罪人、滑稽人——格林小说研究》。这两部专著宏大壮观，但由于格林的全部作品时间跨度长，风格多变，质量也并非一以贯之，所以研究的结论只有部分被学界认可。前者将格林的宗教小说溯源至他对"上帝怜悯之心的怪异之处的兴趣"，即有怜悯之心的上帝却看着人类经受脆弱和痛苦，认为格林诠释了"生命的不可预测性给人类带来的恐惧和折磨"[4]；后者则从划分格林的创作阶段入手，着重分析了格林的创作风格在漫长创作生涯中的转变，认为格林在六十载的创作生涯中从精彩到伟大，又从伟大回归淳朴[5]。

这一阶段还出现了哲学角度的格林研究。安妮·T.萨尔瓦多的《格林

---

① Gwenn Boardman, *Graham Greene: The Aesthetics of Exploration*, University of Florida Press, 1971.

② Peter Wolfe, *Graham Greene: The Entertainer*, Southern Illinois University Press, 1972, p.14.

③ Brian Diemert, *Graham Greene's Thrillers and the 1930s*, McGill-Queen's University Press, 1996.

④ Grahame Smith, *The Achievement of Graham Greene*, Sussex: The Harvester Press, 1986, p.83, 215.

⑤ Roger Sharrock, *Saints, Sinners and Comedians: The Novels of Graham Greene*, Tunbridge Wells and Notre Dame, 1984.

与克尔凯郭尔——信仰之路》①将研究焦点置于对个人主义极端崇拜的格林与丹麦宗教哲学家克尔凯郭尔在精神内涵和方法论上的传承关系。这一研究的成果在于反驳了以往对于格林作为现代和后现代主义作家的判断，认为格林对"存在至高无上的真理"的信仰使他有别于同时代的现代和后现代主义者，从哲学层面确立了格林小说中"希望"的价值，指出格林由此完成了对现代主义和后现代主义的超越。

这一时期的另一全新研究纬度是对格林小说文本与电影美学的跨界研究，代表作品有菲利普斯教授的《格雷厄姆·格林小说的电影》②和昆汀·福尔克的《行走格林之原：格雷厄姆·格林的电影院》③。这两本批评作品收录并分析了格林电影剧本和辛辣影评，肯定了他在小说文本和电影艺术之间架设的桥梁，为读者描绘出一个小说家之外的格林，勾勒出一个思维敏锐、细腻敏感、幽默机锋的格林形象。

1991 年，随着格林的去世和苏联解体、冷战结束，西方对格林作品的意识形态批评开始解禁，也有更多的批评家希望将格林置于文学史的长河中观望，"格林问题"又一次发生转向。这一阶段的西方格林研究呈现整体性和分散性兼具的特点。一部分评论家希望以格林的人生、全部作品为研究对象以确定格林在文学史中的位置；另一部分学者则倾向于挖掘之前格林研究鲜少涉及的，甚至忽视的方面，如短篇小说、早期惊险小说等等。

2006 年出版的本纳德·伯格茨教授的《格雷厄姆·格林与小说艺术》④被认为是 21 世纪第一个十年中分析和论述"格林问题"最好的研究专著。伯格茨教授以其数十年对格林作品的阅读为基础，也采用将格林的全部作品作为整体来阐释的研究方法。除了概括格林小说背景的荒芜沉寂和小说人物永不满足的、对超凡脱俗的渴望，他还指出"浪漫主义与现实主义""宗教与政治""来生与现世"等对立的、复杂的母题一直贯穿格林的作品，体现了格林在思想和小说创作上的张力。可以说，这部专著提供了一种可能性，即将格林作品作为整体进行深入研究，并从个人生活、思想

---

① Anne T. Salvatore, *Greene and Kierkegaard: The Discourse of Belief*, Tuscaloosa and London: University of Alabama Press, 1988.

② Gene D. Phillips, *Graham Greene: The Films of His Fiction*, Teachers College Press, 1974.

③ Quentin Falk, *Travels in Greeneland: The Cinema of Graham Greene*, London: Quartet, 1984.

④ Bernard Bergonzi, *A Study in Greene: Graham Greene and the Art of the Novel*, Oxford University Press, 2006.

和历史推动力的角度对其进行定义的综合研究方式。此阶段还有从文学史的传承轨迹进行研究的成果。如罗伯特·潘德莱顿教授1996年在《错综复杂的影响——格雷厄姆·格林的康拉德式主旋律》[1]一书中肯定了格林对于英国小说"伟大的传统"的继承,认为格林一生都在与康拉德的政治小说、心理小说和流行小说对话,再现了康拉德的政治焦虑。盖茨·鲍德里奇教授在2000年出版的《格雷厄姆·格林的小说——极致的美德》[2]一书中将格林对人类存在困境的关注归于对艾米利·勃朗特和D.H.劳伦斯的传承,认为三位作家都写出了生存危机的绝境带来情感模式与道德感悟的转变。以上研究进一步确立了格林在20世纪英国文学史上的重要地位。

除此之外,研究成果中还有对格林短篇小说的专项研究。理查德·凯利的《格雷厄姆·格林:短篇小说研究》[3]深入分析了格林短篇作品的文学技巧和多重主题,认为相较于长篇小说作品,格林的短篇同样描摹了现代人在善与恶、纯真与世故、忠诚与背叛中左右为难的困境,更为简洁的语言和谋篇布局使得主题浓度更甚,读来回味无穷。这一研究尤其引人注目的是其对格林漫长创作生涯中各阶段的短篇小说作品进行了细致的文本分析,肯定了格林独特的故事风格和小说美学价值,为"格林问题"的研究提供了全新材料,填补了一大空白。

对格林文学史地位的研究还表现为各类传记的融合性研究。格林钦定的传记作者诺曼·谢里[4]、批判式传记作者迈克尔·谢尔登、中立的安东尼·马克勒是其中的代表人物。诺曼·谢里三本大部头的格林传记分别出版于1989年、1994年和2004年,详细记录了格林的人生轨迹和创作生涯,从正面描绘出一个站在时代前沿的文学家。谢尔登的《内心敌——格雷厄姆·格林》[5]在1994年与谢里的第二部格林传记几乎同时出版,掀起了轩然大波。谢尔登认为格林是反规则和反道德的,他为了掩盖自己的间谍身份而写作,是个不喜欢任何政治、不喜欢任何国家的骗子。谢尔登的评价显然过激,我国评论家韩家明也曾撰文指出谢尔登书中对格林访华一

---

① Robert Pendleton, *Graham Greene's Conradian Masterplot: The Arabesques of Influence*, NY: St. Martin's Press, 1996.

② Cates Baldridge, *Graham Greene's Fictions: The Virtues of Extremity*, Columbia, MO: University of Missouri Press, 2000.

③ Richard Kelly, *Graham Greene: A Study of the Short Fiction*, Twayne Publishers, 1992.

④ Norman Sherry, *The Life of Graham Greene. Volume I, II, II*, New York: Viking Press, 1989, 1994, 2004.

⑤ Michael Sheldon, *Graham Greene: The Man Within*, William Heinemann, 1994.

事细节的错误记录①。相比较谢里对格林的褒扬和谢尔登的批判，马克勒所作的传记则显得中规中矩，对格林的评价无功无过。格林去世后，关于他的回忆录式的社会学研究开始出现，包括格林在海地时的朋友伯纳德·迪德里希所著的《小说的种子——格雷厄姆·格林在海地和拉美的冒险旅程1954—1983》②、杰里米·利维斯的《格林家族的影子——一个英国家庭中的一代人》③和雪莉·哈泽德的《格林在卡普里》④等，分别截取格林生活的某一段经历，从一个个侧面勾勒出作为普通人的、有血有肉的格林形象。其中迪德里希的作品与格林的小说创作结合得最为紧密。作者从格林在海地、巴拉圭、智利、古巴等国的旅行经历观望其小说主题创作的方向，认为格林是一位对拉美政治和人民都负有热情和同情心的作家。值得一提还有 2012 年出版的"反自传（counter-biography）"作品，由皮科·耶尔所著的《我心中的人》。耶尔从童年时期就开始阅读格林，称格林为自己的"精神之父"，认为格林在宗教与文学上表现出的"另类（heterodoxy）"是由其对真相的真诚探求。⑤

总体来看，西方学界并未对"格林问题"做出比较权威的解答。虽有一部分批评家认为格林是英国小说"伟大的传统"的继承人，但以 F.R. 利维斯为代表的学院派并不欣赏格林，认为他对故事的精益求精是在"取悦大众"上的不遗余力。然而，这也正说明一点，格林在小说美学上的成就事实上获得了绝大多数批评家的认可，只是对其动机有不同解读。这些矛盾之处也促使西方学界从格林的人生经历、短篇小说和戏剧作品、新闻纪实写作、文学及电影批评等多角度持续地对该作家进行研究，成为"格林批评"在作家去世后的近 30 年间依旧在西方长盛不衰的原因。

二

格雷厄姆·格林的作品在中国的状况可以用九个字概括：译介早、跨度长、研究少。学界目前对"格林问题"还没有一个比较清晰的界定。早

---

① 韩家明：《一部旨在打碎偶像的传记》，载《外国文学研究》2001 年第 10 期，第 29—31 页。

② Bernard Diederich, *Seeds of Fiction: Graham Greene's Adventures in Haiti and Central America 1954–1983*, Peter Owen, 2012.

③ Jeremy Lewis, *Shades of Greene: One Generation of an English Family*, Jonathan Cape, 2010.

④ Shirley Hazzard, *Greene on Capri*, Farrar, Straus & Giroux, 2000.

⑤ Pico Lyer, *The Man within My Head*, London: Bloomsbury, 2012.

在 20 世纪 50 年代，在格林的《文静的美国人》1955 年在英国出版后不久，我国就有译本出现，但只是内部读物，没有公开出版。之后的 20 年时间里，只有一个格林的短篇小说作品在《世界文学》上发表。改革开放以来，随着我国与西方学界的交流逐渐增多，格林在世界文学史上的重要地位开始被介绍到国内，我国的读者才知道英国有格林。但除了扼要的生平简介和诸如"宗教""政治"小说家的标签式简述和评价外，研究成果寥寥，只有 1986 在台湾出版的由约翰·史柏龄撰写、单德兴翻译的译著《格雷安·葛林》[①] 和 2012 年恺蒂所著、出版于北京的《话说格林》[②] 两本专著。这两本书都是百页左右的小册子，用极简的篇幅概括了格林的生平和其多种体裁、多种主题的作品，在内容的广度和深度上都明显不足。近十年来，随着江苏文艺等出版社相继出版《格林文集》，国内的格林研究开始升温。尤其格林两部自传《生活曾经这样》和《逃避之路》在国内的翻译出版，为格林研究提供了可贵的一手资料。

相较于几乎处于空白状态的格林研究专著，国内出版的各类英国文学史书目及教材对国外格林研究的动态把握得比较及时和准确。具有代表性的首先是 1994 年出版的由王佐良、周珏良两位先生主编的《英国二十世纪文学史》。书中为格林单辟章节，称他是二十世纪英国最重要的小说家之一，认为古老与新颖的结合"构成了格林对于现代小说的重大贡献：他在现实主义小说里添加了精神上的深刻性，同时又推进了叙事艺术"[③]。1997 年由陆建德主编的《现代主义之后：写实与实验》一书也记录了格林认为文学创作具有政治任务的重要观点[④]。2004 年出版的《20 世纪英国文学史》认为格林的写作"与战后知识界的存在主义焦虑吻合"[⑤]。2005 年由侯维瑞与李维屏先生合著的《英国小说史》将格林列为"战后现实主义小说"中第一个出场的最重要小说家，首次对格林的政治小说进行了单独解读，认为"格林的视角是非政治的，具有自由人文的色彩，因此小说中的人物没有俗套的政治脸谱，人物的政治身份本身不影响人物内心活动的

---

① [英] 约翰·史柏龄：《格雷安·葛林》，单德兴译，时报文化出版社（台北），1986 年。

② 恺蒂：《话说格林》，海豚出版社（北京），2012 年。

③ 王佐良、周珏良主编《英国二十世纪文学史》，外语教学与研究出版社（北京），1994 年，第 668 页。

④ 陆建德主编《现代主义之后：写实与实验》，中国社会科学出版社（北京），1997 年，第 151 页。

⑤ 阮炜、徐文博、曹亚军：《20 世纪英国文学史》，青岛出版社（青岛），2004 年，第 214 页。

错综复杂性"①。张和龙的《战后英国小说》也用第四章整章的篇幅研究格林，在美学层面肯定了格林在 20 世纪英国小说界的独特贡献。他认为格林一生六十余载的写作生涯，"始终将悬念和惊险作为情节的助推器，将人性和道德冲突作为格式背后的叙事动力"，这在"20 世纪小说界各种'主义'与实验形式层出不穷的背景下"显得尤为难得和重要。②

　　格林在中国虽知者寥寥，研究成果数量少，但研究水平的起点却不低，尤其体现在各类格林作品中译本的序言上。序言作者们写出了格林的两大主要特色：一是其吸收现代主义叙事特点、坚持讲故事的小说美学特性；二是格林并不宣传正统的天主教教义，而是着力于探索人的内心世界。何其莘先生为 2001 年版的《权力与荣耀》③ 所作的序可谓迄今最全面的研究格林的学术文章，原因有三：首先，文章涵盖了格林生平，并分阶段分析了生活经历对格林小说创作的影响。第二，对于格林的"天主教小说家"身份坚决否定，认为小说中的人物"并没有按照罗马天主教的教义行事，他们的动机和行为则反映出他们各自对于天主教价值观的不同理解"。第三，涉及格林小说的政治主题，概括出格林丰富又常常自相矛盾的特点，认为格林没有"明确的、一成不变的政治主张"。文章从格林个人经历入手挖掘其小说创作动机，又点出了格林小说主题的掺杂性和多层次，是与西方"格林批评"的前沿成果结合得最紧密的一篇"格林批评"。但由于篇幅限制，何先生未能对具体的小说作品进行更有据的分析，因此没有给予格林复杂的创作主题和美学成就以更全面、更透彻的评价。

　　学术论文方面，《世界文学》1980 年第 2 期最早刊出了普利切特对谈格林的中译稿；《外国文艺》杂志于 1983 年第 2 期载出第二篇格林研究文章，是安东尼·伯吉斯的格林访问记。前一篇以侧写为主，两位对话者对生活和创作交换意见，相对温和；后一篇完全是对话体，语言鲜明，触及面广，力度十足。格林也在访谈中明确表示自己并非一个天主教作家，只是一个正好同时是个天主教徒的小说家。他真正感兴趣的主题不是天主教义中的善与恶，而是人类的状况——人类失去了信仰的天主而感到孤独。整个 20 世纪 90 年代，国内的格林研究都基本处于停滞状态。直到 2000

---

① 侯维瑞、李维屏：《英国小说史》，译林出版社（南京），2005 年，第 694 页。
② 张和龙：《战后英国小说》，上海外语教育出版社（上海），2004 年，第 346 页。
③ 何其莘：《代译序》，载 [英] 格雷厄姆·格林：《权力与荣耀》，傅惟慈译，译林出版社（南京），2001 年。

年后，随着译林和上海译文两大出版社相继推出"格林文集"，对格林的专业研究才开始全面正式启动。

据中国知网数据资源系统的数据显示，自 2000 年至今已发表的各类格林研究期刊论文和学位论文有百余篇，其特点可以概括为以下三个。第一，研究面拓展，出现包括格林短篇小说、惊险小说等多个研究方向。第二，研究点比较集中，甚至出现"扎堆"现象。我国目前的格林研究成果大部分集中于格林的宗教小说方面，即将格林作为单纯的"天主教小说家"来研究。在单篇作品方面，《问题的核心》仍是被我国学者研究最多的文本，研究成果数量次之的是政治小说《文静的美国人》。这与二者是最早被我国译介的格林小说不无关系。第三，介绍性论文偏多，深入的系统的研究性论文较少。以最早的译介作品《文静的美国人》为例。在较有代表性的八篇学术论文中，有三篇使用与社会学交叉的研究方法，挖掘格林对越南战争的立场、对越战时的美国形象和战争进程等史实的描写。《误读的越南战争——论〈沉静的美国人〉及据其改编的两部电影》重在分析两部《文静的美国人》电影在改变上的差异，认为"两部影片与原著的差异突出反映了改编者与原著者所处的不同历史语境及拍摄当时美国主导的价值观"[①]，是偏重于电影美学范畴的研究。论文《关于〈文静的美国人〉中主人公善与恶的探析》简单地将主人公派尔与福勒的善恶划分为表面的派尔温文尔雅的善和福勒漠不关心的恶，以及随着爆炸案明朗体现出的派尔对个体生命无情的恶与福勒对越南人民的怜悯的善。研究停留在小说文本的叙事表面，没有从深层挖掘格林小说在处理善恶主题时的最大特点——两者相融的复杂性。相较来看，潘一禾教授的《一场有价值的政治与外交争论——论格·格林〈文静的美国人〉》和甘文平教授的《历史的真实和文学的洞见——评格雷厄姆·格林的〈沉静的美国人〉》[②]两篇批评文章观点清晰，逐层深入，揭示出这部久负盛名的作品中复杂的文学、社会学和政治学含义。潘一禾教授在文中用令人信服的分析概括出福勒和派尔"始终是一种通过相互对照让彼此都更清晰的关系"，认为格林用派尔与福勒的争论告诉我们如何去防范政治之"恶"："政治活动的特殊德性需

---

① 胡丽敏：《误读的越南战争——论〈沉静的美国人〉及据其改编的两部电影》，《解放军外国语学院学报》2010 年第 5 期，第 98—101 页。

② 甘文平：《历史的真实和文学的洞见——评格雷厄姆·格林的〈沉静的美国人〉》，《山东外语教学》2011 年第 5 期，第 91—96 页。

要有超越普通人思维的'神性',另一方面,这种目光高远的政治德性又不能完全脱离日常道德而进行。……派尔与福勒的争论是政治与外交上的理想主义与虚无主义、世界主义与分离主义、天真与老练、希望与厌世、自豪与高傲……的较量与争论。一方面他俩谁也说服不了谁,另一方面彼此都有可能拯救对方和防范对方的大错。"① 这一分析首次详细评析了格林小说文本中政治美学思想的复杂性和相悖性,将对格林的美学研究提升到一个探索其"张力的美学"的新高度。甘文平教授则从小说的"历史阅读""文化文学阅读""文学影响阅读"三个方面定义了小说《文静的美国人》作为第一本越战小说的社会学、政治学和文学价值。文中引用了大量西方学者的先进研究成果,视野开阔,为国内格林研究写下了浓重一笔。

时至今日,我国的格林研究经过了十多年的积累,在起步晚、译介少、材料乏等不利条件下取得了丰富的成果,为之后的格林研究打下了坚实的基础。但同时,我国的格林研究也存在一定的缺憾,主要体现在以下三方面。

第一,近年来,我国的格林阅读和研究逐渐升温,有十余部格林的传记和小说作品出版或者重译再版,但仍有一大批格林小说作品、评论集、书信、传记和国外经典批评文献有待译介。对格林研究者来说,作为研究格林生平与思想进程第一手材料的格林自传、评论集和书信集的尤为重要。我国目前只翻译出版了《我自己的世界:梦之日记》②、《生活曾经这样》《逃避之路》三本格林自传。前者主要分析了梦对格林生活和创作的影响,后两者则记录了格林从出生到初入文坛的生命历程,相对于格林漫长的创作生涯来说只是冰山一角。格林的多部作品被改编成电影,他本人也作为影评人一直活跃在电影界。西方批评界不仅对格林的剧本和小说原稿进行了对比研究,还从作为影评人的格林对美国电影的批评上挖掘出格林对美国文化更深层次的态度,并用可信的分析证明格林由此衍生出的态度决定了其著名政治小说《文静的美国人》的主要观点。遗憾的是,我国在格林的电影研究方面尚一片空白。

第二,我国的格林研究有待与西方研究进行同步和对话。由于我国对

---

① 潘一禾:《一场有价值的政治与外交争论——论格·格林〈文静的美国人〉》,《杭州师范学院学报(社会科学版)》2008年第1期,第71—76页。

② [英]格雷厄姆·格林:《我自己的世界:梦之日记》,恺蒂译,译林出版社(南京),2008年。

格林作品的译介比较晚且品种乏，对西方最新格林研究成果动态掌握不够充分，常常会引起误读，对我国的格林研究发展十分不利。加大对西方优秀的、详尽的格林研究成果的引进，有利于我们在世界语境中、运用中国视角与西方学界进行对话，彼此启发促进。从在线数据库的统计来看，国内学术界的研究重点目前还放在格林的宗教小说上，而西方的格林研究在20世纪80年代后已经趋向多维度、多立场、多体裁的百花齐放状态。我国的格林研究应及时把握西方最新研究动态，运用国际化视野，同时立足我国的研究现状和立场，以独特的中国视角对西方的格林研究做出回应。

第三，我国格林批评的对象、主题、方向有待拓宽和丰富。从以上的统计我们看到，我国尚没有一本学术型的格林批评著作。国内学者目前的研究侧重点比较集中，除宗教之外，格林小说中的政治、社会等多主题没有被充分挖掘。单从国内学界主力研究的宗教主题来看，对格林宗教观的复杂性以及小说中宗教与社会、政治等元素的融合还有待深入研究。格林虽是个天主教徒，却一直在表现天主教中的疏离和堕落。他的宗教观与复杂的人文观和政治观相融合，并没有单一的、确定的指向。这种复杂性和对立性同样也表现在格林的政治观和道德观上，体现在他的政治小说中。除此之外，格林的政治小说总是将背景设在陌生的大陆、极端的自然和人文环境中，他所表现的政治美学特性基于其小说的国际性视野，同时他又用细微的笔触描写其中的个体生活和个人情感，甚至这些个人的行为也具有全球性的联系和后果。因此，格林的政治小说时至今日仍然为全球政治的发展和对其的思考提供着特殊的诠释，应引起国内学界的重视。

第三章　作为国际政治小说家的格林

一

　　格林一生创作了 26 部长篇小说，有一半都把背景地设在了英国之外（见表 3-1）。冒险旅行和记者的工作常常将他置于世界上矛盾冲突最尖锐的地理空间，小说中的很多场景都来自他的亲身经历。虽不可避免地带有第一世界白人作家的主体性局限，格林作品仍努力描写和表现小说背景地的本土文化，以及其与英国主人公的价值冲突，进而揭示了 20 世纪后期世界政治新格局中地域文化的国际性影响。

表 3-1　背景地设在英国之外的格林长篇小说

序号	出版时间	书名	背景地
1	1932	《斯坦布尔列车》	土耳其
2	1935	《英国造就我》	瑞典
3	1940	《权力与荣耀》	墨西哥
4	1948	《问题的核心》	西非
5	1950	《第三个人》	奥地利
6	1955	《输家通吃》	法国
7	1955	《文静的美国人》	越南
8	1958	《哈瓦那特派员》	古巴
9	1961	《一个自行发完病毒的病例》	刚果
10	1966	《喜剧演员》	海地
11	1973	《名誉领事》	阿根廷
12	1978	《人性的因素》	南非
13	1980	《日内瓦的费舍尔医生或炸弹晚会》	瑞士

格林对异域文化的兴趣来自幼年时阅读惊险小说的文化启蒙，对他影响最大的作家要数亨利·莱德·哈格德。哈格德的《蒙提祖马的女儿》（*Montezuma's Daughter*）让他对小说背景地墨西哥心向往之，进而有了后来改变他一生的墨西哥之行，并完成了《无法无天之路》和《权力与荣耀》两部作品。哈格德最著名的《所罗门的宝藏》又激起了格林对非洲的兴趣。这些"外文化"启蒙让少年格林在脑海中对异域文化的新奇向往大于恐惧和担忧。少年格林是一个典型的边缘人，依靠阅读来建构自己的身份认知，并用以抵抗或逃避周遭。异域文化的存在，在某种程度上来说，对格林具有救赎的性质，他甚至将记录自己创作政治小说阶段的旅行和见闻的自传取名为《逃避之路》（*Ways of Escape*）。这种感性的、审美的体验，在小说中形成了一种跨文化的主体对话模式，为格林的国际政治小说创作奠定了基础。

二战后，格林成为一个脚步遍布世界的冒险家、记者、国际问题评论家。他的身影常常出现在国家冲突、民族矛盾、宗教斗争的第一线，在为多家报纸和杂志撰稿的同时，也撰写了五部经典的政治小说作品。其中包括以第一次越南战争为背景的《文静的美国人》、描写海地"爸爸医生"老杜瓦利埃暴政的《喜剧演员》、呈现南美解放运动中一起乌龙绑架案的《名誉领事》，以及两个不浪漫的间谍故事《哈瓦那特派员》和《人性的因素》。格林认为自己的小说一直是政治的，即便他不喜欢被标榜为政治小说作家，正如他不喜欢"天主教小说家"的标签一样。"我在一个阶段确实写过天主教主题，从《布莱顿硬糖》到《一个自行发完病毒的病例》，"他曾表示，"我的天主教小说阶段是由政治小说发展和承接的……甚至早期的惊险小说也是政治的。"[1] 越来越多的西方批评家也认同这一点：政治主题贯穿格林创作生涯的始终。

如果说在其他阶段，政治主题只是格林小说中的隐线，那么到了二战后的 50 年代，作家显然厌倦了继续"遮遮掩掩"。彼时，格林正当壮年，其小说艺术日臻成熟，在文坛立足已稳，具备了驾驭政治主题的信心和能力。小说的背景地各不相同，涉及越南、海地、阿根廷、巴拉圭、古巴、英国、南非等国家，展现了各地在不同文化孕育下所形成的独特的地缘政治特点，使其与以描写本国政治行动为主的惯常认知下的政治小说区别明

① Gene D. Philips, *Graham Greene: The Films of His Fiction*, New York: Teachers College Press, 1974, p.173.

显。这五部小说也重点关注了地域政治的国际性影响。作为一名总是出现在最危险地带的记者，格林将全球化视野运用于小说创作，从审美维度讨论了国际政治和国际关系等问题，向读者和评论家展示了不同国家、不同种族、不同文化的人群最艰难的生存境遇和生存困境。这一创作特点使其在同时代的作家中显得尤为突出。

即便在半个世纪之后的今天读来，这五部小说中对于世界各国权力政治间的博弈、小国在大国夹缝中既要独立自主又不得不委曲求全的矛盾状态以及牵一发而动全身的世界政治格局，全都如"今日头条"一样生动、切实、准确。通过描写极端政治环境中的个体生活状况，格林也在挖掘人类在两难抉择面前的共性，尤其是那些与生俱来的"人性的因素"。虽然格林的国际政治小说中主人公们所面临的问题不尽相同，但同样的，他们都在矛盾冲突中左右为难。作家向我们揭示，主人公们常常因为个人经历中的偶然事件或情感模式而萌发政治行为，而这些政治行为，甚至有改变世界的能量。

通过对格林五部国际政治小说的文本细读，本书意在讨论格林国际政治小说所提出的一系列政治美学范畴的问题——个体的审美体验是否能够构成政治献身的充分条件？政治审美是否带有必然的正义性？在审美现代性语境下，是否存在一种既是仁慈的又是伦理的参与政治的方式？

二

西方学界对格林小说的政治主题研究经过了三个阶段。

在 20 世纪 60 年代之前，格林以天主教小说家的身份为人熟知，因此这一阶段对格林政治美学的研究基本处于空白状态。只有几篇对单一文本《文静的美国人》或《哈瓦那特派员》的评析，且研究点多在如何定义格林的"反美主义"这一问题上，如麦克格温的《天真但有害》[1] 和哈维教授的《邪恶的美国式天真》[2]。受到当时冷战大环境和意识形态对文学批评的影响，这些学术文章大多没有跳出东西方文化差异、意识形态斗争等二元对立的思考方式和研究方法，对小说文本之下所蕴藏的深刻政治和哲学内涵没有进行深入地挖掘。相较之下，伊万斯教授从哲学角度入手的专文

---

[1] F. A. McGowan, "Innocent but Harmful," *Renascence,* Vol. 7, 1956, pp. 44-47.

[2] Philip Rahv, "Wicked American Innocence," *Commentary*, Vol.21, 1956, pp.488-490.

《格林的〈文静的美国人〉中的存在主义》①显得特点突出。文章虽对小说的政治美学仅有零星涉及，但从哲学角度深入地分析了主人公福勒的复杂心理和行为，第一次揭示出格林与存在主义哲学的紧密联系，时至今日仍具有较高的学术价值。

第二阶段始于1967年，小说家、文学评论家安东尼·伯吉斯在《当代历史专刊》上发表《格雷厄姆·格林小说中的政治》②一文，从宗教角度切入格林小说的政治主题，认为格林的宗教信仰决定了他不可能成为意识形态的拥护者，而格林的政治也是超越了地域和宗教的世界政治。伯吉斯的论文在当时的评论界引起了巨大的反响，成为格林研究从关注宗教到聚焦政治的转型中承上启下的关键环节，正式开启了对格林政治美学的批评研究。

1983年玛利亚-弗朗西斯·艾林的《另一个人——格雷厄姆·格林访谈》③面世。这本专著对格林在政治上的态度和思考进行采集和分析，大致得出三个结论：第一，格林始终选择站在观察者的立场，他认为选择在政治上支持一方就意味着在感知人性的无限复杂性上会变得迟钝。第二，格林一直着眼于国内事件的全球性联系以及政治权力滥用所引发的暴力。第三，在对小说的政治主题的艺术处理方面，格林反对传统的政治写作模式，即描述那些单一政体内部的、具体的政治事件，而是聚焦国际政治。此著作中还包括格林对小说创作技巧的观点和他复杂的宗教观，为之后的格林研究提供了难能可贵的第一手材料。1988年，玛利亚·卡托教授出版《在前线——格雷厄姆·格林小说中的政治与宗教》④一书，通过分析格林的小说、游记和政治话语，勾勒出格林复杂的"宗教—政治"发展轨迹，认为格林的宗教观和个人主义影响了他的政治观，其政治观具有矛盾、对立、复杂的特征。

可以说，以上两本研究专著填补了西方格林研究中政治研究方向一直以来的空白。但是，前者使用对谈的形式记录格林的各种看法，没有形成

---

① Robert O. Evans, "Existentialism in Green's *The Quiet American*," *Modern Fiction Studies*, Vol. 3, No.3, 1957, Periodical Archive Online, p. 241.

② Anthony Burgess, "Politics in the Novels of Graham Greene," *Journal of Contemporary History*, Vol. 2, No. 2, 1967, pp.93-99.

③ Marie-Françoise Allain, *The Other Man: Conversations with Graham Greene*, London: Bodley Head, 1983.

④ Maria Couto, *Graham Greene: On the Frontier: Politics and Religion In the Novels*, London: Palgrave Macmillan, 1988.

系统的分析和对格林作品的批评；后者在对具体格林作品的政治评价上显得比较无力，比如将格林后期的喜剧作品《与姨母同行》也作为政治小说进行分析明显过于牵强。这与彼时冷战的意识形态对峙不无关系。西方学界对于格林作品中表现出来的对第三世界的同情和反美主义显得小心翼翼，大多数批评家选择回避，或者如艾林一样只记录、不评论。相较于具有敏感性的"政治小说"提法，学界似乎更倾向于将其定性为"批判现实"的社会问题小说。在此语境下，玛利亚·卡托的研究显示出她特殊的勇气和学术前瞻性。

第三阶段开始于 20 世纪 90 年代。冷战结束带来的思想解放，让这一阶段的格林小说的政治主题研究有了比较大的突破，多位评论家在作品中谈及了格林的政治观，得出了一些新鲜的结论，但没有形成专项研究成果。大卫·希格登（David Higdon）早在 1990 年就提出："迄今为止格林在漫长写作生涯中的政治观点并没有被全面细致地分析评价。"[1] 布莱恩·汤姆森也在 2009 年的《格雷厄姆·格林与流行小说和电影中的政治》一书中强调："一大部分的格林评论在最大限度地回避格林作品的政治维度，甚至试图使其无影无形。"[2] 论其原因，一方面是冷战思维的桎梏，一方面是格林政治观和政治创作角度的相悖性和复杂性让很多批评家望而却步。经验表明，每当评论家对格林的政治观做出分析和判断时，就会出现与之观点相悖的另一研究，且两者常常都是逻辑自洽的。

这一阶段的研究，首先由罗兰德·史密斯（Rowland Smith）撰写的《战时故事》拉开帷幕，该文收录于论文集《重估格雷厄姆·格林》[3] 中，作者从格林的战时写作入手，挖掘了其对格林之后小说的政治主题创作的影响。史密斯成功地抓住了格林战时写作中一条连接"日常生活和英雄式冒险"[4] 的纽带，但很遗憾，没有联系格林后期的国际政治小说进行深入地分析和评价。与之同年出版的、著名格林研究者亚当森教授的《格雷厄

---

[1] David Leon Higdon, " A Review of *Graham Greene: A Revaluation*," *MFS Modern Fiction Studies*, Vol. 36, No. 4, 1990, pp. 620-621.

[2] Brian Thomson, *Graham Greene and the Politics of Popular Fiction and Film*, Basingstoke: Palgrave Macmillan, 2009, p. 10.

[3] Jeffrey Meyers, ed., *Graham Greene: A Revaluation*, New York: St. Martin's Press, 1990.

[4] David Leon Higdon, "A Review of *Graham Greene: A Revaluation*," *MFS Modern Fiction Studies*, Vol. 36, No. 4, 1990, pp. 620-621.

姆·格林——艺术与政治相交的危险边缘》①一书是这一阶段格林政治研究的代表作。作者通过勾勒格林创作生涯中作为"正确精准的观察者""介入并创作政治题材的作者"和"政治活动的参与者同时也是怀疑者"的三个阶段，聚焦"格林政治观的发展"，对"一个在三十年代不带感情地记录公众事件的小说家如何逐步收获了一颗珍贵的政治良心"②进行了解读。前文已经提到的盖茨·鲍德里奇在其专著中的最后三章也从格林对人类生存绝境的关注入手，阐释了格林对各种政治景观的刻画和理解。鲍德里奇抓住了格林后期小说人物身上共有的玩世不恭、疏离、享乐的特点，认为格林将他们置于政治和道德的大环境中以求得与真实的外部世界的联系，他们的生命热情因此有可能被重新唤起。综合看来，亚当森教授的研究强调了格林小说中政治主题的重要性，并对格林意识形态上的转变做了大量有创建性的分析。鲍德里奇的研究则成功地避免将格林单一地或基本作为天主教小说家来评论，在格林"贯穿始终的对于政治自由主义的存在主义式自我怀疑"上找到了格林小说的特有价值。③但遗憾的是，二者都没有完全解析格林政治观中包含的对立性和复杂性，对因此产生的格林国际政治小说中独特的政治美学价值也没有做出超越意识形态的深层次解读。

　　总的来说，西方对格林政治美学的研究在以下两方面达成了基本共识。第一，包括伯吉斯、艾林、卡托、鲍德里奇、亚当森等诸多评论家都认为格林超越了地域和国家的限制，他的政治小说中存在意识形态上的相悖性和矛盾性。第二，格林的现实政治观是模糊的，具有独特的复杂性。沃茨教授的比喻最为形象：格林的政治观"像洋葱一样一层套着一层，中间包着一颗让人捉摸不定的心"④。这说明评论家们对格林政治美学独特的多元性和复杂性达成了共识。

　　然而，在西方半个多世纪的格林批评史上，对格林的政治美学研究主要集中于20世纪八九十年代，相较于对格林的宗教美学、小说美学方向的研究，在时间长度、成果数量和学术深度上都明显逊色。论其原因，可

---

① Judith Adamson, *Graham Greene: The Dangerous Edge: Where Art and Politics Meet*, New York: St. Martin's Press, 1990.

② David Leon Higdon, "A Review of *Graham Greene: The Dangerous Edge*," *MFS Modern Fiction Studies*, Vol.37, No. 4, 1991, pp. 793-794.

③ Nathan Elliot, "A Review of *Graham Greene's Fictions: the Virtue of Extremity*," *Religion & Literature*, Vol. 34, No. 2, 2002, pp. 133-135.

④ Cedric Watts, *A Preface to Greene*, London: Longman, 1997, p. 109.

能是由格林本人的创作特点、其政治小说的跨越性和时代特性三方面所决定的。首先，格林的创作时间跨度长、作品体裁广，某种程度上造成了研究方向的分散。且格林因其 20 世纪 40 年代的天主教小说成名，因此研究者将天主教小说作为主要研究对象也在情理之中。其次，格林的政治小说背景地多设在欧洲和美国之外，在地域上的跨度非常大，小说中包含了大量背景地本土文化和跨文化的元素。因此，对第一世界之外文化的陌生感和疏离感也成为西方研究者较少触及格林小说政治主题的原因之一。第三，格林以国际政治为背景的多部政治小说发表于 20 世纪 50 到 70 年代，与冷战爆发、发展、焦灼三个阶段同步。格林小说中对第三世界国家民众的同情、对美国对外政策的批判以及对拉美国家革命的支持，都让小说处在非常敏感的时代风口浪尖。因此，很多评论家对格林的政治小说采取了回避态度，或者只研究其中的小说美学。

我国对格林小说政治主题的研究主要集中于中译本的序言。主万在《文静的美国人》的《译后记》中简要记录了格林的生平，并挖掘了该书创作的真实背景，但并没有对文本进行分析和批评。在《名誉领事》的《译序》中，作者余斌从小说的艺术角度肯定了格林小说在保持严肃性与可读性的微妙平衡上的特别之处，认为格林的可读性"来自他的直爽、简洁、通俗的文字，也来自他故事的生动——这使他的小说即使在探索复杂的人生经验、讨论最沉重的道德问题时也能从容不迫地抓住读者"。《译序》还首次向读者介绍了格林作品中"政治小说"这一类型，认为《名誉领事》并不提供政治意义上的是非判断……它倒是向我们披露了政治逻辑的无情，政治与人性的相悖"，暗示出格林的"无政府主义"倾向。[1] 苏晓军在《人性的因素》的《译序》中，对格林"现实主义作家"的身份做出了界定，认为格林不仅仅满足于对"战争恐惧心理、国际走私案件、间谍与反间谍的斗争、冷战气氛、反美情绪"等现实的简单反映上，他更关心"人在这种现实里的生存状态，探索人类的生活的各个方面和各种问题，如信仰问题、宗教问题、种族问题"，他尤其关心"人作为个人与社会的冲突以及他自我的内心冲突，他的生存状态和意义"。[2]2008 年版的

① 余斌：《译序》，载［英］格雷厄姆·格林：《名誉领事》，杜争鸣译，译林出版社（南京），1999 年。
② 苏晓军：《译序》，载［英］格雷厄姆·格林：《人性的因素》，苏晓军译，译林出版社（南京），2001 年，第 1、3 页。

重译作品中，序作者止庵论及了小说内人物之间的是非纠葛，但没有对格林的政治美学进行深入探讨。

　　以上几篇格林国际政治小说的序言文章评介了格林小说将可读性和严肃性相结合的特点，肯定了格林小说的政治主题超越狭隘的国家政治、将焦点置于人类生存困境的价值。但鉴于序言的介绍性特征和有限篇幅，几篇文章都有不够准确或疏漏之处。苏晓军虽然指出《人性的因素》的主人公卡瑟尔成为双面间谍是出于对朋友的感激而并非政治信仰，却没有深入剖析格林对于微观的、私密的个人经历和情感与宏观的国家政治事件之间的联系的建构。《名誉领事》中的普拉尔虽被荒谬的政治逻辑和政治行为所毁灭，但他也在对政治的介入中意识到自己疏离的生活方式毫无意义，走出了对父亲回忆的泥潭，收获了某种程度上的"救赎"。该小说虽揭露了英国、美国、巴拉圭、阿根廷各国政府反人性的政治逻辑，但仅限于批判抽象的国家政治与具体的个人价值发生碰撞时国家政治的荒谬和无情，并不包括政治在维持社会秩序等其他方面的作用，福特那姆最后被警察所救也体现出国家政治的积极一面；因此，余斌认为格林是以"非政治的态度写政治""不提供政治上的是非判断"的观点很难成立。

　　在格林去世之后，人类在世界范围内迎来了冷战后的思想"解冻"。越来越多的各国评论家开始关注格林政治小说中惊人的政治预言和多层的、多元的政治美学价值。在 21 世纪的今天，格林小说依旧持续地被阅读、被研究。因对极端政治环境中人类两难生存困境的关注、对人权政治和国家政治的世界性联系的深入挖掘等，以《文静的美国人》为代表的格林政治小说，也已进入了世界格林研究的中心，被越来越多的评论家从多方向、多维度进行深入地解读和批评。

三

　　对格林作品政治主题方向的研究，在西方学界已经持续了半个多世纪，我国尚处在起步阶段。格林在小说中表现出的对于第三世界国家的同情、对越南和南美等国家的关注和对世界政治的反思，尤其值得我国学术界重视。格林研究在西方已繁荣了几十年，仍需要东方的别样视角和跨文化的学术对话——去探究用传统方式讲故事的"老套路"写作价值何在，挖掘"极其敏锐而深入地反映时代风貌"①、总是惊人地预言重大历史事件

---

①　潘绍中：《格林短篇小说选》，商务印书馆（北京），1988 年，第 2 页。

的格林作品蕴藏怎样丰富的国际政治内涵，探讨格林作为西方白人作者不可避免的创作视角局限。

总的来说，西方学界近80年的格林研究由两条主线贯穿：一是研究格林借宗教和政治表达的严肃主题；二是以罗曼·谢里教授出版三卷本《格林传记》为标志，围绕格林生平传记进行的研究。在对格林的政治美学研究方面，主要偏重于解读格林具体的政治观，寻找和界定格林的意识形态倾向，且研究对象包括格林的所有小说作品，并没有针对格林政治小说的专门的、系统的研究成果。笔者认为，对格林政治小说的专项研究，可以理清格林小说创作思想的关键转折点，从而揭示格林如何从典型的、传统英国中产阶级的普通一员转变为一个深刻的宗教小说家和世界范围内社会政治的预言家，借以分析格林小说艺术中的张力——从他既创新地从电影中借鉴专业技术，却又守旧地致力于使用传统的19世纪式的情节、人物和叙事习惯这看似相悖创作手法中，观望格林复杂主题中的小说艺术魅力。

西方格林政治美学批评中所忽视的第一个重大问题是没有甄别和定义格林政治叙事区别于以往西方政治小说作品的独特性。20世纪的大部分欧洲作家都或多或少发表过政治言论或直接参与过政治，而格林却是其中唯一一个用脚步丈量世界的作家，与胡志明、卡斯特罗、阿连德等多位政治领袖有着非同一般的私人关系。他的小说文本不拘泥于国内政治波诡云谲的权力斗争，也不似殖民主义或后殖民主义文学关注某一特定国家的地缘政治，而是将视角落在不同国家的人民受到现代政治挤压和反抗的心理和行为上，从微观着眼，讨论了20世纪后期政治意识形态碰撞、大国对抗、小国夹缝求生等状态下普通人的生活。其作品立意、主题、人物、故事等都超越了一本政治小说的讨论范围，因此，将格林这一阶段有鲜明政治主题的五部作品，即《文静的美国人》《喜剧演员》《名誉领事》《哈瓦那特派员》及《人性的因素》，定义为"国际政治小说"（International Political Novel）。

这种提法，具体说来，基于以下三个判断。第一，五部小说的背景地都不相同，表现了各地在不同文化孕育下形成的独特地缘政治特点。小说文本中，故事情节的推动常常由小说背景地独特的地域文化所促成，文化又进一步决定了人物对政治的态度和参与方式，使得每部小说中的人物的政治选择和最终命运都同时体现了人性的共同之处和地域政治文化的迥异。因此，格林政治小说中解读的政治具有国际背景，故事中的政治情节具有差异性，与其他以描写本国政治行动为主的政治小说区别明显。

第二，格林的政治小说在本土政治文化之上，也考察了地域政治的国际性联系和影响。如《文静的美国人》和《喜剧演员》中，越南和海地出现政治困境时都受到了来自外国的干涉，即强权大国美国的影响；同时，越法战争的结局和海地独裁统治的发展也关系着美国和欧洲、拉美各国在冷战中的力量分布，影响着世界各国的利益。因此，格林的政治小说敏锐地揭示出现代国家政治与世界政治的紧密关联，诠释着国家政治中各方权力博弈的全球性影响。

第三，通过描写极端政治环境中的个体生活状况，格林也在挖掘人类在面临两难抉择时的共性，尤其是那些与生俱来的"人性的因素"。虽然五部国际小说中主人公们所面临的问题不尽相同，但同样的，他们都在信仰与怀疑、希望与绝望、忠诚与背叛的三大矛盾冲突中左右为难。在这些冲突之上，小说用宏观的、多元的政治、伦理、美学视角审视人性的"善与恶"，启迪人们放弃冷漠、付出自己的理解与同情，并努力重构人与人之间的温暖关系。从这一点看，格林的小说故事背景地虽不相同，但生活在其中的人们的本性和灵魂是相通的。通过赋予人与人之间的关系以意义，格林的国际政治小说寻找到一种温暖的联系，可以将世界上不同国家、不同种族、不同肤色的人连在一起，用以对抗现代性中破碎的观念、意识和人们的生存状态。

在21世纪的今天，人类进入信息社会的新纪元，更便捷的交流也带来了更多的误读、误解。现代人正如格林在50年前预料的那样，陷入一个又一个孤岛。对这一现代病症，格林将他复杂的政治观与宗教观、社会观相联系，在精神与行为两方面开出了药方。在精神领域，格林呼唤一种"没有信条的信仰"。他认为，人类需要有一种"人类的生存具有永恒重要性"的信念，以对抗现代社会的信仰危机和物质主义。同时，这种提法也是对哲学上的虚无主义和政治上的无政府主义的有力反击。但是，在信仰之中，格林却认为没有必要在人们的大脑中装入单一的、固定的、桎梏的信条。格林提出的"没有信条的信仰"是一种辩证的哲学观和宗教观。他鼓励每个人找到自己的那个充满独立思考和感情积淀的信仰，认为信仰是个性化的，因此可以对抗宏大叙事和国家机器中的个人角色所带来的"惯化性"和无意义。

在行为方面，格林开出了"有人性地介入政治"这一药方。格林所理解的人性，以人与人之间的关系，也就是个人对他人的情感为基础。当人们以此为动机正确地理解并介入政治时，人类最原始的道德激情会被激发出来，让人们可以放弃自私自利，打破世俗和精神上的桎梏，向着将出于个人之爱的"仁慈"和代表集体利益的"正义"相统一的方向而努力。因此，在格林笔下，政治的投入并非荒谬或无功的。在无所不在的政治空气中，在个人生活不可避免地被主权政治和权力政治挤压、侵扰时，"有人性地介入政治"正是对抗权力逻辑的荒谬性、国家政治的无序性、现代意识的破碎性等"时代敌人"最有力的武器。

本书由此回应了长久以来西方格林批评中的一个问题：一向被大部分西方学者认为是悲观主义者的格林，其实对"人类具有永恒重要性"这一决定性的判断具有非凡的信心，即对人性的美与善寄予希望。格林的国际政治小说的最大价值在于，他不但写出了人类左右为难的生存绝境，更为人类的"绝境突围"提供了观念上的信仰基础，并运用他准确犀利的国际政治视角提出了在相互同情和理解的基础上，人类构建一个真实的、共存的、温暖的社会的可能。

自 1924 年英国教授斯皮尔在《政治小说：在英国和美国的发展》①一书中正式提出"政治小说"这一概念以来，政治小说就成为西方文学中的一个特定研究对象。经历两次世界大战的 20 世纪，政治在社会生活中的重要性切实地渗透进入每一个普通人的生活，越来越多的优秀政治小说出现在历史舞台上。乔治·奥威尔的《一九八四》和《动物庄园》用幻想体拉响了对未来世界极端社会形式的终极警报，格林的《文静的美国人》《名誉领事》等作品从微观入手解读个体对于政治的宏观作用，美国作家罗伯特·佩恩·沃伦的《国王的人马》以草根出身的路易斯安那州州长休伊·斯的生平为基础，深刻地揭露和批判了美国的社会不公现象和政治腐败。步入 21 世纪以后，我国也一度兴起"官场小说热"。这些官场小说中不乏优秀作品，但小说的单一主体"官场"使得这些成功的作品"揭示的只是官场文化而已"，而那些"逢迎术、厚黑学和官场上的你争我夺的小伎俩与真正的政治文化无关，也没有提升到政治文化的层次"②。官场小说

---

① Morris Edmund Speare, *The Political Novel: Its Development in England and in America*, London: Oxford University Press, 1924.

② 谭桂林：《"官场小说非政治小说"浅议》，《理论与创作》2010 年第 1 期，第 42—44 页。

并非政治小说。本书对格林国际政治小说的专项研究，将在分析五部小说的政治内涵以及超越权力政治的人性表达中确定其美学价值；同时也第一次以非西方的角度，展开国际政治维度的格林批评和研究。相信对格林国际政治小说的专题研究可以为当下中国的文学、文化与政治建设提供参考价值和反思意义。在世界各国交往和沟通愈加便捷频繁、政治观点和观念表达的渠道越发多元，而误读和误解却从未减少的当下，解读格林小说中的政治主题有助于我们抓住时代脉搏，为理解当下世界共同关注的重大社会、宗教和政治问题建立起更立体、更正义、更人性的通道。

第二部分 国际政治小说细读

第四章 《文静的美国人》

二战结束后的 20 世纪 50 年代，全世界都弥漫着一种混合着劫后余生的喜悦和百废待兴之焦躁的情绪。格林的身影常出现在冲突、战争、对抗的地区，并受多家报纸或杂志的资助对这些地区的事件进行报道。这段经历增强了他对现代政治生活中人性扭曲、交战的感知力，并让他逐步拥有了对道德问题超越宗教之外的洞察力。评论家卡托认为，格林总是去往危险之地旅行的经历让他"从此成为一个边缘人，成为对塑造每个个体生活的政治现实有着清晰意识的人"①。作为记者，他用客观的视角努力捕捉和记录历史，但这显然并不能令他满足，似乎总有声音召唤他去补足新闻报道中的未尽之言。正是在这种背景下，格林的文学创作开始转型，之前的宗教主题逐渐淡化，开启了国际政治主题的创作新阶段：他描绘和展现苦难和罪恶，却在细微之处透露出对人类终极之善的信心。

《文静的美国人》是格林国际政治小说的开山之作。故事发生在第一次越南战争期间。人到中年的英国记者福勒，为了逃离濒临破裂的婚姻和中年危机，只身来到越南这块被炮火蹂躏却充满热带浪漫气息的土地。一个年轻漂亮、会讲一点儿英语的越南女孩凤儿成了他的情人。福勒沉溺于凤儿的温柔和她点的鸦片烟中，对周遭的一切似乎视而不见，毫无立场。美国青年派尔的出现打破了福勒平静的"世外桃源"生活。作为美国经济援助代表团的一员，派尔不仅有着体面的工作，年轻多金，而且对凤儿一见钟情，痴心不已，要与福勒公平竞争。凤儿虽与福勒有一定感情，但在势力的姐姐的鼓动下，很快选择了派尔。福勒虽有苦涩，却也认可派尔是对凤儿来说更好的人选，因此原谅了这个文静的美国人。然而，凤儿在派尔的通知下提前避开了广场爆炸案让福勒起了疑心。追查之下，才知道派

① Maria Coutto, "Juggling the Balance," *Economic and Political Weekly*, Vol. 18, No. 43, 1983, pp. 1835-1836.

尔实为美国特工，他来越南不是为了给战争的任何一方或平民提供援助，而是谋划在越南扶持亲美的第三种力量。而正是这"第三势力"，策划了数起爆炸案，造成了大量平民伤亡。一向疏离于世的福勒不再淡定了，他采取了行动，最终造成派尔被暗杀。派尔死后，凤儿回到了福勒身边。

第一节　越南的现实

一

小说《文静的美国人》的故事发生在 20 世纪中期的越南。彼时，胡志明所领导的越南独立同盟会（简称"越盟"）正在同法国军队争夺越南的统治权。19 世纪以来，越南一直是法国的殖民地，西方人也习惯用"印度支那"一词统称与中国南部毗邻的老挝、柬埔寨、越南地区的法属殖民地。二战时期，日本人曾一度占领越南。日本投降后，1945 年 9 月，胡志明代表越盟在越南北部城市河内的巴亭公园中心广场上宣布越南民主共和国（1945—1976，通称"北越"）临时政府成立。几乎与此同时，英国军队进驻越南南部主要城市西贡，与法国人一同宣布实施军事管制，强行压制越南人的独立运动，表明法国想要将越南重新划归其殖民统治的企图。同年冬，控制越南北部地区的越盟和控制越南南部地区的法国军队开始谈判，但断断续续进行了一年之久仍毫无进展。1946 年 11 月，法国海军轰炸了越南北部重要港口——海防，造成至少 6000 名平民伤亡。此举正式拉开了越法战争的序幕，1954 年，越法战争以法国战败告终。《文静的美国人》中名叫福勒的叙述者"我"正是来报道这场战争的英国记者，那个"文静的美国人"派尔则是美国经济援助代表团的成员，两人共同爱着的越南女孩凤儿将他们的生活联系到一起。很明显，作者借三位主人公的身份来暗喻涌动在越南的三股政治势力：凤儿代表的越南，福勒代表的英法，派尔代表的美国。

虽然表面上是越盟和法国两方势力在越南对抗，但不可避免的，和 20 世纪后期几乎所有国际重大政治事件一样，他们都无法摆脱"世界警察"美国的影响。最初，美国人对法国在越南的殖民统治并不赞同。尽管时任美国总统的罗斯福并没有制定出任何清晰具体的对越政策，但在

1944 年写给美国国务卿卡德尔·胡尔的一封信中，他直言不讳地表露出对法国殖民统治的反感："法国控制这个国家……将近一百年了，这儿的人民比（殖民统治）刚开始时更加贫困……印度支那地区的人民有权过得更好。"[①] 留法归来的胡志明异常敏锐地捕捉到了罗斯福的心态，并预感到美国在战后的国际影响力。胡志明在越法战争初期表现出对美国积极友好的态度，甚至在宣布越南独立的著名演讲中引用了《独立宣言》。

随着二战结束，美苏之间建立在"敌人的敌人即伙伴"之上的同盟关系瞬间瓦解，二者为了捍卫各自的意识形态和政治利益开始了长达四十余年的冷战。1947 年，接替罗斯福的总统杜鲁门发表了影响 20 世纪后期世界格局的重要演说，正式对共产主义宣战，其指导思想后来被称为"杜鲁门主义"。出于自负亦出于恐惧，美国以"世界警察"自居，广发"英雄帖"，时刻准备携政治、军事和经济"援助"介入争端，以便更广泛、更有效地建立盟约。1948 年，杜鲁门政府公开表示，如果法国在"印度支那"重建殖民帝国，美国将不会阻挠。1949 年，中国共产党领导的中华人民共和国成立，美国支持的蒋介石政府失败，宣告了美国在亚洲核心政治企图的失败。1950 年，朝鲜战争爆发，美国以联合国的名义进行干涉无果，整个亚洲的局势变得对美国十分不利。1950 年 6 月，八架美军运输机抵达越南，首次将武器交付给处于困境的法国军队，实质性地介入了越法战争。不久后，美国承认越南共和国（1955—1975，通称"南越"）政府为越南唯一合法政权，与北越对立。法越两国具有殖民与反殖民性质的战争，由于美国的意识形态、军事和经济"加持"，最终演变成了资本主义与共产主义阵营对立的全面热战。

表面上，美国并没有正式出兵支援法军，但战时美国派往越南的"非官方"团体却为数不少，小说中派尔身处的"美国经济援助代表团"就是其中的一支。小说中，派尔秘密地扶持越南当地的第三势力，策划了多起造成大量平民死亡的爆炸案，于法军战败后第二年出版的《文静的美国人》因此受到《纽约客》等多家美国媒体的指责。媒体认为格林"将美国暗指为越南最大爆炸案的帮凶"，扭曲了美国非政治援助的美好意愿，其小说是为了反美而作的政治檄文。

事实上，小说中的第三势力，即派尔协助其制造爆炸案的元凶"泰将

---

① ［美］莫里斯·艾泽曼：《美国中眼中的越南战争》，孙宝寅译，当代中国出版社（北京），2006 年，第 12 页。

军"确有其人。他曾是越南本土宗教高台教的"教皇军"中的上校,领导一支两万人的军队,理论上站在法国一边。格林曾以记者身份两次采访过他。期间,泰将军离开了高台教军,带领一支几百人的小部队"占山为王",对激战正酣的法方和越方同时宣战。爆炸发生时,《生活》(Life)杂志的一位摄影记者捕捉到一张令人震惊的、恐怖的照片——一个三轮车夫在被炸掉双腿后依然直立不倒。这张照片后来被一家美国的宣传杂志转发,并命名为"胡志明的杰作"。但事实上,格林写道,"泰将军已经坚定宣称自己为爆炸案负责"。"那么问题来了,"格林在自传中写道,"究竟是谁在为一个同时与法军、高台教军……作战的土匪提供装备和材料呢?"[1]

在小说出版后不久,越法战争正如格林预测的那样以越南的胜利告终。法国人撤出后,美国扶持吴廷琰成为南越总统,期望借其控制越南乃至亚洲局势。但美国的天真再次让其搬起石头砸了自己的脚,"吴总统不但屠杀民族主义者和共产党人,而且屠杀佛教徒"[2],不仅不得民心,还遭到国际社会的强烈谴责。如此一来,不甘心放弃在越南既得政治利益的美国,只好自己出马,用强大的军事力量武装"民主正义",开始了新一轮的越南战争。

近半个世纪过去了,美国人在反思越南战争时,也开始正视之前的这一段历史。《文静的美国人》被许多美国评论家誉为"第一本甚至最好的一本"越战小说,"在许多评论家眼里,《文静的美国人》已成为一种标准"[3]。这不仅是因为格林早在 1955 年就预言了美国将在越南把自己拖入泥潭的命运,还因为其中派尔的形象是美国式"天真"最恰当的代表。这部小说因此成为英美大学政治学科的必读书目。2002 年版电影《文静的美国人》的导演菲利普·诺维斯(Philip Noyce),在一次接受《沙龙》(Salon)杂志的采访时这样描述发动阿富汗战争的时任美国总统小布什:"乔治·布什根本就是亚登·派尔!他几乎没出过国,他出于美好意愿,相信自己得到了答案,非常的天真,一点儿也不明智,而且极其危险。"甚至,小布什自己也曾援引格林的这部小说,认为派尔"代表了美国的初

① Graham Greene, *Ways of Escape*, London: Vintage, 1999, p.164.
② Maria Couto, *Graham Greene: On the Frontier: Politics and Religion In the Novels*, London: Palgrave Macmillan, 1988, p. 225.
③ James Wilson, *Vietnam in Prose and Film*, Jefferson: MaFarland, 1982, p. 9.

衷、爱国精神和危险的天真"①。被对立的双方同时援引，在某种程度证明了小说文本的非目的性——它并非美国评论家所指责的"政治檄文"，而是具有政治美学价值的文学作品。

二

格林之所以被派往越南，是因为他在马来亚（Malaya）②为《生活》杂志写的报道得到了认可，但他为越法战争所撰写的文章却并不能令杂志社满意。格林在自传中写道，可能是因为文章中已经流露出他对战争的矛盾态度："我赞赏法军，也赞赏他们的敌人，我也对战争是否有最终的价值持有疑问。"③

在格林看来，这是一场莫名其妙的战争，处处充满了误解。法国人或者之后的美国人都没有搞清楚自己在与谁作战。不论是法国明面上的殖民战争，还是美国背地里的"民主战役"，他们都误解了越南人争取独立的民族情结。正如历史学家乔治·海林（George Herring）所说，"即使不考虑胡志明的意识形态，他在 1950 年就确立了越南民族主义的准则"④。在经历了几个世纪来自外族的奴役和战乱后，在二战后全世界殖民地争取民族解放的大潮中，彼时的越南人民最想要的不是法国坚船利炮的"保护"，也不是美国的"自由"和"民主"，而是越南人自己当家做主。这是格林的《文静的美国人》对越法战争的第一个批判。正如小说中的福勒所说，越南人"希望有那么一天也跟别人一样平等。他们不需要我们这些待在他们四周的白皮肤的人来告诉他们，什么是他们所需要的"⑤。因此，他们更希望关起门来解决自己的问题。北越军队总司令武元甲在接受采访时曾表示，"从古到今，影响我们最深的意识形态、人们最普遍的情感，是爱国主义"⑥。

① Monica Ali, "Reading Graham Greene in the Twenty-First Century," Dermot Gilvary and Darren J. N. Middleton ed. , *Dangerous Edges of Graham Greene: Journeys with Saints and Sinners*, New York: Continuum, 2011. pp. 277-279.

② 马来西亚独立前马来半岛的旧称，相当于今马来西亚西半部。

③ Graham Greene, *Ways of Escape*, London: Vintage, 1999, p.157.

④ George Herring, *America's Longest War: The United States and Vietnam:1950-1975*, New York: Newbery Awards Records, 1986, p. 15.

⑤ [英] 格雷厄姆·格林：《文静的美国人》，主万译，上海译文出版社（上海），2008 年，第 123 页。

⑥ Stanley Karnow, "An interview with General Giap," W. Capps ed., *The Vietnam Reader*, New York: Routledge, 1991, pp. 125-135.

小说中的美国人派尔显然对此一无所知。他完全陷入了书本中所说的"西方的责任"中，想要将自己对自由民主的理解强加给越南。派尔这一人物并不是完全虚构的。格林的灵感来自在西贡时偶然与他同行的一个美国人。他是美国经济援助代表团的工作人员，"法国方面认为他们可能属于美国中情局"。格林的旅伴其实与派尔的性格大相径庭，"他更加聪明而且不那么天真"，但他一直在讲"要'在越南找到一股第三势力'的必要性"。格林坦言，"我以前从未如此近距离地接触伟大的美国梦，他们要像对待阿尔及利亚一样折磨东方"。由此，小说《文静的美国人》的主题和人物应运而生，而此前格林从未想过要创作一本以越南为背景的小说。越南的战局本扑朔迷离，第三势力泰将军的加入让民众更加苦不堪言。格林目睹过越南战场上死伤的平民。"我一直记得那一幕，一个死了的孩子趴在沟里，身边是他死了的母亲。他们身上异常干净的枪眼让他们的死比旁边运河里大量的死尸更让人难以忍受。"[1] 这一场景也被格林真实地再现于小说中。面对死亡，格林看到的和派尔完全不同，那不是一个个用来计算的统计数字，更不是抽象的、为伟大的"理想"做出的微小牺牲，而是一个个本来活着的个体，有着自己的母亲、孩子、爱人的普通人。正是抱着这种"难以忍受"的悲伤和同情，格林要在小说中深入问题的核心去探讨真正的"西方的责任"。

1954 年，法军告败既成事实，格林"同情胜利者，但也同情法军"。他甚至深入前线报道过著名的"奠边府战役"。这场战役"标志着西方大国一直抱有的可以控制东方的希望破灭了"[2]。这场最后甚至演变为肉搏战的惨烈战役造成了数以万计的伤亡，而至今战争双方还在为己方具体伤亡数字的多少而各执一词。不可否认的是，双方在世界政治舞台上的权力和利益争夺对此巨大的伤亡数字负有不可推卸的责任。彼时，在获悉于日内瓦举行的国际会议将第一次商讨"印度支那"战争后（此前的焦点一直在朝鲜半岛战场），法方总指挥纳瓦尔总司令和越方的武元甲将军都急于在会议开始之前获得胜利，为己方在谈判中增加筹码。因此，法国军队在天气和地形都对己方不利的情况下贸然突击，结果战败；而越方指挥在胜败已经明朗的情况下命令士兵继续突进，以致法军的阵地越来越小，最后战争竟变成了惨不忍睹的双方士兵肉搏战。在政治价值观中，前线士兵的生

---

[1]　Graham Greene, *Ways of Escape*, London: Vintage, 1999, p.163, 165.

[2]　Graham Greene, *Ways of Escape*, London: Vintage, 1999, p.179.

命在谈判桌上只是一个抽象的伤亡数字。对于这场损失惨重的败仗，法军直接指挥者勒内·科尼中将和纳瓦尔总司令各执一词，双方甚至各出回忆录指责对方。格林在自传中是这样评价的："科尼中将需要为他包围越南北部的命令找到借口，就像纳瓦尔需要在大国会议开始之前获得一场壮观的前线胜利，用来说服英国和美国站在法国一边一样。"小说中前线的法国上尉特鲁恩的一席话最能代表士兵的心声："我们是职业军人：我们不得不继续打下去，要等那些政客们叫我们停，我们才好停。很可能他们会在一起开个会，同意和平停战，其实那样的和平我们当初就可以取得，那么一来，这许多年的仗就全都白打了。"① 士兵们既要遵守职业操守，又不得不面对个人良知的折磨。而且停战并不单单意味着回家的安慰，对于作战双方战士，还同时意味着对生命意义的质疑，以及战争留给每个参与者无法消退的、永远的心理创伤。

除了揭露越法战争在误解上的出发点和过程中的无序性外，格林也在小说中讽刺和批判了战争过程的盲目性。小说中福勒参与了一小队法军士兵的巡逻，看到一条飘满了灰黑色死尸的河，所有的战士"忽然就像谁下了命令似的，全部把头转开"②。渡河后，一个士兵把一对越南母子误当作敌人开枪打死了。他们"其实并没有走多远，然而这趟巡逻却似乎进行了相当长的时间，唯一的结果就是，杀死了那母子俩"③。格林希望说明的是，身为职业军人的他们也憎恨死亡，厌恶这荒谬的、意义不知在何处的战争。对他们来说，即使越南最终成了法国殖民地，这里也不是他们的家。对于这里的土地和人民，他们和福勒、派尔一样感觉陌生。他们不知道在为何而战。曾亲历过这场战争的法国导演皮埃尔·肖恩多夫（Pierre Schoendoerffer）在1992年拍摄的电影《奠边府战役》中也着力描述了这一点。在奠边府战役的最后54天，由法国人、北非人和越南少数民族组成的法军对敌情毫不知晓，也不清楚战争目的为何，只有无序的行动，不断的伤亡，却不知敌人在何处。战争的盲目性，及其凸显的政治利益对个体生命的蔑视，都在奠边府战役中一览无遗。格林由此质问：战争最后的

---

① ［英］格雷厄姆·格林：《文静的美国人》，主万译，上海译文出版社（上海），2008年，第205页。
② ［英］格雷厄姆·格林：《文静的美国人》，主万译，上海译文出版社（上海），2008年，第61页。
③ ［英］格雷厄姆·格林：《文静的美国人》，主万译，上海译文出版社（上海），2008年，第65页。

价值究竟何在？以文化优劣为前提的殖民主义显然是错的，但以民主平等为旗帜的新西方主义就可以成为战争新的立法者吗？小说中的英国人福勒、美国人派尔、法国人维戈特、越南人凤儿，他们都同时以个人和国家的双重身份参与了这场战争。国家赋予他们各自的身份让他们无法抽身，只能在"作战的原因早已变得模糊不清之后"继续陷入这场没有尽头的战争，表现出人类在失落了意义的生活中的那种"道德上的彷徨困惑"①。

作为记者的格林直面战争，作为小说家的格林又不断质疑战争：他在作战双方的战士身上都找到了人性的闪光点，也看到了人们心中那颗仇恨的腐化的种子，同时不得不面对他们彼此残杀的事实。面对在越南土地上交战的各方政治势力，格林通过描写福勒、派尔之间矛盾的、难以下最终定义的人性善恶，成功地将以上的权力政治话语——解构，在纠缠于政治之中的人物身上寻找超越政治的复杂人性。就像评论家扎迪·史密斯所说，格林的小说如同亨利·詹姆斯的小说一样，是将"人性的各种变化都放到工作台上来供人解剖分析"②。这部《文静的美国人》奠定了格林的国际政治小说在文学史和政治学史上的地位，它不仅是对 20 世纪问题节点的历史记录，更触及了人类弱点的要害，将读者带入了新时代的矛盾中心。格林常常引用的托马斯·哈代（Thomas Hardy）《战后的平静》一诗中的句子也许最能代表他在《文静的美国人》中想要表达的主题：

> 阴险的魂灵冷笑道："必须这样！"
> 怜悯的灵魂再次低语："为什么？"

第二节　福勒与派尔

《文静的美国人》之所以成为经典作品，源于其提供的精准政治预言的社会学和政治学价值，更由于其造就的丰满立体的人物形象所体现的文学价值。一位是过了不惑之年、有着老派欧洲白人作风的英国人福勒，带

---

① ［英］扎迪·史密斯：《英文版导言》，《文静的美国人》，格雷厄姆·格林著，主万译，上海译文出版社（上海），2008 年，《英文版导言》第 3 页。

② ［英］扎迪·史密斯：《英文版导言》，《文静的美国人》，格雷厄姆·格林著，主万译，上海译文出版社（上海），2008 年，《英文版导言》第 2 页。

着老于世故的、怀疑的、疏离的眼光打量这个东方的神秘小国和它的人民；一位是年轻有活力的美国人派尔，带着新大陆的激情和初生牛犊不怕虎的精神，不需打量，就横冲直撞改造这个"破败又痛苦"的国家。福勒与派尔在20世纪的较量，像极了"没落贵族"与"新兴资产阶级"19世纪在欧洲的对抗，代表着审美传统与现代性的博弈。时至今日，这一对人物仍可以引发争论，他们的行为背后是复杂的社会、政治、文化、私人情感等因素，难以被轻易定义为"善"或"恶"。

一

英国小说家、文学评论家莫妮卡·阿里曾提到，她在哥伦比亚大学教授艺术硕士课程时，学生们对《文静的美国人》中的人物想说的最多的就是派尔。他们感兴趣派尔"以及他所代表的美国社会、文化、政治和美国在国际事务中扮演的角色"，而他们的讨论则"充满了我们这个时代的气息"①。阿里强调，派尔这个单纯得近乎"纸片人"的形象，却与21世纪的社会政治密切相关。阿里并非是意识到派尔这一形象具有代表性的第一人。美国历史学家特拉斯克多年前就曾指出，"如果美国人读了1955年出版的《文静的美国人》，意识到尽管这个故事是虚构的，但充满真理，他们绝不会陷入那个陷阱。当然，如果他们有能力从文学或历史中吸取教训，或者愿意这么做，他们就不是美国人。'理想主义'和现实脱节，伴随与道德格格不入的改良道德主义——一直是美国人的性格特征，没有哪部小说比这部小说更出色地抓住了这一点"②。

派尔是个典型的"理想主义者"，这可能源于严格的家庭教育。派尔评价自己的父母说："他们生活在往事里，也许这就是为什么约克给我留下了那么深的印象。他似乎多少让我看到了现代的情况。我父亲是一位孤立主义者。"③ 与现实脱离的父母没有给成长期的派尔足够的经验支撑，而阅读约克·哈定的书也未给他带来一个真实的世界。孤立主义者的父亲和

---

①　Monica Ali, "Reading Graham Greene in the Twenty-First Century," Dermot Gilvary and Darren J. N. Middleton ed., *Dangerous Edges of Graham Greene: Journeys with Saints and Sinner*s, New York: Continuum, 2011, pp. 277-279.

②　甘文平：《历史的真实和文学的洞见——评格雷厄姆·格林的〈文静的美国人〉》，《山东外语教学》2011年第5期，第91—96页。

③　[英] 格雷厄姆·格林：《文静的美国人》，主万译，上海译文出版社（上海），2008年，第239页。

约克·哈定的书锻造了"理想主义"的、温文尔雅的派尔。不管是对凤儿的爱情，对福勒的坦诚，对第三势力的支持，他所做的一切都光明正大，来源于绝对美好的动机。福勒对派尔的评价一针见血："我知道，你的动机是好的，它们总是好的……但愿你有时候也有几个不好的动机。那么你也许就会对人稍许理解一点儿。这句话对你的国家也适用。"[1] 与作者格林本人的经验类似，小说借派尔强调了家庭和阅读对一个人一生的影响。

成年后的派尔带着一腔热情来到越南，准备大展拳脚。他的"理想主义"首先体现在他对凤儿的感情上。他对凤儿的爱建立在保护欲的基础上，或者说，他觉得凤儿需要被拯救。第一次去越南妓院的经历，让派尔觉得非常不适，"他是在埋怨美好的东西……竟然会受到摧残或是虐待"[2]。因此，凤儿就是他要从混乱的越南、从"游戏人间"的福勒手中拯救出来的"美好的东西"。带着如此单纯美好的动机，他带着必胜的把握，独自划船经过一条布满死尸的河流去向福勒发出夺爱战书。福勒所说的"也许凤儿并不需要保护"让派尔难以理解。在他的世界里，只要他的动机是好的，是为别人好，那么别人一定是甘之若饴的。所以他在告诉福勒要追求凤儿之后觉得一身轻松，因为已经达到了对自己光明正大的要求，至于福勒和凤儿的感受，似乎并不在他的考虑之内。"他这个人对于自己可能给别人带去的痛苦是设想不到的，就如同他对自己可能遭到的痛苦或危险也想象不到那样。"[3] 问题的关键在于：派尔对自己一直是诚恳的，他按照光明正大的美好动机行事，心安且执着。因此，对他来说，"一切牺牲全都由别人付出代价，这只是偶然的巧合"[4]。

派尔的"理想主义"还体现在他的万能金钱观。派尔说服凤儿与他结婚的很大一个筹码便是可以为她提供物质保证，恰巧这也是被消费主义和物质主义文化重构了的越南女孩、凤儿姐姐的处世哲学："一场金元恋爱

---

① ［英］格雷厄姆·格林：《文静的美国人》，主万译，上海译文出版社（上海），2008年，第178页。

② ［英］格雷厄姆·格林：《文静的美国人》，主万译，上海译文出版社（上海），2008年，第44页。

③ ［英］格雷厄姆·格林：《文静的美国人》，主万译，上海译文出版社（上海），2008年，第76页。

④ ［英］格雷厄姆·格林：《文静的美国人》，主万译，上海译文出版社（上海），2008年，第77页。

有美好的意图，清白的良心，那么其他的人就全见他们的鬼去吧。"① 二战后，国力雄厚的美国带着美好的意图和大把的美元在全世界"谈恋爱"，美国人努力"保护"和"拯救"对方，但在这一过程中"一切牺牲也全都由别人付出"。借福勒之口，格林质疑了美国"美元"外交的最终目的："我们先鼓励他们，然后又撇下他们，只给他们一点儿装备和一种无关紧要的工业。"② 由此看来，派尔与凤儿爱情的结局也是格林送给美国的另一个预言：单靠美好的动机和金钱就可以保证和平和理解的理论是行不通的。借讽刺派尔将金钱作为首要条件的婚姻观，小说表达了对战后席卷全球的美国物质主义的批判。

派尔最危险的"理想主义"体现在他的政治实践上。福勒在派尔死后对维戈特这样说：

> 他们杀了他，因为他太天真了，不能容他活下去。他年轻，无知，愚蠢，而且给牵扯进去啦。他跟你们每一个人一样，对大局一无所知。你们给他钱，给他约克·哈定写的关于东方的书，又对他说，"放手干吧。为民主主义把东方争取过来"。他始终没有见过什么他在教室里没有听见过的事情。他读的那些书的作者和他听过的那些演讲人，使他上了大当。当他看见一具死尸时，他连伤口在哪儿都找不着。③

福勒喜欢派尔是因为他的天真和"有理想"，他愿意看到派尔在自己国内的公园的草地上吃着三明治读着书，而不是到越南来实践他的"理想"。派尔想为越南人民带去幸福，但纸上谈兵让他看不到越南的现实，也想不到越南人的需要，他只是一味地按照"民主的法则"努力扶植第三势力。面对泰将军策划的爆炸案，他会去抚慰死者的家属，却也毫不迟疑地继续帮助泰将军。因为，这些死者对他来说是偶然的、可怜的牺牲。他会为死者家庭送去钱和安慰，但也认为他们的死是正常的、无法避免的，

---

① [英] 格雷厄姆·格林：《文静的美国人》，主万译，上海译文出版社（上海），2008年，第78页。

② [英] 格雷厄姆·格林：《文静的美国人》，主万译，上海译文出版社（上海），2008年，第125页。

③ [英] 格雷厄姆·格林：《文静的美国人》，主万译，上海译文出版社（上海），2008年，第34页。

是"死得其所"。格林借此一针见血地揭示出派尔所代表的美国对外政策中包含的荒谬政治逻辑：在策划并实施了一个又一个西方主义的、国家话语的、强加的、失败的对外政策后，他们依然相信，在那么多人无辜丧命之后，这个世界变得更"安全"了。

借"上了大当"的派尔，小说着力讽刺和批判了政治对天真的利用，同时表现了对有着"伟大的政治理想"的文静的派尔被推到人性边缘的痛惜。在派尔身上，政治将天真改造成为一种单一的、排他的信仰。在这种信仰的关照下，诚恳的派尔始终是心安的，是理直气壮的。眼前的现实对他来说没有意义，尽管在他的浪漫主义思想与现实冲突时，他也会"露出一丝那种痛苦、失望的神情"①，但事实上在面对一具死尸时，他根本找不到伤口在哪儿。派尔的思想已经被"清洗"，他丝毫没有意识到自己的天真被权力政治所利用，变成了由意识形态控制的国家机器手中的王牌武器。

福勒喜爱"为人"的派尔，福勒厌恶"政治"的派尔。面对这样一个天真的却多面的派尔，是否任何一个普通人都会与福勒有同感？我们不能因为派尔的天真就简单地为其"定罪"。从任何一种文化的内部观望，派尔都是一个好儿子、好学生、好男人（福勒也这样评价情敌派尔），也很可能是个好丈夫、好爸爸。然而，当政治不可避免地介入了他天真的世界时，当家庭生活没能提供给他与世界的真实和人性的现实相联系的足够经验时，这种天真便转化成为政治中一股不假思索的虔诚力量，具有极大的破坏力和毁灭性。因此，小说的结局既是越南人民维护国家民族独立的正义对派尔非正义和非道德的政治实践的胜利，也意味着天真的派尔最终成为"美、英、法三个新老殖民者之间争权夺利的牺牲品"②，成为一个福勒想对他说抱歉的人。借助派尔形象，小说既揭露和讽刺了美国权力政治逻辑的非正义性和荒谬、美国对外政策的粗鲁和暴力，也对被政治利用的天真个体表现出了同情。派尔形象至今仍不断被讨论和研究，说明天真与政治的联姻在空间上具有全球性的影响，在时间长河中也是一种持续的、难以消退的力量。

---

① ［英］格雷厄姆·格林：《文静的美国人》，主万译，上海译文出版社（上海），2008 年，第 94 页。

② 甘文平：《历史的真实和文学的洞见——评格雷厄姆·格林的〈文静的美国人〉》，《山东外语教学》2011 年第 5 期，第 91—96 页。

二

英国记者福勒，即叙述者"我"，是贯穿整部小说的线索。故事一开始，派尔已死，昔日的情人凤儿来向他打听派尔的下落。福勒一面回忆与派尔的相识，一面整理与凤儿的感情，同时还要应对法国警察队长维戈特的调查盘问。因此，小说的叙事也是福勒质疑自己的过程，意在追溯这个叙述者应该在多大程度上为派尔的死负责。这个过程具有"增强效力"，也就是"逐渐地、持续地将一个行为展开，这个行为的全部意义会在作品的最后或者倒数第二个句子中被揭示出来"①。如此说来，福勒所找寻的答案就在小说的最后一句："自从他死后，我倒是事事如意，但是我多么盼望世界上有一个人，我可以对他说我很抱歉。"②

派尔死后，福勒的如意可谓来源于三：不仅被派尔"抢去"的情人凤儿又回到身边，而且自己可以继续留在越南工作，甚至纠缠已久的英国妻子也同意离婚。将这三个如意作为结论反推，不难看出记者福勒当初来到越南显然不是为了事业上的利益，因为"在那些日子里，全世界想要读到的只是朝鲜新闻"③。福勒的问题，来源于中年危机，这也许是格林在暗示他自己。事业上的瓶颈和婚姻生活的不如意，让他想要远离自己熟悉的环境和人们，寻找那份不安全感，一份能证明自己依然活着的危险刺激。更深层的，或者是因为福勒本来就是一个疏离的人，一个老于世故、冷眼看天下的人："我从小就不相信永久性，然而我又渴望永久。我总怕失去幸福。"④ 因此，他竭力不让自己触碰任何一种幸福的可能，对一切都置身事外。贯穿小说，福勒总是在强调他的信条："让他们去打斗，让他们去爱，让他们去残杀吧，我可不牵连在内。"⑤ 哪怕在最残酷的战争前线，他也只写他所看见的事，从不采取行动——"甚至表达意见也是一种行动"⑥。那

① A. A. DeVitis, *Graham Greene, Revised Edition*, Boston: Twayne, 1986, p. 109.
② [英] 格雷厄姆·格林：《文静的美国人》，主万译，上海译文出版社（上海），2008年，第255页。
③ [英] 格雷厄姆·格林：《文静的美国人》，主万译，上海译文出版社（上海），2008年，第51页。
④ [英] 格雷厄姆·格林：《文静的美国人》，主万译，上海译文出版社（上海），2008年，第52页。
⑤ [英] 格雷厄姆·格林：《文静的美国人》，主万译，上海译文出版社（上海），2008年，第52页。
⑥ [英] 格雷厄姆·格林：《文静的美国人》，主万译，上海译文出版社（上海），2008年，第28页。

么，他对凤儿的感情又该如何解释呢？福勒曾对派尔说："到了我这年纪，性已经不是大问题，我只关心老年和死……我不希望在我最后十年里孤零零地生活，就是这么回事。"① 他的妻子也在信中评价他对凤儿的感情："像我们其余的人一样，你也渐渐老了，不喜欢过孤独的生活了。"② 因此，在派尔介入之前，越南女孩凤儿只是福勒渴望逃离的一个出口，或者说，一段暂时的逃离。他依旧不愿付出爱，不愿牵连在内。更甚者，福勒到越南多少是为了寻死！在他的世界里，"死是唯一绝对有价值的"。他虽羡慕那些信仰上帝的人，却不信任他们——"死亡远比上帝确切。有了死就不必天天担心爱情可能会消失了，未来的厌烦与冷漠，那种噩梦也会消失"③。但让他始料未及的，美国人派尔的到来彻底改变了这一切。

福勒喜欢派尔。以格兰杰为代表的美国记者在福勒眼里"都很高大，闹闹嚷嚷，到了中年依然孩子气十足"④。但派尔却完全不同，他很文静，谦虚庄重，甚至有些害羞。谈及派尔在阅读约克·哈定的书，福勒喜欢派尔"对哈定的这份忠诚"，他的态度"跟新闻记者们爱诋毁别人，爱说一些半生不熟的讽刺话截然不同"。⑤ 派尔在去妓院时局促的表现，对第一次见面的凤儿的尊重，都让福勒意识到派尔与他所接触过的美国人不同。在派尔死后，凤儿重新躺在他身边、维戈特警长随意翻动派尔的遗物、美国公使馆毫无反应的时候，福勒都会感到生气："难道真正关心派尔的就只有我一个人吗？"⑥ 福勒喜欢派尔是基于派尔与其他美国人不同的文静，这一点似乎是二人的志同道合之处；从另一方面看，更是由于派尔与福勒自己的不同，福勒在派尔身上找到了自己已经遗失了却认为弥足珍贵的东西。渴望永久又不相信永久的福勒，在派尔身上发现了"永久"映照出的光芒。派尔的天真、纯洁、笃定的性格与永恒的信仰有着天然的融合特

① ［英］格雷厄姆·格林：《文静的美国人》，主万译，上海译文出版社（上海），2008年，第13页。
② ［英］格雷厄姆·格林：《文静的美国人》，主万译，上海译文出版社（上海），2008年，第157页。
③ ［英］格雷厄姆·格林：《文静的美国人》，主万译，上海译文出版社（上海），2008年，第52页。
④ ［英］格雷厄姆·格林：《文静的美国人》，主万译，上海译文出版社（上海），2008年，第21页。
⑤ ［英］格雷厄姆·格林：《文静的美国人》，主万译，上海译文出版社（上海），2008年，第23页。
⑥ ［英］格雷厄姆·格林：《文静的美国人》，主万译，上海译文出版社（上海），2008年，第20页。

质，这让福勒自叹弗如，羡慕也喜爱。

然而，天真的派尔爱上了福勒的越南女友凤儿。他会自己划着船渡过一条飘满灰黑色死尸的河流来见福勒，只为了告诉福勒自己要追求凤儿。派尔的笃定和光明正大在争夺伴侣的较量中，成为一股让福勒气恼的又啼笑皆非的力量。阴差阳错，情敌派尔救了福勒的命，福勒在英国的妻子又回信表明不同意离婚，福勒与凤儿的关系悬在一线间。终于，凤儿离开了，福勒发现自己并不愿意承认失败。他开始到处诋毁美国人，到美国公使馆去找派尔，还在洗手间里大哭一场。那个笃定自己绝不会牵连进去的福勒，到此时才发现自己对凤儿的感情是真挚的。他其实早已牵扯进去了。他对派尔的喜爱开始掺杂了嫉妒。可即便这样，福勒也并没有就派尔为泰将军提供炸弹材料的行为做出反应。"让他去玩塑料模子吧，只要不伤害人。"① 也就是说，福勒没有让私人的感情成为牵扯进政治的借口，他依然努力将自己置身事外。就像他自己说的，"政治并不使我感兴趣。我是一个记者，我是没有立场的"②。

这一切都改变了，因为那场爆炸。在派尔不舒服地擦掉皮鞋上的血迹要去见公使时，在获悉凤儿因为"重要"到可以被提前"警告"而没有受伤时，福勒再也无法平静地泰然处之。爆炸中一个年轻的母亲将自己婴孩的残碎肢体郑重地放在自己的膝盖上，无声地盖上自己的草帽。平静无声的巨大痛苦就在福勒的眼前，他无法再回避，他想要做点什么。同样的感受也曾出现在他同派尔一起被困在岗楼的那晚，福勒即便自己身受重伤也想到要救那个发出惨叫的越南士兵。"我对那个在黑暗中哭泣的声音是负有责任的：我一向对自己超然事外、不属于这场战争很得意，但是这两个人的死伤是我造成的，就仿佛我使用了那柄轻机枪，像派尔原先想干的那样。"③ 而这次，派尔真的干了。他成了杀死这些无辜民众的凶手，而他自己却像其他时候的福勒一样，看起来超然事外。

因此，让福勒对派尔采取行动的决定性力量显然不是爱情的嫉妒，而是保护无辜生命的正义感，更是一个正常人对于冷漠的厌恶。那些死去的

---

① ［英］格雷厄姆·格林：《文静的美国人》，主万译，上海译文出版社（上海），2008年，第191页。

② ［英］格雷厄姆·格林：《文静的美国人》，主万译，上海译文出版社（上海），2008年，第126页。

③ ［英］格雷厄姆·格林：《文静的美国人》，主万译，上海译文出版社（上海），2008年，第151页。

越南人，对派尔来说是没有作为人的价值的一串数字，是实践哈定信条"不得已"的抽象牺牲品。反观福勒，他在面对个体的痛苦时难承其重，虽然他将这种感觉疏离地解释为一种"自私"："我很知道我自己，我知道自己多么自私。要是有谁在痛苦受罪，而且看得见、听得出、摸得到的话，那么我就不可能悠闲自在……有时候，天真的人会以为这是我的大公无私，其实我所做的只是牺牲一点儿小利益……去换取大得多的利益，在我需要单单考虑到我自己的时候，享有一种内心的安宁。"① 但这种内心的安宁恰恰是天真、热情、虔诚的派尔并不想要的。他那坚定的信念和"理想"，在现实中变成了危险的武器，让文静的派尔也瞬间一身戾气。

尽管如此，福勒还是喜欢派尔的。直到最后，他还是给派尔留有余地，告诉他忙的话可以不用赴约，即便福勒意识到"这是一场没有希望的争论"。天真的派尔会去照料汽车爆炸案中死者的家属，也会继续扶持第三势力去策划下一起爆炸案。福勒无法面对自己内心，两难的交战让他选择逃避，既跟派尔定下约定，又告诉他忙的话就不用来。这样的福勒，胆小怯懦，毫无笃定的意志，像极了我们身边每一个在不同价值观的交战中挣扎的普通人。最终，也只能说一句："我把决定权交还给我不相信的那位上帝手里。"②

派尔死后，凤儿回来，福勒再也无法感到内心的安宁，他意识到自己无法提供派尔能给凤儿的一切。福勒为了那些无辜的生命杀死了派尔，却伤害了凤儿。"也许她一辈子也得不到安全感：我有什么权利把她看得还不及广场上的那些死尸有价值呢？痛苦不是随着数目而增加的：一个人的身体可以包容全世界所会感到的痛苦。我曾经像一个新闻记者那样用数量来判断。我背叛了我自己的原则。我已经跟派尔一样卷入进去了。"③ 福勒所追求的内心安宁是永远无法达到的。他希望得到幸福，却不相信幸福。因为他想要幸福，就要卷入，而卷入就是选择，选择却意味着永远不能两全。福勒要面对的是残缺的生活、残缺的情感、残缺的生命。事实上，正如他的朋友、法军上尉特鲁恩所说的，"你们全会卷进去的。总有那么一

① [英]格雷厄姆·格林：《文静的美国人》，主万译，上海译文出版社（上海），2008年，第152页。
② [英]格雷厄姆·格林：《文静的美国人》，主万译，上海译文出版社（上海），2008年，第243页。
③ [英]格雷厄姆·格林：《文静的美国人》，主万译，上海译文出版社（上海），2008年，第247页。

天……总有一天会发生什么事的。你会偏袒一边的"①。

福勒的痛苦是选择的痛苦，而在他看来永远不可能有完满的选择，除非死亡。这似乎在完美诠释萨特的存在主义："人具有无法被定义的性质，定义的过程常常产生痛苦，而只有死人才能被定义，因为他完成了塑造自己。"② 美国评论家伊万斯教授也认为萨特的存在主义哲学对格林有很大的吸引力。③ 萨特曾在《存在主义是一种人道主义》一文中这样定义痛苦："当一个人对一件事情承担责任时，他完全意识到不但为自己的将来作了抉择，而且通过这一行动同时成了为全人类做出抉择的立法者——在这样一个时刻，人是无法摆脱那种整个的和重大的责任感的。"④ 福勒想要逃避的正是这种责任感。他选择记者的职业，正是为了置身事外。但是，对那些看得见、听得到、摸得着的痛苦，福勒却不能无视。他面临一种抉择，一面是对派尔的友谊和嫉妒的私人情感，一面是他可以制止派尔无知地掠夺更多生命的决定权。萨特这样定义这种抉择："一方面是同情，是对个人的忠诚；另一方面，忠诚的对象要广泛得多，但是其正确性也比较有争议"。⑤ 同时，这道德的两难也彼此掺杂。面对爆炸案的惨状，福勒的个人情感瞬间超越了他的冷漠，"他对凤儿的爱转化成为对越南人民的更大的爱"⑥。但在那瞬间之后，在凤儿又回到自己身边的时候福勒会质疑自己的真正动机。很明显，对凤儿来说，派尔是比福勒好得多的理想伴侣，派尔的死意味着她梦想中的美国婚姻彻底破灭。正如福勒用来定义他和派尔之间关于"理想"与现实、天真与世故的论辩，他对于派尔复杂的感情也是"一场没有希望的争辩"。因此，派尔死后福勒的事事如意并不能让他获得那种"内心的安宁"。福勒需要一个出口来排解自己抉择后的痛苦，"盼望

① [英] 格雷厄姆·格林：《文静的美国人》，主万译，上海译文出版社（上海），2008 年，第 203 页。

② A. A. DeVitis, *Graham Greene, Revised Edition*, Boston: Twayne, 1986, p. 110.

③ Robert Evans, "Existentialism in Graham Greene's *The Quiet American*," *Modern Fiction Studies*, Vol. 3, 1957, pp. 241-248.

④ [法] 让-保罗·萨特：《存在主义是一种人道主义》，周煦良、汤永宽译，上海译文出版社（上海），2008 年，第 6—7 页。

⑤ [法] 让-保罗·萨特：《存在主义是一种人道主义》，周煦良、汤永宽译，上海译文出版社（上海），2008 年，第 10 页。

⑥ Charles Dodd White, "Graham Greene's *The Quiet American*," *The Explicator*, Vol.67, No.1, 2008, pp. 33-35.

世界上有一个人，我可以对他说我很抱歉"①。

三

　　派尔与福勒这两个复杂的人物形象暗示出格林对白人世界两股博弈力量的担忧，即美国新大陆文化中的"资本主义"与英国老欧洲文化中没落的"贵族传统"之间的对抗。潘一禾教授曾在《一场有价值的政治与外交争论——论格·格林〈文静的美国人〉》一文中这样评价福勒和派尔：二者是"一种通过相互对照让彼此都更清晰的关系"，"一方面他俩谁也说服不了谁，另一方面彼此都有可能拯救对方和防范对方的大错"②。福勒与派尔代表了两种处世哲学，一种是"选边的"、热忱的、相信要卷入进去的；一种是中立的、冷漠的，不希望牵扯进去的。派尔代表了新兴资产阶级的积极、富有斗志和自大——他们要按照自己的方式改造一切，并坚信自己终将成功。福勒带着没落贵族的矜持、黯然和谨慎——他们在时代的浪潮中受到最强有力的冲击，不得不怀疑一切，在疏离和无为中自我惩罚。

　　讽刺地是，中立而矜持的福勒最终"牵扯进去"了，而这一改变是通过协助诱杀派尔来完成的；相应地，热忱的派尔变成了一具冰冷的尸体，因为自己的"选边"和"卷入"而被不是越南人也不是法国人的另一股力量——福勒给彻底清除了。福勒和派尔的最终结局似乎完成了角色的互换。二者的战争没有胜利者，资产阶级与没落贵族的共生是这个时代的必然，他们相互映照，彼此增强又彼此消减。他们因为对方与己不同而相互喜欢：福勒喜欢派尔对"理想"的忠诚和热情，派尔敬佩福勒的中立和公正。爱情上的冲突并没有造成二人最本质上的分道扬镳，派尔依旧与福勒来往，福勒即便已怀疑派尔搞的"塑料"可能是炸弹原料也没有第一时间告发他。然而，当派尔的信仰转化为现实的政治行为时，它变成了一股危险的毁灭力量：扶植没有理想只有利益的"土匪"泰将军，造成了无数无辜生命的伤亡。面对眼前的尸体和派尔的无所谓，福勒不能再说服自己按照以往的处世哲学继续保持沉默。通过派尔的"理想"与现实的冲突和福勒的最终行为，格林揭示出这样一个事实：希望置身事外的绝对的怀疑论者在现实中无法始终"洁身自好"，人们迟早都会"给牵扯进去"。而这种

---

① ［英］格雷厄姆·格林：《文静的美国人》，主万译，上海译文出版社（上海），2008年，第255页。

② 潘一禾：《一场有价值的政治与外交争论——论格·格林〈文静的美国人〉》，《杭州师范学院学报（社会科学版）》2008年第1期，第71—76页。

"牵扯"，在没有事实作为依据的"理想主义"的引导下，势必走向毁灭。

"人们生活中的每一件事都是政治，"卢卡奇在《欧洲现实主义研究》中写道，"不管人们意识到还是没有意识到它，或者甚至试图逃离它。"[①] 格林自己也说过："我这个人很少对什么百分之百的肯定，但政治确实存在于我们呼吸的空气中。"[②] 这种生活本身的政治，在格林看来，是一种信仰。福勒所秉承的信条——"让他们去打斗，让他们去爱，让他们去残杀吧，我可不牵连在内"[③]——显然是不可能实现的。就像特鲁恩上尉所说，"你们全会卷进去的。总有那么一天……总有一天会发生什么事的。你会偏袒一边的"[④]。从这一点上看，格林对福勒抱有的这种生活哲学持批判态度。萨特曾强调，存在主义不是无作为论，而是恰恰相反，"因为它宣称除掉行动外，没有真实"。那么，福勒是如何从"疏离的"变成"存在的"呢？促使福勒的处世哲学发生转变的诱因正是派尔，是他的天真和虔诚为福勒打开了审视世界的另一扇窗户，让福勒意识到自己的置身事外的冷静和中立，在人类巨大的灾难和人祸面前，是自私和冷漠的。在人的世界中，所谓中立是不可能完全实现的。通过与派尔的处世哲学和政治行为的碰撞，福勒一直以来所面临的存在主义式的抉择之痛、那个将他与行动隔开的一道屏障，转变成为"行动本身的一个条件"[⑤]。

与此同时，派尔的天真与虔诚同样存疑。他带着美好的意愿在世间行走，因为自己的真诚而泰然自若。他希望通过与凤儿结婚、带她逃离战乱的越南来保护"美好的东西"，却不问凤儿是否愿意离开家乡；他视福勒为朋友，却信誓旦旦地用金钱和婚姻挑战福勒和凤儿的爱情，并一直因为自己的坦诚而心安理得；他将书本上的"西方的责任"作为政治行动的依据，不问行动对象的意愿，也无视自己造成的伤亡，将西方的、书本上的民主强加给越南，并一意孤行。天真作为派尔人性的出发点，让他轻而易举地找到了信仰，并保证自己绝对"忠诚"。他忠诚的态度让福勒喜欢，

① Ceorg Lukacs, *Studies in European Realism*, New York: Grosset and Dunlap, 1964, p.9.
② Marie-Françoise Allain, *The Other Man: Conversations with Graham Greene*, London: Bodley Head, 1983, p. 87.
③ [英] 格雷厄姆·格林：《文静的美国人》，主万译，上海译文出版社（上海），2008 年，第 52 页。
④ [英] 格雷厄姆·格林：《文静的美国人》，主万译，上海译文出版社（上海），2008 年，第 203 页。
⑤ [法] 让 - 保罗·萨特：《存在主义是一种人道主义》，周煦良、汤永宽译，上海译文出版社（上海），2008 年，第 8、14 页。

却给他忠诚的对象带来了毁灭性的影响——无论是对越南还是对派尔自己。格林笔下的派尔形象不仅是对 20 世纪后半期美国对外政策的有力讽刺，更是对人性的天真与权力政治联姻的恶果发出的警示。更深层的，在意识形态之上，小说避免了将派尔塑造成为一个单纯的、需要批判的、有信仰之人，而是塑造成一个可以被认为是文静的、讨人喜欢的好男人、好朋友，一个福勒希望对他说抱歉的人。因此，他的天真和对信仰的忠诚才会在被理解的同时更值得商榷和反思。

派尔与现实严重脱节的"理想主义"被作者反复批判，但格林显然并没有因此全盘否定派尔对信仰忠诚的态度本身。福勒对派尔的喜欢与反感交织的复杂感情可以说明格林对信仰立体多面的认识。在与老于世故的怀疑论者福勒的对照中，派尔的虔诚作为一种态度具有特殊价值。它不仅刺激和助推了福勒的"卷入"，也促成了福勒对"自身冷漠"的反思。福勒所忽视的"个人行为对全人类富有责任"，恰恰是派尔具有信仰这一事实的意义所在。正如萨特所言，人"必须始终在自身之外寻求一个解放（自己）或者体现某种特殊（理想）的目标，人才能体现自己真正是人"[①]。福勒失落信仰所导致的冷漠是需要批判的，但他对绝对判断和绝对信仰的怀疑态度却是有必要的；派尔脱离现实的"理想主义"带来毁灭性影响，但他寻找信仰并付出忠诚的态度却是现代社会所缺失的。在此基础上，派尔的悲剧结局与福勒并不心安的"事事如意"构成了格林将天真与世故相对照、相联系后的显像。两人都无法说服对方，却都可以防范对方的大错。如果福勒有一丝信仰，他会意识到自己有责任去审查派尔行为的正义性，因此会对杭先生的警告做出反应，甚至可能阻止广场爆炸案发生；如果派尔对信仰存有一丝怀疑，他就可以在困惑时从现实中而不是从书本上寻找答案。寻找的过程会帮助派尔睁开双眼，正视眼前的痛苦，从而付出自己的同情和理解。

汉娜·阿伦特在诠释现代政治的问题与困境时曾提出过"平庸的恶"的概念。福勒最终的行为让自己成了如派尔一样"卷入"的人，却因拯救了无辜的生命而避免了成为人群中"平庸的恶"人，这是格林赋予"放弃

---

① ［法］让-保罗·萨特：《存在主义是一种人道主义》，周煦良、汤永宽译，上海译文出版社（上海），2008 年，第 8、14 页。

冷漠、投身使命"①的意义。但这种投入并不是如派尔一般不加思考的绝对信仰，更不是对任何政治意识形态的依附，而是对人类正义和美好的信心。格林对宗教和政治都不满意，是因为二者都标榜自己提供了人类所有问题的"终极解决方案"②。通过福勒和派尔的争辩和对照，格林试图说明终结解决方案是不存在的。派尔因为太过于天真而"不能容他活下去"，福勒因为冷漠到"选边"的转变而"事事如意"，却再也无法获得自己想要的"心安"，这就是信仰与怀疑相悖却相互依存的现实。格林借对福勒和派尔两个人物各自的肯定和批判，提出了信仰的重要性和怀疑论存在的意义。

当代法国哲学家吕克·费希在《什么是好生活》一书中谈到，哲学具有一种"不以任何超越现实生活的范畴的存在为前提"的救赎作用，而信仰"可以是一种自由的行为，一种深思熟虑之后对召唤心甘情愿的响应"③。福勒正是在深思熟虑后才听从了心中那不可消除的越南母子形象的召唤，做出了最后的选择。《文静的美国人》借由福勒和派尔的对照所阐释的这种哲学思想具有新人类学的意义：它启发人们去信仰正义的存在，同时不断审查自己的信仰。即使在半个世纪后的今天，小说中的福勒和派尔仍然是评论界持续研究的对象。二人的独特魅力在于格林对他们的言行进行双重解构之后，又在人性温暖的维度上对他们进行了探索式的建构。读者们看到的他们二人并不是站在对立冲突的两端，而是处于观照博弈的动态天平之上。格林追问着他们所代表的两种哲学共融的可能性：可否让理想主义开启一盏明灯，带怀疑论者走出混沌、冷漠的泥沼？可否让怀疑论者的思辨消解陷入偏执的理想主义者的一身戾气？

---

① Peter Wolfe, "Greene Thoughts in a Green Shade," *Prairie Schooner*, Vol. 40, No. 2, 1966, pp. 178-181.

② Cates Baldridge, *Graham Greene's Fictions: The Virtues of Extremity*, Columbia, MO: University of Missouri Press, 2000, p. 171.

③ [法] 吕克·费希：《什么是好生活》，黄迪娜、许世鹏、吴晓斐译，吉林出版集团（长春），2010 年，第 5 页。

第三节　新霸权

一

距小说《文静的美国人》出版已过去了半个多世纪，小说中派尔所代表的美国在国际政治中的形象依旧鲜活。戴维茨博士指出，格林通过派尔成功地揭示出一个事实真相："没有经过现实经验审查的理想主义，在这个崇拜权力的世界中，是一种危险的武器。"[①] 时至今日，被权力政治用作武器的天真仍然极具杀伤力。它表面上看是"理想主义"与权力政治的结盟，但更本质的，反映出二十世纪人类迷信权力政治所带来的集体无意识。现代社会充斥着战争、暴力、大屠杀，随着宗教的退场，道德感的基础在碎片化的生活中腐化了。波兰犹太人曾以为纳粹党卫军是低俗龌龊的食人魔，可事实上大部分纳粹军官受过良好教育，他们读欧洲经典文学，听瓦格纳的音乐长大；越战中，越南游击队在雨林中如同鬼魅般在不可思议的时间和地点出现，让法军困惑不解也不寒而栗，而事实上游击队中很多都只是农家的孩子兵。当这个世界的秩序被打破，旧的由宗教建立起来的道德准则被放在一边，新的道德理想还没有建立时，权力成为人们寻找身份认同的、寄托归属感和成就感的存在。可以说，派尔的"理想主义"，首先来自他对自己的国家作为一个巨大权力体的认可和崇拜，基于这种权力崇拜，派尔才会产生为自己提供身份认同的美国作为世界强国具有"西方的责任"这一信仰。换言之，派尔的"理想主义"，是以区分国家权力体的强弱为基础的。

当个体向善的审美冲动与对权力的理性认知接轨时，爆发出的能量让人震惊。在美国国内是一个好学生、好儿子的文静的派尔在越南成了一个冷血无情的"杀手"。他的现实道德感和个体审美意识，在集体主义的大目标下被遮蔽了，或者说，被收编了。派尔一心想着他的国家赋予他的伟大使命，丝毫没有意识到自己的行为可能对越南人带来的毁灭性影响，也如井底之蛙一般无从认清国际政局中的事实真相。小说中，以法军飞行员为代表的法军是厌战的，而福勒见证了越南人对民族独立与和平的需要，二者同时质疑了这个被权力崇拜教育出的好学生派尔所信奉的所谓"民主

---

① A. A. DeVitis, *Graham Greene, Revised Edition*, Boston: Twayne, 1986, p. 112.

正义"。美国前国防部长罗伯特·S.麦可纳马拉曾在他 1995 年出版的《没
有休止的争论：寻找越战悲剧的答案》一书中这样评价美国对越南的外交
政策：

> 对于美国在印度支那地区的利益，越南从来都算不上重要威
> 胁……然而，美国的领导人却在美苏冷战所主导的更大的战略背景中
> 看待自己在越南的利益……美国着迷于在世界冷战格局中的角逐，这
> 使得华盛顿的领导人看不到越南人民的民族主义以及他们向往统一的
> 强烈愿望所起到的具有决定意义的重要作用。[①]

对小国主体性的漠视和强暴，正是派尔心中美国在世界范围内推行所
谓民主正义行为的基础。权力体在博弈过程中关注的只有利益，而非派尔
所理解的"责任"。事实上，大国权力体的逻辑同样适用于派尔理解中的
敌人——苏联。

由此看出，派尔所理解的"大国的义务"和"西方的责任"，在现实
中只是政治博弈的一个说辞。对以权力崇拜为统治基础的政治和经济大鳄
来说，在对外政策的制定上显然不是以道德正义为出发点的。然而，纯洁
的派尔却轻信了政治的宣传并附庸了权力的力量——"他年轻，无知，愚
蠢……对大局一无所知"，权力政治"给他钱，给他约克·哈定写的关于
东方的书，又对他说，放手干吧，为民主主义把东方争取过来……使他上
了大当"[②]。小说由此揭示出，权力崇拜误导下的"理想主义"，将文静的派
尔武装成为一个对自己造成伤害的只会苦恼不会反思的机器人。这个缺乏
现实经验、没有独立思考能力的派尔，他的政治实践注定是一场灾难。派
尔的行为就像被设定好的计算机程序，"大国的义务"同"大国的权利"
被设置在同一个按键上。对于"派尔们"来说，"西方的责任"为他们在
东方的所作所为提供了合法性。格林却在小说中通过福勒与派尔的争辩，
反复质疑大国霸权作为立法者的合法性又从何而来？就像派尔运用金钱、
美国婚姻为筹码争取凤儿一样，派尔的政治实践也在金钱和暴力中成为目
的高于一切的强制力。可以说，权力崇拜滋生了派尔的"理想主义"，"理

---

① 转引自［美］莫里斯·艾泽曼：《美国人眼中的越南战争》，孙宝寅译，当代中国出版社
（北京），2006 年，前言第 4 页。

② ［英］格雷厄姆·格林：《文静的美国人》，主万译，上海译文出版社（上海），2008 年，
第 34 页。

想主义"又武装了权力崇拜，将其付诸政治实践，并不断加深、加强对执行者人性的覆盖。

对于派尔所表现出的代表着新霸权的积极和热忱，福勒始终冷眼旁观——他来自那个最老牌的殖民国家，曾经的"日不落"帝国。小说中福勒劝说派尔放弃在越南扶植第三势力的想法时说道："我们是老殖民主义国家的人民，派尔，可是我们从现实中学到了一点儿东西，我们学会了不乱玩火。"① 历史见证了英国的没落，小说在此借福勒之口暗示了美国与英国相同的命运——政治霸权的威力终将萎缩。

二

政治霸权与经济霸权历来是双生子。小说没有直接描绘派尔所代表的经济团体具体是如何工作的，却通过凤儿姐妹的形象侧面表现了二战后美国经济霸权的地域性影响，暗预出世界性的价值转向。

与战时的普通越南人相比，凤儿姐妹的生活无疑是特殊而优越的。姐姐为美国经济代表团工作，在开着冷气的房间里打字赚美元；妹妹不仅有英国情人福勒，还得到美国青年派尔的爱慕和追求。在整部小说紧张的、令人窒息的战争气氛中，凤儿姐妹的生活却安逸和舒适，似乎这场发生在家乡土地上的战争与姐妹俩关系不大。小说中另外两处的越南人形象分别是岗楼里端着枪吓坏了的"娃娃兵"和爆炸案中死伤的平民。读者不禁要问，是什么造成了这样的差别？小说中并没有详细介绍凤儿姐妹的身世，但没有家宅和父母的姐妹俩显然不是越南的贵族。她们与同阶级的越南人最大的区别在于她们会讲白人的语言：凤儿姐姐能说一口流利的英语，凤儿会说简单的法语。能与白人圈子发生交集，在 20 世纪很长一段时间的战后岁月，代表着物质的丰富和日常的闲适。小说中，派尔和福勒半夜造访岗楼，与越南"娃娃兵"遭遇，双方因语言不通彼此紧张对峙，都感到岌岌可危，希望将武器拿在自己手中。而在广场爆炸案中，作为受害者的越南人是无声的、沉默的，语言的功能完全丧失了。比较凤儿姐妹、"娃娃兵"、死伤的平民这三类越南人形象，他们话语的表意性逐渐递减：从可以与西方世界沟通，到相互表达却互不理解，再到最后双方沉默以悲剧收场。以经济强权方式介入所提供的"帮助"使越南发生了主体性的失

---

① ［英］格雷厄姆·格林：《文静的美国人》，主万译，上海译文出版社（上海），2008 年，第 211 页。

语。同时，三类越南人话语的政治意义却逐渐递增：从只关心个人生活，到被迫地、糊涂地参与政治，到最后成为权力政治博弈下的受害者，表现出政治霸权和经济霸权对小国弱国的干涉可能演变成为一股悲剧的力量。

除了语言上的特殊性，凤儿姐妹的另一特征是对跨国婚姻的孜孜以求。凤儿姐姐一心想通过促成妹妹与西方白人的跨国婚姻来改变姐妹二人的生活状况。显然，西方世界对姐妹俩意味着物质的富足、生活的稳定和舒适。因此，姐姐先将凤儿推向福勒，又从福勒那儿推向更年轻多金的美国人派尔。如果没有派尔，福勒对于凤儿姐姐可以说是聊胜于无，即一个白皮肤的欧洲人总强过本地人。对凤儿自己来说，很明显这个"两眼有点儿充血，身体正在发胖，在爱情方面很不文雅"[①]的中年男子福勒不是她的理想配偶，和一个欧洲人结婚才是其出发点，派尔死后凤儿又回到福勒身边也证明了这一点。她不工作，平时的消遣是逛街买头巾，再就是读一本法国王室的画册。她是一个温顺的情人，用西方人喜欢的方式迎合着福勒。派尔出现后，凤儿姐姐的天平自然地偏向了更年轻多金的派尔。但凤儿还是有所顾虑的，她一面不可避免地被派尔的身份地位和外表所吸引，一面也不肯成为背负背叛之名的恶人。

如果说姐姐对凤儿的爱情和婚姻的控制欲和支配力具有东方家长式的传统影响，那么指导这种影响的价值观却是西方的物质主义和功利主义。当福勒坦白地说派尔更适合凤儿、自己没有积蓄无法胜过派尔时，凤儿回答说："别担心。事情是意料不到的。总有办法……姐姐说，你可以取出一笔人寿保险。"虽然凤儿并不想因为派尔而离开福勒，但却不意味着可以接受一个"没有积蓄"的福勒，她需要他"想办法"。因此，促使凤儿离开的导火索是她意识到福勒无法给予他一纸婚约，但是派尔可以。卡托在《在前线——格雷厄姆·格林小说中的政治与宗教》一书中也谈到，凤儿和姐姐都表现出"以西方的消费主义和物质主义为楷模的理想主义"[②]。用福勒的话来说："她这人多么现实啊，既不小看金钱的重要性，也不对爱情做出任何重大和约束性的声明。我不知道日子长下去派尔怎么经受得住这种铁石心肠，因为派尔是一个浪漫主义人物。"[③]可以说，格林通过凤

---

① ［英］格雷厄姆·格林：《文静的美国人》，主万译，上海译文出版社（上海），2008年，第45页。

② Maria Couto, *Graham Greene: On the Frontier: Politics and Religion In the Novels*, London: Palgrave Macmillan, 1988, p.169.

③ ［英］格雷厄姆·格林：《文静的美国人》，主万译，上海译文出版社（上海），2008年，第160—161页。

儿姐妹形象揭示出二战后小国、弱国的普通民众对以美国为首的西方大国的崇拜心理，而这种崇拜无疑建立在物质主义和功利主义之上，是对经济霸权无可奈何的臣服。小说表现出对此的忧心忡忡。

三

然而，我们该对凤儿姐妹采取全盘批判的态度吗？毋庸置疑，每个人都有追求更好生活的欲望和权利，这也是人类社会得以维系和发展的原动力。所谓好生活，最直观的反映就是在物质上。从这一点看，凤儿姐妹的选择无可厚非。也有评论家认为，凤儿姐妹将对物质的追求与婚姻相联系是需要被批判的。笔者却持相反观点。首先，作为无父无母的单身越南女孩，在特定历史时期和极端的政治条件下，凤儿是否具有其他方式改善自己的生活是存疑的。再者，如果物质与情感的界限必须划得像楚河汉界一样清晰的话，人类社会就应该重新定义"婚姻"这一概念。然而，以上两个观点却不足以为凤儿姐妹的物质主义和功利主义开脱。婚姻以物质为基础在情理之中，但分不清真心与爱情，在战时以物质为目的寻找与白人联姻这一行为却是值得商榷的。在自己的国家和民族陷入战争之时，凤儿姐妹的恐惧与不安与欲望相结合，在无奈的、为了活命而挣扎的族人中，她们的自私虽可以理解，却需要被批判。自私带来冷漠。若小国国人都如凤儿姐妹般，则在政治霸权和经济霸权夹击中的小国将看不到一丝由内生长出的希望。如果说政治霸权似重锤，经济霸权则如腐液，它渗透入小国民族文化的最深处，具有毁灭性的力量。

但值得我们思考的一点是，格林笔下的凤儿形象是否带有西方视角下不可避免的局限。贯穿小说始终，都没有出现有思想的越南人形象。凤儿姐妹、守岗楼的孩子兵、爆炸案中的死伤者，三者并不足以描绘出各阶层越南人的生活状态，也无法提供越南人对于这场战争和对于大国霸权的看法。西方传统的东方主义思维方式带来的偏见、政府的新闻限制、西方社会的意识形态体系等是否制约了格林的判断和表达，从而降低了小说的文学和政治美学价值呢？

从某种程度上讲，这是一种必然。在一场越南人的战争中，越南人的形象最多的表现却是"失语"，这是毋庸置疑的局限。但同样不可否认的是，格林通过叙事方式的设置，巧妙地赢回了一些分数。小说以福勒作为第一人称"我"进行通篇叙述：是福勒看到凤儿喝咖啡、读画册、准备鸦片烟，是福勒看到她对派尔若即若离。除了表面上的物质主义，小说没有回避地让福勒承认他并不了解凤儿：我"曾经恳求她把她心里所想的告诉我，并且曾经对她的沉默无语乱发脾气，把她吓得了不得"①。因此，我们看到的是一个胆怯的、神秘的、不能轻易对其下判断的凤儿。以福勒作为第一人称的叙述方式避免了全知的叙述者必然的局限，让读者在读到福勒眼中的凤儿时，也同时审视着福勒的视角本身。通过将叙事者格林与叙述者福勒相区分，小说让主人公一次次从派尔的行为中反观自己对凤儿的感情、对东方的认识和对战争的态度，让他看到自己的疏离、冷漠、自私。这种叙事手法在某种程度上弥补了一个全知叙述者可能导致的片面性，让福勒在看到以西方的热情和方式投入地、全面地介入东方事务和战争带来灾难的同时，也让读者反思叙述者福勒作为一个英国记者、一个曾经的"日不落帝国"的公民，他的虚无主义和自私动机可能导致的危险。

法国当代思想家埃德加·莫兰在《人本政治导言》中曾谈道："资产阶级富裕生活水平的消费变成了一种旨在填满文明空虚的神经症的贪食……它也同样实现于东方……工薪劳动者喜欢消费胜于对企业的领导，喜欢享乐胜于责任，喜欢其私人生活的充分发展胜于其公民生活的充分发展。"莫兰认为，这种消费主义是"西方新的社会契约"：个人被"融合到巨大的社会组织中，作为交换，他要求后者帮助他消费他的生命"②。《文静的美国人》正是通过疏离的老殖民地公民福勒、崇拜权力的新兴资产阶级派尔与信奉物质和消费主义的凤儿姐妹之间的对照揭示出了这一点。凤儿姐妹代表了越南这个东方国家的坚强和隐忍，也表现出越南国民在传统之外对于更好物质生活的向往。美国，这个二战后的世界第一强国，对派尔来说意味着至高的权力，但对姐妹二人则更多地代表着建立在金钱和物质上的好生活。与西方大国国民的跨国婚姻对凤儿和她的家人来说意味着西方人的身份，而西方人则意味着富有和舒适的生活。在凤儿姐妹眼中，美国是这所有一切的代名词。曾经的旧世界殖民地规则，正在向以美国的经济和外交利益为代表的新世界秩序转变。所谓"西方责任"和新世界霸权并没有如天真的"派尔们"所预期的那样只在政治上影响东方，而是以另一种态势在世界范围内滋长。坚船利炮所带来的绝对权力尚未退场，对金钱

① ［英］格雷厄姆·格林：《文静的美国人》，主万译，上海译文出版社（上海），2008年，第180页。
② ［法］埃德加·莫兰：《人本政治导言》，商务印书馆（北京），2010年，第82页。

和消费的欲望却已蔓延开来，在人类追求安全和幸福的共同前提下为霸权主义提供新的注解。这同时也意味着资本主义的物质至上和消费文化的影响具有全球性，权力崇拜的意识形态指向转化成为物质和消费投影。

格林对美国物质崇拜和消费至上的大众文化一直持质疑态度。早在30年代，在为报纸杂志撰写影评时，格林就多次批评好莱坞"速食主义"的文化生产和传播。这表现出格林的英国保守主义倾向。但从另一方面看，对物质主义和消费主义的批判也佐证了格林在《文静的美国人》中凸显的"反美主义"并非基于意识形态的差异，而是一种文化批判，一种超越国家政治之上的对"霸权腐蚀人权"的批判。同时，格林也对以凤儿为代表的越南平民付出了他的同情。在派尔与福勒一共被困在岗楼里的那个夜晚，作为小说中最具政治隐喻的段落，派尔与福勒的辩论体现了作者对于"西方责任"的人权视角和审查态度："你和你同类的人想打一场战争，要人家帮忙，可这些人压根而不感兴趣……他们要有足够的米吃。他们不要去当炮灰。他们希望有那么一天也跟别人一样平等。他们不要我们这些待在他们四周的白皮肤的人来告诉他们，什么是他们所需要的。"① 借福勒之口，格林表达了对越南人民的人权和政治权的肯定和尊重。

小说中失语的越南人真正想要的是什么？也许并不是哪一种"主义"，因为它们都只是方法（approach）而不具有意义。越南人需要的是和美国人、英国人一样的人身安全、环境干净、生活富足，并且，以自己的方式达到这一目标对他们同样重要！作为格林国际政治小说的开山之作，《文静的美国人》揭露了以"干涉和介入"为基础的强国外交政策最终给小国、弱国带来的是更加复杂和混乱的局面，且必然将强国自己也拖入泥潭。作品的"权力政治"主题着眼于国家间政治逻辑的荒谬、幼稚，以及这种思维模式对个体的影响，一针见血地指出现代社会中以美国为代表的大国权力政治的实质是一种名为"帮扶"、实则"收买"的"并购政治"。此种权力政治运作从资本主义逻辑出发，如商业大鳄吞并小微企业，后者是前者出资救助的对象，也是随时可以舍弃的棋子。在现代社会破碎的文化形态、碎片化的生活状态、新自由主义的话语中，"并购政治"带给弱小国家以海市蜃楼般的虚妄，诱其放弃自强的努力，最终结果是使贫穷的更贫穷、破碎的更破碎，无一例外地走向失败的终点。

---

① ［英］格雷厄姆·格林：《文静的美国人》，主万译，上海译文出版社（上海），2008年，第123页。

第五章 《喜剧演员》

　　《文静的美国人》出版后，格林在世界上危险、黑暗地区冒险旅行的脚步并未停下。1966年，以海地威权暴政为背景的国际政治小说《喜剧演员》面世。这一书名颇具讽刺意味，因为它是全书唯一的"喜剧"之处。如果说那个酷爱描摹悲苦世界的格林一生都在寻找地狱，那么"他最后在海地找到了"①。

　　威权暴政统治下的海地，生存成了最基本的"奢望"。三个白人——美国前总统候选人史密斯先生、落魄的英国人布朗、自称"少校"的英国人琼斯——带着各自的使命乘同一条船来到了海地首都太子港。彼时，绰号"爸爸医生"（Papa Doc）的海地总统老杜瓦利埃（Francois Duvalier）施行威权统治，民不聊生，四处笼罩着寒彻骨髓的恐怖。可史密斯先生此行的目的却是要在当地建一个"素食中心"，结果当然是败兴而归。走投无路的布朗在太子港接手了过世母亲留下的破败旅馆，怎知几个月后原本繁荣的旅游业在恐怖的政治气氛中日益萧条，旅馆生意惨淡，员工只剩下约瑟夫一人。祸不单行，海地医生、前福利部部长老菲利波被发现惨死在旅馆泳池。凶案发生后，各类人物粉墨登场：有常用警句的马吉欧医生、为打探消息不择手段的记者小皮埃尔，还有秘密警察组织通顿·马库特（Tontons Macoutes）的头目孔卡瑟尔上尉。后真相大白，原来老菲利波为了摆脱通顿·马库特的残忍折磨而饮恨自尽。他的侄子小菲利波——一个文弱的喜爱诗歌的青年——悲恸万分，加入了海地起义军。布朗的旅馆彻底关门，飞黄腾达的美梦化为泡影，与情妇玛莎的关系也越发紧张。布朗最终离开海地，到邻国多米尼加操起了丧葬生意，为黑人老板费尔南德斯打工，专为暴毙在当地的英美白人收尸。

　　琼斯的故事最具戏剧性。他一下船就被投入监狱，靠许诺与通顿·马

---

① Norman Sherry, *The Life of Graham Greene III*, London: Viking, 2004, p.375.

库特组织做生意而获释。事实上，他身无分文，四处行骗。谎言被揭穿后，靠布朗帮忙，琼斯藏身于玛莎家中。玛莎丈夫是某拉美小国驻海地大使，大使馆不在海地秘密警察的势力范围。出乎布朗的意料，满嘴俏皮话的琼斯博得了玛莎全家人的喜爱。出于嫉妒，布朗暗地里给琼斯施压，鼓动这个假"少校"上山去训练起义军的游击队。明知自己是个冒牌货，此行凶多吉少，琼斯仍选择了上山，最终因为扁平足不能行军而命丧山谷，却赢得了游击队员们的尊重，成了海地起义军的英雄。

小说将布朗、史密斯和琼斯投到这片远离英美的"蛮荒之地"，置于极端的政治恐怖中，让他们与当地黑人在同一背景下并列、挤压，彼此交织。他们来自"高贵"的白人世界，即便在海地，相较于本地人，他们对生活的追求似乎也高于生存本身。然而，事实却是，他们并不比黑人高明多少，他们同样惧怕疼痛、惧怕爱、惧怕恐惧本身。他们同海地黑人一样，生活在无奈的大环境中，如落叶般飘零，被置于各自的生命绝境之中。这些带着理想的白人们看上去如古希腊先贤般，追求悲剧雄壮的美感，事实上却如布朗所言，"我们仿佛都受到一个独断专行的恶作剧大王的驱使"，在各自不同的道路上"走向喜剧的极点"①。

第一节 天堂与地狱

一

海地属拉丁美洲，是一个岛国，曾被西班牙列为殖民地，后割让给法国。1804 年，海地成为拉丁美洲第一个独立的黑人国家。独立后的海地，政局一直处于动荡中，不断有威权者上台又被推翻。1915 年后，美国武装占领海地，扶植了多个傀儡政权，最后一位亲美的总统马格卢瓦尔（Paul Eugéne Magloire）在 1956 年被逼下台。次年，"爸爸医生"老杜瓦利埃掌权，成为一代独裁者，死后，其儿子继任，直到 1986 年被推翻。父子二人对海地进行了长达 31 年的威权统治，其间是海地最贫穷、最黑暗的岁月。

① ［英］格雷厄姆·格林：《喜剧演员》，郭贤路译，外语教学与研究出版社（北京），2017年，第 57 页。

格林于 1954 年首次造访海地。彼时拉丁美洲正值短暂的繁荣，海地是白人眼中时髦的度假胜地。格林在自传《逃避之路》中曾写道："那里极度贫穷，但是有很多的游客，他们带来的钱是可以逐渐流入社会福利体系中去的。"① 格林在海地结识了后来成为挚友的记者伯纳德·迪德里希，后者回忆二人初到海地的情景时谈到，彼时刚完成《文静的美国人》不久的格林告诉他，海地让他想起"印度支那"。1956 年，格林和爱人凯瑟琳重返海地，一边悠闲旅行，一边积累写作素材。次年，老杜瓦利埃上台，形势急转直下。没有人想到，一个面色温和的医生，没有任何征兆地迅速转变为一个嗜血的独裁者。被人称作"爸爸医生"的老杜瓦利埃和他的秘密警察组织通顿·马库特对海地实施了极端而彻底的恐怖统治。迪德里希这样描述通顿·马库特分子：他们是打断人骨头的专家，最拿手的刑讯方式就是把人吊起来，然后把那人的骨头活生生地剥出来。在极度的恐怖政治下，迪德里希创办的英文报纸被迫停刊，他本人也被抓入狱中，后来得友人相助，辗转逃到多米尼加的圣多明各市。格林第三次造访海地的遭遇与其类似：他曾被一个秘密警察用墨镜后射出的冷酷目光打量许久；不得不藏起笔记本，用非常小的、几乎分辨不清的字迹在一本维多利亚时期小说的书皮背面记录素材。在 1963 年 9 月 29 日刊登在《星期日电讯报》（*The Sunday Telegraph*）的通讯报道《噩梦共和国》（The Nightmare Republic）一文中，格林描述了海地人悲惨的生活状态，表明海地本土宗教伏都教中那个"在墓地中游荡"的死神巴隆·撒麦迪（Baron Samedi）"就住在总统宫殿里，他的另一个名字叫作杜瓦利埃医生"②。格林称"爸爸医生"为"疯子"，告诉迪德里希他从未"在任何其他国家感受到像在海地一般无所不在的恐惧"③。迪德里希回忆 1965 年在圣多明各机场接从海地归来的格林时说，"他真的很害怕，好像在发抖，虽然他极力克制"。格林在 20 世纪 80 年代曾公开表示，虽然"我不想用文学达到政治目的或者宗教目的"，但"《喜剧演员》是我唯一一部意在表达观点的小说，是为了同'爸爸医生'恐怖的威权统治作战"④。

① Graham Greene, *Ways of Escape*, London: Bodley Head, 1980, p.228.

② Graham Greene, *Reflections*, London: Reinhardt, 1990, p. 221.

③ David Adams, "Book Gives Up-close Look at Graham Greene's Political Writing," *Reuters*, Miami: Fri Nov 23, 2012.

④ Marie-Françoise Allain, *The Other Man: Conversations with Graham Greene,* London: Bodley Head, 1983, p.80.

小说在欧美出版后，世界的目光开始真正密切地关注海地。"爸爸医生"因此遭受到公开的质疑和谴责。格林在回忆中写道，"我很高兴，它（小说《喜剧演员》）戳中了他（爸爸医生）的痛处"。老杜瓦利埃立刻在海地封禁了这部小说。第二年（1967），好莱坞根据小说改编的电影出炉，由巨星伊丽莎白·泰勒和理查·波顿主演，同样获得了成功。老杜瓦利埃也禁了这部电影。迪德里希回忆说："格林为电影写了剧本。他告诉我这是他射向'爸爸医生'的另一支箭。"[①]

一个美洲国家元首向一位英国小说家正式宣战。老杜瓦利埃先是在自己控制的海地报纸《马汀》（Le Matin）上批评《喜剧演员》："这本书写得很不好。作为一个作家和记者的作品，这本书没有价值"，继而印刷了一批精美的小册子，取名《终极揭秘格雷厄姆·格林》（Graham Greene Démasqué Finally Exposed），通过海地在欧洲的大使馆发行，称格林为"一个骗子、一个白痴、一个密探……精神错乱、性虐待、变态……"然而，只过了很短一段时间，老杜瓦利埃就不得不悄然停止发行这本小册子，因为他发现结果与预期截然相反。一个本该治理国家的元首却费尽心机对一个作家极尽侮辱之能事，这让全世界看到了政治家的担忧和恐惧，越发认为小说中的故事是真的。这场一个国家元首与一个小说家的战斗，直接证明了小说《喜剧演员》的价值，见证了一本国际政治小说在二战后世界新格局成形时的力量。正如格林自己所说："我为我的海地朋友勇敢无畏地在山中与杜瓦利埃医生作战而骄傲，但是一个作家也并不如他惯常所想的那般弱小无力，也是一颗可以嗜血的银子弹。"[②]

二

《喜剧演员》之所以让老杜瓦利埃害怕，是因为它准确而且恰如其分地写出了海地的政治现实。小说的人物固然是虚构的，但"海地这个贫穷可怜的国度，还有杜瓦利埃医生统治下的社会生活特征，却是绝非杜撰"，格林在题跋中写道，"后者是如此真实，在书中甚至并未添加戏剧性效果去加以刻画"。[③]通过他最擅长的人物塑造，格林将人类在现代极端政治环

---

① David Adams, "Book Gives Up-close Look at Graham Greene's Political Writing," *Reuters*, Miami: Fri Nov 23, 2012.

② Graham Greene, *Ways of Escape*, London: Viking, 1999, p. 270.

③ ［英］格雷厄姆·格林：《喜剧演员》，郭贤路译，外语教学与研究出版社（北京），2017年。

境中的生存状态细致地描摹出来。他关心海地的政治如何黑暗，更关心普通人在如此境地中的遭遇和痛苦。可以说，《喜剧演员》从深层次挖掘了小国、弱国在冷战中既受牵连威胁，又企图从中操控渔利的政治状态。在海地，无论是暴政的受害者还是施暴者，无论是本地人还是外来者，都在恐怖统治的混沌中朝不保夕地生活；在国际政治舞台上，无论是自鸣得意的霸权强国，还是岌岌可危的小国弱国，都在按照彼此碰撞、冲突、相互利用也相互制约的剧本，上演着一幕幕荒谬、怪诞的喜剧。

海地国民无疑是杜瓦利埃父子威权暴政最直接的受害者。小说中，布朗在太子港酒店的唯一员工约瑟夫在遭遇秘密警察之后就成了跛脚；前任福利部部长、"在政府官员中不是坏人"的菲利波医生被秘密警察逼得走投无路，只能选择在酒店干涸荒废的游泳池中自杀；一个国际射击比赛的冠军，只因被怀疑参与对总统孩子的未遂绑架案，全家就被一把火烧光，秘密警察甚至用机枪扫射其每一个试图逃出火海的家庭成员；组织游击队进山作战的"斗士"小菲利波事实上只是一个文弱的、"喜爱波德莱尔的诗人"。他们选择生活的权力被剥夺了，只能在生死的界限上挣扎。但人类从未放弃希望。通过描写残疾的约瑟夫在本土宗教中获得勇气和文弱的小菲利波组织业余游击队进行反抗的行为，小说揭示出这样一个真相，人类最原始的生命力会在极端的政治恐怖中被激发出来，就像人类祖先在蛮荒时代和恶劣天气中与凶猛野兽搏斗一般。在文明开化的世界里，在现代政治的语境中，小说捕捉到最赤裸的、最原始的罪恶与反抗。

讽刺的是，杜瓦利埃的爪牙们、威权暴政中的施暴者们也同样生活在恐惧中。福利部新部长在拒绝史密斯先生付钱给卖木雕的无腿小贩时，大言不惭地帮威权者扯谎说"我们政府照顾他的生活"，但自己心里却清楚越来越多的官员正在"被消失"，难保自己某一天不会变成那个福利部前部长；秘密警察通顿·马库特们的金丝边墨镜让人不寒而栗，但在某种程度上只是为了掩饰自己的懦弱和恐惧；甚至连老杜瓦利埃自己也因为害怕被暗杀而"很少出门"。在太子港没完没了的宵禁、时有时无的电力供应、永远不通的电话网中，全体海地人都生活在"监狱"中，来到海地的白人也一样。从史密斯夫妇的愤怒和无奈、布朗的恐惧和世故、琼斯的油滑和最终丧命的情节中我们看到，即使是这些来自"文明大陆"的白人们，他们的"理想主义"和稳定生活在海地也会转眼成空。《喜剧演员》中，无论人处于社会的哪个阶层，这种生活在威权统治下的对"没有明天"的恐惧是普遍的、相通的。老杜瓦利埃政权应用各种残暴的统治手段持续不断地恫吓国民和外来者，自己也因为担心被报复而难逃恐惧，如此恶性循环使得整个国家退回到无休止复仇的部落状态。对于民众来说，"生或死"是他们每天要面对的最普通、也是最根本的问题，这让人类文明下降到最低等级，人类区别于动物的、对意义的追求也降到了最低点。

即便如此，人的尊严总还是会残留那么一点点。小说中布朗看到做丧葬生意的费尔南德斯因为感伤命运而哭时，他想道："我还从没见过黑人哭鼻子呢。我曾经见过他们大笑、发怒、害怕的样子，但从来没有人像眼前这人一样被难以言喻的悲伤所压倒。"[①] 这哭泣是悲伤的，是这些看似对被压迫的命运依然麻木的人们最后的反抗，是他们的崇高。"他直挺挺地坐在椅子里，痛哭流涕。他哭起来仍然十分端庄不失身份。"[②] 海地人的抗争让我们看到了人类求生的本能和最原始的、最具能量的反抗。安东尼·伯吉斯在《格雷厄姆·格林小说中的政治》一文中曾说，格林的旅行总是去往那些"污秽的原罪以最原始的方式暴露的地方"[③]，他只说对了一部分。格林去往这些地方不只是去发现污秽的原罪，更是去发掘"人们——尤其是天主教徒——如何相应地对这些肮脏污秽做出反应"[④]。在极端黑暗污秽的海地，活着本身就是对老杜瓦利埃威权统治最大的不妥协。只有活下去，才有追寻意义的可能。我们在海地人悲惨的生活境遇中，透过小菲利波和约瑟夫"明知不可为而为之"的勇气和行为，看到他们对生命的渴望和不放弃，以及由此呈现的悲壮的美感——它们来自人类诞生最初的生命力。

三

在海地无休止的黑夜中涌动着三股政治力量——老杜瓦利埃威权政府、反政府游击队、以美国为代表的外来干涉势力。他们之间的博弈和较量，充分体现出战后国际政治的现代属性。

---

① [英] 格雷厄姆·格林:《喜剧演员》，郭贤路译，外语教学与研究出版社（北京），2017年，第66页。

② [英] 格雷厄姆·格林:《喜剧演员》，郭贤路译，外语教学与研究出版社（北京），2017年，第66页。

③ Anthony Burgess, "Politics in the Novels of Graham Greene," *Journal of Contemporary History*, Vol. 2, No. 2, 1967, pp. 93-99.

④ Stephen Benz, "Taking Sides: Graham Greene and Latin America," *Journal of Modern Literature,* Vol.26, No.2, 2003, pp. 113-128.

小说故事发生在东西方冷战正酣的 20 世纪 60 年代，两大意识形态阵营为了拉拢更多的盟友都不遗余力。美国显然因为近水楼台，欲将海地收入麾下。但事实上，老杜瓦利埃却比"天真"的美国人要狡猾得多。正如小说中马吉欧医生所说，老杜瓦利埃把向东方的窗户打开，直到美国人再给他武器为止。美国也确实如愿为老杜瓦利埃提供了他所要的一切。这一方面表明美国扩充西方阵营的努力和决心，一方面也有为"世界警察"的名号树立威严的霸权之心。老杜瓦利埃深谙大国权力政治的游戏规则，轻易便将那个以为自己下了一盘大棋的美国玩弄，体现出权力政治博弈的荒唐可笑。

老杜瓦利埃从美国人手中接过武器，却对准了人民。他甚至对海地国内的反美势力睁一只眼闭一只眼，因为他们的存在才是让美国持续"供货"的诱饵。他既不肃清，也不帮衬，唯一在意的是清除异己，好让个人权威至上。在这一套并不复杂的逻辑支配下，超级大国美国就这样轻而易举、心甘情愿地被老杜瓦利埃利用，成为他威权暴政的帮凶。

海地的反政府游击队正是靠老杜瓦利埃这个计谋的空档，发展起来。他们清楚老杜瓦利埃的计谋让自己有时间和机会发展壮大，但苦于鲜有真才实学的能力者带领游击队。像马吉欧医生一样受过教育的能力者更少之又少。小说赞扬了游击队反抗的决心和执行任务时的英勇无畏，但也真实地揭示出他们缺乏最基本的组织训练和军事素养的事实。

在这三股势力的博弈中，海地人马吉欧医生的发声显得尤为可贵。他认为一个国家的主权和文化应该是被认可和尊重的，不管它是否贫穷或是弱小，因此，海地的问题不能借助外力，而需要自己来解决。海地人民的心声听起来符合逻辑也非常令人鼓舞，但事实上，像马吉欧医生一般有能力的海地人却大部分已经远离战乱之地，缺兵少将是海地革命最大的阻碍。通过马吉欧医生之口，格林发表了"政治自主性"的观点，也借由马吉欧医生的坚守，再次提出了献身的必要性并歌颂其伟大。马吉欧医生，作为一种精神象征的存在，体现了个人微观政治行为的力量。

回到宏观政治领域，一个、两个或者几个马吉欧医生可以撬动木板，却很难撬动整个政局。我们应该责怪那些没有像马吉欧医生一样留下来捍卫理想家园的海地精英们吗？我们可以从国家利益和道德层面质疑他们的选择吗？当政治的选择变成一种生死层面的判断，当生与死并不仅仅关乎自身，还关乎家人、朋友，甚至社区、村落，任何人为了保护所爱之人的选择都让旁人哑口无言。

马吉欧医生这个人物形象鲜活有力。人们对以他为代表的献身者们肃然起敬、心存感激，也同时反思千千万万逃离海地的精英们的行为。如何将一场无望的冒险变成有序、有力的政治力量，这是凝聚海地人的本质问题。现代政治中需要英雄主义，却并非如前现代时靠英雄所带来的如神一般的信仰力量就可颠覆整个局面。海地需要的真正帮助是专业的指导，是对国人的教育和激励，以让国家走向富裕强盛、独立自主。可海地等来的却是一个由骗子仓促"改装"的琼斯，一个"痞子英雄"。这颇具讽刺意味的结局描绘了现代政治的真实图景。琼斯一般的小人物为数众多，他们身上向善的力量是一股巨大的原动力，很可能汇集成一股全新的、百折不挠的政治力量。他们穿着"痞子"的外衣，藏在无边的黑暗里，蕴含着巨大的能量，随时可能被激发。这股暗处的力量，很可能就是打破权力政治逻辑、摧毁威权政治、建构公共政治的决定性力量。

第二节　各司其职的演员

史密斯、琼斯、布朗三人在开往海地首都太子港的一艘荷兰货轮"美狄亚"号上相识。他们的名字应该算得上是英语世界中最常用的名字了。故事叙述者布朗不止一次注意到这三个名字凑在一起，"就像闹剧中用的滑稽面具，互相可以换来换去"①。显然，作者希望以此暗示三个人物的典型性。

布朗最先察觉琼斯和自己很像，"我们当中那些将生命的一大部分用于掩饰伪装的人，不管是对女人、同伴，甚至是我们自己，都迟早会嗅出同类的气息"②。这种相似更多体现在二人作为边缘人的谋生方式，这是外部的相似。在内部，则迥然不同。布朗在少年时曾觉得人生是一幕悲剧，但暮年之时却断定"人生是一出喜剧"③。他以最严肃的姿态对待喜剧，

---

① [英] 格雷厄姆·格林：《喜剧演员》，郭贤路译，外语教学与研究出版社（北京），2017年，第46页。

② [英] 格雷厄姆·格林：《喜剧演员》，郭贤路译，外语教学与研究出版社（北京），2017年，第69页。

③ [英] 格雷厄姆·格林：《喜剧演员》，郭贤路译，外语教学与研究出版社（北京），2017年，第57页。

以至于深陷自己的角色无法自拔。琼斯倒一直是个称职讨喜的喜剧人物，"谁知道以后会怎么样"是他的座右铭，"代表了他对人生意义最深刻的探究"。① 美国人史密斯先生和琼斯两人看似南辕北辙——一个仁慈有爱的美国前总统候选人和一个招摇撞骗的国际通缉犯——但他们都对自己的信仰具有献身精神，即使琼斯并不是完全主动的、由衷的。小说用对比强烈却都完成"殉道"的人物，来对照布朗的庸俗和世故。琼斯和史密斯可能代表了纯真（innocence）的两面，他们在小说中被用作催化剂，来表现布朗个人的失败。也许，作者更深层的想法是"试图定义天真的本性以及与其相对的世故的本源"②。就如小说最末布朗在收到马吉欧医生信的时候所想到的：

> 我早就觉得自己不只是缺乏爱的能力——许多人都缺乏这种能力，可我甚至连感觉内疚都做不到。在我的世界里既无高岗也无深渊——我看见自己身处一片广袤的平原中，在无边无际的平地上持续不停地行走着。③

一

史密斯太太第一次向布朗介绍自己的丈夫时这样说道："他是 1948 年总统候选人。他是个'理想主义者'。当然，正是由于这个原因，他根本没机会取胜。"④ 史密斯太太了解她的丈夫，也并非对政治中天真的荒谬毫无感觉，但他们来到海地的目的仍然是"理想式"的、荒唐的——他们居然想在一个极度贫困的国家建立一个素食中心！小说对史密斯这一角色不吝讽刺的笔墨。他有着美国人惯有的、过了头的自信。在美狄亚号上，众人讨论海地危险的局势并对他们的安危表示担忧时，史密斯先生却一点不信，认为他们只是虚张声势，因为观光局的人并没有告诉他们有这种事。在他的认知中，像观光局一样的政府机关自然应该是提供权威信息的

---

① ［英］格雷厄姆·格林：《喜剧演员》，郭贤路译，外语教学与研究出版社（北京），2017年，第 39 页。

② A.A. Devitis, "Greene's *The Comedians*: Hollower Men," *Renascence*, Vol.18, No.3, 1966, pp. 129-136.

③ ［英］格雷厄姆·格林：《喜剧演员》，郭贤路译，外语教学与研究出版社（北京），2017年，第 377 页。

④ ［英］格雷厄姆·格林：《喜剧演员》，郭贤路译，外语教学与研究出版社（北京），2017年，第 29 页。

地方。夫妇二人带着对有色人种的爱来到海地，时刻能感受到自身肩负着重大的使命。他让我们想起了《文静的美国人》中的派尔。他们都全情投入于"西方的责任"，相信自己拥有拯救世界的力量。格林挖掘出的这种"天真"成为美国人一直不变的形象，到今天依然适用：他们带着美好的意愿，用美利坚合众国"高贵"的眼睛打量世界，试图修补每一处破损，认为所有的问题都是属于她（美国）的责任，却对眼前的现实视若无睹。《喜剧演员》中马吉欧医生对史密斯太太所说的话可以概括格林一贯的观点："在整个西半球，在海地和其他地方，我们都生活在你那个强大富庶国家的阴影下。想保持头脑冷静就需要巨大的勇气和耐心。"①

有美国学者认为，小说通过《喜剧演员》中的史密斯夫妇表达了"一种确定的、与《文静的美国人》中一脉相承的反美主义观点"②。笔者以为并不尽然。在《文静的美国人》中，透过英国记者福勒，我们看到的派尔，已经全身心投入到民主和"西方的责任"的困境中去，他决心要做好事，不是为某一个人，而是为一个国家，一片大陆，一个世界……当他们看见一具死尸时他根本看不见伤口；而《喜剧演员》中的史密斯夫妇却是温和而有爱心的，并且他们的爱是可以投射到个人身上的：在美狄亚号的联欢会上，史密斯夫妇默默地安慰正在哭泣的高大黑人费尔南德斯先生，史密斯太太"什么话也没说，只是拉住他的手放入自己掌中，然后用另一只手轻轻抚摸他粉红色的手心"③；史密斯先生在福利部新部长陪同下视察项目时遇到一个卖小木雕像的无腿残疾人，部长让一个通顿·马库特（秘密警察）直接把雕像拿来送给史密斯先生，并声称政府会照顾这位"艺术家"的生活，但史密斯不顾他的反对坚持付了钱——当然此处也显示了史密斯的天真——好像在腐败的部长和通顿·马库特身边的残疾人小贩真的能保住这些钱；史密斯太太甚至用她仅有的法语单词喝住了正要为难菲利波医生遗孀的秘密警察。他们有宏大的、天真的目标，他们也帮助周围需要帮助的人，更重要的是，他们对于自己的目标有随时准备献身的精神，有对"殉道"的执着与坚守。正是这种人文主义的信仰让他们的形象区别

---

① [英] 格雷厄姆·格林：《喜剧演员》，郭贤路译，外语教学与研究出版社（北京），2017年，第242页。

② A.A. Devitis, "Greene's *The Comedians*: Hollower Men," *Renascence*, Vol.18, No.3, 1966, pp. 129-136.

③ [英] 格雷厄姆·格林：《喜剧演员》，郭贤路译，外语教学与研究出版社（北京），2017年，第66页。

于派尔，鲜活地留在了读者的心中。

史密斯先生天真却并不迂腐。他用天真来对抗世故，也用现实来对抗无理。在同布朗讨论关于去除人体酸性的问题时，二人之间有过这样的对话：

> "素食主义并不只是跟食物有关，布朗先生。它涉及生活中的许多方面。如果我们真能将酸性物质从人体内排出，我们就能消灭人的激情。""那么世界就会停顿不前。"
>
> 他温和地责备我："我没说要把爱也消灭掉。"这句话让我感到一阵莫名的羞愧。愤世嫉俗是廉价品——你在任何一家"不二价"商店都能买到它——所有质量低劣的商品中都有它的成分。[①]

史密斯的纯真在布朗的庸俗世故的映照下显得像水晶一样明亮剔透。同样都是文静的美国人，史密斯却不像派尔那样见不得任何哪怕"合情合理"的恶。派尔在第一次去越南妓院时就表现得很不舒服，认为那些女孩子都是需要被拯救的"美好的东西"。史密斯先生却可以容忍通顿·马库特的机会主义和腐败，他甚至有勇气承认他要在太子港或者新城区建立美国素食中心的想法是不切合实际的。在新部长努力游说他投资时，他表现出对金钱价值的现实认识——没有同意。

天真也并不意味着软弱。在美狄亚号上，旅客们曾进行过一场关于"战争是否必要"的讨论，持肯定意见的药剂师对和平主义者史密斯先生不以为然，甚至以私人问题挑战他的纯真。

> 药剂师依然固执己见，由于心怀不满，他说话的调门听着很高："那如果有人要攻击你太太呢，那时你又会怎么做？"
>
> 隔着整张餐桌，总统候选人死死地盯着眼前这个粗矮肥胖、面色苍白、健康不佳的旅客，用沉重严肃的口吻，像对一个在政治机会上找碴起哄的捣乱分子那样对他说："先生，我从未声称过，排除掉酸性物质就会消灭所有的激情。如果有人要攻击史密斯太太，而我手上正好有武器的话，我无法保证自己不会使用它。有些标准是我们自己也

---

① ［英］格雷厄姆·格林：《喜剧演员》，郭贤路译，外语教学与研究出版社（北京），2017年，第44页。

没法永远达到的。"

"说得太棒了，史密斯先生。"琼斯大声叫好。

"但我会为我的激情感到悔恨，先生。我会为它感到悔恨。"①

与派尔不同，"理想主义者"史密斯先生没有完全沉浸于自己宏大的、美好的意愿不能自拔。他是有现实感的。虽然这并不能减弱他将"理想主义"投掷于现实政治的荒谬，却可以最大限度地让他成为普通人可以接受的一个好人。

那么，史密斯夫妇该不该被列入"喜剧演员"的行列呢？小说将最多的尖酸讽刺送给了史密斯，他"理想"的荒谬和执行的可笑都是喜剧的元素。但不可否认，史密斯夫妇是"殉道的"圣徒。他们纯粹的人文主义哲学和对世间之善的坚定信念让他们具有悲剧的庄严。从这一点上来看，他们不是"喜剧演员"。然而，在广义的"喜剧"范畴中，他们确实是在欺骗中寻得安慰的——欺骗不仅来自那个美好却荒谬的目标，而且来自他们付诸实践的努力、来对现实的无知与无畏。从这一点看，他们是"喜剧演员"，但并不"称职"。史密斯夫妇对人文主义之善的绝对信仰让他们在喜剧的舞台上边缘化，因此让人肃然起敬。他们是勇敢的，用史密斯太太的话说："在我们这一生中，进步人士永远是少数派，但至少我们抗议过。"②

二

琼斯是小说中最具喜剧元素的一个。一出场，他就成为美狄亚号货轮闷热潮湿的船舱中唯一一个穿戴整齐、在浅灰色西装外套里搭配双排纽扣背心的人。他操着一口奇怪的俚语，就像他精心钻研过一本流行的辞典，但现在已经过时了一样。"不相称"是喜剧的一个重要元素。同样为这一元素服务的还有他介绍自己的头衔——"琼斯少校"。对人们来说，少校的军衔放在琼斯身上没有一点说服力。他请布朗喝酒，或者可以请任何愿意成为他的"少校故事"听众的人喝酒。为了寻找布朗和这些观众眼中对他所扮演的角色的认同，琼斯调动一切道具在舞台上挥洒演技。他谈论战

①　[英] 格雷厄姆·格林：《喜剧演员》，郭贤路译，外语教学与研究出版社（北京），2017年，第55页。

②　[英] 格雷厄姆·格林：《喜剧演员》，郭贤路译，外语教学与研究出版社（北京），2017年，第54页。

时在缅甸的经历，讲自己随身带着的一套鸡尾酒用具箱子，还吹嘘他可以带领 50 人的突击队横扫海地。他就像一条变色龙，随着环境变化着颜色。

尽管他底细不详，尽管几乎没有人相信他，琼斯却具有赢得人心的天赋。他符合人们对于一个舞台喜剧演员的传统认知。作为一个称职的"喜剧演员"，琼斯还是个货真价实的开心果。琼斯有足够的把戏让妓女婷婷笑个不停，还获得了一个分量颇重的观众——玛莎。他给玛莎一家都带来了欢乐，让包括玛莎的儿子安杰尔在内的所有人都喜欢他。琼斯甚至有一套自己的处世哲学："我把世上的人分成两类——阔佬和穷鬼。……阔佬有稳定的工作或不错的收入。……穷鬼么——好吧，我们四处奔波讨生活……我们每时每刻都保持着惊觉，眼观六路耳听八方。"① 辛苦谋生的经历让琼斯获得了属于自己的敏锐，一眼就看出史密斯先生"是最货真价实的"一位阔佬。而对于布朗，他试探着说："你该不会是穷鬼假扮成阔佬吧？"② 带着这套理论，琼斯一直活了下来。他好赌，不光是个穷鬼，还是个痞子。他时不时小赢一场，以免人家输怕了以后拒绝再和他打牌，但偶尔他也会赌得很大。来海地想做个大买卖的他最终输了个精光——他当着玛莎的面，将自己的"少校"角色扮到底，答应上山带领游击队，最终命丧荒野。

机敏的"痞子"琼斯不会不知道自己中了布朗的套儿，但是他的态度让布朗吃惊。"我有很多事情想感谢你，"琼斯对布朗说道，"这是我的大好机会，不是吗？当然了，我现在可是怕得要死哈。这一点我绝不否认。"③ 是什么让琼斯对此事的兴奋多于恐惧呢？布朗并不明白。他当然不会明白。在他的人生中，他曾经有不止一次的机会拥有使命、信仰和忠诚，但庸俗让他背叛了这些而选择了现在的生活。与他一样过着"喜剧演员"生活的琼斯，却从来没有过任何机会。他问布朗："即使你没法从事那份职业，但你也可以感到心中有一份召唤，不是吗？"④ 琼斯对于使命的

① ［英］格雷厄姆·格林：《喜剧演员》，郭贤路译，外语教学与研究出版社（北京），2017 年，第 48 页。
② ［英］格雷厄姆·格林：《喜剧演员》，郭贤路译，外语教学与研究出版社（北京），2017 年，第 50 页。
③ ［英］格雷厄姆·格林：《喜剧演员》，郭贤路译，外语教学与研究出版社（北京），2017 年，第 338 页。
④ ［英］格雷厄姆·格林：《喜剧演员》，郭贤路译，外语教学与研究出版社（北京），2017 年，第 352 页。

渴望深深地埋藏在自己的心底。"我只是想争取到机会"①，琼斯静候游击队时，在墓地中向布朗坦白。他一直心怀对美德的单恋，远远地望着它，希望获得它的青睐。也许像小孩子一样，"为了引起美德的注意而故意做错事情"②。他是一个绝佳的"喜剧演员"，把自己的爱慕之心隐藏得太深，以至于我们以为他就是个称职的"演员"，看不到他内心"单恋"神圣使命的悲剧情怀和他的人性深度。

最终，是什么让他脱掉了"喜剧演员"的外衣呢？是死亡，唯有死亡。因为他是一个太好的"喜剧演员"，只有最极端的方式才能让他露出本来的面目。"玩笑开过头了，"琼斯自己说，"死亡是件很严肃的事情。"小说中，琼斯一直吹嘘自己有在很远的地方嗅到水源的本事，这又是小说安置的一个喜中有悲的隐喻。水源象征着琼斯的使命，他确实是在远处始终无望地嗅着，直到走到了最远的尽头。在"喜剧演员"的脸谱下，琼斯原来一直在嗅着那缥缈的使命的味道前行，"直到那个极限的尽头，发现那里有他的使命，也有死亡"③。

正因为对非个人目标的献身，琼斯的故事从一个赌徒的低级喜剧提升到了悲剧的高度。他得到了"救赎"。格林笔下的每个人都拥有机会，即使像琼斯一般招摇撞骗之人也可以通过坚定的投入来完成"殉道"。他果真成了自己口中的战斗英雄。对他的战友来说，他是"一个英雄——一个领导者、一个行动者"。小菲利波丝毫不掩饰自己对琼斯的喜爱，他甚至"想写信给英国女王，向她陈述琼斯的故事"④。虽然琼斯的死亡也是喜剧式的——因为扁平足无法在山中行军——但这些已经不再重要，琼斯所有卑劣的过去和他不体面的死因与他"放弃冷漠、投身使命"⑤的能力相比都显得无足轻重。

此时看来，琼斯口中"穷鬼"与"阔佬"最完美的例子——自己与史

---

① [英] 格雷厄姆·格林：《喜剧演员》，郭贤路译，外语教学与研究出版社（北京），2017年，第 352 页。

② [英] 格雷厄姆·格林：《喜剧演员》，郭贤路译，外语教学与研究出版社（北京），2017年，第 352 页。

③ Doreen D'Cruz , "Comedy and Moral Stasis in Greene's *The Comedians*," *Renascence*, Vol. 40, No.1, 1987, Periodicals Archive Online, p. 53.

④ [英] 格雷厄姆·格林：《喜剧演员》，郭贤路译，外语教学与研究出版社（北京），2017年，第 372 页。

⑤ Peter Wolfe, "Greene Thoughts in a Green Shade," *Prairie Schooner*, Vol. 40, No. 2, 1966, pp. 178-181.

密斯先生——看起来是多么的相似。史密斯先生光明正大地向着"理想"和信仰大步向前，赢得人们的尊重也完成自己的救赎；琼斯带着心中纯真的信仰却一直像一个怀揣赃物的贼，在"喜剧演员"的外壳下苟且偷生。史密斯先生不必祈求神赐给他和平，他富有且高贵，生来就满心充满着和平，没有碎冰似的利刺。他不仅是"阔佬"，还是一位真正的"名仕"。琼斯却必须为自己那些世俗的、琐碎的、必需的欲望妥协，甘心情愿做一个"痞子"。和布朗不同，琼斯没有"痞子装名仕"，他对自己的角色自始至终保持着忠诚。通过史密斯和琼斯，小说呈现和定义了道德美学意义上纯真的两面——一个"纯粹的善"和一个"由恶包裹的善"。前者可以是讽刺的、荒谬的，后者可能是悲剧的、必须由死亡来达到的。

史密斯先生凤毛麟角，琼斯却是众生相。

人物史密斯和琼斯再次触及了格林关于善恶的道德主题核心。格林曾在《失落的童年》一文中谈到他创作中的道德观点："一旦绝对的恶横冲直撞,完美的善将寸步难行。只有钟摆确定会停在正义的一边。"[1] "他的宇宙观，"西方批评家公认，"从写娱乐作品开始就没有偏离过。"[2] 格林笔下的世界一直是基调灰暗的、阴冷的，是文学评论家和读者们心中的"格林之原"（Greeneland）。在这个自私的、灰暗的世界里，"完美的善"太过赤裸招摇，其结果不是根本无法实践就是被"恶"利用而招致恶果。就像派尔，因为他缺少现实经验的天真，最终成为一个被权力迷信所包裹的那个新世界中的灾难。所以，普通人用"表面的恶"将"善"包裹起来，好像穿上敌人的军服、带着使命在敌区活动的间谍。很多时候，这是无意识的，就像琼斯到最后一刻面对死亡时才明确了自己内心的使命。"完美的善"光明正大，却难以为继，派尔和史密斯都证明了这一点；"包裹恶的善"表面龌龊，却最终能够伸张正义，虽然它的代价常常是鲜活的生命。

尽管如此，小说仍然借布朗之口表现了对两种纯真同样的尊重：对前者的尊重是因为"他（史密斯）的自信"和"纯正的动机"；后者是因为琼斯最终的选择和身体力行。正如布朗在最后时刻才感觉到的，也许琼斯真的和史密斯先生一样单纯，所以他们才会互相吸引。史密斯和琼斯代表

---

[1] Graham Greene, "The Lost Childhood," in *Collected Essays*, London: Bodley Head, 1969, p.17.

[2] Doreen D'Cruz , "Comedy and Moral Stasis in Greene's *The Comedians*," *Renascence*, Vol. 40, No.1, 1987, Periodicals Archive Online, p. 53.

了纯真的两面，也因此成为映衬庸俗的布朗的最好棱镜。

三

虽然布朗是小说的叙述者，但他也是小说三个主要人物中唯一一个没有温度的人、一个奇怪的人。在与布朗讨论了海地当下的严峻政局之后，马吉欧医生这样定义布朗："你是个奇怪的人……你听我说话就像在倾听一个长者叙述遥远过去的故事。你看起来是那么冷漠——可是你又住在这里。"[①] 马吉欧医生的疑问戳中了布朗的矛盾之处。他的回答是："我出生在摩纳哥。这就和当个无名之地的公民差不多。"布朗不仅没有国籍，也从没有见过父亲，连布朗这个名字他都不确定是不是真的。母亲在他少年时离去，把他一个人留在蒙特卡洛的教会学校。少年时布朗就曾把自己装扮成成年人混进赌场赢了一笔，又和一个可以当自己母亲的女人有了第一桩风流韵事。他当过餐厅的伙计，在报社干过，有时仅够糊口，有时又很风光。他曾是一家小型出版社的顾问，战时还在摩纳哥外交部谋了个职位，到海地之前的最后一个活儿看起来很像琼斯的把戏——找人仿造名画卖给想投资赚钱的人。布朗四处奔波，努力谋生，却是个名副其实的"没有根的人"。他没有祖国、没有家、没有爱人、没有固定的工作，他与这个世界毫无联系。哪里都不是他的家，哪里都没有属于他的安全感。

海地给了他一个机会，这是他没有想到的。他从母亲那儿继承了一个小旅馆特里亚农，还与某拉美小国大使的夫人玛莎有了一段情事。布朗一心想把旅馆经营好，他也确实做到了，虽然那只是漫长的流浪中短暂的让他享有安全感的假象。随着"爸爸医生"老杜瓦利埃上台，一切戛然而止。老杜瓦利埃的爪牙通顿·马库特分子四处行凶，法律在太子港完全失效，游客再也不来光顾，旅馆员工只剩下曾被通顿·马库特打跛了脚的约瑟夫一人。布朗仅有的归属感再次被摧毁，就好像命中注定一般。布朗费尽心力到费城，想要卖掉旅馆未果，无奈又重回海地，对他来说，即使在恐惧中咬着半块面包也比没有面包强太多了。

就连与玛莎的爱情也透露出"面包"的味道，仿佛那是他每日所需，却并非只此不可。布朗与玛莎之间，温存之后是嫉妒，嫉妒之后是相互指责，相互原谅，之后又回到温存。在小说中，布朗几次承认他在偷情中寻

---

① [英] 格雷厄姆·格林：《喜剧演员》，郭贤路译，外语教学与研究出版社（北京），2017年，第310页。

找成就感多于寻找幸福感。如果说布朗母亲和黑人情人之间的爱情如母亲自己所说是演戏的话，那么布朗和玛莎的恋情还不如演戏。那是一场绝望的尝试，尝试在充满恐惧的世界中抓住一个稳定的东西，并将爱欲与给予对方的疼痛和控制欲糅杂在一起。表面上，布朗的爱情里有两个敌人——一个是玛莎五岁的儿子安杰尔，一个是后来躲到大使馆避难的琼斯。布朗觉得安杰尔总是在与他争抢玛莎，而玛莎显然偏爱儿子更多。小说在此处落下的反讽笔墨让人印象深刻。甚至小男孩的名字也颇具讽刺意味——安杰尔（Angel），意为"天使"——布朗是在和天使争夺爱人。琼斯的"介入"带来的嫉妒感让布朗措手不及，但其实琼斯从未与玛莎发生过什么，只是他讨人喜欢的本领令布朗心生妒忌。布朗与琼斯一样，他们都老于世故，有骗子的天分，但琼斯是个称职讨喜的喜剧演员，布朗却是面目严肃地在表演。他太专注于自己的角色，对"活下去"本身无比地认真，以至于无法挣脱它的限制。终于，像一出戏终要落幕一样，布朗和玛莎在都离开海地之后无声地告别了，他们意识到"他们的爱情只属于太子港，只是那时的恐惧和无助的一个侧影"①。

从表面上看，布朗不是一个称职的"喜剧演员"。他钦佩史密斯先生，也会提醒对方投资的危险；他感到与琼斯同病相怜，也曾帮助琼斯逃离追捕；他敬仰马吉欧医生的献身精神，帮助小菲利波和游击队。他可以发现天真，欣赏善良，崇拜勇气，可以出于不好的动机而做好的、对的事。但仿佛是命运的安排，他始终与这个世界没有丝毫联系，是个彻底的疏离者，因此他的字典里没有忠诚，没有信任。在这个孤立的世界中，布朗为保持自尊心而变得自负，最终一步步走上了"喜剧"舞台。虽然他的同情心与马吉欧医生和小菲利波是一样的，但是他没有信仰，也不愿献身。马吉欧医生这样评价布朗："我持有信仰，哪怕它只是从某些经济规律中体现出的真理，但你已经完全失去了你的信仰。"② 对疏离于这个世界的布朗来说，亲情、爱情、友谊、宗教、政治、社会都是没有意义的，因此无所谓献身。小说的结尾处，作者为布朗安排的最后一个工作非常适合他：穿黑衣戴黑帽、操着丧葬生意的他成为一个喜剧式的巴隆·撒麦迪——那个

---

① A.A. Devitis, "Greene's *The Comedians*: Hollower Men," *Renascence*, Vol. 18, No. 3, 1966, pp. 129-136.

② ［英］格雷厄姆·格林：《喜剧演员》，郭贤路译，外语教学与研究出版社（北京），2017年，第 312 页。

伏都教传说中的死神（海地黑人绝大部分信奉伏都教）。这个严肃的"喜剧演员"布朗没有温度、没有热忱，他不属于活人的世界，只能与死人为舞。

布朗的失败是个人的失败，却极具代表性。他和琼斯二人是"痞子"的典型。二人都知道自己是私生子，"都被抛入命运的长河中，任凭沉底毁灭或是游泳逃生"[①]，结果他们都游了上来。他们都是赌徒，也都是随着环境变化的变色龙。区别在于琼斯一直没有机会成为像史密斯先生一样的阔佬，直到最后那个同时带来死亡的使命。布朗曾经信上帝，曾有机会做神职人员，曾有过彼此吸引、相互喜欢的爱人，但他都放弃了。他觉得活着才是最重要的，因此从不为谁冒险。即使他付出自己的同情心，帮助马吉欧医生和游击队，也是因为他不喜欢通顿·马库特和其中的孔卡瑟尔上尉、不喜欢"爸爸医生"、不喜欢他们当街摸他的裤裆搜枪。布朗所做的一切，归根结底都是为了自己，或者说他只看到了自己。

与《文静的美国人》中面临存在主义困境、半疏离的福勒不同，布朗是个彻底的、与这个世界毫无联系的人。作为一个来自"无名之地"的人，现实世界对他来说没有意义，甚至自己的存在也说明不了什么。因此，他始终在试图建构自己的世界，也将自己封闭在这一空间里隔绝了一切。布朗也是怀疑主义的信徒。他怀疑现实世界的各种联系，也怀疑他所创建的这个世界的真实，于是把自己的世界强加给别人，试图从回应中得到答案。布朗把爱情强加给玛莎、把友谊强加给史密斯先生和琼斯、把使命强加给马吉欧医生和游击队。但这些注定都不是真实的，只能存活于他用想象建构的那个世界。在现实中，格林在多部小说中反复强调，人不仅要通过建立与他人之间的联系来确立生活的意义，还要具有"有必要随时为之献身"[②]的信仰。

从这一点看，布朗与格林之前创造的很多小说主人公都不同。《问题的核心》中，至少斯考比上校爱上帝，虽然是用自己错误的方式；《权力与荣耀》里，至少威士忌神父找到了荣誉，尽管并不情愿；《恋情的终结》中，至少偷情的萨拉最终成为一个圣徒，不管过程怎样。也许布朗与《文

---

① [英]格雷厄姆·格林:《喜剧演员》，郭贤路译，外语教学与研究出版社（北京），2017年，第351页。

② Peter Wolfe, "Greene Thoughts in a Green Shade," *Prairie Schooner*, Vol. 40, No. 2, 1966, pp. 178-181.

静的美国人》中的福勒最相似，都是疏离的、老于世故的，但至少福勒介入政治部分是因为人性的正义，至少福勒在"派尔死后我倒是事事如意"的情况下，还想着"有一个人，我可以对他说我很抱歉"①。布朗却对琼斯没有丝毫的愧疚，没有想过搭救马吉欧医生，没有对除了自己以外的任何人或者事物有感情温度。诸如悔恨这样悲观的感情不属于"喜剧"的舞台，不属于这个严肃的"喜剧演员"布朗。如此看来，加缪初到巴黎时对"局外人"的切身感受最合适布朗："我不是这里的人，也不是别处的。世界仅仅是一片陌生的景物而已，我的内心在此已无所依托。与己无关……"②

第三节 "痞子"与英雄

一

加拿大文学教授罗兰德·史密斯（Rowland Smith）曾在题为《战时故事》的论文中提到，格林战时的写作中隐藏着一条联系"日常生活和英雄式冒险"③的纽带，它一直延续到他战后国际政治小说的创作中。《喜剧演员》中的琼斯就是一个生活在日常琐事中的凡人英雄。通过对比琼斯"国家骗子"的身份和最后"献身"的决心和经历，格林准确而传神地描述了普通人在生活中所做出的妥协和牺牲。史密斯和布朗两个主要人物对琼斯的映照，更显出了人类在这个孤独的、压迫重重的世界中忽明忽暗的角色。

纯粹的"理想主义者"史密斯先生因为其纯真的人文理想而具有超脱的气质，但与其说他是英雄，倒不如说他是天使。他要在贫穷至极的海地建立一个素食中心的愿望让他看起来高高在上，不食人间烟火。他的英雄主义是以"理想"为依托的，而他的"理想"又是以金钱为基础的。他是

---

① ［英］格雷厄姆·格林：《文静的美国人》，主万译，上海译文出版社（上海），2008 年，第 255 页。

② ［法］罗歇·格勒尼埃：《阳光与阴影——阿尔贝加缪传》，顾嘉琛译，北京大学出版社（北京），1997 年，第 62 页。

③ David Leon Higdon, "A Review of Graham Greene: The Dangerous Edge," *MFS Modern Fiction Studies*, Vol.37, No.4, 1991, pp. 793-794.

琼斯口中的"阔佬",有好的出身,稳定可观的收入。他不用为生活所迫去接触最肮脏、最龌龊的底层生活,因此在保鲜自己"理想"的同时,也让他的实践脱离现实,显得荒谬可笑。在格林的笔下,史密斯是一直生活在光亮中的那种人,好像天使一样纯洁,不会降落凡间。布朗与史密斯正相反。他是一个"没有根的人",生活在社会的最底层。他被教会开除,四处流浪,有时仅够糊口,有时小小风光。没有人对他负责,他也不愿对任何人或者任何"理想"负责。布朗从没有想过当英雄,他在与海地秘密警察通顿·马库特的对峙中甚至吓得尿了裤子。布朗的全部信念都在于"活着"本身,他是个彻头彻尾的"喜剧演员",但他对于英雄的思考却似乎比"喜剧演员"多那么一点点。

> 和其他人一样,无根之人也会受到诱惑,意图分享那份由政治信念或宗教信仰所带来的安全感,但出于某种原因,我们拒绝了这种诱惑。我们是缺乏信仰之刃;我们钦佩像马吉欧医生和史密斯先生那样为信仰献身的人,钦佩他们的勇敢与正直,钦佩他们对事业的忠贞不渝,而我们自己却胆小怯弱,或是对事业缺乏足够的热情,但到头来,从这些特质中我们发现,我们自己才是世上仅有的真正愿意献身的人——献身于这个邪恶与良善并存的完整世界,献身于智慧之人与愚昧之人,献身于冷漠之人与被误解之人。我们别无选择,只能苟活于世。[1]

不可否认,我们绝大多数人做不成史密斯和马吉欧。我们钦佩他们、欣赏他们,但我们不是他们。大多数人都不是"名仕",没有钱、没有坚定的信念和随时献身的精神,只能周而复始地日出而作、日落而息。布朗代表了现代社会绝大多数人的生存状态。对此,没人有立场横加指责,因为这就是普通人对正在生活着的世界的本能反应。透过布朗,小说为读者揭示出现代社会中人类左右为难的存在主义困境,却不仅限于此。在这个绝境之中,出现了一个变数,一个这个让布朗想不通的人:"琼斯又是

---

[1] [英] 格雷厄姆·格林:《喜剧演员》,郭贤路译,外语教学与研究出版社(北京),2017年,第368页。

为了哪一种信仰而甘心赴死的呢？"^① 由此，在呈现出布朗的孤独与绝望之后，小说进一步挖掘和探究的是，是什么让一个如布朗一样的"痞子"最终成了献身的英雄？

琼斯和布朗同样是私生子，四处讨生活，甚至是个比布朗更彻头彻尾的"痞子"——布朗还有一间破败的酒店和情妇，而琼斯只是个骗子，声称自己很有女人缘的他其实"这辈子睡过的女人里还没有一个不是付过钱的"^②。但与布朗不同，琼斯的心中一直向往一条与这个真实的世界求得联系的通道。他曾问布朗：你有没有觉得我们有一种使命，尽管你不能实践它。他好像一个怀揣着美好的愿望，却一直通过犯错来吸引别人注意的孩子；一旦使命到来，他便奋不顾身，即使他知道伴随而来的终点是死亡。

琼斯身上隐藏着作者格林对"人类向善"的终极信仰。并且，通过琼斯与史密斯先生的对照，格林写出了这种由"痞子"实施的善的可行性。在前现代社会中，人们有相差无几的道德基础，他们追随那些有力量的、精神强悍的"名仕"，毫无疑义地将"名仕"塑造成史诗和传奇中的"英雄"。而在现代社会中，共融和整合的认知被打破，生活变成了碎片，不再有统一的崇高让人们甘愿扼制私欲去献身，因此也无法成就"完美的善"的英雄。格林的系列作品中反复诠释了他对这一转变的认知：传统社会中完美的、"神化"的英雄在现代社会中已不得不让位于有瑕疵的"凡人英雄"。像史密斯先生一样的"名仕"可以通过关注事实真相的行为来成为英雄，那些每天为了生计而奔忙的小人物中也可能产生为了理想而献身的"凡人英雄"。"名仕"能成"英雄"，是他们可以献身于高贵富足生活之外的那个真实世界，而"痞子"变为"英雄"，依赖的是人性的纯真。纯真让他们放弃冷漠，勇敢地投身于这个人与人相关联的真实世界。小说中神父为游击队员约瑟夫和其他亡者所做的祈祷是格林这一观点的最好表达。

　　教会谴责暴力，但它谴责其冷漠来更加严厉。暴力可以是爱的表达，冷漠却绝对不是。前者是不完美的慈悲，后者是完美的利己主

---

① ［英］格雷厄姆·格林：《喜剧演员》，郭贤路译，外语教学与研究出版社（北京），2017年，第375页。

② ［英］格雷厄姆·格林：《喜剧演员》，郭贤路译，外语教学与研究出版社（北京），2017年，第349页。

义。在充满恐怖、怀疑与混乱的时代里,一个门徒的单纯和衷心之举促成了从政治上解决的办法。虽然他错了,但我宁可跟圣多马①一样有错,也不愿和冷漠懦弱之人同站在正确的一边。②

二

《喜剧演员》出版后,一直有评论家批评格林写了一长篇政治檄文。笔者对此并不认同,因为文学的意义恰恰在于以虚构的笔触创造和反映历史中真实的人类体验和情感。阿瑟·库斯勒(Arthur Koestler)曾在著名政治小说《中午的黑暗》一书的题记中写道:"本书中的人物都是虚构的,但是决定他们行动的历史环境则是真实的。"③格林的《喜剧演员》亦是如此。杜瓦利埃威权统治下的海地的黑暗、贫穷和恐怖,都是真实的,是小说家曾亲身经历的。正如徐岱教授所指:"一部具有史诗风范的作品,本着对艺术真实的追求而在客观上体现出一种政治归趋和一定的进步的政治倾向,这不仅不会损害它的艺术价值,而且肯定会使它显得更加伟大。"④《喜剧演员》中所记录的海地政治现实已成为海地历史的一个参照,成为控诉威权者老杜瓦利埃的一个有力武器。这部小说也因此具有了特殊的时代意义。

20世纪60年代正是东西方冷战的胶着时期。美国在世界各地发展盟友,为反共产主义阵营增添筹码。在拉美地区,美国显然不希望海地成为另一个古巴,老杜瓦利埃正是利用了这一点。他没有完全"清洗"国内的共产主义力量,同时对美国表现出积极的态度。因为他知道,对于美国来说,共产主义要比威权更可怕。共产主义在海地的存在正是老杜瓦利埃同美国谈判的筹码。格林通过小说中的马吉欧医生之口,揭露了老杜瓦利埃这一丑陋的政治权衡:"'爸爸医生'在政治哲学和政治宣传这两者之间做了区分。他想让面朝东方的窗户继续开着,直到美国人再次给他提供武器为止。"⑤与此同时,格林也批判了美国"一叶遮目"的国际政治决策。"在

---

① 圣多马(St. Thomas)是耶稣的十二门徒之一。耶稣欲前往耶路撒冷殉道之时,其他门徒都劝阻他,最终只有圣多马一人与耶稣一同启程,共赴劫难。

② [英]格雷厄姆·格林:《喜剧演员》,郭贤路译,外语教学与研究出版社(北京),2017年,第373页。

③ [英]阿瑟·库斯勒:《中午的黑暗》,董乐山译,作家出版社(北京),1988年,题记页。

④ 徐岱:《小说形态学》,杭州大学出版社(杭州),1997年,第286页。

⑤ [英]格雷厄姆·格林:《喜剧演员》,郭贤路译,外语教学与研究出版社(北京),2017年,第308页。

美国政府的眼里⋯⋯（海地）是一个非常安定的国家——只是不适合游客观光。"① 马吉欧医生的话戳中了问题的核心。美国在冷战时期简单地将世界政治划分为共产主义和资本主义两大阵营，在意识形态之下无视具体国家的现实和国民的生存状态，小说中，其"致命的天真"让这位世界霸主轻而易举地成为老杜瓦利埃施行威权统治的一个工具，成为一个残害菲利波医生和约瑟夫等海地民众的帮凶。格林因此质问：标榜"自由、民主、人权"的美国在国际政治决策上的最终落脚点究竟是什么？

从这个意义上来看，《喜剧演员》似乎继承了格林上一部国际政治小说《文静的美国人》中的"反美主义"。然而，小说中美国人史密斯夫妇的形象却与《文静的美国人》中的派尔不尽相同。派尔是绝对的"理想主义者"，他的全部生命已经交给了"美国在世界民主进程中的使命"，他献身的是政治。而同样是"理想主义者"的史密斯夫妇，他们的使命是"通过去除人体的酸性来减少激昂易怒的情绪"，他们献身的是人文主义。因此派尔会擦掉皮鞋上的血迹忙着去见公使；史密斯夫妇却能对他们认为需要帮助的任何一个海地人施以援手，也可以面对现实、承认自己的"理想"在现实中的行为——在海地建立素食中心——不切合实际，并最终离开了海地，去往下一个需要他们帮助的有色人种国家。可以说，派尔是政治的奴仆，而史密斯夫妇心中纯真的人文理想让他们超越了任意一种政治意识形态的局限，成为行走于权力政治之上的"文静的美国人"。从这一点来看，虽然格林对美国的国际政策不吝质疑和讽刺的笔墨，却不能简单地将格林定义为反美主义者，《喜剧演员》也不是一篇意识形态层面的政治檄文。

同史密斯夫妇一样，作者的人文理想超越了世俗政治的条框。他并没有站在美国的对立面，也没有站在任何一个政治体系的平面上，而是跳出小政治逻辑，用人文主义关怀确立了一个冷静观察、犀利批判的大政治视角。文学评论家艾林在专著《另一个人——格雷厄姆·格林访谈》中也认为，格林始终保持观察者的立场。格林自己也在采访中明确表示，政治观念永远不会成为他的创作动机。在他看来，选择在政治上支持一方就意味着在感知人性的无限复杂性上会变得迟钝，会制约一个人对世界的理解，会限制一个作家的想象力和同情心。正如格林写《喜剧演员》中杜瓦利埃威权统治下的海地一样，他持续挖掘的是"地域政治事件的全球性联系，

---

① ［英］格雷厄姆·格林：《喜剧演员》，郭贤路译，外语教学与研究出版社（北京），2017年，第309页。

以及不管何种意识形态下的权力政治的残暴"①。

除了对美国国际政治决策的质疑，格林还在《喜剧演员》中试图挖掘人类对威权政治的恐惧根源。小说中，在杜瓦利埃医生还未上台时，马吉欧医生就曾表示过他怕一个乡下的小医生，担心将来这个人的照片和名字要用照明灯高悬在城墙上。彼时，老杜瓦利埃的公众形象还是一个温和谦逊的医生，是什么让马吉欧医生下此判断呢？也许是他的天主教信仰让他对政治权力与人性贪婪的偶然遭遇与必然结合忧心忡忡。文学评论家多琳·迪科鲁兹曾提道："权力在格林的世界中戴着魔鬼诸多伪装中的一种。"②现实中的海地，正是权力让这个曾经面色温和的医生成为一个嗜血的威权者。"这个威权者如今应验了天主教的一段祷文，"小说中马吉欧医生说道，"魔鬼如同吼叫的狮子，四下寻找可吞吃的人。"③老杜瓦利埃威权政治所带来的社会恐惧与"爸爸医生"对权力的无边渴望成正比。人性的贪婪与政治权力的结合是制造威权者的温床，海地的政治现实证明了这一点。

因此，社会恐惧的根本是对不受制约的权力的恐惧。这是一种普遍的恐惧，并不是针对威权政治或者任何一个政治系统，而是人类对于权力驾驭人类生活的能力和其不可控性的恐惧。这似乎是一个无解的政治难题：人类需要国家制度来协调发展，这就会让一部分人拥有比其他人更多的权力，而人性的贪婪又势必导致权力的滥用——它会变质、会腐坏，会成为不同形式的杜瓦利埃政权。

格林在《喜剧演员》中揭示出的现代政治中的普遍恐惧问题，其哲学基础我们可以从当代法国思想家埃德加·莫兰的"人本政治"理论中找到。莫兰认为在人类现代生活中，"哲学的最基本的问题、道德的重大问题进入了政治的领域"，使得我们"已知的、过去所构想的政治膨胀、浮肿、变形，以致爆裂为碎片。而破碎的政治暴露了孕育一个涵盖人的整个存在的政治，即人本政治的困难、失败"④。现代政治是世界性的，它不仅将视域扩展到全球范围，而且引入了与人类生死存亡相关联的最重要的、

---

① Maria Couto, "Juggling the Balance," *Economic and Political Weekly*, Vol. 18, No. 43, 1983, pp. 1835-1836.

② Doreen D'Cruz , "Comedy and Moral Stasis in Greene's *The Comedians*," *Renascence*, Vol. 40, No.1, 1987, Periodicals Archive Online, p. 53.

③ [英] 格雷厄姆·格林：《喜剧演员》，郭贤路译，外语教学与研究出版社（北京），2017年，第139页。

④ [法] 埃德加·莫兰：《人本政治导言》，商务印书馆（北京），2010年，第4页。

最根本的问题。

如此一来，由人类生死存亡所引发的恐惧便也是现代政治问题，具有普遍性。这种恐惧表面上是由威权、极权等残暴政治形式生发，本质却是对在权力诱惑下人性的贪婪可能导致的无边破坏力的恐惧，它可能发生在任何国家、任何政治体系中。在地球上每个角落生活的人都可能在《喜剧演员》中找到似曾相识之感，这体现了现代政治融合哲学和道德基本问题的特点。小说在发出警告：如果我们不对杜瓦利埃威权政权进行声讨，如果我们放任政治权力与人性贪婪的无限度结合，那么海地人会永远生活在恐惧和混乱中。终有一天，丧钟为你我而鸣。

三

自从 1929 年小说《内心人》出版后，很多西方批评家就谴责格林的悲观主义。格林确实不是一个鼓舞人心的作者——宗教小说中主人公悲伤而压抑，政治小说中人们努力不犯错却陷入无情或者绝望，"格林之原"永远荒凉沉寂、阴冷黑暗。但《喜剧演员》中，"痞子"琼斯最终放弃自私而主动献身的选择，像是"格林之原"上的一点星光，在漆黑而荒芜的平原上，显得格外明亮耀眼。

透过琼斯，我们看到了格林对抗冷漠的坚定热情，而前提是他必须将"冷漠"这个现代社会的敌人完全地呈现出来。所谓的格林的"悲观主义"，正是重构之前的必然解构。皮科·耶尔在《我心中的人》一书中强调，格林"挖掘世界的每一种可能"，并且"坚持绝不随意嘲弄纯真的重要性"[①]。琼斯的选择无疑是纯真的，是在布朗看来无比幼稚的所谓"使命的召唤"。然而，死亡让琼斯的选择变得严肃，让他由此卸下喜剧的丑面，拥抱悲剧的崇高。而放弃了纯真的布朗，则在丧葬生意中持续跳着小丑的假面舞。

琼斯的选择，基于他对情感的渴望。情感以确立人与人之间的联系为基础，成了向善的动机。当人们抱此动机介入政治时，人类最原始的道德激情会被激发出来，愿意放弃自私的孤立存在，打破世俗和精神上的桎梏。因此，在格林笔下，政治的投入并不荒谬和无功。在无所不在的政治空气中、在个人生活不可避免地被权力政治挤压、侵扰时，人性最初的纯真成为对抗权力逻辑的荒谬性、国家伦理的无序性、现代意识的破碎性最有力的武器。

---

① Pico Lyer, *The Man within My Head*, London: Bloomsbury, 2012.

这种感性的武器同时也是危险的。琼斯的勇气并没有在现实层面解决游击队的问题，无知和无序的状态依旧，游击队缺乏起码的军事训练和运作机制。琼斯为游击队带来希望，可希望转而化为泡影，游击队或者去做毫无战略素养的无谓抵抗，或更加质疑自己反抗强权的能力——一个骗子由于他的"善"而变成一个更大的骗子。这是格林对于琼斯献身的保留，是对绝对歌颂的反叛。小说中，琼斯最终为游击队带去的让他们变得更强大的力量，不是他所谓的军事训练，而是他经过多年行骗习得的好口才——他为游击队带去欢乐和有趣地活着的希望。这是琼斯迂回的成功，是小说对献身方式和意义的两次重估。

文学评论家鲍德里奇也认为，格林后期小说中的人物都努力克服自己的玩世不恭，对抗他们自己原本对于世界的现实认识，是为了再度回归政治与道德的大环境。"抛弃冷漠，投入政治和道德的热情"[1]为这些普通人提供了救赎。他们的自我救赎，会激发现实的微观政治行为，搅动宏观政治的波澜，从而确立一条审美政治的路径。通过琼斯，我们看到审美政治所爆发的巨大能量：他不仅使个体完成了献身，还为整个游击队集体提供激励。

然而，审美政治也是存疑的。琼斯毫无军事能力可言，游击队缺乏基本的战斗素养和训练。琼斯为游击队带来希望，希望又化为泡影，琼斯带着献身的美好愿望为游击队带去虚妄，而游击队靠一时激情是无法完成战斗的。从这一点看，英雄的定义难断，审美政治也可能是危险的。

在《喜剧演员》中，一方面，格林通过史密斯与琼斯、马吉欧与琼斯的对比讨论了现代政治中"传统意义上英雄的合法性被严重削弱"[2]的现实问题；一方面，通过布朗与琼斯的对照，确立了在新的、破碎的现代政治环境中，"凡人英雄"存在的可能性与其"放弃冷漠、投身使命"的哲学基础。从这两点上看，格林都不是一个悲观主义者。正如评论家马汀博士所言，格林描绘人类现代生活中最赤裸的罪行，体现出"一种聆听和理解共通人性的能力"，而"这种共通的人性同时也是国际政治在全世界范围内的现实存在"[3]。

---

[1] Cates Baldridge, *Graham Greene's Fictions: The Virtues of Extremity*, Columbia, MO: University of Missouri Press, 2000, p.148.

[2] Douglas Kerr, "A Review of Graham Greene's *The Comedians*," *Studies in the Novel*, Vol. 41, No. 1, 2009, pp. 135-137.

[3] Gerald Martin, "End of Empire," *Third World Quarterly*, Vol. 10, No. 4, 1988, pp. 1640-1641.

第六章 《名誉领事》

小说《喜剧演员》获得成功后，格林并没有停下他在拉美地区旅行和探索的脚步。冒险旅行与格林的小说创作一直存在着某种难解难分的关系。二战时的非洲之行增强了格林对帝国主义与人性的感知力，锻炼出他对道德问题非凡的洞察力。二战后在墨西哥、阿根廷等拉美国家，格林负责报道当地的宗教迫害。在南美混乱的政治环境中，他到过空无一人的教堂，在田间与有着坚定宗教信仰的农民交谈，面对面地感受到信仰的现实力量。

在生命的最后三十年中，格林一直频繁地往返拉美和南美地区，运用"他作为一个天主教小说家的声望和随之获得的'特权'来观望后殖民地人民的生存状态"①。他在旅行期间的文学创作直接反映出天主教在经济落后和民众受压迫的国家中所扮演的政治角色。这些经历与感悟凝结成了格林公认的名作之一——出版于 1973 年的国际政治小说《名誉领事》。

南美某国的革命组织为营救被当局关押的政治犯，欲绑架美国驻阿根廷大使作为谈判筹码。任务落在曾经的神父雷翁·利瓦斯所领导的小游击队头上，但他们却阴差阳错地绑架了英国驻阿根廷某小城的名誉领事查理·福特那姆，即小说题目所指的名誉领事，一个无足轻重的角色。当地的佩来兹警长负责侦办绑架案。他的嫌疑人名单里有个叫爱德华多·普拉尔的医生。普拉尔是利瓦斯神父的朋友，虽在政治上保持中立，却出于个人原因为游击队提供了情报，由此卷入其中。大家都不知道的是，普拉尔医生还是名誉领事夫人克莱拉的情人。普拉尔一方面想说服利瓦斯放了这个毫无政治价值的领事，一方面又希望可以保证朋友利瓦斯的安全，因此左右为难。最终，当局围剿绑架小队，福特那姆被救出，利瓦斯中弹身

---

① Mark Bosco, SJ and Dermot Gilvary, "Graham Greene: A Sort of Literary Biography," Dermot Gilvary and Darren J. N. Middleton ed., *Dangerous Edges of Graham Greene: Journeys with Saints and Sinners*, NY: Continuum, 2011, p.10.

亡，而中立的、想为双方求情的普拉尔医生走出小木屋后根本没有机会开口，便命丧伞兵枪口。

《名誉领事》同格林的其他小说一样，包含侦探、冒险、偷情等紧张刺激的元素，却是将多个主题多种内涵融合得最好的一部作品。美国评论家马拉迈特曾在《重构的世界——格雷厄姆·格林与侦探艺术》一书中指出，小说《名誉领事》包含了"一个没有父亲的故事，讨论了阅读和侦探小说的写作，还包括对史蒂文森、切斯特顿和柯南·道尔的解读，以及各种穿着新衣的旧式人物形象——它们全部服务于具有艺术影响力和独创性的主题"[1]。格林自己也在《逃避之路》中谈到，《名誉领事》是他个人最中意的作品，不管是在小说艺术层面，还是在他将贯穿文学生涯的多个主题交叉融入其中的复杂方式上。

第一节　政治的"蝴蝶效应"

一

人类20世纪的历史"充满着暴力、恐怖和残忍，而政治决然脱不了干系"[2]，这一点在经济落后的拉美国家尤为显著。格林与南美的渊源开始于1938年，第一次的墨西哥之旅就让他于之后相继完成了游记《无法无天之路》和以墨西哥宗教迫害为背景的著名天主教小说《权力与荣耀》。在20世纪五六十年代，格林又访问了古巴、海地和巴拉圭，并创作了背景设在古巴的《哈瓦那特派员》和海地的《喜剧演员》。70年代中期，虽然年近古稀，格林还多次访问智利、巴拿马、尼加拉瓜等国，这些经历凝结成了几部分量颇重的长篇小说、一本回忆录，以及若干篇为《观察者》（The Observer）杂志和《泰晤士报》（The Times）撰写的报道。格林在报道中呼吁政府支持拉美国家，并由此确立了他对拉美政治持续的关注和浓厚的兴趣。用作家自己的话说，在拉美的旅行为他"在多方面提供

---

[1]　Elliott Malamet, *The World Remade: Graham Greene and the Art of Detection*, New York: Peter Lang, 1998, p. 114.

[2]　[英] 格雷厄姆·格林：《名誉领事》，杜争鸣译，译林出版社（南京），1999年，《译序》第2页。

了一种政治的投入热情"①。在为《观察者》撰写的《智利：危险的边缘》一文中，格林就对当时的共产主义领导人萨尔瓦多·阿兰达（Salvador Allenda）表现出温和的支持态度，同时对天主教在智利扮演的政治角色感到振奋。②这些亲身经历增强了小说家对拉美政治的特殊敏感和深度认知。

小说《名誉领事》中实施绑架的游击队可以说是 20 世纪下半叶反对巴拉圭威权者斯特罗斯纳的诸多反政府力量的一个缩影。1954 年，斯特罗斯纳发动军事政变，成为二战后拉美国家中第一个通过军事政变上台的威权者，并在美国的支持下对巴拉圭进行威权统治长达 35 年之久。小说中的游击队头目、前神父雷翁·利瓦斯代表着当时反对斯特罗斯纳威权政治的民间力量。这位年轻时虔诚的神学家，在目睹了贫民悲惨的生活和教会的虚伪后，毅然放弃了神职，投身革命，却不可避免地陷入内心挣扎。他对教会的全新理解，准确地反映出教会在南美政治中所扮演的新角色。西方学者在研究格林的拉美经历时指出，这种宗教的政治倾向一直处于小说家自己的信仰中心："我知道在历史上，教会选择权力大的一边非常常见，但是这在 20 世纪发生的频率越来越小了。我认为现在这个阶段，特别是在拉美地区，她（教会）已经有效地重新发现了一种革命的方式。"③

格林的这个说法，作为观念，体现出他的宗教观、政治观、道德观相融合的复杂性。在他去世 17 年后，2008 年的巴拉圭总统大选中，前主教费尔南多·卢戈（Fernando Armindo Lugo Méndez）当选巴拉圭总统。被称为"穷人的神父"的卢戈总统印证了格林的断言，小说家所发现的"在拉美地区一种信奉天主教的方式就是提供适度的政治行为"④，在巴拉圭变成了现实，因为教会的道德教化功能转化成了社会最底层民众革命反抗的精神动力。虽然如小说中利瓦斯神父一般的神职人员，内心不可避免地存在纠缠和斗争、存在着神学和人性意义上的争辩，但其政治实践的结果说明了这一大趋势的进步性。从《文静的美国人》中的福勒和派尔，到《喜

---

① Marie-Françoise Allain, *The Other Man: Conversations with Graham Greene*, London: Bodley Head, 1983, pp. 57-58.

② Graham Greene, "Chile: The Dangerous Edge," *Observer Magazine*, London, 2 January, 1972.

③ Marie-Françoise Allain, *The Other Man: Conversations with Graham Greene*, London: Bodley Head, 1983, p.166.

④ Stephen Benz, "Taking Sides: Graham Greene and Latin America," *Journal of Modern Literature*, Vol.26, No.2, 2003, pp. 113-128.

剧演员》中的史密斯、琼斯和布朗，再到《名誉领事》中的利瓦斯，"基督徒在一个非正义的社会中的政治投入和政治责任"成为贯穿格林国际政治小说的一个重要主题。[①]

有西方评论家由此推断格林已经在政治上明确地选择了一边。事实情况却复杂得多。同小说中的利瓦斯神父一样，格林在南美的政治投入也是两难的、复杂的。一方面，从政治现实的角度，他同情贫苦人民，支持革命行动，对宗教在政治上扮演的积极角色持肯定态度；另一方面，从人文主义的角度，他却不认为一个人应该像利瓦斯一样因对政治的献身而放弃自己的信仰。

格林所谓的信仰并不单纯指宗教信仰，而是如以上二章所论，属于一种更高层面的、相信世界上存在着某种确定之事物与自己相关联的意识，是非利己的、相信"献身"之必要性的精神内涵。因此，很难下结论说格林已在政治上选边。格林的人文主义深刻地被坚实的宗教观点所引导，使他可以颠覆任何传统的世俗观念，不论是宗教的、政治的，还是国家的，他都将其列入个人的内在精神世界以及个体的行为。个体的精神斗争和行为两难正是格林对人类在现代政治中的存在主义式焦虑的呈现。这种政治大环境与个人情感经历的矛盾以及政治实践与宗教信仰之间的冲突所引发的焦虑并不只限于南美地区，或者任何一个后殖民地国家，而是放之四海而皆准的一种共相。正如《名誉领事》卷首格林引用哈代的一段话："世间一切都彼此交融——善融于恶，宽宏融于正义，宗教融于政治……"因此，格林笔下的南美政治绝非意在讨论单一的政治事件或者由此引发的个人抉择，而是试图挖掘地域政治事件背后的国际性联系，以及深藏其后的人类学根源。

二

美国文学教授萨尔瓦多曾在专著《格林与克尔凯郭尔——信仰之路》中提到，格林的宗教观以及对真理的信仰使他有别于同时代的现代和后现代派作家，他最有效的武器之一就是"采用克尔凯郭尔式的'积极反讽'（positive irony）来超越现代主义讽刺模式中的相对性和无效性"[②]。《名誉领

---

① Roger Sharrock, *Saints, Sinners and Comedians: The Novels of Graham Greene*, Tunbridge Wells and Notre Dame, 1984, p.238.

② 转引自 John F. Desmond, "A Review Essay," *Religion & Literature*, Vol.23, No.2, 1991, pp. 115-122。

事》是格林作品中将积极反讽运用得最出色的。通过描绘乌龙绑架案中各方政治利益的制衡，小说揭露出权力背后无情与荒谬的政治逻辑。

政治荒谬在小说中最有力的投射是在普拉尔医生身上。他信奉个人主义，在政治中严守中立，只按照个人的道德和情感原则行事，算得上是个最没有政治色彩的人物。虽然他同情穷人的遭遇并尽力为他们医治疾病，但当利瓦斯神父第一次来找他，要求他提供绑架情报时他却拒绝了。对他来说，被绑架的人和那些需要帮助的穷人，或者关押在狱中的政治犯具有同样重要的价值。然而，出于对利瓦斯神父的昔日同窗情和他们营救父亲的承诺，普拉尔答应帮忙。不论对提供绑架情报采取什么样的态度，普拉尔在政治中的抉择并不依照任何政治原则，而是完全出于个人情感和生活经验。因此，当乌龙绑架案发生之后，他觉得"一切都会按照惯常的方式处理——英国大使和美国大使将采取恰当的外交压力手段，查理·福特那姆将会在那天早上被放到某个教堂里，然后自己回家……押在巴拉圭的十名犯人将获得自由"[①]。

但实际情况却完全背离了他的判断，他不明白利瓦斯的游击队为什么扣着一个没有谈判意义的名誉领事不放，还企图撕票；他也不明白为什么英国当局对一个体系内的政治官员的生命如此无动于衷。对普拉尔医生来说，此时的名誉领事还是那个他认识的有血有肉的查理·福特那姆；但对政治对立双方的利瓦斯神父和佩来兹警长、英国政府官员们来说，福特那姆已经只意味着一个被称作"名誉领事"的抽象符号。这个符号产生于权力政治体系，因此他必须服从于这个大机器的绝对权力和利益权衡。

利瓦斯告诉普拉尔医生，他们越过边境是"来做正事的"，就算只是绑架了名誉领事也可以"杀鸡给猴看"，是"进行持久战过程中的一个小小的战术胜利"[②]。他们的政治行动一定要产出相应的政治结果，哪怕将原定要求释放二十个犯人的目标降低为十个，也不能因为一个失误而放弃绝对崇高的革命目标所下达的任务。对政府当局来说，如果需要"让一位名誉领事做替罪羊，只要能挫败绑架者的企图的话，他们又何乐而不为

---

① [英] 格雷厄姆·格林：《名誉领事》，杜争鸣译，译林出版社（南京），1999年，第109页。
② [英] 格雷厄姆·格林：《名誉领事》，杜争鸣译，译林出版社（南京），1999年，第31页。

呢"①？因此，各方政府都互相推诿：巴拉圭"外交部部长说这纯粹是巴拉圭内部的事情"，英国政府觉得元帅是"客居我国"所以无法施加压力，美国人则"认为对这类绑架事件应该毫不客气"，但是"如果福特那姆是美国人的话，他们的看法也许就不一样了"。②这些信号无一不透露出政府当局已经做好了牺牲福特那姆的准备。他不是美国人，不是个有实际政治地位的英国官员，他的存在只是一个"名誉"的符号。在各方政治利益的博弈中，福特那姆被政治估价为零，因此被遗弃了。与之相对的，利瓦斯的游击队是因为高估了福特那姆的政治价值而持续扣留他，或者说，他们试图通过赋予福特那姆政治价值来肯定己方政治行动的意义。

不论出于革命目的还是维持社会秩序、国家利益的目标，对峙双方都是在按照某种超越个人意志和道德标准的更高原则行事。这些绝对命令"可以使用一切手段——利瓦斯神父与佩来兹等人是政治较量中的对头，遵循的却是同样的逻辑"。而夹在中间的普拉尔医生，既无法说服利瓦斯正视福特那姆的政治价值，也无法要求当局肯定福特那姆作为一个生命个体的重要性。他挽救福特那姆性命的个人努力"像是撞在了一堵无形的墙上，毫无反应"③。小说最后，普拉尔医生这个最没有政治色彩的局外人，却在走出绑架者藏身处想要向警方说情时被第一个打死了。更为讽刺的是，他的死亡也被政治利用了。政府称他"为贫苦的人们如此辛辛苦苦地工作，却惨遭所谓的穷人卫士的毒手"④，现在轮到福特那姆为普拉尔抱不平了。结果可想而知，福特那姆的呼吁无人理睬。普拉尔和福特那姆显然不明白，为何无人关注真相，为何人们只在意利益与价值。

除了描绘不同政治利益方之间的斗争，小说还将笔墨用于表现同一体系内部政治的无情。利瓦斯一直听命的上级"老虎"，在他们任务失败后命令他们留守，扣留福特那姆直到给当局的最后期限来临。事实上，通过最后期限来临之前当局的反应可以看出，他们的要求被满足的可能性已经微乎其微。游击队成员之一亚基诺主张杀死名誉领事后撤离，而利瓦斯神

---

① [英] 格雷厄姆·格林：《名誉领事》，杜争鸣译，译林出版社（南京），1999年，第152页。

② [英] 格雷厄姆·格林：《名誉领事》，杜争鸣译，译林出版社（南京），1999年，第150页。

③ [英] 格雷厄姆·格林：《名誉领事》，杜争鸣译，译林出版社（南京），1999年，《译序》第3—4页。

④ [英] 格雷厄姆·格林：《名誉领事》，杜争鸣译，译林出版社（南京），1999年，第297页。

父坚持要等到上级"老虎"的指示。事实上，他也知道他们已经被组织遗弃了，因为"只有这样，我们要是被捕的话才没有什么可说的"①。利瓦斯已经完全将政治的逻辑转化为自己行事的原则，即使这意味着要牺牲自己和同伴们的，包括无辜的普拉尔和福特那姆的生命。虽然利瓦斯对普拉尔心存愧疚，虽然他在最后时刻为游击队的同伴们做了弥撒，但不可否认的是，他的政治信仰已经超越了他原本的宗教信念和人文主义。而上级"老虎"在他们行动失败后的冷漠与最终将他们遗弃的事实，构成了对利瓦斯神父的政治信仰最有力的讽刺。

权力政治的荒谬导致了社会的无序和个体生活的扭曲，最终无情地、无声无息地改变着人与人之间的关系。普拉尔和利瓦斯曾是同窗好友，但利瓦斯却向普拉尔隐瞒了其父的死讯，还以营救父亲为饵诱使他提供绑架情报。面对普拉尔的质问，利瓦斯显得心平气和："是的，我很抱歉。这是真的。我以前没有能够告诉你。我们需要你的帮助。"②显然，此时的利瓦斯神父已立志对至高无上的革命目标献身，对朋友的隐瞒和欺骗只是一种战术上的不得已而为之。他并不感到愧疚。昔日的同窗情谊在政治法则下演变成了利用与被利用的关系，这是小说的又一个有力讽刺。

普拉尔与佩来兹警长也有私交。当最后，劫持者的小屋被包围时，普拉尔想出去为游击队向佩来兹说情。利瓦斯阻止他说："我怀疑佩来兹……他甚至连说话的时间都不会给你。"普拉尔却回答道："我想他会的，我们一直是好朋友。"③这种个人感情的意识让普拉尔有信心走出小屋，却最终不由分说被打死。个人情感在政治话语中显得无比天真和幼稚，引诱普拉尔付出了生命的代价。普拉尔从个人主义角度出发所做的情感判断在政治面前被击得粉碎。他不理解政治逻辑，因此也无法正确预估佩来兹的行动，反倒是佩来兹的对手、与他从未谋面的利瓦斯看起来更了解佩来兹。这一情节似乎是格林悲观主义的绝好证明，即描绘人性在刚性、无情、荒谬的政治中被揉搓被挤压的残酷现实。

① ［英］格雷厄姆·格林:《名誉领事》，杜争鸣译，译林出版社（南京），1999 年，第206 页。

② ［英］格雷厄姆·格林:《名誉领事》，杜争鸣译，译林出版社（南京），1999 年，第203 页。

③ ［英］格雷厄姆·格林:《名誉领事》，杜争鸣译，译林出版社（南京），1999 年，第290 页。

第二节　神性与父性

一

雷翁·利瓦斯神父是小说中强有力的一个角色，矛盾着、困惑着，神性的荣誉与谎言都在他身上呈现。贯穿格林创作生涯始终的"信仰"母题在这一人物身上得到最复杂和深入的诠释。

利瓦斯有一个资产阶级的父亲，一个"好律师"、一个斯特罗斯纳将军的支持者。同普拉尔继承父亲的文化身份相反，利瓦斯的身份认同是从反抗父亲开始的。他拒绝作资产阶级的儿子，因此放弃了成为一个好律师的机会而加入神职。但教会的腐败和神职在帮助穷人上的无为让他又一次失去了信心，转而加入了革命组织。可以说，从资产阶级的儿子到上帝的儿子再到政治革命的儿子，利瓦斯每次身份转变都是通过反抗和背叛来实现的。第一次对资产阶级父亲的背叛是彻底的，但第二次对教会的背叛却是不完全的、模糊的。在这个过程中，原有的身份认同为他投下的影子与新的信仰持续交战，使"种种痛苦纠结在一起，像正在打斗的蛇那样纠结在一起"[1]。可以说，无论是爱上帝同时反对教会腐败的宗教信仰，还是为穷人而战的政治忠诚，出发点都是最初利瓦斯反抗资产阶级的父亲、同情穷人的人文主义信仰。因此，从人文信仰出发，他尝试了"善"的宗教和"恶"的暴力革命两种途径，其结果都不让他满意。宗教和政治的信仰在利瓦斯身上对抗交战，同时又在达到人文信仰目标的层面相互补充，让他左右为难（见图 6-1）。利瓦斯无法保证对任何一种信仰的绝对忠诚，也不肯将任何一种信仰完全抛弃，最终只能在三者的交战中以自我的毁灭作结。

---

[1]　[英] 格雷厄姆·格林：《名誉领事》，杜争鸣译，译林出版社（南京），1999 年，第 230 页。

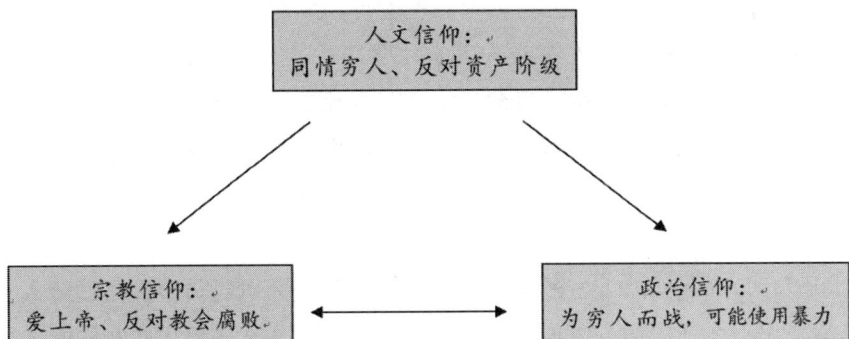

图6-1 利瓦斯神父的多重信仰

"巴拉圭最富有的资产阶级分子",利瓦斯这样向普拉尔定义自己的父亲,他是个"不错的律师,可是从来不帮没钱的诉讼人打官司,一辈子都在忠心耿耿地为富人服务,直到他死时为止"[①]。年少时,利瓦斯就显出与资产阶级出身身份的格格不入,他承认自己喜欢家里的六个用人超过喜欢父母。他的第一个誓言是"成为佩里·麦森那种为了保护穷人和无辜者而无所畏惧的律师"[②]。然而,最终利瓦斯打破了这个誓言转而加入神职,彻底与资产阶级决裂了。

利瓦斯这第一次转变是对时代的回应,也是他的性格使然。利瓦斯无法容忍自己以资产阶级律师的身份战斗,即便是为了保护穷人和无辜者。从个性上看,利瓦斯并不善于面对矛盾和冲突。他需要的是一种纯粹的"善",保持自己对信仰的绝对忠诚,不肯做丝毫的妥协。这说明他在某种程度上是一个"理想主义者"。然而,神职让利瓦斯的"理想"再一次破灭了。他听无数穷人的忏悔,见证了一个又一个悲惨的生命,却只能在之后让他们高呼三声"阿门"作为慰藉。他献身神职是想要改变贫富之差、权力之别,为了真正的"众生平等",然而结果却事与愿违。利瓦斯由此质疑自己的信仰:

(《福音全书》)里面讲的都是废话,至少在巴拉圭来说是废话。"卖出所有,赐予穷人",我得把这样的话读给他们听,而与此同时,

① [英]格雷厄姆·格林:《名誉领事》,杜争鸣译,译林出版社(南京),1999年,第249页。
② [英]格雷厄姆·格林:《名誉领事》,杜争鸣译,译林出版社(南京),1999年,第23页。

我们的大主教却和大元帅一起在吃着专门从伊瓜祖买来的鱼，喝着法国的名酒……而且在有钱人看来，营养不良比忍饥挨饿更保险得多。挨饿会把人逼上绝路，而营养不良却只能让人连拳头都举不起来。美国人对这一点是很了解的——他们给我们的支援正好足够我们从饥饿变成营养不良。我们的人民不是在挨饿，而是在变得有气无力。①

因此，利瓦斯对上帝的纯粹之善产生了质疑，也对教会在帮助穷人上的毫无作为感到绝望——他"从来没有看到过有什么迹象说明我们的主插手过我们的战争或我们的政治"②。利瓦斯需要寻找更强有力的、更直接的方式来实现自己的人文理想。他一边寻求现实的解决方案以对抗神职的"有气无力"，一边重新思考和定义他所信奉的上帝。

同第一次彻底与资产阶级决裂不同，利瓦斯并没有背叛教会。当普拉尔这位宗教世界中的"无政府主义者"挑衅地说，因为利瓦斯离开了教会所以穷人们不再信任他的时候，"利瓦斯神父抬头看着他，眼睛里直冒火，像一条狗守着自己的骨头那样"。他对普拉尔说："我从来没有告诉过你我离开了教会。我怎么能离开教会呢？没有教会还能有什么呢？没有教会就没有这儿的贫民区街坊，就没有这间屋子。我们之中的任何人只有一条路可以离开教会，那就是去死。"③对利瓦斯来说，教会不只是他的宗教信仰，也是穷人们赖以生存的精神寄托。如果离开了教会，他为穷人而战的人文信仰就没有了扎根的土壤。政治行为强化权力意识，一不小心便会迷失方向，利瓦斯对此是有所警觉的，认为只有教会可以让自己守住人文信仰的初心。因此，他的宗教信仰坚不可摧，但他所信奉的上帝已经不再是他在神学院的书本中学习到的那个。利瓦斯为自己找到了同时具有善恶两面的、"人化"的上帝之父。

我确信上帝的邪恶，但是我也相信他的善良……要是上帝不像我的话，我又怎么能爱他呢？他和我一样也要一分为二，和我一样也容

① ［英］格雷厄姆·格林：《名誉领事》，杜争鸣译，译林出版社（南京），1999年，第129页。
② ［英］格雷厄姆·格林：《名誉领事》，杜争鸣译，译林出版社（南京），1999年，第35页。
③ ［英］格雷厄姆·格林：《名誉领事》，杜争鸣译，译林出版社（南京），1999年，第228—229页。

易被引诱……我所信奉的上帝不仅造就了所有的圣贤，而且也带来了
所有的祸害。他只能是根据我们自己的形象创造的，既有白昼的光明
面，又有黑夜的阴暗面……那是我们所能看到的就只有善良的上帝，
只有他身上那种简单明了的光明面了。你相信的是进化论，爱德华
多，可是有时候一代又一代的人真的会不知不觉地倒退，变成野兽。
这是一个漫长的挣扎的过程和漫长的痛苦的历程。我相信上帝也在经
历和我们一样的进化过程，但也许他所遭受的痛苦比我们所遭受的更
深重。①

利瓦斯所说的进化的、动态的、善恶并存的"人化"上帝形象非常符
合格林的宗教观。虽然格林并没有明言，但在《失落的童年》中他明言恶
虽势力庞大，但胜利的钟摆最终会停在善那一边。人们不禁要问，是怎么
确定钟摆会停在正义的一端呢？利瓦斯这个人物给了一个答案：因为有那
个和人类一样遭受痛苦、不断进化着的上帝。虽然最初是为了赢得爱情而
信奉天主教，格林却和小说中的利瓦斯一样一生都是虔诚的教徒，从未离
开过教会。只是格林所信奉的上帝并非只有纯粹之善，而是有缺点、有瑕
疵的。所以我们看到格林小说的主人公都在善恶的矛盾冲突中存在，他们
每一次的痛苦挣扎都是进化的一部分。格林相信"上帝的进化也取决于我
们自己的进化。我们的每一次邪恶的行为都是对他身上的阴暗面的加强，
而每一次善行都有助于他的光明面……这还是一个非常的过程，而我所信
奉的上帝也会受苦受罪，在苦难中与自己斗争——与自己身上的邪恶面斗
争"②。假设格林的这种宗教观成立的话，我们就不难理解格林为何在小说
创作中始终致力于揭露矛盾、冲突、两难、悖论等现代人类生活状态的难
题了。

回到小说中的利瓦斯神父，善恶并存的"人化"上帝形象不仅为他所
看到的教会腐败和在帮助穷人的无力上找到了合理的解释，也为他的暴力
政治行为提供了哲学基础。当普拉尔指责信奉上帝的他却要杀死无辜的福
特那姆时，利瓦斯回答说："要是我枪杀他的话，那不仅是我的过错，也

---

① [英]格雷厄姆·格林:《名誉领事》，杜争鸣译，译林出版社（南京），1999年，第
  261—262页。
② [英]格雷厄姆·格林:《名誉领事》，杜争鸣译，译林出版社（南京），1999年，第
  262页。

是上帝的过错……是上帝让我变成了现在这个样子,是他让我子弹上膛,双手不抖。"①然而,他的政治行为却是极其业余的。他所带领的游击队由"一个失败的诗人,一个被解除神职的神父,一个虔诚的女人,还有一个只会哭的人"②,和另外两个穷人组成。在普拉尔看来,这简直是一场喜剧,"我们中间没有一个人真正适合做悲剧人物"③。利瓦斯神父听命的上级"老虎"在乌龙绑架案后遗弃了他们,但利瓦斯却始终坚持要依照"老虎"的命令死守。他没有完全按照利益至上的政治逻辑行事,"理想主义"式地认为"我们越过边境到这儿就是来做正事的。如果什么事都没有做,我们很多人都会失望的……就算是绑架了一位领事,也算得上是做了点有意义的事"④。相较之下,贫苦农民出身的游击队员亚基诺的想法就纯粹得多。他不同意听从"老虎"的命令,主张杀掉名誉领事,绝了后患立刻撤离。

小说用亚基诺遵循政治逻辑的干脆、无情、决绝,来对照利瓦斯神父在宗教信仰和政治信仰双重作用下的痛苦挣扎、犹豫不决。一方面,利瓦斯不愿意自己的政治行为无果而终;另一方面,他不忍杀害无辜的福特那姆;再一方面,他也不愿看到自己的同伴涉险。三方利益的冲突在利瓦斯心中反复纠缠,成为他痛苦的根源。最终,政治信仰以其最直接、紧迫、有力的性质在这一刻成了利瓦斯神父的选择。

可利瓦斯神父始料未及,他原本为了实现自己的人文理想而放弃神职投身政治的行为,在某种程度上反而让自己与人文理想越来越远。比起一个业余的游击队队长,穷人们似乎更需要一个听他们忏悔、为他们做弥撒的神父。格林通过利瓦斯妻子玛尔塔将这一讽刺性的矛盾揭露出来。玛尔塔是个穷人,一直称呼利瓦斯为"神父"而不是"丈夫"或者别的爱称。对她和其他穷人来说,一朝为神父,终身是神父。利瓦斯自己不再相信的《福音全书》和宗教形式,对玛尔塔和其他穷人来说却几乎可以说是生命的灯塔。二人之间的两次冲突充分反应出神父的天真。他的"理想",无论是宗教的还是政治的,都是纯粹的,经不起现实世界各种荒诞真相的

① [英]格雷厄姆·格林:《名誉领事》,杜争鸣译,译林出版社(南京),1999年,第253页。
② [英]格雷厄姆·格林:《名誉领事》,杜争鸣译,译林出版社(南京),1999年,第269页。
③ [英]格雷厄姆·格林:《名誉领事》,杜争鸣译,译林出版社(南京),1999年,第269页。
④ [英]格雷厄姆·格林:《名誉领事》,杜争鸣译,译林出版社(南京),1999年,第31页。

考验。

利瓦斯与玛尔塔的第一次冲突爆发在贫民区的瞎眼老人何塞来访之后。妻子死了，何塞因为没有神父肯给她做弥撒而四处寻找。

> "我想你应该跟那个可怜的老头去，神父。"玛尔塔说，"他妻子死了，又没有别人帮他的忙。"
>
> "我要是去的话就会给大家都造成危险的。"
>
> "你都听见他说的话了。大主教的神父对穷人的什么事情都不管。"
>
> "你是不是以为我对他们也是什么都不管？我正是在用我的生命为他们冒险，玛尔塔。"①

利瓦斯这一刻体会到的酸涩痛苦可想而知。他为了帮助穷人加入神职，又为了帮助穷人放弃神职，成为一个否定曾经的自己去投入暴力政治的革命者。他所做的一切、经历的痛苦挣扎都源于自己立志帮助穷人的初衷。而现在摆在他面前的是，也许这只是他的一厢情愿，穷人更需要表面温暖的、直接的宗教安慰（在利瓦斯看来宗教仪式是虚假的、欺骗式的），而不是现实世界中直接的、暴力的、却不一定得偿所愿的政治献身。

利瓦斯第二次面对这个极具讽刺意味的矛盾是在最后时刻来临之前。玛尔塔恳求他为同伴们做弥撒，利瓦斯同意了。普拉尔却指责他是在欺骗他们。

> 利瓦斯神父说："好吧。我去做弥撒，看在你的分儿上，玛尔塔。这些年我给你做的事情太少了。你给我的是爱，而我所给你的一切却是那么多的危险，给你泥土地板让你睡觉。只要军队给我们足够的时间，天一亮我就去做弥撒。"
>
> 这一幕难以言状的悲伤场景打动了普拉尔医生的心。他说："你自己并不相信那些絮絮叨叨的话，雷翁。你这是在玩弄他们，就像你玩弄那个杀害了他妹妹的小男孩那样……要是我们能不再信奉那个坐在五里云中天堂宝座上的吓人的神灵，这难道不比单相思地去爱他更好

---

① ［英］格雷厄姆·格林：《名誉领事》，杜争鸣译，译林出版社（南京），1999 年，第 219 页。

吗?"

"我们要是不呼吸的话不是也更好吗?可是怎么说我也禁不住要呼吸。在我看来,有些人是命中注定要有所信仰的,这就像他们被判官判入监狱一样。他们别无选择,别无出路,他们生活在人生的监狱中。"①

此处可以看出,利瓦斯已经开始妥协。他不得不承认宗教的安慰是他现在唯一能给予穷苦同伴们的,神父的角色比起游击队长来也是他更擅长的。尽管这带有神秘性的宗教仪式意味着背叛他心中那个"人化"的上帝,但欺骗本身正是"人化"上帝恶的一面。普拉尔对此不能理解,他认为与其欺骗穷人们不如让他们干脆不要爱"那个坐在五里云中天堂宝座上的吓人的神灵"②。

事实上,无论是作为虔诚信徒的穷人们,还是完全放弃宗教信仰的普拉尔,抑或是那个反叛的改良的宗教信徒利瓦斯,他们无一在自己的宗教身份认同中获得完满的结局。穷人们狂热、痴迷,也因此变得无知和愚昧,宗教中纯粹的仁爱让他们在现实中软弱无力。普拉尔无牵挂无畏惧,却因为缺少信仰而丧失了生活的方向,疏离了这个世界。利瓦斯既想要与教会联姻,又想与现实的暴力政治同床,两者的抵触和矛盾将他拖入了痛苦纠缠的深渊。尤其是在小说的最后,利瓦斯想要杀福特那姆却下不去手时,为了让福特那姆"稍微有点准备","岔开心思",利瓦斯竟提出要福特那姆向自己忏悔。"在十分紧急的时候——甚至连我也……"利瓦斯神父说,"就说你很抱歉,说真心的。"③在真正要打破自己的人文信仰和宗教誓言去杀一个无辜的人时,利瓦斯神父胆怯了。他不得不承认自己"连老鼠都不能杀"④。由此,小说既从宗教角度批判了绝对信仰和绝对的无信仰,同时呈现出利瓦斯的改良宗教观在现实世界遭遇的荒谬困境和无解难题。

这左右为难的际遇是人类在现代的"绝境"。小说中利瓦斯说:"过去

① [英]格雷厄姆·格林:《名誉领事》,杜争鸣译,译林出版社(南京),1999年,第259页。
② [英]格雷厄姆·格林:《名誉领事》,杜争鸣译,译林出版社(南京),1999年,第259页。
③ [英]格雷厄姆·格林:《名誉领事》,杜争鸣译,译林出版社(南京),1999年,第286页。
④ [英]格雷厄姆·格林:《名誉领事》,杜争鸣译,译林出版社(南京),1999年,第293页。

上帝总是唯一的侦探，因为人们相信上帝。他就是法律，就是秩序，就是善。他就像福尔摩斯……把一切都搞得水落石出。但现在却是大元帅之类的人物在制定法律，维持秩序。"[1] 世俗世界的暴力让统一和谐的秩序被打破，宗教的上帝再也无力继续扮演全知的唯一的侦探。正因为此，小说指出，盲目地信奉一个高高在上、权力大无边的神灵在我们这个时代是行不通的。同时，信仰的失落也是我们这个时代的危机。当碎片化的现代生活将人们的整体意识击得粉碎时，人类需要信仰来将确立个体与个体相联系的意义，让个体与这个世界发生关联，才能在物欲横流的资本世界之上建构起人类得以维系的精神世界。

格林曾在《无法无天之路》一书中回忆自己在墨西哥的旅行经历，认为在当地人虔诚的宗教信仰中，有"一些简单的、陌生的、却并不复杂的东西在闪光，（那是）我们无望地失落了的、却永远无法忘记的一种生活方式"[2]。可以说，一直被批评家们认为是悲观主义者的格林，事实上对信仰在现代社会的救赎作用具有信心。这也是作家为现代性开出的药方。正像利瓦斯在最后对福特那姆所说："我抱歉的是我没有能生活在一个教会的原则容易受到人们遵守的时代——或者说，我没有能生活在那种有了新的、让人觉得更宽松的原则的将来。"[3] 旧的秩序已崩塌，新的秩序尚未建立，格林似乎已经预见了全人类在 21 世纪的困境。

二

普拉尔医生是小说中最复杂的一个人物。他有一个被流放到南美的英国父亲，他在父亲的熏陶下读狄更斯和柯南·道尔的作品长大；他有一个土生土长的巴拉圭母亲，在丈夫离去后不断地埋怨，告诉爱德华多"现在只有你一个人爱我了"[4]。父亲是在爱德华多 14 岁时离去的，在一个少年视父亲为偶像、最需要父亲的年纪；母亲不但没有分担父亲的角色，反而将对丈夫的依赖转移到儿子身上。因此，父亲的离去和母亲的忧伤让爱德华

---

① [英] 格雷厄姆·格林：《名誉领事》，杜争鸣译，译林出版社（南京），1999 年，第 238—239 页。

② Graham Greene, *The Lawless Road*, London: Heinemann, p.171.

③ [英] 格雷厄姆·格林：《名誉领事》，杜争鸣译，译林出版社（南京），1999 年，第 286 页。

④ [英] 格雷厄姆·格林：《名誉领事》，杜争鸣译，译林出版社（南京），1999 年，第 194 页。

多在成长的过程中没有积累足够的安全感：父亲让他对失去所爱之人充满恐惧，母亲让他将爱理解为一种超重的负担。因此普拉尔不再付出，将自己与世界的联系尽可能维持在最低限度。

除了父母和家庭的影响，普拉尔既非英国也非巴拉圭的文化身份同样增加了他对现实世界的迷惑和恐惧。格林在小说中通过文学阅读和想象将这一点表达出来。普拉尔是父亲"用狄更斯和柯南·道尔的作品培育起来的"，因此他觉得本土作家萨维德拉充满马基思莫[1] 精神的小说"晦涩难读"[2]。普拉尔在户外旷野读书的习惯也是从父亲那里继承下来的，人们"头一次见到他坐在长凳上翻开书看时都很好奇"，因为这"肯定是外国人的做法"[3]。然而，这并不代表普拉尔全盘接受英国文化和排斥南美文化。"普拉尔少年时读狄更斯的小说，就像是外国人那样读它……由于没有更多的事实做依据，也许只能认为书中的一切当今还依然如故。"[4]

可以说，普拉尔对英国的文化认同和小说一样，只存在于他的想象之中。他由于父亲的影响建构起一个英国的国家身份认同，又在被父亲"抛弃"后通过怀念父亲不断地暗示自己并加强这种认同。然而，他对英国的认知不仅在内容上缺乏事实依据，而且在形式上也呈碎片化。它们只是文学家汲取的历史片段，不足以构建整个文化长河。因此，对英国文化碎片化的认同并不能够为普拉尔提供与之发生联系的足够条件。同样地，普拉尔也没有完全浸入南美文化，他对萨维德拉充满南美文化标志马基思莫精神的小说的评价说明了这一点。

> 也不能说萨维德拉博士写得不好。他的风格有浓重的音乐性，让人感到命运的鼓点自始至终都不绝于耳，只是普拉尔医生有时渴望向他这位忧郁的病人大声疾呼："生活并非如此！生活不高雅，也不神圣！就算在拉美生活也不例外。世界上没有什么必然法则。生活出人

---

[1] "马基思莫"英文原文为 Machismo，从西班牙语和葡萄牙语中分离出来的一个词，表示一种沉默寡言、勇敢的男子汉品质，是南美地区最具标志性的文化。后来也用作表示一种认为男人优于女人的理念，又译为"大男子主义"。

[2] [英] 格雷厄姆·格林：《名誉领事》，杜争鸣译，译林出版社（南京），1999 年，第6 页。

[3] [英] 格雷厄姆·格林：《名誉领事》，杜争鸣译，译林出版社（南京），1999 年，第6 页。

[4] [英] 格雷厄姆·格林：《名誉领事》，杜争鸣译，译林出版社（南京），1999 年，第2 页。

意料，它是荒诞不经的。正是由于它荒诞不经，人们才怀着希望。"①

　　普拉尔的思考体现出英国经验主义哲学的特点。"世界上没有什么必然法则"似乎是普拉尔在用休谟的怀疑论和认识论对抗南美文化中的确定性和整合性。尽管如此，他仍然认为萨维德拉的小说具有一定的文学价值，并不知不觉地受到书中人物身上的马基思莫精神的影响，就像情人克莱拉对他说的，"你也有你的马基思莫精神啊"。英国和南美文化在普拉尔身上同时作用，相互对抗又彼此交织，让普拉尔左右为难，加深了他对现实世界的迷惑和疏离。

　　总体看来，无论是父亲的离去造成普拉尔安全感的缺失，还是继承自父亲的英国文化给普拉尔带来的文化身份冲突，父亲都扮演了最重要的角色。从精神分析学说的角度来说，普拉尔少年时期对父亲的认同以及由父亲的离去产生的怨恨与不解影响了他的一生。14岁的普拉尔和其他少年一样，对父亲表现出特别的兴趣，但父亲的突然消失让普拉尔的"俄狄浦斯情结失去了敌意的对象，因此其心理发展出现了一种逆反：爱父憎母"②。他不停地回忆父亲，努力维持着与他的联系。他为穷人看病也是因为他觉得"我一直能意识到我在做着一种他希望看到我在做的事情"③。普拉尔对父亲的爱让他陷入了回忆的泥沼不能自拔，将自己与现实世界的距离越拉越远。他在心中反复确立父亲的形象，同时也是在潜意识里加强自己的不安全感，因为父亲正代表普拉尔对爱最初的恐惧。他将自己尽可能地放置在所有人的生活之外，觉得"看得太重就是一件危险的事了"④。

　　然而，普拉尔阴差阳错地卷入绑架事件，在与亚基诺的交谈中，他了解到父亲的现实情况，意识到真实的父亲与自己想象中的父亲已经相去甚远。

　　　"他的头发很白。"

---

① [英] 格雷厄姆·格林：《名誉领事》，杜争鸣译，译林出版社（南京），1999年，第9页。

② 张艳蕊：《论〈名誉领事〉中的"父与子"母题》，载《新乡学院学报（社会科学版）》2009年第6期，第118—120页。

③ [英] 格雷厄姆·格林：《名誉领事》，杜争鸣译，译林出版社（南京），1999年，第187页。

④ [英] 格雷厄姆·格林：《名誉领事》，杜争鸣译，译林出版社（南京），1999年，第273页。

"在我的记忆中并不是那样"。

"而且他的腰也弯得厉害。他的右腿患上了严重的风湿病，你也可以说是风湿病害死了他。"

"我记忆中的他完全是另一个人。他高大清癯，腰杆挺直，在亚松森码头上离开我们的时候走得很快，又一次转过身向我们挥手。"①

他不得不承认事实上他已经越来越难回想起父亲的样子："当他想把查理·福特那姆的脸换成他父亲的脸时，又觉得父亲的面容几乎已被流逝的岁月冲得无影无踪。"②真相对想象世界的冲击迫使他第一次正视自己对父亲的感情。亚基诺告诉他父亲在监狱里的话："我在这里并不是不高兴，而是太无聊了。无聊。要是上帝能稍微给我一点点痛苦倒也好。"③这时的普拉尔已经被绑架案彻底牵扯进去，在小木屋中被佩来兹警长带人团团包围。对死亡的恐惧、对福特那姆的愧疚、对利瓦斯的同情，都在现实中以最直接、最露骨的方式，挑战着普拉尔用对父亲的回忆构建起来的那个想象的世界。

就在这个瞬间，普拉尔才恍然大悟父亲真正想要影响他的东西是什么——同生命的"无聊"作战，以对抗英国式的冷漠和空虚。于是普拉尔告诉亚基诺：

"我觉得我可以理解。"普拉尔医生说。

"最后，他一定得到了他想要的痛苦。"

"是的，他到最后还是幸运的。"

"至于我自己，我从来就不知道什么叫无聊。"亚基诺说，"痛苦是知道的，还有恐惧。我现在真害怕，但不觉得无聊。"

普拉尔医生说："也许是因为你自己还没有走到自己一生的最后吧。只有当你老了的时候，就像我父亲那样，发生这样的事才算是

---

① 〔英〕格雷厄姆·格林：《名誉领事》，杜争鸣译，译林出版社（南京），1999年，第288页。

② 〔英〕格雷厄姆·格林：《名誉领事》，杜争鸣译，译林出版社（南京），1999年，第189页。

③ 〔英〕格雷厄姆·格林：《名誉领事》，杜争鸣译，译林出版社（南京），1999年，第289页。

好事。"①

他想起了母亲的生活状态，想起了情妇马佳丽塔其实缺乏吸引力的脸，想起了克莱拉和他们的孩子，想起了巴拉那河边"他对未来的漫长难熬的等待"。此处，小说用电影中片段闪回的方式将普拉尔的回忆做了一次统一的回顾和整理，强烈的画面感让读者可以理解为什么普拉尔"似乎一下子变成了他父亲的年龄，似乎他和父亲一样在监狱里度过了那么长的时间，似乎逃出去的正是他的父亲"②。可以说，直到这一刻，普拉尔才真正意识到他对父亲的回忆将自己关进了监狱，隔绝了这个世界。父亲之所以选择到巴拉圭那边去，"独自一人直面日益增多的种种危险"，甚至用痛苦对抗无聊，是因为他在"以这种外国式行为尽量模仿马基思莫精神"③。父亲是全心投入于这个世界的，而普拉尔是疏离的，这并不是"父亲希望看到他做的事"。强有力的现实让普拉尔冲破了回忆的牢笼，而这种现实感是陷入政治事件所带来的，尽管普拉尔的政治热情最初是由个人情感——想要营救父亲——所驱使的。

贯穿《名誉领事》中的"父与子"隐线，描绘了孩子在父亲的影响下获得身份认同、同时又终其一生尽力挣脱这种影响的矛盾现实。普拉尔通过对政治的投入完成了自我的救赎。同福勒、琼斯等格林小说人物类似，普拉尔对生活是疏离的，但内心深处渴望对抗自己的玩世不恭。几乎都是无心的，仅仅是出于个人情感和生活经历，他们卷入政治，但正是这非自愿的"政治参与的热情"让人们"不再为了最后升入天堂而躲在让自己远离现实世界的肮脏与醒醒的那个壳中"④。这似乎是格林在做出预判：公共政治将是人类社会自我救赎的未来。

三

与克莱拉和福特那姆的交集同样冲击了普拉尔的想象世界，让他不得

① [英] 格雷厄姆·格林：《名誉领事》，杜争鸣译，译林出版社（南京），1999 年，第 289 页。

② [英] 格雷厄姆·格林：《名誉领事》，杜争鸣译，译林出版社（南京），1999 年，第 289 页。

③ [英] 格雷厄姆·格林：《名誉领事》，杜争鸣译，译林出版社（南京），1999 年，第 3 页。

④ Cates Baldridge, *Graham Greene's Fictions: The Virtues of Extremity*, Columbia, MO: University of Missouri Press, 2000, p.148.

不认真地对待"爱情"这个词。对曾经的普拉尔来说，"'爱情'是一种他满足不了的要求，是他不愿承担的一种责任，是一种苛求——在他小时候他母亲不知把这个词用了多少次。它就像一个持枪抢劫的歹徒，'举起手来！不然的话……'爱情总是需要有所回报：顺从，歉意，不愿付出的一吻"①。他对克莱拉的感觉从肉体开始，却没有如他所料以肉体完结，反倒滋生出一些微妙的、他不愿意去承认和揣摩的东西。别人常常指责他的冷酷，他倒"觉得自己像个努力钻研的、准确无误的诊断专家……不过他也总能把自己感觉到的那种感情的原因归为另一种截然不同的病症——归为孤独、骄傲、生理上的需要，甚至归结为简单的好奇心"②。此时他却无法解释对克莱拉的感觉。她是个妓女，是福特那姆的妻子，是普拉尔未出世的孩子的母亲。克莱拉总是小心翼翼地迎合着普拉尔，始终不敢逾越那条线。线的这边是疏离的爱人普拉尔，线的那一边是永远背着妓女耻辱的、没有去爱的权利的克莱拉。

福特那姆的出现打破了这个平衡。他无私地爱着克莱拉，就像"一个笨手笨脚的人受人托付照管一件不属于自己的、非常容易打破的宝贝那样"③，甚至在被绑架后还极力想要安排好克莱拉以后的生活。普拉尔对此感到恼火。这是他第一次无法诊断自己的感觉。最终，利瓦斯神父帮助他找到了病因："你嫉妒的是查理能爱。"④ 是的，普拉尔嫉妒福特那姆能爱克莱拉，嫉妒利瓦斯神父能爱上帝、爱他的革命理想，嫉妒萨维德拉博士对文学的迷恋，甚至嫉妒亚基诺从未感觉到无聊。普拉尔是在嫉妒他们有信仰，一种对非利己目标的投入甚至献身。他不得不承认，"我嫉妒是因为他爱她。就是'爱'这个平庸无味的蠢字，它对于我来说从来没有意义，就和'上帝'这个词一样。我知道怎么戳女人——可是我不知道怎么去爱。可怜的醉汉查理·福特那姆还是高我一筹啊"⑤。

---

① 〔英〕格雷厄姆·格林:《名誉领事》，杜争鸣译，译林出版社（南京），1999 年，第 194 页。
② 〔英〕格雷厄姆·格林:《名誉领事》，杜争鸣译，译林出版社（南京），1999 年，第 158 页。
③ 〔英〕格雷厄姆·格林:《名誉领事》，杜争鸣译，译林出版社（南京），1999 年，第 124 页。
④ 〔英〕格雷厄姆·格林:《名誉领事》，杜争鸣译，译林出版社（南京），1999 年，第 264 页。
⑤ 〔英〕格雷厄姆·格林:《名誉领事》，杜争鸣译，译林出版社（南京），1999 年，第 291 页。

此时的普拉尔医生终于正确地诊断出自己的病因：他既惧怕爱，又渴望爱。这种两难的感觉就像他曾经面对一个病重的人，"当时摆在他面前的选择就是要么冒险做手术，要么看着那个女患者死掉。手术做完后他觉得很累很累，和他现在的感觉一样，而那个女人还是死了"[①]。普拉尔的病因暗示了人类失落信仰的相悖缘由以及在矛盾现实面前的两难抉择。在面对死亡的空隙里，福特那姆瞥见的正是自己可以对照出的普拉尔所失落的东西。他告诉普拉尔说：

> 我觉得这么长的时间，真是太空虚了，要填充这空虚。我似乎觉得在我没有遇到克莱拉的那么多年里——傻瓜才把那段时间叫人生的黄金阶段呢！哦，那些都是很空虚的年月，没有什么目标……挣钱干什么呢？给谁挣呢？我想有一个我能为他做些事情的人——不只是为我自己做事。[②]

正是因为"不只是为我自己做事"的想法让福特那姆珍惜克莱拉，爱情把生活在醉汉父亲阴影下的福特那姆拯救出来。反观普拉尔，他的整个成长经历却完全是个人化的，对任何自己之外的事物都不抱热情。他的生活正如福特那姆所说，是"很空虚的年月，没有什么目标"。克莱拉是唯一一个正面对普拉尔生命中心的问题发出疑问的："你想要什么，爱德华多？"[③]克莱拉变成了普拉尔所说的一面他自己的镜子。她正中靶心的问题"成为存在主义式的疑问，普拉尔永远无法解答，除非用生命的代价"[④]。最后，当死亡的钟声越来越近的时候，普拉尔选择了一种英雄主义的行为——走出小屋为利瓦斯和福特那姆说情。这种对非利己目标的献身精神，让他重新拾回了爱的能力。这是第一次，也是最后一次。

普拉尔放下自我才终于真正定义了自我，可他的发现在政治中仍然不堪一击。他所钟爱的父亲因为政治信仰抛弃了妻子和年少的儿子，这让政

---

① [英] 格雷厄姆·格林：《名誉领事》，杜争鸣译，译林出版社（南京），1999年，第274页。

② [英] 格雷厄姆·格林：《名誉领事》，杜争鸣译，译林出版社（南京），1999年，第210页。

③ [英] 格雷厄姆·格林：《名誉领事》，杜争鸣译，译林出版社（南京），1999年，第195页。

④ David J. Leigh, "The Structure of Greene's *The Honorary Consul*," *Renascence*, Vol.38, No.1, 1985, pp. 13-25.

治对于普拉尔来说从一开始就带有复杂的个人情感色彩。政治一方面意味着与父亲的联系，一方面又是他想极力避开以免受到伤害的东西。他虽对穷人抱有极大的同情，却不想带有任何政治色彩，只是出于医生的天职和善良去帮助他们。即便为了避免再次卷入利瓦斯的政治行动而不接电话，他也会在电话铃响后"谴责性的寂静里"担心"说不定还真是他的哪个病人打来的"，因此"为自己的自私觉得有些愧疚"①。从这一点上看，普拉尔是纯真的。在利瓦斯揭穿他想营救福特那姆是因为偷情的罪恶感时，普拉尔回答说："我已经不是基督徒了，雷翁。我想问题的方式不是那样的。我没有那么多的良知，只是一个单纯的人。"在他的世界里，没有上帝、没有权力政治、没有个人情感的爱，唯一能将人与人联系在一起的就是"视人为人"的人性最基本的善。除了这种他没有意识到的善，他竭力将自己排除在其他人的生活之外。

然而，对父亲的复杂感情让他破例了一次。尽管普拉尔为游击队提供了情报，但利瓦斯的政治行为在他看来只是一种形式，并不具有实质意义，因此"对于他们的行动计划，他从来就没有信任过，听他们讲讲只是表示他的友好态度。当他询问发生了某一特殊情况后将采取什么行动时，他们无情的回答在他看来简直是一种儿戏"②。显然政治的逻辑从来都没有在他的处世哲学中出现，普拉尔"从来就没有一时一刻相信过，他们还会发展到真正采取军事行动的地步"③，这也是他这么多年都没有明白父亲离开的原因之一。他以为政治事件就像他的诊断一样是流程化的技术操作，以为"一切都会按照惯常的方式处理——英国大使和美国大使将采取恰当的外交压力手段，查理·福特那姆将会在那天早上被放到某个教堂里，然后自己回家……押在巴拉圭的十名犯人将获得自由"④。他并不理解政治的一大特点是混乱。

事实证明，当他的个人主义哲学与政治逻辑正面交锋时，他发现自己突然"腹背受敌"。一方面，英美当局不肯为一个没有实权的名誉领事做

---

① ［英］格雷厄姆·格林:《名誉领事》，杜争鸣译，译林出版社（南京），1999年，第201页。
② ［英］格雷厄姆·格林:《名誉领事》，杜争鸣译，译林出版社（南京），1999年，第21页。
③ ［英］格雷厄姆·格林:《名誉领事》，杜争鸣译，译林出版社（南京），1999年，第21—22页。
④ ［英］格雷厄姆·格林:《名誉领事》，杜争鸣译，译林出版社（南京），1999年，第109页。

任何妥协；一方面，游击队收到上级命令死守，不肯轻易放弃绑架行动的成果，即使那只是"没用"的福特那姆。随着乌龙绑架案的升级，普拉尔的个人情感和经历被越来越多地牵扯进去。他既不想看着福特那姆被杀，又不想让利瓦斯被抓，而达到他两个目的的唯一方法就是求助于权力政治。在向英国大使请愿的过程中，他领略了权力政治无情的价值观、荒谬的政治逻辑，以及它们对于人与人之间关系的影响。普拉尔眼中活生生的福特那姆变成了不同政治权力方权衡的筹码，当筹码失去价值的时候，就自然地、不由分说地被遗弃了。普拉尔并不理解一个人如何成了一个政治中的符号，进而失去了他为人的权利。他的天真迷失在利益至上的权力政治体系中，四处碰壁。可以说，人本主义的"人性之善"与利益权衡的"政治之恶"是让普拉尔左右为难的两个原点。前者不仅在交锋中败下阵来，而且不可避免地被后者利用了。

更甚者，他发现人与人的关系也必须在政治中被重新衡量。当他揭穿利瓦斯向他隐瞒了父亲的死讯，当初还以父亲为由说服他提供绑架情报时，利瓦斯的回答出奇的平静："很抱歉欺骗了你，我们需要你的帮助。"[①]对普拉尔来说，他答应提供情报的原因一半是父亲，一半是与利瓦斯的友情。但利瓦斯的政治忠诚让其轻而易举地背叛了朋友间的诚实信条。在人性中被裁定为"恶"的背叛却在政治逻辑中呈现出自然地合理性，将普拉尔与利瓦斯之间纯粹的朋友情谊变成了部分的利用关系。与利瓦斯对峙的佩来兹警长也与普拉尔有交情，这个想法让普拉尔有信心走出小木屋求情，却不由分说地被打死了。小说中最没有政治色彩的普拉尔，出于非政治的个人情感与经历介入政治，却在其中被利益冲突的双方同时踩踏、挤压，最终付出了生命的代价。

小说《名誉领事》将所谓权力政治和它所代表的价值体系对人性的蔑视和摧残充分揭示出来。正向西方学者斯特霍夫所言，格林小说中的主人公总是"在不可调和的矛盾中挣扎，忠诚于一个世界即意味着失去其他的一切"[②]。而"像空气一样无处不在"的权力政治制造了一个有着独立价值体系的世界，普拉尔无法避免地进入它，却始终没有正视它、承认它、接

① [英]格雷厄姆·格林：《名誉领事》，杜争鸣译，译林出版社（南京），1999年，第203页。
② Gary P. Storhoff, "To Choose a Different Loyalty: Greene's Politics in *The Human Factor*," *Contemporary Literary Criticism*, Vol. 11, No. 1, 1984, pp. 59-66.

受它，因此付出了生命的代价。由此，格林不仅谴责了权力政治的荒谬和无情，也批判了普拉尔对政治全盘否定的回避态度。他强调，普拉尔对政治的无知与冷漠同利瓦斯对政治的狂热同样是危险的。通过普拉尔和利瓦斯，格林似乎希望寻找到一种有人性温度的政治，同时希望人们对政治报以有限度的参与热情，一种保留着人类本真的善良的政治热情。

第三节 怀疑与信仰

一

　　整体看普拉尔和利瓦斯这两位小说主人公，普拉尔作为小说的线索人物，穿插迂回地表现了信仰失落、个人身份认同、阅读和写作等主题；而利瓦斯的所言所想则更为集中地反映了作者对现代生活中（尤其是拉美地区）人们的宗教信仰和政治投入的反思。普拉尔和利瓦斯所面临的诸多两难抉择是他们个人的问题，同时也是时代的难题。

　　在碎片化的现代社会中，在老欧洲的个人主义语境下，在新殖民地的文化夹缝中，普拉尔失落了自己的信仰，利瓦斯不可避免地在多种信仰中挣扎。普拉尔渴望爱又惧怕爱；努力寻找以父亲为标志的、与现实世界的联系，却在对父亲的回忆中将自己与现实的距离越拉越远。他出于个人情感偶然介入了他一直排斥的政治，无意中收获了对身份认同、对爱、对信仰的问题的答案，但当他最后终于有意识地、主动地想要完成一次政治投入时，结果却是不由分说地被一枪打死。利瓦斯爱穷人、爱上帝，也爱他的政治理想。为了寻找他的人文追求的现实意义，他放弃神职投身暴力革命，到头来发现不仅自己"不能杀死一只老鼠"；而且比起他想为穷人谋幸福所带领的游击队行动，穷人们反倒在他所反思的虚假宗教仪式中获得了更多的安慰。

　　可以说，普拉尔和利瓦斯都被利用，也都被嘲弄了。就像《文静的美国人》中的福勒和《喜剧演员》中的布朗一样，普拉尔拥有人性最初的善，却对现实世界冷漠疏离。三人都因为个人情感的原因而介入政治，福勒成功地造成派尔被杀，却一直心怀愧疚；布朗将琼斯送上以生命为代价的自我救赎之路，自己却踟蹰在物质世界中，作为一个"喜剧演员"没有意义地辛苦活着；普拉尔在政治投入中解开了与父亲的心结、重拾了爱的能力，却始终排斥政治逻辑的世界，因此付出了生命的代价。利瓦斯拥有宗教信仰和政治理想，但即使是他改良的宗教观中善恶并存的"人化"上帝，也不能帮助他调和二者之间的终极矛盾，最后他不得不在痛苦纠缠中以身体的毁灭作结。

由于个人情感和政治生活之间的矛盾冲突，普拉尔和利瓦斯二人付出了巨大的代价，这体现了格林对暴力威权的政治世界与其中渺小屡弱的个人之间关系的反思。小说在向我们昭示，"政治世界运转得一片混乱，没有关怀和公正"，然而，政治体系却"不是一个个独立的抽象的符号，而是所有活生生的人的行为总和"，政治世界的格式化行为"来源于个人追求各自不同的意义"。[①]我们看到，普拉尔和利瓦斯虽出于个人生活经历和情感原因介入政治，却从微小的"纳米"开始切实改变了政治世界的格局。看似屡弱的个体也具有改变威权政治世界的现实可能：小说肯定了利瓦斯的信仰和投入热情，也呈现了他矛盾挣扎的痛苦，同时批判和否定了普拉尔对政治的漠视和回避态度。

借由一次失败的政治行动及其后的蝴蝶效应，现代社会中人们的无助与挣扎被表现得淋漓尽致。在普拉尔与利瓦斯身上，我们看到现代信息社会中每个人的惶恐与不安。人类赤手空拳来到世间，渴望被指引与被保护，而在后现代思潮与现代政治中，统一价值的神性在疏离，伦理世界的父性在迷失，人类救赎的希望似乎只有人性。人性如此多变，如此复杂，如此扑朔迷离，如何去审视和理解它，是小说《名誉领事》带给我们持续不断的思考和追问。

二

从早期的侦探小说到之后的天主教小说，"寻找信仰"一直是格林作品的主要命题。这里的信仰并非单指宗教信仰，而是人们在个人情感经历中、在宗教投入中、在社会活动热情中寻找的生命意义和方向。在政治小说中，主人公是在"如空气一样无所不在"的政治中寻找信仰的。像福勒、琼斯和普拉尔一样，格林后期小说中的主人公都在努力克服自己的玩世不恭，而对政治的投入为他们反抗自己已有的世界观提供了可能。这些

① Gary P. Storhoff, "To Choose a Different Loyalty: Greene's Politics in *The Human Factor*," *Contemporary Literary Criticism*, Vol. 11, No. 1, 1984, pp. 59-66.

作品不仅对现代政治生活中的信仰危机进行了现实主义批判，而且在个人生活和社会政治交叉的复杂关系中探讨了最终获得信仰的可能性。通过通奸、错误地绑架、抓捕和背叛等一系列表面故事，并联系南美文化中标志性的马基思莫精神，《名誉领事》成功地将现实主义叙事转化为内省式的分析。

小说中每一位主人公的出场都是寂寥的、讽刺的。年近六十酒不离身的英国人福特那姆是位没有实权的名誉领事，他生活中最大的指望就是每年进口一部汽车。英国人亨弗里斯博士给自己冠以"博士"美名是为了能有教师的权威。普拉尔医生陷在回忆父亲的泥沼中不能自拔。利瓦斯不愿意被人再叫作神父。这些外部的、没有安全感的信号传递出这些人物的疏离感和信仰缺失后的迷茫。在一个孤独的、充满背叛和马基思莫精神的世界中，他们都在对安全感和热诚度的探索中败下阵来。

这次突如其来的、阴差阳错的政治事件给所有人创造了一个新的视角来观望世界。福特那姆在身陷囹圄时明白了自己对爱情的信仰。曾经的福特那姆用他自己的话来说"已经完了"，在遇到克莱拉之前他"是没有什么东西可以指望的"[1]。克莱拉的出现点燃了福特那姆心中的热情，她让福特那姆"有了真正自己想做的事情"[2]。面对克莱拉，福特那姆就像"一个笨手笨脚的人受人托付照管一件不属于自己的、非常容易打破的宝贝那样"[3]，尽自己所能全心全意地奉献着。在这场看起来只有福特那姆单方面付出的爱情中，他收获了去爱的能力。能爱人，才能真正爱自己。这成为他的信仰。他在被绑架后尽力安排克莱拉和未出世的孩子之后的生活；在得知普拉尔和克莱拉的奸情后，他一度愤怒，不是对克莱拉的出轨或是普拉尔的爱情，而是因为普拉尔"甚至装也不愿意装着爱她"[4]。获救后，他仍照顾克莱拉但不再亲密，当他最终知道克莱拉对普拉尔的真情后，感到"非常舒坦"，因为"一个他爱恋的人会活下去"。是对爱情的信仰让他做出如此判断，因为一个能爱的人才能够活下去。正因为他爱克莱拉，所以

---

① [英] 格雷厄姆·格林:《名誉领事》，杜争鸣译，译林出版社（南京），1999年，第233页。

② [英] 格雷厄姆·格林:《名誉领事》，杜争鸣译，译林出版社（南京），1999年，第233页。

③ [英] 格雷厄姆·格林:《名誉领事》，杜争鸣译，译林出版社（南京），1999年，第124页。

④ [英] 格雷厄姆·格林:《名誉领事》，杜争鸣译，译林出版社（南京），1999年，第272页。

相比于克莱拉究竟爱的是谁，福特那姆更愿意知道他的克莱拉是有能力去爱的人，是同样对爱抱有信仰的人。信仰给予福特那姆的安全感和力量让他可以对克莱拉说："爱并没有什么错，克莱拉。这总是会发生的，至于爱的是谁并不要紧。"[1] 两个努力去爱的人，在一场无故惹上身的政治行动后，找到了彼此心灵的契合。福特那姆知道，"克莱拉以前从来没有跟他像现在这样靠得这么近"[2]。

同福特那姆对生活毫无指望的初始状态不同，利瓦斯从未停止过对上帝的爱。尽管如此，他的神学理论却并非正统，而是全新的、叛逆的。他认为上帝和普通人一样也同时拥有善和恶的两面，这是他为上帝无视世间疾苦所做出的唯一合理解释。颠覆的宗教观为他投身暴力政治提供了理由，"不只为他绑架甚至杀害美国大使和名誉领事的行为带来正义性，而且还使利瓦斯可以对他最痛恨的父亲形象——大元帅运用各种残忍的手段"[3]。除了颠覆的宗教观所带来的动力之外，利瓦斯还必须拥有一种政治信仰，为他具体的政治行为指出方向。他相信为穷人革命的最终理想和将此理想付诸实践的革命组织。可在绑架乌龙发生后，他一直信任的组织上级"老虎"抛弃了他们。就像他曾经笃定上帝具有救赎之力却发现上帝对穷人如此无情一样，又一次，利瓦斯感到自己被信仰所出卖。但是他并没有像普拉尔一样选择逃避，而是带着对"人化"的上帝的理解和信仰，带着对纯粹的政治目标的理想化信念，直面死亡这唯一的结局。他始终用带有人性温度的心爱着穷人们，积极地参与这个现实存在的世界。这让他的灵魂在所有混乱和迷失中依然闪着光。利瓦斯有信仰，因此他虽在矛盾中挣扎，却从未放弃过希望，就像他告诉福特那姆的：我们所能做的唯一一件事就是保持希望。

三

"希望"正是利瓦斯神父所触及的普拉尔"怀疑主义"问题的核心。普拉尔的生活长久以来缺少希望。父亲在他少年时离去后，普拉尔在一次

---

[1] ［英］格雷厄姆·格林：《名誉领事》，杜争鸣译，译林出版社（南京），1999年，第310页。

[2] ［英］格雷厄姆·格林：《名誉领事》，杜争鸣译，译林出版社（南京），1999年，第312页。

[3] David J. Leigh, "The Structure of Greene's The Honorary Consul," *Renascence*, Vol. 38, No. 1, 1985, pp.13-25.

次的失望后学会用"不再希望"来保护自己。虽然他有同情心，为穷人治病，对富人"反复地申明和重复自己的痛苦"充满鄙夷，但这些都不足以让他在个人情感上建立与这个世界的联系。克莱拉提出的那个让他无法回答的问题正中要害："你要什么，爱德华多？"① 没有希望、没有目的，普拉尔的生命是在一个他用回忆建构起来的、不真实的世界中的旅行。

这场他本不希望被卷入的政治行动彻底改变了他的生活。他在与福特那姆的对话中发现自己早已丧失爱的能力，在与利瓦斯的讨论中意识到政治和宗教可以赋予一个人的意义。在他出于个人目的和人性善良而解救福特那姆的行动中，他第一次从回忆的世界中走出来，与真实的世界发生联系。他视福特那姆为父亲，视克莱拉为爱人，也愿意承认自己未出世的孩子。他第一次"以一种很不舒服的不安、焦虑和好奇的感觉在为他自己的孩子考虑"② 的时候，他已经不再是从前那个疏离于这个世界的普拉尔了。他甚至意识到了自己的问题，希望"让孩子有一种信仰"③。

除了父亲与政治，他颇不以为然的南美文化中的马基思莫精神，也在不经意间与他发生了联系。就像克莱拉说的："你也有你的马基思莫精神啊！"这恐怕是普拉尔最不愿承认的。从某种程度上来说，英国式的个人主义和马基思莫精神的结合成了普拉尔最后时刻所找到的信仰。他将它们转化成为激发勇气的行动力。在最后时刻，普拉尔告诉利瓦斯："马基思莫精神，你那愚蠢到极点的马基思莫精神，雷翁，我必须给那儿的那个可怜鬼做点儿什么。"④ 但就像拉美小说中他所鄙夷的人物一样，普拉尔献出的爱不仅是一种情绪，还是一种面对生命危险时勇敢甚至鲁莽的行为。这种爱与勇气之间的联系在小说主线中反复出现，正暗指马基思莫精神。从开篇普拉尔想知道父亲是否曾试图模仿马基思莫，到萨维德拉在他的小说中对马基思莫精神崇拜式的长篇大论，和福特那姆的父亲因为马基思莫精神毁了自己的儿子，再到佩来兹警长的暗示"所有的东西都是马基思莫"，以及后来萨维德拉提出将自己作为人质交换名誉领事等行为，都是由马基

---

① [英] 格雷厄姆·格林:《名誉领事》，杜争鸣译，译林出版社（南京），1999年，第195页。
② [英] 格雷厄姆·格林:《名誉领事》，杜争鸣译，译林出版社（南京），1999年，第242页。
③ [英] 格雷厄姆·格林:《名誉领事》，杜争鸣译，译林出版社（南京），1999年，第243页。
④ [英] 格雷厄姆·格林:《名誉领事》，杜争鸣译，译林出版社（南京），1999年，第290页。

思莫精神结合个人情感经历所引发的。格林在小说中提出了分辨真假马基思莫精神的问题，他认为真的马基思莫是"等同西班牙价值的美德"[①]。

小说中代表南美的真正马基思莫精神是一种信仰，是可以为之献身的。在最后时刻到来时，普拉尔视与他争夺克莱拉爱情的敌人福特那姆为替代的父亲，视曾经欺骗他、让他惹祸上身的罪人利瓦斯是自己的朋友。普拉尔不仅意识到了自己复杂的感情，还像真正的男子汉一样，选择在大义面前营救自己的情敌和朋友。是否献身于非利己的信念和情感，是小说判断真伪马基思莫精神的根本。讽刺地是，普拉尔最后的英雄主义被萨维德拉在葬礼上的发言转化回了假的马基思莫精神："你带着大男儿的马基思莫精神，带着这种无愧于那些曾经为罗佩兹[②]流尽最后一滴血的家族相悖的马基思莫精神……你从那间小屋走出，从那座聚集着假装为穷人谋利益的骗子的小屋走出，走向死亡的境地，因为你要尽最后的努力拯救他们，也拯救你的朋友。"[③]更加讽刺的，这恰恰是普拉尔始终想要逃避的、自己父亲的样子：他们都在"以这种外国式行为尽量模仿马基思莫精神"[④]。只有福特那姆是真正懂得普拉尔的，他为普拉尔的最后行为提供了最好的解释："爱并没有什么错……我们都会陷进去的……我们都可能被绑架，被错误地绑架。"[⑤]只有福特那姆知道，普拉尔最终找到了信仰。通过西方个人主义和南美马基思莫精神在普拉尔这一人物上的交叉作用，小说从跨文化维度探讨了现代信仰，可谓开辟了全球化语境下审视人类信仰危机的新视角。

信仰危机对格林来说从来都不是一个简单的宗教问题。事实上，格林算得上是天主教会中的异教徒。他讨厌反复讲述的"三位一体"，常常怀疑所谓的道德原罪，偏向于表现教会的堕落。这些复杂的表征汇集在一

① David J. Leigh, "The Structure of Greene's *The Honorary Consul*," *Renascence*, Vol. 38, No. 1, 1985, pp.13-25.

② 罗佩兹：指卡洛斯·安东尼奥·罗佩兹（Carlos Antonio López, 1972—1862），出身贫寒，结婚后成为巴拉圭最重要的家族之一中的一员，是律师、政治家。1844 年至 1862 年间任巴拉圭总统。他在任内积极拓展对外联系，促进贸易和经济发展，发展教育事业，进行了一系列社会改革。

③ ［英］格雷厄姆·格林：《名誉领事》，杜争鸣译，译林出版社（南京），1999 年，第 298 页。

④ ［英］格雷厄姆·格林：《名誉领事》，杜争鸣译，译林出版社（南京），1999 年，第 3 页。

⑤ ［英］格雷厄姆·格林：《名誉领事》，杜争鸣译，译林出版社（南京），1999 年，第 310 页。

起，成为寻找每一个细微之处的动力，向着正义最终必会得到伸张的信念，无论受害者是谁。卡托认为格林小说"对外部事实的恰当认知要比社会进化理论更能有效地挖掘出存在的深度"①。

《名誉领事》的故事情节本身围绕"绑架"这一政治事件展开，多线索交叉的叙事又将其中的宗教、政治、社会心理等主题进一步深化。通过描写一个对生活半疏离半投入的医生普拉尔寻找个人身份认同的过程，小说表现了家庭对个人成长长远且复杂的影响、拉美的政治压迫、文化中的马基思莫主义、文学论战和理念争辩等多个主题，显然远比由一场阴差阳错的政治绑架案所导致的搜捕和枪战要复杂得多。它可以是一部成长小说、爱情小说、跨文化小说……用作家自己的话来说，"当我的小说中讨论政治事件时，我可以被称为政治小说家"②。通过普拉尔的悲剧，政治在现代社会中的特殊属性被提出：无论人们接受与否，政治已经是生活的必需品，人们对此的认知显然并不足够。

---

① Maria Couto, "Juggling the Balance," *Economic and Political Weekly*, Vol. 18, No. 43, 1983, pp.1835-1836.

② James Finn, "Graham Greene as Moralist," *First Things*, No.3, 1990, pp. 20-29.

第七章 《哈瓦那特派员》与《人性的因素》

"1929 年到 1978 年是段漫长的写作时光，"格林在自传《逃避之路》中写道，"但在考虑退休前，我还有一件事一定要做。战后我一直都想写一本主人公有别于传统认知的间谍小说，即便詹姆斯·邦德已经被当作英国特情局的代言人了。"[①] 于是，我们看到了 1958 年的《哈瓦那特派员》与 1978 年的《人性的因素》两部间谍主题的国际政治小说。

《哈瓦那特派员》中的主人公英国商人詹姆斯·伍尔摩在哈瓦那做着卖吸尘器的小生意。他人到中年，囊中羞涩，脚有些跛，与远在英国的妻子关系紧张，只有一个十七岁的女儿陪在身边。他生活里唯一的乐趣是每天能和来自德国的海斯巴挈医生喝上一杯，吐吐苦水。面对女儿日益增加的开销，他已捉襟见肘。赚钱的机会很快找上了门，英国特工索尼要录取他为英国特情局驻哈瓦那的特派员，除了发工资外还能报销费用。为了增加收入，伍尔摩编造出几个下线吃空饷。怎想雪球越滚越大，伍尔摩不得不根据吸尘器的构造图虚构出一个在古巴的导弹设施，结果不仅谎话没被揭穿，甚至得到了总部的信任与奖赏。然而他不知道的是，这些假情报在真实的间谍世界中发酵，最终导致那些恰巧与他虚构的下线名字一样的无辜平民被暗杀，甚至海斯巴挈医生也惨死。为了替朋友报仇，也出于对那些因他而死的无辜百姓的愧疚，伍尔摩铤而走险，当了一回真间谍，杀死了敌方特工。事后，英国情报机关为了掩盖自己的工作失误，不仅没有处罚伍尔摩，反而颁给他荣誉勋章。

《人性的因素》中的主人公更与詹姆斯·邦德的形象相距千里。他是英国特情局文员莫瑞斯·卡瑟尔，年近六十，行将退休，每天两点一线，唯一的乐趣是逛逛书店。他黑皮肤的妻子萨拉来自南非，儿子萨姆是其与前夫所生的。他们平静的生活被一项调查打破。原来上级哈格里夫斯专员

---

① Graham Greene, *Ways of Escape*, London: Vintage Classics, 1999, p. 296.

发现内部出现了情报泄露，派丹特里上校与珀西瓦尔医生找出间谍。他们很快锁定了卡瑟尔的办公室。第一个怀疑对象是好开玩笑、不拘小节的戴维斯。戴维斯一次在工作时间偷偷跑去约会，因而向同事扯了个小谎，怎知这个谎言却恰巧让来调查的二人认定他就是间谍。丹特里主张走正规的审查程序，但珀西瓦尔医生却劝说上级，内部出现间谍这件事本身比泄露的情报内容对组织来说更丢脸、更有害，因此主张暗地清除。戴维斯最终被珀西瓦尔医生下毒害死。卡瑟尔为戴维斯的死感到内疚，因为他才是那个间谍。但他传递情报并非出于政治信仰，而是为了报答曾经在南非帮助过他和妻子的卡森的恩情。他本打算就此罢手不干，但美国欲在南非部署核武器的"瑞摩斯大叔计划"让他无法保持沉默，冒险送出了最后一份情报。在英国情报机关的通缉下，他逃亡出国，被安排在一间小公寓中不得外出。其间他才得知事情的真相，原来他传递的情报毫无价值，对方是为了让英国情报机关出丑，同时掩护另一个双面间谍送出假情报。卡瑟尔失望至极，他为了个人挚爱的妻子铤而走险，却最终与爱人天各一方，等待着也许永远也不会到来的团聚。

值得一提的是，《人性的因素》是格林创作时间最长的一部小说，整整十年。期间，因为金·菲尔比（Kim Philby）事件被曝光而停滞了两三年。菲尔比是格林战时在英国特情局的上司，1963年出走苏联，是现实中货真价实的双面间谍。在上一部政治小说《名誉领事》出版后，像是有某种神秘的力量在支配，格林构思的小说情节又一次在现实中发生了。开始有评论家质疑格林太过于"写实"。格林因此反复强调："我的双面间谍莫瑞斯·卡瑟尔同菲尔比在人物性格和动机上都完全不同，没有一个人物同我认识的人有一点儿相像，但是我不喜欢小说被当作纪实文学的观点。我的经验很好地告诉我，只可能以真实人物为原型打造一个非常小的不重要的人物，一个真实人物会阻挡想象的空间。"[1] 事实上，无论故事紧张刺激或是平淡无奇，格林写作的重点始终在"人性的因素"。小说出版后即成为畅销之作，也是文学评论家公认的格林经典作品之一。就连谢尔登，一位曾严厉批判格林是个"用作家身份掩饰间谍实质的骗子"的批评家，也承认《人性的因素》"是格林堪称完美的作品，文风高雅、构思精巧"[2]。

在格林为自己的小说区分的"消遣读物"和"文学作品"列表中，

---

[1] Graham Greene, *Ways of Escape*, London: Vintage Classics, 1999, p. 298.

[2] Michael Sheldon, *Graham Greene: The Man Within*, William Heinemann, 1995, p. 398.

《哈瓦那特派员》被归为前者，《人性的因素》则属于后者。大体上看，《哈瓦那特派员》的确更着力于情节，而《人性的因素》刻画了更丰满复杂的角色。从创作时间上看，《哈瓦那特派员》出现于格林政治小说创作的中间阶段，尚有戏谑的成分在，而格林开始创作《人性的因素》时已年过花甲，他将人生最深沉的情感和最复杂的领悟都倾注于这部作品，尤其具有代表性。基于以上，本章在文本细读部分将主要聚焦于《人性的因素》。

第一节 非主流

一

格林在《逃避之路》中明确表示，他想要创作一部与主人公与邦德形象迥异的间谍小说。这种提法在 20 世纪 70 年代无疑很具有挑战性，而格林的这个念头或许早在 20 年前就萌生了。从伊恩·弗莱明（Ian Fleming）1952 年创作第一部 007 系列小说开始，英国特情局特工詹姆斯·邦德的形象从小说到大银幕，历经 20 余年，已经成为西方流行文化的一部分，其家喻户晓程度等同于维尼熊或者人猿泰山，被全世界认为是"英国特情局的代言人"。弗莱明与格林、伊夫林·沃等作家同属于一个个性鲜明的时代，他们具有一样的阶级出身，却在不同方面获得了文学成就。格林与弗莱明都曾在英国特情局任职，但格林作品显然更加灰暗压抑，弗莱明的邦德小说则相反，拥有变幻莫测的异域风情、漂亮美艳的邦女郎，以及层出不穷的刺激冒险。

虽小说风格迥异，格林和弗莱明的个人化创作初衷却很有可能是相近的。小说家、文学评论家约翰·兰彻斯特曾在《伦敦书评》中提到，格林、伊夫林·沃、弗莱明等作家作为间谍、军人、情人具有平行的生活轨迹，但是他们所有人都在一个绝望的、痛苦的、伴随一生的对无聊的恐惧中煎熬。这在某种意义上来说是"一代人的特征"[1]（a generational thing）。弗莱明因此根据自己的形象创造了没有一分钟无聊的詹姆斯·邦德，以此实现自己对现实世界的逃离。这也可以解释为什么邦德小说在英国最忠实

---

[1] John Lanchester, "Bond in Torment," *London Review of Books*, Vol. 24, No.17, 2002.

的拥护者是保守主义者，"就像金斯利·艾米斯（Kingsley Amis）和肯·福莱特（Kenneth Follett），他们和邦德小说同样抱有一种浪漫主义的观念，认为英国是个能'以弱胜强'的国家，且在帝国主义瓦解后仍然可以保持它的影响力"[①]。

格林则另辟蹊径，他对单调生活的疏离是通过进入更深层的内核来完成的。无论是在《哈瓦那特派员》中动荡的拉美还是在《人性的因素》中战乱的非洲，作家坚持用自己的足迹丈量、用自己的眼睛观看、用自己的心去书写。在那些亲眼见证、亲身经历的残酷事实面前，哪怕一丝的浪漫幻想也会让人感到羞愧，只能更广泛、更深入地进入人类的存在主义困境，痛苦着也挣扎着，却始终执着于真相。从这一点上看，邦德小说搭建了一座文学的海市蜃楼，帮助自己和人们在一种半催眠的状态中逃离现实；格林作品则用真实的历史空间和虚构的文学想象建构起一个与每个人休戚相关的世界，人们在其中被迫直视包括自己在内的人类族群的缺陷，也从中获取自己并没有意识到的、潜藏的人性力量。这也许正是格林创作不浪漫的间谍故事《哈瓦那特派员》与《人性的因素》的初衷。

"我想用非浪漫的手法来描绘作为生活方式之一的特情局工作，"格林强调，"人们每天去办公室上班是为了退休拿养老金，工作环境和其他任何一种职业没什么不同——比如银行柜员和公司经理——是一种并不危险的日常生活，而在每个人物之中更重要的个人生活。"[②]《人性的因素》中主人公卡瑟尔正是这样一个人物。他年过花甲，生活规律，没有任何的不良嗜好，怎么看都是个生活单调乏味的老实人，与动辄上天入地无所不能的传统间谍形象南辕北辙。但卡瑟尔并非与浪漫绝缘，年轻的黑人妻子萨拉是他生活里唯一的浪漫因素。也正是为了报答曾经救过萨拉的卡森，卡瑟尔打破了生活的节奏和曾经远离政治的信条，成为双面间谍。也就是说，卡瑟尔平淡无奇的生活中唯一的浪漫因素促成了他对非浪漫生活的反叛，而后这种单调的生活本身又成为卡瑟尔进行间谍行动的最好伪装。将浪漫的元素融入了不浪漫的普通人的生活，又让普通人的生活成为孕育传奇最好的土壤，这种浪漫主义与现实主义相互交融的手法是格林国际政治小说创作的一大特色。

---

① Jeet Heer, "The Stock of Bond: Ian Fleming's literary reputation," *Boston Globe Ideas*, October 20, 2002.

② Graham Greene, *Ways of Escape*, London: Vintage Classics, 1999, p. 296.

传统的、浪漫主义英雄式的间谍形象常常被当作一个高高在上的非现实存在，人们很难相信自己就生活在他们的世界。通过传奇式的人物形象和一个个惊险的政治任务，传统间谍小说成功营造出神秘感、距离感，从而自我生产出一种权威。读者在阅读过程中不自觉地将间谍的世界置于自己正生活的现实世界之上，认为间谍的工作更危险、更重要。从而，间谍们成了国家的英雄，间谍们服务的作为一个政治机构的情报机关被戴上了爱国主义的光环。传统间谍小说因此具有意识形态教化的功能。埃德加·莫兰在谈大众文化时曾指出："一旦人们处于与影片中的角色的同化和投影的过程中，人们远比在现实生活中体谅人和富有人情味。"[①] 这一点放在流行小说中亦然。读者在阅读邦德小说或者在观看邦德电影时都带有对邦德传奇的渴望和跃跃欲试，即便知道结局必定是英雄得胜也会在邦德遇到麻烦时同情和心急。

这一过程中有一点尤其值得我们注意：流行小说为了争取读者或电影为了争取观众的同感，常常将人物设置为黑白分明的对立两极，这样一来读者和观众很自然地会倾向于邦德一样的孤胆英雄。即便他一个又一个地换着邦女郎，也不会有违和之感。一旦这种英雄的形象建立起来，他所代表的情报机关也成了正义的守护神。人们在阅读或者观影的过程中不自觉地站在邦德为之服务的英国特情局一边，从而关闭了对复杂问题进行分析和判断的通道。对于这些问题，显然不能只有意识形态或者英雄叙事两个价值评估标准。由此可见，以 007 系列小说为代表的传统间谍小说有无法超越的美学局限——平面单一的人物形象和可预测的"英雄得胜"的结局，二者都让间谍小说难逃程式化写作的范围。通过与现实严重脱节的传奇叙事，传统间谍小说制造出神秘感、距离感，从而生产出虚拟世界的权威，在现实世界借由观众的审美感进行传播，最终在某种程度上弱化现实并形成一定的意识形态教化作用。它可以满足读者对"神秘莫测"的间谍机构的窥视心理，却无从开启人们联系自身生活的智慧空间。

《人性的因素》主人公卡瑟尔与邦德无任何相像之处。他年过六旬，住在郊区，有妻有儿还养了条狗，每天骑自行车换火车上下班，平日里只爱好读文学经典。他的工作不危险也不浪漫，唯一的愿望就是几年后拿退休金和妻儿一起安度晚年。他之所以成为双面间谍，不是像邦德一样听从

---

① [法] 埃德加·莫兰：《时代精神》，陈一壮译，北京大学出版社（北京），2011年，《序言》，第15页。

国家或者民族大志的召唤，而是出于私人情感——报答当初帮助妻子逃离南非种族迫害的卡森。间谍詹姆斯·邦德是传奇英雄，但读者并不了解成为代号 007 之前的邦德是个怎样的人。或者说无须了解，因为邦德就是007，007 就是邦德。换句话说，詹姆斯·邦德只是政治体系中的一个间谍符号，一个被塑造为传奇英雄的符号。不浪漫的卡瑟尔却正相反，他首先是一个有血有肉、能爱能恨、会感激、会犯错的普通人。他基于个人经历和情感做出的判断让他碰巧成了一个双面间谍，一个具有人性的因素的间谍。人们看他犯错，就像看自己，看身边的某一个人，读者因此愿意去追问一句为什么，去想象他行为背后复杂的人性因素。

这种追问是超越任何政治体系之上的，是对人之为人的一种反思。格林认为"小说家是魔鬼的辩护律师，为那些处在国法之外的人争取同情和合适的理解"①。虽然"为魔鬼辩护"显得有些过火，但他的思考方向却是清晰的。小说用不浪漫的主人公所犯的错、用那些情理之中的选择和出人意料的结局来发问：人性在现代政治中如何安身立命？这个问题与每一位读者休戚相关。通过阅读一个不合格的假间谍和一个不浪漫的双面间谍，读者一步步撕掉了间谍机构的神秘面纱，不得不用更勇敢、更直接的方式来面对那些一点也不浪漫的现实主题——人们在私人生活和政治行为中的左右为难、个人情感与集体荣誉之间的对立、国家使命与人类大义之间的斗争等等。同时，也因为这个不浪漫的间谍主人公可能是我们中间的任何一个普通人，小说为唤醒人们以人性为出发点的"放弃冷漠、投身使命"②的公共政治参与热情提供了可能。

二

小说背景地的设置同样具有"非主流"特质。20 世纪 50 年代，格林第一次访问古巴，之后很快创作并出版了《哈瓦那特派员》，侧面认同古巴革命。之后又在 60 年代再访，专门写文章支持革命。格林表示《哈瓦那特派员》是一个"背景设于未来一个不确定地点的虚构故事"，但书中的很多细节——比如圣地亚哥的"非正式宵禁"——却透露出它们直接来源于作者在军事独裁者巴蒂斯塔时期古巴的亲身经历。尽管巴蒂斯塔的名

---

① 唐诺：《入戏的观众》，载 [英] 格雷厄姆·格林：《我自己的世界：梦之日记》，恺蒂译，译林出版社（南京），2008 年，第 134 页。

② Peter Wolfe, "Greene Thoughts in a Green Shade," *Prairie Schooner*, Vol. 40, No. 2, 1966, pp. 178-181.

字未在小说中出现，但小说背景中的很多压抑的政治制度都可以在革命前的古巴找到。

格林首次造访古巴完全是出于兴趣和好奇心。20世纪50年代的古巴是一个由强盗和有钱的外国人组成的游乐天堂。卡斯特罗之前的哈瓦那，"是一个离奇，腐败的城市，到处都是妓院、廉价的毒品，赌博据点……大家都去那儿找乐子"。用格林自己的话说，他喜欢古巴是因为在那儿"可以弄到你想要的一切，不管是毒品、女人，还是替罪羊"①。那时格林在城里待的时间不长，还不足以体察到到处都在进行的强行监禁和折磨，不足以意识到那种悲哀的政治氛围。只有在山上，卡斯特罗的革命军开始集结的地方才有严肃可言。哈瓦那是一个更适合上演喜剧而不是悲剧的城市，是一个适合用来讽刺英国情报机关的绝佳背景地。在搜集材料的过程中，随着对巴蒂斯塔政权统治下古巴生活的认识越来越深入，他体察到人民的悲苦和愤怒，并且意识到大革命在酝酿，因此开始寻找比讽刺本身更加意义深远的文学疗伤药。

然而，当真正开始为小说搜集资料时，现实却展现出比他预想的要少得多的喜剧元素："非常奇怪的是，在策划荒诞喜剧的过程中，我第一次了解到巴蒂斯塔古巴现实中的一些事情。我一直没有遇到一个古巴人。我从未到过内陆地区。我开始意识到自己忽视了一些重要的东西。于是，我和古巴人交朋友。我雇了一个司机乘车游古巴。"②从与古巴司机的交谈开始，这个英国白人的游客角色才慢慢剥离。游客开始变为格林的观察对象之一，他敏感地感到了游客群体的变化。

> 游客近来大量减少，因为现任总统的政权已经濒临瓦解。本来那些令人不快的事都是避着外人耳目在做的，不会打扰到各地的游客，不过近来有个游客丧生在流弹之下，这人当时在宫前附近的骑楼下对着一个乞丐拍照；而这一死亡事件就有如为当地的旅游业敲起的丧钟，包括到度假胜地瓦拉德罗海滩一游以及哈瓦那的夜生活。③

---

① Marie-Françoise Allain, *The Other Man: Conversations with Graham Greene*, London: Bodley Head, 1983, p. 59.

② Graham Greene, *Ways of Escape*, London: Vintage Classics, 1999, p. 241.

③ [英] 格雷厄姆·格林：《哈瓦那特派员》，吴幸宜译，译林出版社（南京），2008年，第23页。

不再是游客的格林惊讶地发现自己身处一个"没有希望的古巴","恐怖政权"正在运作——"我要说的不是哈瓦那一直被津津乐道的大狂欢。巴蒂斯塔政权下的古巴不是一个快乐的国家"[①]。随着了解的逐渐深入，那种诱人"腐坏"的气息已经不再构成吸引力，格林看到的是当地人的痛苦，这让他无法回避。最终，因为背景地是古巴，这部讽刺英国情报机关的喜剧加入了很多作者本想回避的情节。格林以自己特有的方式刻画了古巴人民生活中的危险因素，那是一幕幕被喜剧外衣包裹的悲剧。这些关注在接下来促成了格林对古巴革命和南美政治长达 30 年的书写和介入。作为这一段经历的开篇，小说《哈瓦那特派员》蕴含了他最感兴趣的关于拉美的两大主题：政治恐怖和革命起义。

20 世纪 50 年代的古巴是一个生命廉价的地方，暴力无处不在。小说主人公伍尔摩因"间谍"身份介入政治，介入得越多，他越适应暴力。这些暴力藏在就在哈瓦那的迷人的外表之下，对暴力的适应力让他感到不安。小说中，当伍尔摩到达圣地亚哥后，他遭遇了警察，亲身体验了"不存在歧视的政治暴力"。"突然间，一个警察毫无预警地给了他一记耳光。震惊淹没了愤怒，他是奉公守法的人，警察应该保护他才对。"英国白人伍尔摩在古巴属于自带"贵族属性"的人群，被高看和享有特权是他习以为常的。然而，在政治高压的氛围里，即便是这些自以为被保护着的人们，也会在下一秒无差别地"享受"到暴力的青睐。格林描绘出一种危险的、超越一切身份认知的暴力，它带来的不由分说的恐惧，可以说实实在在来源于他的亲身经历。1957 年，格林想办法到了圣地亚哥，那时的圣地亚哥是不允许外来者进入的，因为革命军在那儿最活跃。美国大使访问圣地亚哥时，当地妇女集会游行，高唱古巴爱国歌曲，后遭到当地警察用消防水枪驱赶，美国大使随后解散了为他的访问而举行的聚会，因为"不愿站在阳台上看着军队驱赶妇女"。格林在自传中回忆此事时评价他"做了件有荣誉感的事情"，但这位美国大使事后却受到了国务卿的斥责，说他违反了中立原则。显然，在美国政府的眼里，恐怖不是恐怖，除非来自左派。事实上，政治恐怖是不分"制造商"的无差别的产物，比如晚上九点开始的宵禁，比如破晓时刻走出家门看到的灯柱上的尸体，从某栋大

---

① Marie-Françoise Allain, *The Other Man: Conversations with Graham Greene*, London: Bodley Head, 1983, p.59.

楼里不断传出的恐怖痛苦的尖叫声。[①] 正是这种对暴力的直接观感给了格林——一个英国白人——一个合并了第一人称和第三人称的视角,切身地体会、冷静地书写古巴的政治恐怖。

发现了精彩糜烂的生活表象下真实的古巴生活后,格林显然无法再满足于做一个悠闲的旅行者,他用记者的眼睛记录,用作家的笔书写,真正投身于南美政治。他为给卡斯特罗在圣地亚哥的队员运送补给而出力,写信给《泰晤士报》支持革命,批评英国政府不关心古巴人民的生死,认为英国支持巴蒂斯塔政权(英国政府正为其提供轰炸机)的决定极其不明智。

格林也不止一次批评英国媒体在对待古巴问题时的选择性报道。他曾与《时代周刊》(*Time*)记者亲历过一次孩童起义,但该杂志对这起儿童拿起武器的非一般暴力革命只字未提。小说中也有一个细节表现出格林对美国媒体的批评,即主人公伍尔摩发现自己过于依赖《纽约时报》所提供的信息,因而错过了这个世界正在发生的大部分事实。关于古巴革命,格林曾五次写信给《泰晤士报》要求关注。在 1959 年 1 月 3 日,卡斯特罗进驻哈瓦那前两天,他就曾写信给编辑要求报道"欢迎卡斯特罗成功将巴蒂斯塔独裁政权赶下台"。他在信中批评英国政府对古巴的信息掌握匮乏,其中一位官员甚至拒绝承认古巴正在发生革命。20 世纪 60 年代的信件则更加鲜明地表示希望英国政府对卡斯特罗进行军事援助,认为美国政府部门对卡斯特罗的评价并不准确,谴责美国对卡斯特罗时期古巴的制裁。在将卡斯特罗政权与巴蒂斯塔政权进行比较时,格林显得非常谨慎。"(虽然)美国国会声明古巴大众认为卡斯特罗政权是专制和不公的,"格林致电英国政府提醒道,"要在支持美国国会对古巴政策之前弄清楚事实。"他亲眼所见的是,革命的古巴并没有发生如美国人报告的宗教迫害,卡斯特罗还是主教的座上宾。为了敦促英国政府搞清古巴的真相,格林甚至专门做了一次陈述报告。这场与报纸和政府在古巴问题上的来回争论本身便映射出《哈瓦那特派员》的讽刺主题:政府部门停留在离事件很远的地方,文件中的那些标着"特别注意事项"的纸张,也没能搅动他们的想象力。[②]

想要发现真相的欲望让格林之后一次又一次踏上南美这片土地。1963

---

① Graham Greene, *Ways of Escape,* London: Vintage Classics, 1999.

② Graham Greene, *Times*, February 21, 1962, p. 11.

年夏天，他再访古巴为《星期日电讯报》报道，写下题为《重回古巴：革命仍在继续》的文章，半年后美国的《新共和》（*The New Republic*）也进行了转载。他希望西方读者可以了解真正的古巴，而非大众媒体和英美政府用碎片化的信息建构的那个。身处苦难的古巴，很难不去同情革命者，那些为自己和身边的人拼着命的家伙。格林在回忆那段经历时说："革命期间，我对菲德尔的斗争感同身受……古巴成了——你可以看到——我的献身之一。"① 格林的新闻报道历来倾向于引用大量的具体事例和形象，即那些可以用来代表全体的个别典型，被认为是具有格林特色的解释性新闻写法（interpretive journalism）②。正是这样的方式，使得《重回古巴》摆脱了意识形态叙事的陷阱，没有将革命描绘成一幅美丽的画卷，而是客观地展现了革命后的古巴所面临的重重问题和困境。

文章虽在意识形态上保持着中立，但细节处透露出作者对那些不得不与古巴现状做斗争的普通民众深切的同情。生活的困难很大，格林写道，从某种程度上讲这是美国制裁的结果。格林也描绘了山上的革命者的艰苦状态，认为他们"一定会不时地怀念在体制化之前的那些简单的战斗岁月"。文章与一般新闻报道相比，最引人注目的是它的细节，这体现了身兼小说家和新闻记者双职的作者融合性的写作方式。比如，他描写了一个出租车司机，这个人花了一整天，试图用一把借来的刀和他的一只鞋修理他的车，因为买不到任何工具和零件。读到这里，回顾文章开始那段对物资匮乏的陈述，读者终于明白，作者带领人们去真正关注的，是人类对困难境况的反应——这个出租车司机的"快活不会减弱，他不可能不爱这个国家"③。《重回古巴》最出人意料之处，恐怕就是"左倾"的格林在描写革命后的古巴现状时不吝批判的笔墨。他毫不客气地浇灭了人们对以革命为终极解决方案的美好想象，用事实证明，革命后的古巴远非完美。然而，在文章的最末，读者会自然地理解，尽管坏的方面存在，古巴至少成功避免了墨西哥的失败。

这种写法具有典型的格林特征。他用对细节的描绘将读者带入一个场

① Marie-Françoise Allain, *The Other Man: Conversations with Graham Greene*, London: Bodley Head, 1983, p.59.

② Stephen Benz, "Graham Greene and Cuba: A Commitment," *Confluencia*, Vol. 4, No.1, Fall 1988, pp. 109-117.

③ Graham Greene, "Return to Cuba: The Revolution is Still Alive," *The New Republic*, Nov.2nd, 1963, pp. 16-18.

景、产生一种判断，又通过有力的分析和论述将读者的预判否定，不得不去追问那细节后复杂的成因。并没有完美的解决方案——作者无疑在这样警告着读者——任何简单的、一面的评价都是对真相的不诚实，我们需要去关注问题表层之下的根源，并同时保持对无论哪种选择都会带来的痛苦和困境的正确认识。这种写法，正对应了《哈瓦那特派员》和《人性的因素》两部间谍小说"危险的"非主流气质。

三

小说《人性的因素》的背景地选在非洲。彼时冷战正酣，南非地处远离东西阵营的南半球，却是双方政治争夺的要地。非洲是一块孕育神奇的大陆，它自 15 世纪以来的地缘政治形势和历史进程起伏变化之大和程度之深也像一段传奇。在经历了西方列强 400 多年的黑奴贸易和 100 余年的殖民统治之后，非洲在 20 世纪中后期进入了民族独立解放运动阶段，同时成为冷战中美苏两大阵营激烈争夺的对象，尤其是南非。小说正是基于这样的历史政治背景创作而成的。格林在《逃避之路》中坦言，除了这长久以来的创作灵感，英国"与南非的虚伪关系"是促使他去完成这部小说的另一重要原因。"尽管北约政府装作反对种族隔离制度，我们的首脑们不断提及它的反道德性，"他明确表示，"非常明显的事实是北约不会让南非归属于黑人力量或者共产主义。"[1] 格林所言很可能是由于英国长久以来对南非实行的"间接统治"[2] 在冷战中被强化，以及英美等国对南非丰富资源的觊觎。

1961 年，南非以和平协议的方式退出英联邦，宣布独立，却是以签订一系列政治和经济条款为代价的，事实上并没有摆脱宗主国的影响。也正是从 60 年代开始，东西方冷战进入胶着状态，随着自称是"社会主义"的国家在非洲逐渐增多，以英美为首的西方阵营对非洲国家的控制进一步升级。在南非，英美一方面顺应国际社会反对南非种族隔离的舆论要求而对其实行经济制裁，一方面借助英国长久以来"间接统治"的影响对南非进行政治施压。甚至，经济制裁同时也被用作政治博弈的筹码。格林提到的北约不会让南非归属于共产主义是显而易见的，而北约不会让南非归于

① Graham Greene, *Ways of Escape*, London: Vintage Classics, 1999, p. 299.
② ［英］威廉·托多夫：《非洲政府与政治》，肖宏宇译，北京大学出版社（北京），2007年，第 31 页。

黑人力量很大程度上是因为经济因素，为了保护英美掠夺南非资源的既得利益。从 1978 年的外贸统计来看，与西方发达资本主义国家的贸易占南非进口总额的近 90%、出口总额的 80% 以上。英国长期以来是南非最大的贸易伙伴，美国资本控制着南非三分之一的汽车和 40% 的计算机自由销售市场。① 这些外贸繁荣的数字事实上是与残酷剥削黑人劳动力的种族隔离制度紧密联系在一起的。廉价的黑人劳动力使得南非产品的成本大大低于国际平均水平，从而保证了南非的对外贸易优势和英美等国的进口实惠。另一方面，英美等国的民间资本也是南非经济的重要支柱，而种族隔离制度可以保障外国投资者在南非获取丰厚的利润。正是看到了种族隔离制度与南非经济和英美经济利益的依存关系，格林才断言，北约不会如首脑们宣传的那样轻易放弃自己的既得利益。

可以说，南非因其在地缘政治上的敏感地位和经济上的有利可图成为冷战中东西方阵营都竭力争取的对象。在格林看来，《人性的因素》中北约帮助南非种族隔离政府部署核武器的"瑞摩斯大叔计划"与其说"是虚构出来的不如说是一个预言"②。令人称奇的是，就像《名誉领事》一样，在小说《人性的因素》出版后不久，媒体曝出来源于西德境内的南非大使馆的一些秘密文件，内容竟然与格林在小说中所述的、在南非安置核武器的情节极为相似。③

除了基于冷战背景的政治预言，《人性的因素》的"非主流"还体现在对权力政治价值观的反人性因素和政治执行上混乱无序状态的揭露和讽刺。小说中主人公卡瑟尔供职的英国情报部门 6A 分部发现关于非洲的情报外泄，断定内部有间谍。负责侦办的丹特里上校认为应该找出此人送上法庭，但总负责的哈格里夫斯专员却暗示只要"将其清除即可"④。专员始终遵循他的政治逻辑："非洲毫无核秘密可言"，因此"我怀疑他们的动机

---

① 李保平：《传统与现代——非洲文化与政治变迁》，北京大学出版社（北京），2011 年，第 278 页。

② Graham Greene, *Ways of Escape*, London: Vintage, 1999, p. 299.

③ Mark Bosco, SJ and Dermot Gilvary, "Graham Greene: A Sort of Literary Biography," *Dangerous Edges of Graham Greene: Journeys with Saints and Sinners*, NY: Continuum, 2011, p.11.

④ [英] 格雷厄姆·格林：《人性的因素》，韦清琦译，译林出版社（南京），2008 年，第 36 页。

或许不过是制造丑闻，以证明他们又一次渗透进了英国秘密情报部门"①。在他看来，丑闻要比情报本身更致命。这样露骨的"面子政治"看起来就像孩子之间无意义的、只是出于胜负心的争斗，与人们印象中做着关乎国家生死存亡等重大决策的政治相去甚远。专员甚至搬出了露骨的"政治游戏说"："我们都在玩游戏，丹特里，游戏呵，我们都在玩。重要的是别把游戏太当真，不然就可能输掉。我们得时时变通，不过要保证在玩同一个游戏，这自然也很重要。"②但丹特里并不买账，当他质疑不将间谍送上法庭是纵容犯罪时，珀西瓦尔医生"像对待同谋者一样对专员微笑着，'我们一直在某些地方犯着罪，不是吗？这是我们的工作'"③。政治的"恶"在此一览无遗。为了达到政治目的，可以采取法律之外的各种手段，甚至人的生命也微不足道。这就是权力政治的逻辑。

随着小说情节的发展，读者们惊讶地发现这样的逻辑不仅适用于英方，也同样适用于其政治对立方。身份败露的卡瑟尔被迫远离妻子和儿子，逃出国之后才知道，自己冒死传递出的情报本身并没有任何价值，其意义只是让英方确信，为他们提供"6A内部有奸细"情报的线人是可靠的，事实上彼方已经争取到这个线人，并通过他向英方传递假情报。也就是说，卡瑟尔只是彼方的一步棋，这步棋怎么走并不重要，最后被对方吃掉才是他的价值所在。彼方从一开始就知道卡瑟尔一定会暴露，因为只有卡瑟尔暴露，英方才能确信自己的线人提供的情报可靠。彼方承诺的、卡瑟尔所期待的安全退休其实是一个根本不存在的选项。当卡瑟尔应允为彼方传递情报的那一刻开始，他就被迫成为政治沙盘上的一个布景，注定要为全局牺牲。小说以此情节揭露出权力政治为了抽象的集体利益无视个人生命价值的反人性逻辑，并以卡瑟尔为隐喻表现了对因捍卫自己的情感和人性而在政治中左支右绌、难逃一劫的普通人的同情。

在反人性的权力政治逻辑下，政治决策的执行过程也显得如同儿戏。哈格里夫斯专员委托丹特里上校调查内部泄密一事，却在一开始就让搞生物武器的珀西瓦尔医生参与进来。这说明专员根本没寄希望于刻板、守规

---

① [英] 格雷厄姆·格林:《人性的因素》，韦清琦译，译林出版社（南京），2008年，第31页。

② [英] 格雷厄姆·格林:《人性的因素》，韦清琦译，译林出版社（南京），2008年，第36页。

③ [英] 格雷厄姆·格林:《人性的因素》，韦清琦译，译林出版社（南京），2008年，第35页。

矩的丹特里能够按照"直接清除奸细"的命令行事,所以安排了一黑一白、一明一暗两个调查员,为绕过法律裁决而使用政治"私刑"留下了空间。戴维斯爱慕同部门的辛西娅,为了去约会开了小差,上级未究真相就将其定性为违反安全条例,进一步加深了对他的怀疑。但丹特里认为证据不足,尚不能断言戴维斯就是间谍,珀西瓦尔医生却坚持要尽快除掉这个可能的奸细。虽然医生也并不十分肯定戴维斯就是他们要找的人,但是他所信奉的是"宁肯错杀、绝不放过",戴维斯个人的利益和生命的权利不在他的考虑之内。法律此时完全失效,只有快速而有效地完成政治任务这唯一出发点。

珀西瓦尔和丹特里的上级哈格里夫斯专员总体上看并不是个"冷血动物"。他也曾在非洲工作,喜欢以前那些"好过的日子",跟他"打交道的是酋长、巫医、丛林学校、魔鬼、求雨皇后",他心中的非洲是"有些像亨利·莱德·哈格德笔下的"那个传奇的令人有些敬畏的非洲。① 而对自然的和神秘的事物保持敬畏是人性的前提。因此,他虽制定了直接清除奸细的策略,却在珀西瓦尔医生向他申请准备"神不知鬼不觉"地毒杀戴维斯时,接连拒绝了七次,坚持让医生给出"一条确凿的证据"②。这说明哈格里夫斯在将政治决策付诸实践的过程中还保有一丝属于个体的、不能滥杀无辜的底线。然而,这条底线在珀西瓦尔搬出权力政治逻辑时瞬间崩塌了——"我们这个处再不能出丑闻了"③。面对政治丑闻的威胁,专员选择了沉默,将话题转移到了鳟鱼。

正值壮年的戴维斯就这样莫名其妙地死了,似乎没有一个人应该对他的死直接负责,但每个人又都间接促成了他的死亡。专员的反应可以被理解为默许,也可以认为珀西瓦尔医生是在没有得到确切行动指令的前提下擅自行动。卡瑟尔在珀西瓦尔医生找上戴维斯的时候就提醒他要小心,还怀疑医生透露的情报是个圈套……也就是说,在明知戴维斯是被怀疑对象的情况下,他还是传递了情报,最终导致戴维斯被"找出"。在不得不卷入的政治中,人们好像都失去了正常地对人之为人的判断力——戴维斯在

---

① [英]格雷厄姆·格林:《人性的因素》,韦清琦译,译林出版社(南京),2008年,第60页。

② [英]格雷厄姆·格林:《人性的因素》,韦清琦译,译林出版社(南京),2008年,第97页。

③ [英]格雷厄姆·格林:《人性的因素》,韦清琦译,译林出版社(南京),2008年,第97页。

专员眼里是一个潜在的丑闻发生器，在珀西瓦尔眼里是一条大鳟鱼，在卡瑟尔眼里是一个不会因自己而受伤的同伴。

小说中多次提到了"箱子"，无论是英方还是彼方都认为他们"全都生活在箱子里"，这是小说赋予黑暗狭隘的权力政治世界的精准暗喻。珀西瓦尔告诉丹特里："我们全都生活在箱子里——你知道——箱子。"他甚至用尼克尔森的画来说明自私的政治法则："你只管黄色这块儿，不用操心其他颜色，甚至在黄色块里出的事你也不用负责任。你只管报告。不用良心上过不去。别有负疚感。"① 被卡瑟尔称为朋友的彼方间谍鲍里斯也这样认为，他对卡瑟尔说："可你明白你那个部门里的情况。我们这儿也一样。我们生活在箱子里，而蹲哪个箱子由他们说了算。"② 贯穿小说始终的箱子和游戏意象，是对权力政治中"间谍生活非道德性"的揭露。③ 结尾处，在卡瑟尔被迫逃亡的过程中，他在酒店里被改扮成盲人，集中表现了贯穿小说始终的"瞎眼政治"的隐喻——一个"箱子"里的世界。正如那个没有名字也没有面容的化妆师所说："人类的容颜变化无穷……我们生下来样子都差不多……只是受到了后天环境的影响。"④

在历史的进程中，人类"向善"总是主流。可残酷的生存却让人类有太多的身不由己，让自己原本审美向善的人性慢慢变得面目全非，而政治作为人类主要的文化活动在其中扮演决定性的重要角色。权力政治的虚荣与利益之争消解了设身其中的人类个体的价值，进而非法地建构起一套自私自利、无情无义的政治逻辑，并在执行中遮蔽了人们出于个人情感之"善"的认识世界的渠道。这一切在《哈瓦那特派员》与《人性的因素》中一览无遗。美国评论家加里·斯托霍夫说，格林在政治小说中"解开了一个迷局"，那就是"带有清晰等级制度和组织的国家，却永远不可能带

---

① [英] 格雷厄姆·格林:《人性的因素》，韦清琦译，译林出版社（南京），2008年，第40页。

② [英] 格雷厄姆·格林:《人性的因素》，韦清琦译，译林出版社（南京），2008年，第138页。

③ Christoph Schoneich, "Der Leser als Agent: Literarische Anspielungen in Graham Greenes The Human Factor! " *Archiv Fur Das Studium Der Neueren Sprachen Und Literaturen*, 227 (1990): 282-298. Quoted in Robert Lance Snyder, "He Who Forms a Tie Is Lost: Loyalty, Betrayal, and Deception in The Human Factor," *South Atlantic Review*, Vol. 73, No. 3, 2008, p. 23.

④ [英] 格雷厄姆·格林:《人性的因素》，韦清琦译，译林出版社（南京），2008年，第269页。

来一个公正的世界"①。这是否也暗示着格林是一个无政府主义者？笔者认为斯托霍夫并没有清晰地解释格林揭露这一迷局的用意。格林虽对间谍机构不吝讽刺的笔墨，但也指出了个人情感和选择中的幼稚和可能带来的不公。格林对间谍世界中反人性逻辑的批判，意在表明没有任何一种政治是完美的，不可轻易以之作为人类福祉的终极解决方案。政治，作为社会生活的一部分，需要公共参与、有效监督，同时与族群传统、经济生活等文化相互作用。斯托霍夫谈到的"公正的世界"，确实是格林心中的乌托邦，但他更是一个现实主义者。

第二节　小人物

一

《人性的因素》的主人公莫瑞斯·卡瑟尔的性格和思想是小说主要刻画和讨论的对象，他带给读者的最直观感受是与传统间谍形象的背离。小说的前半部分着力铺垫了卡瑟尔守旧、单调、居家式的私人生活和摆弄数字解码、程式化的办公室工作。尽管习惯了 007 小说的读者们可能对卡瑟尔的形象感到难以置信，但不可否认，作为曾经的英国特情局特工，格林在非洲塞拉利昂的间谍经历让他创作的卡瑟尔既依托于现实又有着超越现实的寓意。格林曾在自传中谈到自己的间谍工作，称无论是在"西非和之后的伦敦"，他都"没有发现丝毫刺激和新奇"，"只有封闭的生活带来的一成不变的无聊和厌倦"②。因此，从小说一开始卡瑟尔出场，读者便看到他 30 年不变的午餐地点、放着提醒自己为妻儿买东西的便条的公文包，和作为"上了年岁后具有的一种美德"③的守时作风。他看起来确实与从事其他任何一种职业的人没有什么不同，打破了读者对间谍形象的一贯认知。

格林笔下的卡瑟尔太过平凡，以至于可以让读者抛去对邦德式间谍英

---

① Gary Storhoff, "To Choose a Different Loyalty: Greene's Politics in *The Human Factor*," *Contemporary Literary Criticism*, Vol. 11, No.1, 1984, pp. 59-66.

② Graham Greene, *Ways of Escape*, London: Vintage Classics, 1999, p. 299.

③ [英] 格雷厄姆·格林：《人性的因素》，韦清琦译，译林出版社（南京），2008 年，第 4 页。

雄的清晰预判和至高期待，为读者从更多维度更深层面理解一个作为普通人的卡瑟尔提供可能。同样做着这份日常工作的戴维斯看起来就与卡瑟尔完全不同。他喜欢打扮，贪恋波尔多葡萄酒，放浪不羁，"怪异行为在这间沉静的办公室里显得十分惹眼"①。他希望成为詹姆斯·邦德一样的传奇人物，想要把间谍的身份最大化。卡瑟尔却和妻子住在郊区的老宅，每天乘火车上下班，几乎从不与同事应酬，竭力想把间谍的工作隔离在私人生活之外。因此，在得知他们负责的 6A 分部出现情报泄露时，读者在对比两者后可能会和珀西瓦尔医生一样认为招摇的戴维斯最有嫌疑。可小说后半部却给出了相反的答案，再次冲击了人们的惯常思维。

在整部小说中，读者将面对一个又一个对自己惯常的理解和认知的挑战和背叛。正是通过作为普通人的间谍卡瑟尔的形象，小说成功地模糊和打破了读者已有的各自不同的价值判断标准，就像推倒了已有的高楼大厦，从而在一片平坦开阔的"格林之原"上开启关于人性的因素的讨论。

那么，究竟是什么让这个看起来平凡到无聊的卡瑟尔成了冒险的双面间谍呢？答案是他不浪漫的生活中唯一的浪漫因素——年轻的黑人妻子萨拉。在小说的后半段，读者慢慢可以拼凑起事情的来龙去脉。七年前被派往南非的卡瑟尔爱上了黑人女孩萨拉，卡森帮助萨拉脱离南非种族隔离势力 BOSS 的追捕，与卡瑟尔一起回到英国。为了感激卡森，卡瑟尔答应为其组织传递并不重要的非洲经济情报。为了保护萨拉和并非亲生的儿子萨姆，卡瑟尔一直独自承受所有的压力，只是在家里偷偷增加威士忌的量。在对国家的忠诚和对个人情感的忠诚发生冲突时，卡瑟尔选择了后者。在他逃出国后痛斥他为"国家的叛徒"的卡瑟尔的母亲，曾说他"对一丁点儿的善意总报以过分的感激"，"是缺乏安全感的表现"②。卡瑟尔却认为对于一个把爱人萨拉"从 BOSS 手中拯救出来的人，我的付出并不算太多"③。"也许天生就是个半信半疑的人"，卡瑟尔不相信宗教也不相信政治。卡瑟尔看待卡森和其他人时，他们首先是一个人，他愿意用好人或者坏人来区分他们，而不是他们身上的政治的或者宗教的标签。他"希望能

---

① ［英］格雷厄姆·格林:《人性的因素》，韦清琦译，译林出版社（南京），2008 年，第 4 页。

② ［英］格雷厄姆·格林:《人性的因素》，韦清琦译，译林出版社（南京），2008 年，第 130 页。

③ ［英］格雷厄姆·格林:《人性的因素》，韦清琦译，译林出版社（南京），2008 年，第 221 页。

寻觅到一片永久的家园，一个他能够作为公民得到接纳的城市，做一个无须为什么信仰起誓的公民……这城市叫作'心之安宁'"①。

如此价值观体现了卡瑟尔作为一个人的纯真。正是这份纯真，让他仍保留着珍贵的、对正义的信念和付诸实践的勇气，让他超越了世俗价值，没有变成一个"单向度的人"。这是小说对卡瑟尔这一人物的肯定。卡瑟尔对世俗的反叛映照出贯穿格林小说创作由始至终的自由精神，它是如德国音乐家、诺贝尔奖和平奖得主阿尔伯特·施韦策（Albert Shiweitzer）所说的"自由意志"，"是一种精神超越现实的力量，一种呵护理想的力量"②。由此，穿透对世俗意识形态的附庸，格林在小说中又一次打破了人们的惯常思维和评价标准。

值得注意的是，在读者对卡瑟尔因为爱情背叛自己的国家产生同情时，格林却没有进一步把卡瑟尔塑造成一位神坛上的悲剧英雄。相反地，格林批判了卡瑟尔作为一个社会人的幼稚。一方面，卡瑟尔以资产阶级的方式享受和萨拉在伦敦郊外的宁静舒适的生活；一方面，他却自认可以生活在意识形态倾向的触角之外，没有意识到更没有接受他与他长久对抗的那个组织事实上密切相关。虽然萨拉也说"我们有自己的国家，你和我和萨姆，你从来没有背叛过这个国家"③，然而，家里不断响起的电话铃却不时提醒他和萨拉，"在冷战时间谍世界的地狱中，保留如此神圣不可侵犯的个人隐私世界是不可能的"④。

贯穿格林国际政治小说创作始终的一个观点再一次被提及：政治作为国家组织形式的理性依托，像空气一样存在于每个人的私人生活空间中，无法避免。在更直观的现实层面，卡瑟尔力图回避的政治生活所代表的国家社会体系，却正是他想要的和萨拉在郊区过着安静无扰的资产阶级生活的基础。这一本质上的悖论构成了卡瑟尔的悲剧，因为他本可以利用自己对间谍工作和政治逻辑的熟稔早早为一家三口准备好"退路"。评论家潘德莱顿在《错综复杂的影响——格雷厄姆·格林的康拉德式主旋律》一书

① ［英］格雷厄姆·格林：《人性的因素》，韦清琦译，译林出版社（南京），2008年，第125页。
② ［美］理查德·加纳罗、特尔玛·阿特休勒：《艺术让人成为人》，舒予、吴珊译，北京大学出版社（北京），2012年，第637页。
③ ［英］格雷厄姆·格林：《人性的因素》，韦清琦译，译林出版社（南京），2008年，第223页。
④ Robert Lance Snyder, "He Who Forms a Tie Is Lost: Loyalty, Betrayal, and Deception in *The Human Factor*," *South Atlantic Review*, Vol.73, No.3, 2008, p. 23.

也认为:"卡瑟尔是一个悲剧人物,无法调和外部的政治诉求和个人内部的情感需要。"① 小说用巧妙的情节设置和穿插的叙述方式,有力地刻画出主人公在两种力量的撕扯间所受到的煎熬,进而挖掘出具有人性的卡瑟尔由于无力调和自身和外部世界而走向毁灭的窘境。

向上级"递交辞呈"准备退休后,卡瑟尔发现了穆勒带来的"瑞摩斯大叔计划"——一个用"战略性核武器"维护南非的种族隔离政权的统治的计划、一个可能摧毁无数无辜黑人生命的计划。最终,卡瑟尔决定暴露身份传递情报。他的决定可能出于人类大爱,爱屋及乌地想保护萨拉的族人,也可能出于对穆勒的报复。这些因素交杂在一起,他自己也无法分清。作者巧妙的叙事让读者意识到,如此重要的决定其实并没有单一清晰的决定性因素。卡瑟尔想要报复穆勒不仅是因为为 BOSS 工作的他曾经伤害过萨拉,因为他导致了卡森的死,更因为穆勒是个彻头彻尾的坏人。他有着"一张丝毫没有受过人性或宗教信仰折磨过的脸,一张随时准备接受命令并立刻毫无意义地去执行的脸"②。在七年后卡瑟尔家中再次见面时,这个穆勒曾经唾弃并残害的黑人女子并没有让他感到任何不适,好像种族隔离从来就没有存在过。这让卡瑟尔非常震惊。对穆勒来说,没有敌人也没有朋友,因为他"没有偏见,也没有理想"③,是那种不可以原谅的人。"正是这种人——受过教育、知道他们在干什么的人——正在建一座地狱来对抗天堂。"④ 卡瑟尔的心理独白再一次阐明了他的人文主义价值观。他对于穆勒的厌恶几乎是出于本能。而当想到南非"溺死的孩子和等食的秃鹫"时,卡瑟尔就再也无法允许自己保持沉默了。妻子和儿子的肤色时刻提醒他危险的存在,表面悠闲无扰的英国生活其实并不能消退他们心中根本的恐惧和与白人世界的隔阂。卡瑟尔用和平环境中成长起来的白人习惯思维去保护和养育萨姆,却终于意识到"他没有办法保护这个孩子不受他

---

① Robert Pendleton, *Graham Greene's Conradian Masterplot: The Arabesques of Influence,* New York: St. Martin's, 1996, p.136.
② [英] 格雷厄姆·格林:《人性的因素》,韦清琦译,译林出版社(南京),2008 年,第 111 页。
③ [英] 格雷厄姆·格林:《人性的因素》,韦清琦译,译林出版社(南京),2008 年,第 120 页。
④ [英] 格雷厄姆·格林:《人性的因素》,韦清琦译,译林出版社(南京),2008 年,第 114 页。

心灵中开始滋生的暴力与复仇的侵扰"①。在誊写题为"最终解决方案"的穆勒笔记时，卡瑟尔明白了以前他所信仰的"'我抬起了手，让他掉落'在'瑞摩斯大叔'的世界里并不意味着自由"②。卡瑟尔的觉醒似乎是在传递出一个信号：理想世界的爱也需要现实中的信仰体系来维护。

于是，似乎是必然的，他"第一次那么真切地把自己看得和卡森一样"③，只有铤而走险。卡瑟尔为萨姆朗读的史蒂文森的诗正对应了此时他的境况：

> 逾越了边界，不可饶恕的罪过，
> 折断了枝条在树下爬行，
> 钻出了花园破损的墙垛，
> 沿着河岸，我们走个不停。④

诗的最后一句暗示了卡瑟尔被迫逃亡的命运。在异国他乡，卡瑟尔失去了生活中唯一的钟爱，体会到无边的落寞。他曾经试图把除了萨拉之外的一切隔绝在外，如今他与这个世界唯一的联系被掐断，生活陷入漫长无望的等待。当他最需要朋友的时候，鲍里斯适时出现了。然而，卡瑟尔不得不苦涩地面对又一个现实——鲍里斯此时的角色是说客而不是朋友。更惊人的真相接踵而来，七年中他所传出的情报其实是毫无价值的，曾经的朋友鲍里斯甚至为了说服他开新闻发布会而不惜威胁说："没有你我们照常开，不过以后你就别指望我们解决萨拉的问题了。"⑤

权力政治的欺骗特质在此显露无遗。私人生活因为政治的介入而陷入了一片混乱，不可避免地被背叛、被摧毁。奇怪的是卡瑟尔并没有对这一真相勃然大怒，反而平静地接受了。因为，在决定传递最后一份情报之

---

① ［英］格雷厄姆·格林：《人性的因素》，韦清琦译，译林出版社（南京），2008年，第208页。
② ［英］格雷厄姆·格林：《人性的因素》，韦清琦译，译林出版社（南京），2008年，第210页。
③ ［英］格雷厄姆·格林：《人性的因素》，韦清琦译，译林出版社（南京），2008年，第208页。
④ ［英］格雷厄姆·格林：《人性的因素》，韦清琦译，译林出版社（南京），2008年，第205页。
⑤ ［英］格雷厄姆·格林：《人性的因素》，韦清琦译，译林出版社（南京），2008年，第307页。

时，卡瑟尔已经觉悟了政治的游戏方式。他把鲍里斯看成一个可以倾诉的朋友，而鲍里斯只把他看作一个有用的线人。就像卡瑟尔自己所说，"在我们两边的部门里，爱都是一种过错"①。他就是那个犯了错的人，必须独自承受这样的结果。

以此为卡瑟尔的悲剧作结似乎并不令人满意。从小说的细微之处我们也可以看到，他并不是对政治全无知觉的人。他会小心地用各种方法掩盖自己的间谍活动，也会在与上级专员谈话时"心照不宣地坐了那把小一些硬一点的椅子"②。除了想要将世俗的政治完全隔绝于个人生活之外的幼稚，卡瑟尔的个人情感经历也是造成他悲剧的诱因。

小说中着力刻画了卡瑟尔对萨拉的深爱，以及由此而生的保护欲。这种保护欲在卡瑟尔的成长中多次出现。小时候，他幻想过自己有一条龙作为朋友。当感到危险来临时，他通知龙赶快逃走，之后面对空荡荡的树林感到欣慰。成年后，他的第一任妻子玛丽在"牛津街被呼啸而来的炸弹炸得粉身碎骨"，他"没能保护她"，而"这种痛苦不亚于失去了独生孩子"③。在南非，当被穆勒"审问"时，他"想知道手下有多少特工受到了指控"，因为，"他自身相对的安全使他感到羞愧"，认为"指挥官总要与手下将士同生共死以捍卫个人尊严"④。批评家塞德拉克将卡瑟尔的这种保护欲和荣誉感解读为一种"救世主情结"⑤。在卡瑟尔对童年生活的回忆中，他记起曾爱上一个"显得孤单单的，很害羞，长得不好看"的小女孩。"也许他只是想让她感到有人爱她，所以就爱上她了。那不是怜悯，正如他爱上了怀了别人孩子的萨拉也并非出于怜悯一样。他只是要维持一种平衡。"⑥这种平衡就是正义。

然而，在现实生活中，卡瑟尔的救世主情结却同时向两个相反的方向

① [英] 格雷厄姆·格林：《人性的因素》，韦清琦译，译林出版社（南京），2008 年，第140 页。
② [英] 格雷厄姆·格林：《人性的因素》，韦清琦译，译林出版社（南京），2008 年，第57 页。
③ [英] 格雷厄姆·格林：《人性的因素》，韦清琦译，译林出版社（南京），2008 年，第130 页。
④ [英] 格雷厄姆·格林：《人性的因素》，韦清琦译，译林出版社（南京），2008 年，第113 页。
⑤ Valerie Sedlak, "Espionage, Murder, and the Moral Vision in *The Human Factor*," *CEA Magazine: A Journal of the College English Association,* Vol.11, 1998, pp. 33-46.
⑥ [英] 格雷厄姆·格林：《人性的因素》，韦清琦译，译林出版社（南京），2008 年，第174 页。

撕扯着他。一方面，他想要保护他人，竭力付出自己的一切；另一方面，因为害怕所爱之人因自己而受到伤害，他努力把自己隔离和孤立，不给自己"爱"的机会。因此，他才会说七年前爱上萨拉是个意外。如此，我们也许才能理解那个有悖常理的情节：卡瑟尔说他爱萨姆是因为萨姆不是亲生的。去爱一个没有父亲的黑人男孩是他想要维持的"平衡"，同时，也因为一个亲生骨肉将是他无论如何无法与自己割离开来的，意味着最大程度的爱、责任、担心和恐惧，那将是他无法承受的。他对萨姆的爱来自他对萨拉的爱的一部分，也来自对第一任妻子的内疚和自责。如果萨拉没能从南非逃脱，他将终生在自责和悔恨中度过。因此，他对卡森的感激超过了除了他之外所有人所能想象的程度，甚至萨拉也无法体会。

戴维斯死后，"卡瑟尔的睡眠里都充斥着梦"。他梦到在约翰内斯堡一个垃圾遍地的公园，"卡森进了为黑人保留的卫生间，留下他站在外面，为自己鼓不起勇气而羞愧"①。这表现出因为卡瑟尔不仅视卡森为恩人，也视他为道德楷模。卡森与萨拉并无情感关联，却挺身而出救了她，卡瑟尔因此切身感受到了被英雄实践的正义所带来的幸福。通过穆勒之口传递出的卡森的死讯和戴维斯之死刺激了卡瑟尔。曾经，他的爱的表达是为所爱之人建造一个安全的城堡，这也正是格林给这个角色起名"卡瑟尔"②的用意所在。这是他的乌托邦。而卡瑟尔的悲剧的真正根源在于他想把世俗的政治和宗教全部隔离在小家之外，试图把乌托邦变为现实。如今他意识到，英雄主义，就像卡森的行为一样，注定不能是自私的，不能是只为了个人生活中的"小爱"，而是为了生命的大爱。卡瑟尔决定传递出最后的情报，并"第一次那么真切地把自己看得和卡森一样了"③。虽然结局是失去现实中的个人世界，但卡瑟尔拯救了南非的无数无辜的生命，"维持了一种平衡"。

卡瑟尔这一人物最大的魅力在于格林努力地在表现出对他的同情的同时，又避免将他塑造成一个英雄。作者格林一方面肯定了卡瑟尔英雄主义情怀的人性闪光，一方面又批判了他对意识形态等社会因素不可避免地入侵个体生活这一真相的自我遮蔽。无论是英国特工，还是一个南非黑人女

① [英] 格雷厄姆·格林：《人性的因素》，韦清琦译，译林出版社（南京），2008年，第179页。
② "卡瑟尔"，英文为 Castle，直译为"城堡"。
③ [英] 格雷厄姆·格林：《人性的因素》，韦清琦译，译林出版社（南京），2008年，第208页。

子的丈夫，或者是背叛祖国的双面间谍，由始至终，卡瑟尔都只是一个普通人。如你我一般，他在爱中付出、煎熬，在理想与现实世界的碰撞中挣扎，在个人与社会的撕扯中生活。格林通过塑造卡瑟尔这一人物成功地提出了一个开放式的命题：有着人性的普通的人们，在混乱的、充满欺骗和背叛的政治现实中如何能更自由地、更幸福地活着？虽然卡瑟尔的选择的最终结果没有标明，但明显格林拒绝了一个由整洁的带标签的"箱子"组成的世界（这是珀西瓦尔认为最恰当的比喻），而选择了一个更加复杂的，相互协调的世界。在那儿，卡瑟尔的个人选择具有全人类层面的影响。也许人们的选择同时意味着失去，似乎正义永远无法圆满的实现，但我们不能为此而忽视那部分实现的正义的意义。小说提醒人们，政治投入不荒谬，"它可以具有某种宗教般的救赎力量"①。

二

相较于卡瑟尔在政治上的左右为难，珀西瓦尔医生和书店店主老霍利迪却对此没有一丝的困扰。表面上看，珀西瓦尔医生出于对祖国的忠诚和责任感全心全意地工作，竭力为英国特情局清除叛徒。在小说的前半部分，他虽然在政治执行中显得武断，而且对"悄无声息"地置人于死地表现得冷血无情，但他维护英国社会安全和稳定的目的却可以为他博得至少一点同情。然而，贯穿小说，珀西瓦尔与哈格里夫斯专员的五次对话，终于一步步揭示出珀西瓦尔"忠诚"的真相。在参加过戴维斯的葬礼后，珀西瓦尔对哈格里夫斯说：

> 你我所处的位置可没法谈什么事业。我们不是十字军战士——我们生活在一个错误的世界里……谁是叛徒——我还是戴维斯？我过去是真相信国际主义的，而现在正秘密地为民族主义而战。②

一直在努力清除叛徒的珀西瓦尔医生，原来自己也是个"叛徒"，他背叛了自己曾经信仰的国际主义。如今，虽然他宣称自己从信奉国际主义变成秘密为民族主义而战，但事实是他早已不再有任何政治信仰。在东西

① Gary Storhoff, "To Choose a Different Loyalty: Greene's Politics in *The Human Factor*," *Contemporary Literary Criticism*, Vol. 11, No.1, 1984, pp. 59-66.
② [英] 格雷厄姆·格林：《人性的因素》，韦清琦译，译林出版社（南京），2008年，第193页。

方冷战的大背景下，珀西瓦尔坦言只想"加入在我有生之年赢面最大的一方"①。他对政治的态度——就像他"不用叛徒这种词"②来定义卡瑟尔的态度一样——是可以选择的。在他现今的理解中，"上帝可能是个资本家"③，所谓的信仰可以估价买卖。因此，他真正沉浸其中的，是政治游戏本身。

精神分析学派的创始人弗洛伊德将人格结构三分为本我、自我、超我。木心先生将这三个阶段的特征精辟地概括为"要不要""能不能""该不该"④。珀西瓦尔的问题正是停留在"能不能"上不再向前。为谁的荣誉而战对他没有意义，他只想在这个充满争斗的社会中总是做那个赢的人。珀西瓦尔曾是个信徒，可以为了快乐而游戏，他却放弃了，转而为游戏而游戏。他的这种处世哲学，也许是出于对权力政治倾轧个体世界的自我保护。由此，失落了精神世界的依托，他的生活变成了完全形而下的无意义的周而复始，那需要理想和信仰来呵护的人性正在一点点消退。最后，当他得知卡瑟尔才是真正的"硕鼠"时，不但没有表现出一丝对戴维斯的愧疚，反而说，"对处里来说他不是损失……当初真不该录用他。他工作效率低，做事马虎，酒喝得太多。反正他迟早都是个问题"⑤。清除了内心对于生命的敬畏和怜悯，珀西瓦尔只剩下动物一般的游戏快感，只有那些可以增加游戏乐趣的另一方高手才让他觉得有点价值。他还提醒哈格里夫斯"对于那些信徒还真要留神"，因为"他们不是什么可以信赖的玩家"。⑥

老霍利迪就是珀西瓦尔所说的"另一方高手"，但同时也是那个"需要留神的人"，因为他是个信徒。信徒有所效忠，便会奋不顾身，这打破了珀西瓦尔的游戏规则。事实上，老霍利迪的出场本身就已经打破了游戏规则。卡瑟尔一直以为与他接头的是对面书店年轻力壮的小霍利迪，直到故事的高潮，卡瑟尔传递出最后一个情报，在家中坐等救援或者警察时，

---

① [英] 格雷厄姆·格林:《人性的因素》，韦清琦译，译林出版社（南京），2008年，第194页。
② [英] 格雷厄姆·格林:《人性的因素》，韦清琦译，译林出版社（南京），2008年，第288页。
③ [英] 格雷厄姆·格林:《人性的因素》，韦清琦译，译林出版社（南京），2008年，第194页。
④ 木心:《文学回忆录：1989—1994 》，陈丹青笔录，广西师范大学出版社（桂林），2013年，第780页。
⑤ [英] 格雷厄姆·格林:《人性的因素》，韦清琦译，译林出版社（南京），2008年，第238页。
⑥ [英] 格雷厄姆·格林:《人性的因素》，韦清琦译，译林出版社（南京），2008年，第194页。

上门的老霍利迪才表明了自己接头人的身份。可见，之前一直以来的书店接头，都是有意为卡瑟尔布下的迷魂阵。这让卡瑟尔感到非常震惊，"甚至那些最理应信赖的人也是如此地不信赖他"①——一个穆勒口中的"企图改变人类本性的理想主义者"②。珀西瓦尔与老霍利迪，就像硬币的两面，代表着人生形而下和形而上的两种追求。究竟哪一种人生更值得过呢？或者，我们是否还有第三种选择？

三

如果说卡瑟尔是格林紧扣"人性的因素"主题成功塑造出的陷入两难困境的主人公，那么丹特里上校这一人物则是整部小说的点睛之笔。从开始构思这个"不同寻常的间谍故事"开始，无论是间谍身份认同、个人生活与叛徒的界定，还是罪犯的定义或者英雄的认定，格林都有意在打破人们惯常的思维模式和符号化的想象。随着小说叙事的推进，最后在人物丹特里身上得到最大的体现和升华。

丹特里第一次让人印象深刻的出场，不是在与卡瑟尔的例行检查中，而是在哈格里夫斯庄园的聚会。他显得木讷生硬，与周围"政治人"们的谈笑风生显得格格不入。事实上丹特里羡慕他们。他羡慕哈格里夫斯的职位、他的美国妻子，还羡慕珀西瓦尔与哈格里夫斯的默契自如，"羡慕那些在普通的办公室上班、回家可以自由自在谈笑风生的男人"③。与卡瑟尔主动想把自己疏离正相反，丹特里总是感觉被疏离，渴望融入。他曾对珀西瓦尔信誓旦旦地说："如果事发，我个人倾向于辞职而不是掩盖。"④除了他"死抠法律""非常尽职"⑤的原因外，这句话中还掺杂着他因为自己无法理解专员与医生一致的逻辑而感到的羞愧和气愤。与老霍利迪和珀西瓦尔都不同，丹特里对他人的需求很敏感，渴望与他人、与这个世界建立联

① ［英］格雷厄姆·格林：《人性的因素》，韦清琦译，译林出版社（南京），2008年，第256页。
② ［英］格雷厄姆·格林：《人性的因素》，韦清琦译，译林出版社（南京），2008年，第118页。
③ ［英］格雷厄姆·格林：《人性的因素》，韦清琦译，译林出版社（南京），2008年，第99页。
④ ［英］格雷厄姆·格林：《人性的因素》，韦清琦译，译林出版社（南京），2008年，第35页。
⑤ ［英］格雷厄姆·格林：《人性的因素》，韦清琦译，译林出版社（南京），2008年，第93页。

系，但是他的可悲的生活全部被他的办公室里的角色占据了。他的妻子因为他的工作离开了他，面对女儿他"总有一种若即若离的忧伤"，"如同一种负疚感"①。"英国特情局特工"的角色剥脱了丹特里人生中有意义的人与人之间的联系，他只是另一个孤独的国家雇工，一天三次"用他的雷明顿刮脸，所换来的那点微不足道的洁净感与孤独一起滋生，仿佛仍在一具死尸上生长着的毛发"②。这就是他"一直恪守着所谓的忠诚"所换来的。丹特里的痛苦强烈表达了一个所谓"安全"世界所提供的虚幻的舒适。他被"惯化性"所控制，在世俗的世界中周而复始地"恪尽职守"，正是现代社会发展大潮中芸芸众生的缩影。

《艺术让人成为人》的译者舒予和吴珊曾在书后的结语中这样总结惯化性：它意味着对技术性组织管理的顺应，表现为人的存在的机械化，被动履行自己在某一机构之内的职能。③ 困住丹特里的正是惯化性。他为了父母所说的"很难再找到的"一份工作而工作。由于他的"恪尽职守"，他可以顺应主流意识形态和管理体系，活得安全而稳定。他的生活，不用面对真理的思索、人性的质问、自我的追寻。他诚实而尽责地按照社会规划好的既定线路向前行走，就好像周而复始的钟摆。丹特里为了"安全"放弃了"意义"，生活风平浪静，唯一疏漏了一点——人都是要死的。这一必然的终点注定了绝对的、世俗政治所承诺的"安全"其实是不存在的。犹太学者波普尔曾在《通过知识获得解放》一书中谈道："有些人认为生命没有价值，因为它会完结。他没有看到也许可以提出相反的论点：如果生命不会完结，生命就会没有价值。"④ 抹去了意义的人生，只能对意识形态控制下的国家机构妥协。丹特里的生活被一步步调和，人类的惰性让他对"惯化性"习以为常。"大家都一样"的"现状"和想法进一步加强了这种集体无意识。人们生活中剩下的只有动物性的身体感受和偶尔闪现的人性之光。但这人性之光，对他而言，只能意味着"功能紊乱、困

---

① [英] 格雷厄姆·格林：《人性的因素》，韦清琦译，译林出版社（南京），2008年，第99页。

② [英] 格雷厄姆·格林：《人性的因素》，韦清琦译，译林出版社（南京），2008年，第98页。

③ [美] 理查德·加纳罗、特尔玛·阿特休勒：《艺术让人成为人》，舒予、吴珊译，北京大学出版社（北京），2012年，第634页。

④ [英] 卡尔·波普尔：《通过知识获得解放》，范景中等译，中国美术学院出版社（杭州），1996年，第406页。转引自徐岱：《侠士道：金庸小说与中国精神》，北京大学出版社（北京），2009年，第138页。

感，还有陌生的负担"①。

小说中还有两个出场次数不多的人物也是"惯化性"的好学生。卡瑟尔逃亡后，在落脚地有个给他做日杂工的中年妇女，会"像对孩子似的待他"。就是这样一个和蔼的人，在看到卡瑟尔和妻儿的照片后，"对他们都是黑皮肤表示了吃惊，之后的一段时间她对他还疏远了些——并非她因失落而感到震惊，而是他打破了她的秩序感"②。这种要命的秩序感甚至会战胜骨肉亲情。卡瑟尔的母亲在得知他叛逃之后，痛斥他是个叛徒。"萨拉本希望看见她老泪纵横，可她的眼睛是干的，冰冷而无情。"她甚至不愿意听听卡瑟尔"叛变"的原因，对穆勒是谁也不感兴趣，只一口咬定"他是国家的叛徒"。心中深爱着卡瑟尔的萨拉"对这些使人轻易做出判断的陈词滥调感到绝望"③。权力政治用虚幻的荣誉感把人与人分割开来。当人们已经习惯了这种"陈词滥调"并信以为真时，便会确立起一种秩序感，成为他们"轻易做出判断"的依据。人们不再愿意费心去追问每个人的原因，不愿意静下来去倾听他们背后的故事，而是站在所谓的"道德制高点上"不断地批判，直到越来越多的人加入这一队伍，一齐把"罪人"置于死地。

小说的最后，当所有谜底都解开时，卡瑟尔仍把丹特里当成朋友。"要是谁能从他的坦白交代中捞取到什么好处，他希望那人是丹特里。"④在离开卡瑟尔家后，丹特里胸中憋着的一团怒火爆发了，他想说"我再也不想待在你们这个肮脏的单位里了"，你们"用那些见不得人的秘密杀死了我的婚姻"。丹特里感到愤怒，也感到困惑："对与错竟可以争辩，错杀人的动机也扑朔迷离。"⑤在拨通珀西瓦尔的电话时，他本想告诉他卡瑟尔"和妻子吵架了……其他没什么好说的……"⑥，但当珀西瓦尔"温和而

---

① [美] 理查德·加纳罗、特尔玛·阿特休勒：《艺术让人成为人》，舒予、吴珊译，北京大学出版社（北京），2012 年，第 634 页。

② [英] 格雷厄姆·格林：《人性的因素》，韦清琦译，译林出版社（南京），2008 年，第 295 页。

③ [英] 格雷厄姆·格林：《人性的因素》，韦清琦译，译林出版社（南京），2008 年，第 311 页。

④ [英] 格雷厄姆·格林：《人性的因素》，韦清琦译，译林出版社（南京），2008 年，第 247 页。

⑤ [英] 格雷厄姆·格林：《人性的因素》，韦清琦译，译林出版社（南京），2008 年，第 250 页。

⑥ [英] 格雷厄姆·格林：《人性的因素》，韦清琦译，译林出版社（南京），2008 年，第 251 页。

让人感到安心的声音"出现在电话那一端时，丹特里的"怒火点着了他想说的话"①，他出卖了那个陪着不知所措的他出席女儿婚礼的卡瑟尔。丹特里此时的怒火可以理解为对珀西瓦尔错杀戴维斯的愤怒，但更多的可能是对自己的鄙夷和怨恨。在心里，他也许记得与卡瑟尔的友谊，但他仍不能根据这份友谊行事。在社会所赋予他的明确职能面前，他从没有必要从自己的角度追问。因此，在面对如此困惑的让他本能地觉得憋闷和愤怒的情形下，他已经不会做出选择，而只能顺应自己的"惯化性"。如果丹特里不是那个"只会严守规章以及检查公文包"②的负责情报安全的官员，而是站在权力政治体系中更高的位置掌握生杀大权，那么他的每一次"恪尽职守"又会带来怎样的后果？丧失了自主思考的能力，只能顺着惯常秩序行事的他，不可避免地具有一种生活在人群中的人的"恶"，是一种无法超越惯性的"恶"，是汉娜·阿伦特所说的"平庸的恶"。丹特里对稳定和秩序的虔诚本身并没有错，他的错在于无法根据具体情况去思考、分析、判断，在于"他有点儿异乎寻常地浅薄"③。

丹特里在最后时刻还是发生了转变，这传达出格林对普通人超越世俗"惯化性"生活的能力的积极态度，同时也表现了他对这一庞大群体中的个人的同情。虽然丹特里最后是否真正辞职并没有表明，但"在他脑子里，辞职这一举动业已完成"。"他告诉自己他是个自由人了，不再有义务，没有职责，可他感到了一种从未感到的极端的孤独。"④随"惯化性"生活着的人们已经失去了独立思考的能力，无法自主地去过有意义的生活。社会职能角色已经摧毁了丹特里的个人生活，如今离开这个大机器，在短暂的卸下重负的快感之后，他意识到自己从一颗没有意义的螺丝钉变成了一块废铁。

通过丹特里这个平庸之人，格林让我们反思：在现代社会中，惯常理解中的"恪尽职守"是否具有道德合法性？当丹特里或者其他人在统计这些数字时，他们心中是否有如同面对一具死尸时的感受？小说中那个残忍

---

① [英]格雷厄姆·格林：《人性的因素》，韦清琦译，译林出版社（南京），2008年，第253页。

② [英]格雷厄姆·格林：《人性的因素》，韦清琦译，译林出版社（南京），2008年，第242页。

③ [美]汉娜·阿伦特：《责任与判断》，陈联营译，上海世纪出版集团（上海），2011年，第130页。

④ [英]格雷厄姆·格林：《人性的因素》，韦清琦译，译林出版社（南京），2008年，第254页。

的南非 BOSS 官员穆勒，兢兢业业地部署清除黑人的"最终解决方案"，也认为自己"一直在努力履行自己的职责"。他那信誓旦旦地对"会有在天之灵"的信仰，却是以黑人"会有他们自己的天堂"[1]为前提的。权力政治、国家体系、种族主义等宏大叙事所带来的对个体生命价值的蔑视正在蚕食着我们作为"人"所生活的世界。于是，我们陷入一种悖论：同时作为受害者和事不关己时的帮凶而存在。

格林在《人性的因素》中提出的这一问题值得我们深思。曾有记者问格林，如果卡瑟尔换成金·菲尔比，你是丹特里，你会怎么做？格林不假思索地回答：我会给他 48 小时时间，然后报告局里。尽管这一回答多少有些"事后诸葛"的味道，但格林确实从不曾教人们只做"理想化的英雄"或者"世俗化的庸人"。他的道德观中永远存在对两难的撕扯的审视，存在对于一个人作为被害者的同情和对其作为帮凶的批判。苏格拉底说："未经省察的人生没有价值。"[2]丹特里的问题症结正在于此。他因戴维斯的死而烦闷甚至痛苦，但当卡瑟尔问他为什么不辞职时，他的回答是，"那我该怎么打发时间"[3]？在惯性化的生活中，缺失了思考的他从未审查自己的生活，因此在工作职能之外甚至不知道怎样过活。由此看来，思考是我们在面对看似秩序井然，其实一片混乱的现代生活时唯一可以自持的东西。只有在这种前提下，我们才能获得勇气，努力挣脱社会想方设法禁锢在人们心上的"隐形的帮凶"的角色。

《人性的因素》通过"不想做帮凶"的卡瑟尔、意识形态的拥护者老霍利迪、形而下的游戏人珀西瓦尔和有着"平庸的恶"的丹特里等人物，开启了我们对于现代社会中理想与现实的交战、形而下与形而上的共存、集体与个人的碰撞的讨论，表现出格林对以人为本的公正政治的呼唤。与此同时，格林也表达了对个人为人类大义而失落个人世界的同情和思考，就像萨拉在卡瑟尔告诉她，他是为了挽救很多她的族人的生命而铤而走险时，萨拉却回答说："别跟我谈我的族人。我已不再有族人了。你就是我

---

① [英] 格雷厄姆·格林：《人性的因素》，韦清琦译，译林出版社（南京），2008 年，第 187 页。

② 柏拉图：《游叙弗伦 苏格拉底的申辩 克力同》，严群译，商务印书馆，1983 年，第 76 页。

③ [英] 格雷厄姆·格林：《人性的因素》，韦清琦译，译林出版社（南京），2008 年，第 248 页。

的'族人'。"① 通过卡瑟尔、萨拉、丹特里，我们看到寻常小人物身上的痛苦和罪恶，二者看似相悖，其实同源。它们彼此映衬，相互作用，构成了现代社会中人类生活的迷局。这些相悖却非对立的审美角度建构起格林小说独特的张力之美。

第三节　寻自由

"我只知道构成联系的那个人不见了，腐败的种子进入了他的灵魂。"格林为小说《人性的因素》选择的题记来自康拉德 1915 年的小说《胜利》。主人公海斯特是一个异常冷静的疏离大众的人，被称为"乌托邦海斯特"，但他却为了救一个面临生命危险的女人蕾娜而放弃了他疏离的生活。格林无疑是在以海斯特暗喻卡瑟尔。有评论家认为"卡瑟尔对南非黑人妻子的爱构成了'腐败的种子'"②，让他在选择中失去了调和自身和外部世界的能力，因此小说主题在于挖掘太过于人性的卡瑟尔在现代社会中的迷失。也有人从政治小说角度将小说主题理解为对"忠诚矛盾"的讨论。如美国评论家肖洛克就在《圣人、罪人、滑稽人——格林厄姆·格林的小说》一书中将卡瑟尔定义为"一个陷于忠诚矛盾的敏感的男人"③。笔者认为以上两种解释都不能概括《人性的因素》的主题。前者的批判意味太重，忽略了卡瑟尔最后行为的超越价值，也没有看到卡瑟尔在做出最后决定之前对政治世界中人与人之间的联系的领悟。换句话说，卡瑟尔传递出最后的情报已经不单单是为了感谢卡森，或者报复穆勒，而是因为南非"濒死和孩子和等食的秃鹫"。为了挽救很多无辜的人的生命，他已经将卡森作为一个道德模范而做好了牺牲的准备。"忠诚矛盾"无疑是小说的中心，但格林的笔触的重点却并非落在该对谁忠诚或者怎样表达忠诚，而是去揭露矛盾的必然性，就像他自己童年时在学校里既是一个普通学生又是校长儿子时所面临的怀疑和挤压。通过"始终忠诚"的人物丹特里，格林

① ［英］格雷厄姆·格林：《人性的因素》，韦清琦译，译林出版社（南京），2008 年，第 222 页。

② Robert Lance Snyder, "He Who Forms a Tie is Lost: Loyalty, Betrayal, and Deception in *The Human Factor*," *South Atlantic Review*, Vol.73, No.3, 2008, p. 23.

③ Roger Sharrock, *Saints, Sinners and Comedians: The Novels of Graham Greene*, Notre Dame: University of Notre Dame Press, 1984, p. 252.

让我们看到现代社会中看起来安稳无忧的"惯化性"生存者真正的生活状态，所谓的"幸福"都只是假象。一个在维护自己人性的过程中丧失了勇气的人同样也是对世界疏离的，被各种矛盾冲突折磨着的。因此，格林在《人性的因素》中所探讨的"忠诚矛盾"存在于个人情感与社会责任、公共利益与国家荣誉、小家幸福与人类大义等多个角度。显然同时满足以上的"忠诚"是不存在的，而小说的价值在于提出这样的问题：处于矛盾之中的人们，该怎样活得更自由，更有尊严？

一

小说中的人们都同时存在于提供秩序感的现实世界与渴望浪漫超越的精神世界中。人性的因素既是前者的基础，又在后者中保持新鲜并获得动力。德国哲学家雅斯贝斯在《时代的精神状况》一书中曾提到人性与秩序的关系，认为"我们在生活秩序的边缘看见国家、精神以及人性本身是人的活动的根源，这些根源并不进入任何生活秩序，虽然它们是使生活秩序成为可能的基本因素"[①]。格林在小说《人性的因素》中提出的第一个命题即是：人性的因素如何调和两个世界的关系，以拯救一个处于现代社会中的分裂的人？

人在现实中的存在主要是由他的经济、社会和政治状况决定的。这其中的秩序感是维系一个人正常生活的基础。小说中无论是"过于"人性的卡瑟尔，还是坚持政治理想高于一切的老霍利迪，或者是为了游戏而游戏的功利主义者珀西瓦尔医生，在惯化性生活中失去个性的丹特里，都在一个温和的、物质充足的资产阶级身份下生活。这种存在成了现代社会中人们所共有的。在此之前，构成这个世界的基础是人们所共有的一种普遍的人性。随着科学为人类生活带来的裨益被无限扩大到整个人类生存的大背景下，之前的基础瓦解了。人们在经济、社会、政治的存在中被多重价值观冲击，成为一个个既相似又矛盾的个体。

卡瑟尔说，他希望生活在"一个他能够作为公民得到接纳的城市，做一个无须为什么信仰起誓的公民"[②]。而作者格林向我们揭示出的事实是，这样的城市不可能存在。即便像卡瑟尔一样陷入爱情中的男人可以如愿地

---

① [德] 卡尔·雅斯贝斯：《时代的精神状况》，王德峰译，上海译文出版社（上海），2003年，第34页。
② [英] 格雷厄姆·格林：《人性的因素》，韦清琦译，译林出版社（南京），2008年，第125页。

做一个"无政府主义者"并泰然处之，也不可能在政治之外逃离经济和社会的藩篱。因为，人性作为他的爱情的发动机同时也天然地需要现实社会的秩序感，而这种秩序感取代人性构成了人们之间唯一可以达成共识的基础。

因此，卡瑟尔对他的爱情和这个时代中的人性，都存在着致命的误解。小说从始至终一直贯穿着卡瑟尔对童年的回忆，即是他渴望回归纯真的、作为人与人之间理解和联系的基础的人性。童年中，卡瑟尔曾虚构出一条龙，作为他的朋友。卡瑟尔意识到龙处在危险中，并警示它快逃走，而龙"看着自己的尾巴后面，好像舍不得离开我似的。可我再也不觉得害怕或孤单了"①。卡瑟尔对萨姆讲述的这段童年回忆可以代表他对人性的理解。他与龙的关系正是他所认为的人与人之间的感情应有的状态：危险面前并非出于利益而互相帮助，在不得不分离时恋恋不舍，在分开后彼此从友谊中获得感情的依托和力量。但在成人世界里，卡瑟尔"只见过一次人性的面孔"，从卡森身上。因此卡森成为卡瑟尔心中的朋友、恩人、道德楷模，是他理解中与他共享人性的人。这些都没有错。卡瑟尔的问题在于他将对卡森的私人情感扩大到了抽象的整体利益，远远超出了个体交流的范畴。虽然卡瑟尔始终宣称自己没有政治立场，但不可否认他想要为自己找到一个可以对人性回馈的平台，一个可以接受他的像少年的龙一样在得到帮助后表现出感激和离别时的恋恋不舍。而他的希望以及他由此激发的行动，在一个以物质存在作为共性的社会中，无疑是不可能获得完美结局的。

不仅如此，卡瑟尔也没有意识到他出于人性的感激的行为，在与现实世界中的权力政治发生关联时，不可避免地给自己周围的人带来危险和伤害。美国评论家海博恩曾在专著《诡计：间谍与文化》中谈到间谍小说中总会包括一种"牺牲逻辑"②。戴维斯和老狗布勒就是《人性的因素》中的牺牲者。卡瑟尔成功地掩盖了他双面间谍的身份，却有意无意地将大家的注意力转移到部门同事戴维斯身上，最终致使戴维斯被当作奸细暗杀。而在卡瑟尔被迫逃亡之前，老霍利迪提出要处理掉他的狗时，卡瑟尔选择由

---

① ［英］格雷厄姆·格林：《人性的因素》，韦清琦译，译林出版社（南京），2008 年，第 65 页。

② Allan Hepburn, *Intrigue: Espionage and Culture*, New Haven: Yale University Press, 2005, p.18.

自己将布勒枪杀。这个情节具有双重寓意。一方面，显示了卡瑟尔不愿将罪恶转嫁他手的人性之诚：在不得不接受自己所爱的儿子萨姆永远不会原谅他的情况下，第一次杀生。另一方面，老狗布勒不分对象地对来访的任何人表示友好，暗喻了小说中提到的轻而易举下决定的滥用的信任，就像珀西瓦尔起初对卡瑟尔的信任，和卡瑟尔对鲍里斯的信任。卡瑟尔杀狗的行为，宣告了他与单纯的人性的告别，也代表了格林对轻易给出的信任和忠诚的质疑。通过戴维斯和布勒的牺牲，目的与行为后果之间的关系被揭示出来。我们看到，一种另外的无私和公正的动机，当它们作为特权超越了所有其他的人类之间的情感联系时，结果却是一股悲剧的、腐化的力量。同样的，卡瑟尔对卡森的感激也已经变成了腐化的情感，将他引向了身不由己的悲剧结局。

相比于卡瑟尔，处于政治对立双方的珀西瓦尔和鲍里斯似乎正确地理解了现代社会的存在基础。他们共享的"箱子理论"无疑构成了对现代社会的精妙诠释。借由"箱子理论"，格林既形象地揭示出冷战中间谍世界的本质，更表达了对人类现代生活状况的讽刺和同情。被科技所打破的时间和空间的限制只是物理层面的，现代社会中的人们却反而被关在狭窄的"箱子"中彼此不能沟通。"我们生活在箱子里，而蹲哪儿的箱子由他们说了算。"[1] 更加讽刺地是，冒险充当间谍的卡瑟尔最后却发现对方并不信任他，他对于组织来说只是"一个不错的欺骗手段"，他们甚至没有将他放在同一个箱子里。小说的最后，当鲍里斯向卡瑟尔摊牌时，卡瑟尔才意识到这一点，但为时已晚。

事实上，卡瑟尔身边的女人似乎比他更准确地把握了时代的特征。他母亲评价他"总是过分的感激"，而萨拉说"感激并没有错，只要它没有让你走得太远的话"。格林在此强调，以卡瑟尔的行为为代表的，出于单纯的人性理解世界的基础已经土崩瓦解，其最终的命运必然是悲剧的。著名评论家大卫·海登曾提到，在为这部间谍小说确立最终题目时，格林曾想过用"冷漠的错误"（The Cold Fault）、"安全感"（Sense of Security）、"人类的错误"（The Human Fault）和"人类的失误"（The Human Tic）等

① ［英］格雷厄姆·格林:《人性的因素》，韦清琦译，译林出版社（南京），2008年，第138页。

题目①。这恰好说明了格林意在批判卡瑟尔对于人性的误解。最后确定的书名"人性的因素"（The Human Factor）最为贴切，它恰如其分地反映出作者对于主人公必须为他的决定所造成的后果承担责任这一问题上，设置的是一个开放式的讨论空间。通过用"因素"这个比较中性的词，格林避免了来自作者的评判而着力于表现主人公两难困境的普遍性。卡瑟尔纯真的人性并没有错，错在他天真地将其作为理解世界的唯一标准。

由此，政治理想与政治行为之间的相悖被揭示出来，体现了人类高尚的精神世界与具体行动的现实世界之间的巨大反差。两者之间的不可调和似乎是必然的。正像有学者指出的，此处显现出格林继承自康拉德的政治怀疑主义。②在格林的前三部政治小说中，无论是《文静的美国人》中的福勒、《喜剧演员》中的布朗，还是《名誉领事》中普拉尔，他们都不想介入政治，保持着某种程度上对世界的疏离。除了在派尔被杀后事事如意的福勒，其他两位主人公都和卡瑟尔一样，介入政治后给私人生活带来了不可挽回的悲剧影响，这是格林的政治怀疑主义的最好体现。

然而，《人性的因素》中，通过卡瑟尔传递出最后情报的选择，格林发出一种积极的信号，即肯定卡瑟尔的行为在拯救南非黑人生命的可能性上的普世价值。因为此时卡瑟尔已经向上级请辞，他觉得自己所做的"已足够偿还欠卡森的债了"。他的决定，是因为想到非洲无数条无辜的生命，想到穆勒那令人作呕的"相信有在天之灵"③，想到他没有办法保护萨姆"不受他心灵中开始滋生的暴力与复仇的侵扰"④。他的选择是源于他的人性的因素。可以看出，格林在准确地揭露出卡瑟尔对人性的误解后又提出了它在现代社会仍可以指向最终正义的可能性。就像汉娜·阿伦特所认为的，即使辨别是非善恶的传统标准丧失了，但辨别是非善恶的能力却总是存在于人类的心灵之中。

人性的因素既构成了误解的本源，又是促使个体做出具有体现人性价值行为的动力。无疑，格林在怀疑主义之上又建构起自己的对终极正义的

---

① David Higdon, "'I Try to Be Accurate': The Text of Greene's Brighton Rock," *Essays in Graham Greene: An Annual Review*, Vol. 1, 1987, pp. 169-186.

② Gary Storhoff, "To Choose a Different Loyalty: Greene's Politics in *The Human Factor*," *Contemporary Literary Criticism*, Vol. 11, No.1, 1984, pp. 59-66.

③ [英] 格雷厄姆·格林:《人性的因素》，韦清琦译，译林出版社（南京），2008年，第187页。

④ [英] 格雷厄姆·格林:《人性的因素》，韦清琦译，译林出版社（南京），2008年，第208页。

信心。小说剖析人性在现代社会被扭曲的过程，以及人性与国家、机构、他人之间是如何经由误解产生交集的。尽管小说的结尾具有悲剧意味，但通过卡瑟尔最后的英雄主义行为，格林传递出一种积极的信念：在对抗现代社会中机械化的日常生活和不断用宏大高尚的目标来迷惑大众的权力政治中，人性帮助人们守住最后的一块净土，成为维系这个世界人与人之间联系的最后一丝希望。

二

1969 年 6 月 6 日，也就是小说《人性的因素》出版九年前，格林在汉堡大学接受"莎士比亚奖"时曾做过一个著名的演讲，名为"背叛的美德"（The Virtue of Disloyalty）。虽然格林为"背叛"一词做出了谨慎的界定，但在当时东西冷战的大背景下做如此"大逆不道"的公开演讲是需要相当勇气的。格林此言的初衷是因为看到"最伟大的诗"太常站在它那个时代的权力政治的一边。

> 讲故事的人的责任难道不就是作为'吹毛求疵'的人，唤起人们对国家所允许的界限之外所存在的人的同情和理解的宽度？作家由自己的天职所驱使……去审视……[1]

格林在小说《人性的因素》中批判的正是权力政治如何画地为牢，在人与人之间设置重重障碍。英国情报机关中的小人物戴维斯一心想当詹姆斯·邦德，他浪漫不羁的生活方式让他成为珀西瓦尔医生心中"最合适"的叛徒，在证据不足的情况下被自己的组织"清除"，至死也不知为何而死。在权力政治所设置的"心理监狱的高墙"中，一个被指定有罪的人是没有辩解的权力和机会的。同样的情况在与英方政治对立的那一方也一样。卡瑟尔出于对卡森的私人感激之情而帮助其组织传递情报，却并没有投身政治信仰的打算。他的接头人鲍里斯是他认为可以畅所欲言的朋友，在某种程度上被他当作第二个卡森。然而，卡瑟尔传回组织的情报事实上一钱不值，"只是一个不错的欺骗手段"[2]。正是卡瑟尔信任的鲍里斯欺骗和

---

① Graham Greene, "The Virtue of Disloyalty," *The Observer*, 24 Dec, 1972, p. 17.

② ［英］格雷厄姆·格林:《人性的因素》，韦清琦译，译林出版社（南京），2008 年，第 307 页。

控制了他七年。在政治中,个人生活经历和情感被利用、被消解,之后又被无情地抛弃了。格林正是抓住了这一点,用同时带有讽刺和同情的笔,刻画出了在个人世界与权力政治话语中左右为难的普通人卡瑟尔。卡森被卡瑟尔视为恩人,也是道德楷模。曾经,卡瑟尔警惕着权力政治,小心翼翼地将任何意识形态隔离在自己的私人生活之外,只想作为一个单纯的人——怀着对爱人、家人、朋友的爱——简单地生活。然而,出于对卡森的感激、钦佩和信心,他打破了自己的惯例,将私人感情与政治相关联。在传递出可以救南非无数无辜生命的"瑞摩斯大叔计划"后,卡瑟尔也将自己的生活拖入了再也无法回转的陌生、压抑、无奈的境地,不得不同时作为国家和爱情的"叛徒"而生活。他曾经出于对妻子萨拉的真爱而感激卡森,卡森又将他引向了鲍里斯,最后的结果却是与萨拉天各一方,违背了初衷。作为"一个已无法确定是否还能等到春天的老人"卡瑟尔的故事,格林细致地讲述了权力政治如何用一套非人性的逻辑蚕食个人世界的纯真,人性的因素如何在与权力政治的博弈中被挤压、被忽视,但也可能被激发、被放大。小说《人性的因素》的意义,在于格林想要通过卡瑟尔的故事重启人们对于权力政治中的"忠诚"与人性纯真的"忠诚"的价值评估。

事实上,格林对于"忠诚"的重新估价在20多年前冷战刚开始时写给普利切特的信中就已经表明。

> 作家应该时刻做好准备动不动就(在政治上)换边。他站在被害者一边,而被害者总是在变化。忠诚限制你去接受选择,忠诚禁止你去带着同情理解与你持不同政见的人们,但是背叛鼓励你去穿透任何人类的观念——它给予小说家理解世界的另一个维度。①

这段话的重点在"同情"与"理解",这是格林认为好小说所必备的。那些常常站在"对的一边"的小说家,有点像《人性的因素》中的珀西瓦尔医生,有意或者无意地加入了自己认为赢面最大的一方。格林坚持有创造性的作家有责任去做一个双面间谍,一个可以在任何意识形态的联盟或

---

① Graham Greene, Elizabeth Bowen and V.S. Pritchett, *Why Do I Write? An Exchange of Views between Elizabeth Bowen, Graham Greene, and V. S. Pritchett*, London: Percival Marshall, 1948, pp. 268-269.

者整体国家的界限之外去工作的间谍。格林认为只有站在所有的意识形态之上，才有可能看到人类世界中共通的、复杂的人性。现代社会中，人们已不再拥有统一的价值判断标准，人们常常被宏大叙事中的高尚目标而吸引了去，在惯化性的、机械的生活中失落了人性的本真。但是，格林希望通过卡瑟尔的故事，激起人们对纯真的人性的同情，以此为根基重新审查自己在精神世界的价值评估。

贯穿小说，我们看到人们是如何在生活中不加思考地、轻而易举地做出判断，捍卫自己的"忠诚"的。卡瑟尔的母亲得知他的双面间谍身份后痛斥他是"国家的叛徒"。这位八十五岁一丝不苟的英国母亲，在对儿子的爱和对国家的忠诚之间不假思索地选择了后者。珀西瓦尔认为性格沉稳、生活稳定单调的卡瑟尔没有危险，而生活放浪不羁的戴维斯最有可能是叛徒，并在证据不足的情况下将他毒死。在不伤害无辜和快速赢得游戏之间，珀西瓦尔无疑选择了后者。丹特里请卡瑟尔陪他参加女儿的婚礼，像个朋友一样让自己免于孤独和难堪。但当丹特里第一个知道卡瑟尔就是"硕鼠"时，本打算帮助卡瑟尔的他最终却向珀西瓦尔报告了卡瑟尔的身份。在回馈朋友的友谊和完成自己的职责之间，丹特里不由自主地选择了后者。卡瑟尔把老霍利迪书店对面的从未路面的小霍利迪当作自己的接头对象，也把上线鲍里斯当作可以畅谈的朋友，但事实上接头人是老霍利迪，鲍里斯让他冒着危险、担着良心传递了七年没有用的情报。在理性的分析事实和出于人性的纯真来判断事物之间，卡瑟尔也轻易地选择了后者。他们都构成了格林对现代社会中人们不经过思考就表现出的忠诚的质疑和批判。

借用小说中反复出现的"箱子"隐喻，格林揭示出陈词滥调、日常话语和循规蹈矩是如何遮蔽了人性的眼睛，将人们隔离于现实的真相之外。一旦人们开始希望对这些"箱子"进行思考和审查，就会像丹特里一样陷入巨大的困惑和矛盾中。很大程度上，与其说人们是习惯了规则的内容，不如说是习惯了规则之下的秩序化的世界显像，习惯并满足于感官所给予的。换句话说，他们习惯于从不做出决定。正是基于此，格林才提出了"背叛的美德"，呼唤可以跳出意识形态和惯化性生活的桎梏去独立思考的"英雄"。小说的叙事方式也"像个障眼法"，读者不得不跟着格林一次次推翻自己之前的判断，直到最后小心翼翼地不肯轻易做出判断。格林提出的"背叛的美德"是对绝对判断的存疑，努力找出其中各种复杂的成因。

因此，正如评论家崔西所说，"格林将读者也变成的双面间谍——也对格林藏着另一面，以至于最后读者学会去分辨个人良知的行为与个人需求的行为之间的差异"①。

对于"背叛的美德"一说，评论家迈克尔·谢尔登在《内心敌》一书中将其解释为"为金·菲尔比的辩护"②，认为格林只是以小说家身份做掩饰的间谍。然而，并没有确凿证据表明格林与菲尔比维系了一生的友谊是建立在相同的政治信仰之上。除此之外，小说主人公并未被塑造成一个毋庸置疑的英雄，相反，卡瑟尔是一个处处存疑、初衷和行为都需要推敲的矛盾人物。这其中的复杂性正是格林所关注的。因此，卡瑟尔的行为所激起的同情并非出于他对任何一方的政治信仰的忠诚，而是他身上的人性的因素。格林似乎在强调，当每个人都不加思索地被其他人做的事和信仰的信条裹挟而去时，我们需要像卡瑟尔一样的人，"因为他们的拒绝加入惹人注目，并因此成为一种行动"。格林笔下的卡瑟尔提出了一种可能性，即"从未经审查的观点中引出其隐意并由此瓦解这些观点——价值、教义、理论甚至信念"，从而解放了人类的判断力。③ 小说家福克纳认为，诗人和作家的职责是"振奋人心，提醒人们记住勇气、荣誉、希望、自豪、同情、怜悯之心和牺牲精神"④。格林是个称职的小说家。

《人性的因素》呈现给我们的不仅仅是爱情故事、间谍故事，更是一个警世故事，探讨了我们这个时代所共通的判断基础和其背后的问题。通过卡瑟尔，我们看到一个由爱和感激助推的个人行为是如何与意识形态、国家、机构在误解之上发生交集的。由此，对道德上的矛盾后果，格林提出了对人们惯常的绝对判断的质疑，并表达了他正义最终得到伸张的信心。阿兰·布鲁姆曾说："不能被对正义的激情所激发的艺术是微不足道的。"⑤ 卡瑟尔的最终行为让我们体会到了正义的激情，虽然结果是他的个人生活和行为初衷都以悲剧结局。

---

① Laura Tracy, "Passport to Greeneland," *College Literature*, Vol.12, No. 1, 1985, pp. 45-52.
② William Atkinson, "The Lives of Graham Greene: A Review Essay," *South Atlantic Review*, Vol. 61, No. 3, Convention Program Issue, 1996, pp. 113-120.
③ [美] 汉娜·阿伦特：《责任与判断》，陈联营译，上海世纪出版集团（上海），2011年，第153页。
④ [美] 马尔科姆·科利等：《福克纳评论集》，李文俊等译，中国社会科学出版社（北京），1986年，第255页。
⑤ [美] 阿兰·布鲁姆：《巨人与侏儒》，秦璐等译，华夏出版社（北京），2003年，第117页。

然而，我们能因此质疑他对萨拉的爱情是如小说题记中所说的那颗"腐败的种子"吗？做一个也许并不恰当的类比，20世纪犹太裔思想家汉娜·阿伦特一生深爱着曾经的老师、情人、著名哲学家海德格尔，即使在舆论最激愤的时候，阿伦特仍始终守护着这个曾经将她抛弃的人，这个曾为纳粹摇旗呐喊的海德格尔。阿伦特是对责任、善恶都有着深刻见解的现代政治思想家，但在揭发极权体制、拯救犹太遗产的同时，这位写出《责任与判断》《人的条件》的阿伦特却仍然为海德格尔辩护，并想尽一切办法安慰他。我们不禁要问：爱，这种最"自私"也是最"无私"的人类情感，可以在多大程度上包容与理性判断完全相悖的性格和行为？阿伦特的行为应如何作解？我们又该如何去定义卡瑟尔对萨拉的爱、对卡森的过分感激和发生在误解之上的英雄主义动机？我们能够轻易地原谅他或者谴责他吗？这就是格林让我们沉思的，在淘尽所有法律上的、政治上的、伦理道德上的审判之后，我们所面对的无可避免的、复杂的——人性的因素。

三

19世纪20年代之前，人们曾认为世界上有放之四海皆准的真理，认为所有美好的事物都是可以兼容的。而在浪漫主义运动之后，这种观点被认为不再正确。人们出于各自不同的价值观所产生的矛盾看起来不可调和。早在黑格尔时代，他就提出过所谓"善与善"的冲突。当代思想家以赛亚·柏林在诠释黑格尔的这一观点时谈道："这些冲突不是由于谁的过失，而是由于某些不可避免的冲突，流散于世间的不同因素，不可调和的价值观之间的冲突。"[①] 小说《人性的因素》中造成戴维斯的死亡和卡瑟尔的流亡等悲剧性结局的成因正可以此为解。更早地，我们在莎士比亚的著名剧目《威尼斯商人》中便可见这一观点的萌芽。虽然夏洛克与安东尼奥之间的矛盾冲突源于各自不同的宗教信仰，但从结果来看他们的价值观决定了他们之间不存在任何共识。夏洛克与安东尼奥的冲突不是"因历史的顽瘤误解对方，也不是说启蒙能都消解他们的敌意，而是指他们对世界的真实看法、对生命中最重要之物的理解针锋相对"[②]。换言之，二人对最重

---

① [英] 以赛亚·柏林：《浪漫主义的根源》，亨利·哈代编，吕梁等译，译林出版社（南京），2011年，第19页。

② [美] 阿兰·布鲁姆、哈瑞·雅法：《莎士比亚的政治》，潘望译，江苏人民出版社（南京），2009年，第15页。

要之事物的不同理解从根本上决定了他们的相异存在。人们不统一的存在方式彼此碰撞、交织、叠加，也就构成了现代政治中的迷局。格林在小说《人性的因素》中通过塑造哈格里夫斯、珀西瓦尔、丹特里等没有一个是绝对的道德之恶的人物，构成了一个绝妙的讽刺——政治世界的运转一片混乱，它的格式化行为来源于个人追求各自不同的生活意义。

小说中最具有政治意味的事件应该是戴维斯被暗杀，但这宗命案的真正凶手却无从定义。表面上看，是珀西瓦尔医生直接下毒害死了戴维斯，但事实上他听命于哈格里夫斯专员，而专员对他"清除"戴维斯行动几次否定后表示了沉默，顺理成章地被珀西瓦尔理解成了默许。况且，珀西瓦尔只是在完成他的工作，尽心尽力地为特情局清除"硕鼠"。因此，在为误杀戴维斯问责时，我们最多只能说珀西瓦尔医生有行政失误，而非道德上的罪大恶极。哈格里夫斯专员在知道内部有间谍时就决定为了维护机构的安全和有效的政治形象而绕过法律审判，直接清除"硕鼠"。但当珀西瓦尔将清除戴维斯的提案交由他批准时，他却显得非常慎重，几次认为证据不足不能下手，最后在珀西瓦尔提出"我们处不能再出丑闻"时选择了沉默。这可以理解为哈格里夫斯的一种老练的政治手段。他的沉默有正反两种解释，不管戴维斯是不是真的"硕鼠"，他都既可以维护自己部门的形象，又可以在出现意外情况时明哲保身。

一直反对没有确凿证据就对戴维斯动手的丹特里上校是个正直的人，坚持找出"硕鼠"后应该送上法庭。然而，在不可预测结果的正义和一份稳定的工作之间，丹特里的选择明显是后者。他几次回忆起母亲说的话："亲爱的，到了你这岁数是很难另找工作了。"[1] 因此，他在得知卡瑟尔是间谍后第一时间通知了政见不和的珀西瓦尔医生，知道自己"尽了他们所称的我的义务"[2]。在戴维斯被杀事件中，珀西瓦尔医生、哈格里夫斯专员、丹特里上校都犯了错，却是各自出于自己的理解和利益——医生看重有着"了无痕迹地清除目标能耐"的技术专家的身份、专员一心想着自己的名誉和政治前途、上校关心一份有养老金的稳定工作。没有一个人应该为戴维斯的死负责，人们追求不同的目标而相互作用，促成了这一结果。甚至

---

[1] [英] 格雷厄姆·格林：《人性的因素》，韦清琦译，译林出版社（南京），2008 年，第251 页。

[2] [英] 格雷厄姆·格林：《人性的因素》，韦清琦译，译林出版社（南京），2008 年，第254 页。

连卡瑟尔也可算作参与其中。他虽然怀疑珀西瓦尔告诉戴维斯的情报可能是故意抛出的诱饵，但还是将情报传递给苏方，导致戴维斯被珀西瓦尔认定是"硕鼠"。还有那位戴维斯苦追不得的辛西娅小姐，她一直对戴维斯不冷不热，偶尔一次答应戴维斯在动物园的约会，却碰巧被认作戴维斯传递情报的掩护。又或者戴维斯自己也要为他的死负责。他一直不甘于工作的平淡枯燥，喝酒、找女人，过着浪漫不羁的生活，幻想成为詹姆斯·邦德一样的间谍英雄。讽刺的是，他最终在别人的眼里真的成了一个传说中的双面间谍，并因此来到了生命的终点。

除了人与人之间的差异，个人内部对两重或者多重价值的追求也导致了政治世界的无序和混乱。一方面，人们希望生活在一个有规律、有秩序的、稳定、可预测的世界里。因此，小说中的每个人物都爱自己温和的资产阶级存在形式。哈格里夫斯专员有风情万种的美国太太和庄园；珀西瓦尔爱他的雪茄和鳟鱼；丹特里放不下他的公寓和沙丁鱼罐头；卡瑟尔则喜欢他和萨拉在郊区的宁静舒适的生活。另一方面，与这种对秩序的基础需求相对的是对神秘的、超然的、不可测的事物的渴望，渴望一个正义最终实现的更加珍贵的、庄严的世界。因此，哈格里夫斯想念 19 世纪的有着酋长、巫医和雨林的非洲；丹特里怀念过去"人们为一个很简单的理由而战"①的单纯的岁月；卡瑟尔始终没有忘记儿时的伙伴——童年想象中的藏在树林的龙；戴维斯拼命模仿浪漫的詹姆斯·邦德。个体内部的双重价值造成了人们在选择时的两难和偶然，也使将人们掺杂在一起的政治生活更加的复杂多变。

格林在此提出了一种可能性——任何一个微小的个人抉择都可能影响最终的政治结局。人们可以互相信任、通力合作，也可以为了个人的目的而毫不客气地背叛。小说中的特情局工作人员表面上是为了维护英国的国家秩序和安全的单一目标而献身，实际上折射出每个人不同的个体追求。这些个体构成了那个看似井然有序的、非个人化的政治世界。它不是一个独立的抽象的符号，而是所有活生生的人的行为总和。从这一点看，《人性的因素》最好地体现了格林对政治化的国家的理解。小说中的每个事件——像戴维斯的死和卡瑟尔的叛逃——都是由各种差异极大的不同原因促成的，而绝非单一的清晰的力量。美国评论家斯托霍夫因此认为格林清

---

① ［英］格雷厄姆·格林：《人性的因素》，韦清琦译，译林出版社（南京），2008 年，第250 页。

晰地表达了这样的观点:"将公平正义从国家话语中去除是在迷惑大众"①。人类的各异的追求、相通的情感、对美好生活的向往都应该是国家作为总和的人类行为的努力方向。格林在小说中以此为基础探讨了个人、机构、和国家如何相互制约又相互影响,同时反思了渺小的个体在宏大的政治事件中看似以卵击石的能动作用。

---

① Gary Storhoff, "To Choose a Different Loyalty: Greene's Politics in *The Human Factor*," *Contemporary Literary Criticism*, Vol. 11, No.1, 1984, pp. 59-66.

第八章 局限与突破

第一节 乏力的女性形象

著名女性主义文学批评家苏珊·古芭（Susan Gubar）曾提出，我们的现代文化深深植根于各种男性本位的创造神话里，"这个传统规定了男性作为作家在创作中是主体，是基本的一方；而女性作为他的被动的创造物、一种缺乏自主能力的次等客体，常常被强加以相互矛盾的含义却从来没有意义"①。以此来评价格林国际政治小说中的女性人物可能显得太苛刻了。但格林评论家朱迪斯·亚当森也谈道，"如果说格林的小说会过时的话，只有在他对女性角色和两性关系的刻画上"，我们所读到的这些女性人物"显然已不是我们大多数人用来定义今天的女性的"②。无论是越南女孩凤儿、拉美小国的大使夫人玛莎、名誉领事做过妓女的年轻妻子克莱拉，甚至是卡瑟尔深爱的黑人妻子萨拉，她们无疑都不是小说的主角，年轻、漂亮、身材瘦小苗条、被认为是"脆弱的、需要保护的"，是她们的共同特征。她们在小说中都起到了关键的情节推动作用，但作为人物，相比于男性角色，却都显得单薄和乏味。

部分出于爱情的妒忌，福勒把派尔、布朗把琼斯送上了死路；普拉尔因为同克莱拉偷情而对福特那姆抱有潜藏的歉意，想救他于危难，却最终越陷越深；卡瑟尔所有的行为动机都是出于对萨拉的爱。格林巧妙地运用女性人物作为男性主人公们情感变化和行为动机的助推力和催化剂。同

---

① 张京媛：《当代女性主义文学批评》，北京大学出版社（北京），1992年，第165页。

② Judith Adamson, "The Long Wait for Aunt Augusta: Reflections on Graham Greene's Fictional Women," *Dangerous Edges of Graham Greene: Journeys with Saints and Sinners*, Ed. Dermot Gilvary & Darren J. N. Middleton, London: Continuum, 2011, p. 220.

时，女性人物的出场还可能扭转情节发展的方向。比如《喜剧演员》中布朗母亲的突然离世让疏离的布朗收获了一个旅馆，《名誉领事》中克莱拉被警长发现于普拉尔的床上为普拉尔的反常行为提供了最好的解释。甚至，女性人物不用出场，只是被提及都有可能成为巨大的矛盾爆发点。在《文静的美国人》中，爆炸案发生时，福勒按照以往的推断，以为凤儿正在这条街上，一定出事了；派尔却出现告诉他凤儿被"警告"所有没有来。一直老成自持的福勒却在瞬间爆发了："我大有理由感恩不已，因为凤儿难道不是还活着吗？凤儿难道不是事先得到了'警告'吗？不过，我忘不了的是，广场上那个没有腿的躯体，那个躺在妈妈膝上的婴儿。他们事先没有得到警告：他们不够重要。"[①] 这一瞬间，福勒经历了震惊、悲伤、狂喜、愤怒等一系列心理情感过程，最终导致了他下定决心采取行动。女性人物在本书第二部分讨论的这五部政治小说中都承担着情节的承接转换、激发男性主人公的复杂人性的另一面的作用，同时，她们也不得不负担某种程度上男性人物行为的后果。凤儿失去了对她来说更合适的结婚对象派尔，克莱拉失去了真爱的、腹中胎儿的父亲，萨拉可能与爱人卡瑟尔永远不得相见。"作者以同样的方式既创造了又囚禁了他虚构出来的人物形象，他一方面赋予其笔下的人物形象以生命，另一方面，他又剥夺了她们的主体性（也就是说，剥夺了她们独立言说的能力），迫使她们沉默。"[②] 这样来看，格林赋予了女性人物诱人的躯体，却并没有建构起她们的精神世界。

如果说国际政治小说是关于权力政治、人权政治和人本政治主题的话，那么小说中女性人物作为男性人物感情生发和行为动机的作用则体现了一种"性别政治"。换言之，格林对男性和女性人物的创作是以"性别辨识"为基础的。相较于男性人物体现的内心矛盾和行为两难，女性人物往往比较单纯，性格特点在小说的叙事流线中没有太多的变化。凤儿乖巧、隐忍，也物质、现实，贯穿小说始终都希望用婚姻改变生活；玛莎独立、坚强，放纵情欲，但儿子永远在她心里占第一位；克莱拉平静的外表下一直战战兢兢、小心翼翼，不敢给自己爱的权利，也不敢放弃好不容易

---

① ［英］格雷厄姆·格林：《文静的美国人》，主万译，上海译文出版社（上海），2008年，第220页。

② ［美］桑德拉·吉尔伯特、苏珊·古芭：《阁楼上的疯女人——女性作家与19世纪文学想象》，杨莉馨等译，上海人民出版社（上海），2015年，第18页。

等到的安逸生活；萨拉和玛莎比较相似，个性坚强，聪慧，曾是种族隔离制度的受害者。除了玛莎，三位女主人公都显得弱小、无辜，会激起男性的保护欲。包括玛莎在内，格林赋予这些女性人物的空间只在两性生活间。她们无一在小说中表露自己的政治态度、对社会大环境的感知和判断，格林也没有赋予她们政治生活中的地位。虽然格林以凤儿暗喻她的国家越南，但凤儿在整部小说中都没有任何政治观点，读者无法从凤儿身上获取任何越南女性对战争和政治局势的态度和看法。

勉强说来，只有间谍的妻子萨拉部分介入了政治生活。在卡瑟尔逃出国后，萨拉勇敢地面对面与英国特情局的珀西瓦尔对峙，表示绝不会出卖自己的丈夫："我会照他（卡瑟尔）告诉我的去做。"当珀西瓦尔漫不经心地称自己为"一个曾是莫瑞斯的朋友的老人"时，萨拉敏锐而犀利地戳中了珀西瓦尔的短处："还有戴维斯，你也曾是戴维斯的朋友，不是吗？"①萨拉的反应表明她的内心深处不是一个如外表一样脆弱的女人。除了女性的坚强和隐忍，萨拉还具有不逊男性的敏锐和机智。但令人遗憾的是，这样一位曾经在南非为卡瑟尔工作过的"退役间谍"，格林为她安排的工作也只是一个做好分内之事、不多问的妻子。她的政治角色没有被格林进一步挖掘，让这个人物只在与珀西瓦尔的对话中灵光一闪，就重新退回社会的最小单位——家庭——之中了。格林曾说，政治存在于我们呼吸的空气中，无所不在，但遗憾的是，我们没有从国际政治小说中读到女性是如何呼吸这样的政治空气的。更准确地说，五部曲中的女性人物都没能走出自家的院子去呼吸新鲜空气，她们受到的政治影响被局限在了家庭和两性关系上。

在女权主义批评家看来，小说"作者自身的性别构成"是"性别政治"审美背景最重要的生成基础。②虽然我们不能将此百分之百地作为格林小说中女性人物创作相比男性角色显得乏力的原因，但作者格林在个人生活中如何看待两性关系却不可否认地对此提供重要的参考和解释。

与他的冒险经历同样广为人知的，恐怕正像格林自己所说的，是他作为"一个坏丈夫、一个朝三暮四的情人"的情史。格林23岁与天主教徒薇薇安结婚，终生没有离婚，一生有过三个公开的情人，很多情妇，也是

---

① [英]格雷厄姆·格林：《人性的因素》，韦清琦译，译林出版社（南京），2008年，第288—289页。
② 徐岱：《批评美学：艺术诠释的逻辑与范式》，学林出版社（上海），2003年，第434页。

妓院的常客。沃茨（Cedric Watts）在《格林引言》一书中也提道，格林曾为妓院、脱衣舞俱乐部和鸦片馆投资。[1] 评论家马汀在对《在前线——格雷厄姆·格林小说中的政治与宗教》的书评中指出，作者卡托没有对"格林对性的痴迷"进行客观的描述和深入的分析。[2] 但同时，生活中的格林又对身边的女性都很爱护。《人性的因素》的扉页上写着献给他的妹妹伊丽莎白，《英国造就我》献给妻子薇薇安，《恋情的终结》献给情人凯瑟琳等。格林也终生负担妻子薇薇安和孩子们的抚养费。数次采访格林的亚当森认为，"他对女人很害羞，这可能是问题的部分原因"[3]。格林自己也在艾林的采访中说过，同女人在一起时他"常常需要对方主动"[4]。但是在小说中，比如布朗和玛莎、普拉尔和克莱拉，格林的笔下男主人公发出暗号后，情人常常轻易地就上钩了。从这一点看，格林小说中的女性人物总是在迎合着男性，是处于从属地位的。除此之外，不论是凤儿、玛莎、克莱拉还是萨拉，她们都对自己的情人很忠诚，但除了卡瑟尔之外，福勒、布朗、普拉尔这些男性主人公们却都怀疑她们的忠诚。

小说中女性人物迎合男性并在爱情中保持忠诚的两大特征，一方面体现出格林心中关于女性纯真的乌托邦，一方面反映出他在两性关系上的怀疑主义。作为一名男性作家，格林不仅怀疑作为对立性的女性，而且同时怀疑自己对女性的认识，因此对女性人物的刻画显得信心不足。包括国际政治小说在内的几乎格林所有作品，女性人物形象都非常有限，人物内心的情感张力和在政治生活中的决定性影响，与男性人物相比较，都没有被足够的挖掘。

第二节 猎奇与同情的视角

格林的国际政治小说创作始于他 20 世纪 50 年代开始的冒险旅行，许多评论家公认这是格林的创作中心从宗教主题转向世界政治的转折点。但

---

① Cedric Watts, *A Preface to Greene*, London: Longman, 1997, p. 196.

② Gerald Martin, "End of Empire," *Third World Quarterly*, Vol. 10, No. 4, 1988, pp. 1640-1641.

③ Judith Adamson, "The Long Wait for Aunt Augusta: Reflections on Graham Greene's Fictional Women," *Dangerous Edges of Graham Greene: Journeys with Saints and Sinners*, Ed. Dermot Gilvary & Darren J. N. Middleton, London: Continuum, 2011, p. 221.

④ Marie-Françoise Allain, *The Other Man: Conversations with Graham Greene*, London: Bodley Head, 1983, p. 180.

事实上，格林对英国之外的，尤其是第三世界国家的大事件和国民们的关注很早之前就已产生，并具有比小说中所呈现出的更深、更广的成因。

从 20 世纪 30 年代以非洲旅行为背景的《没有地图的旅行》开始，格林 26 部长篇小说中有 17 部都是以非英国的地域和文化为背景的。格林自己曾说："我到处旅行看来是不会停下的，可能因为是想看英国人的角色处在一个不能保护他们的环境中会怎样，那里人们的语言不同，想法也更开放一些。"[1] 其中，第三世界国家更是作为 20 世纪人类文明纯真的、原始的代表成为格林小说关注的重点。一方面，作为始终对处于困境中的普通人抱有深刻同情的作家，格林勇敢地表现出对第三世界的关注和担忧，努力以客观的、中立的外来者视角呈现真相。但另一方面，作为一个有着典型英国资产阶级背景的小说家，格林也不可避免地受限于个人文化背景，五部曲都在某种程度上表现出西方思想中或者欧洲话语下对第三世界的理解局限。

从个人生活经历来看，童年的阅读经历促成了少年格林对英国之外的异域疆土和文化的好奇。比如，哈格德的《所罗门宝藏》和康拉德的《黑暗之心》就让格林一直对非洲心之神往，并最终促成了格林的第一次非洲之旅和写于 1936 年的《没有地图的旅行》一书。与 1939 年出版的记录墨西哥宗教迫害的游记《无法无天之路》一起，格林刻画了西方文化对这些地区原始文化的腐蚀和破坏。这两部作品表现出格林之后在描写第三世界国家时的重要态度，认为在"丧失了两种文明各自的价值基础后"，西方对第三世界国家的介入的结果"只有劣质的物质主义和不会被审查的非人性"[2]。

除了阅读的影响，在寄宿学校经历"忠诚矛盾"折磨的格林也终其一生在寻找一种身体上的方式以完成对现实生活的逃离。异国地理和人文上的陌生感和新鲜感为格林的逃离提供了可能。可以说，阅读和旅行分别带着他的心和身体上路，是格林一生都不能缺少的两种最重要生命体验。

宏观来看，历史的、社会的大环境无疑也作为外因促成了格林对外部世界的关注。1904 年出生于英国的格林在少年时期经历了第一次世界大战，在而立之年面对世界经济大萧条，不惑之年又作为英国特工亲身参与

---

① Graham Greene, "Interview with Christopher Burstall," *The Listener*, 21 November, 1968.

② Maria Couto, *Graham Greene: On the Frontier: Politics and Religion In the Novels*, London: Palgrave Macmillan, 1988, p. 111.

了第二次世界大战。伊夫林·沃、乔治·奥威尔等与格林同代的英国作家大都有着相似的经历。萨谬尔·海因斯曾在他著名的《奥登的一代》中写道:"30 年代的一个显著特征是,随着时间的推移,英国人开始越来越意识到外部世界的现实性和重要性:因为'外国'成了一种威胁,它才变成了现实。对于年轻的作家来说,这意味着他们的关注点从英国事务上移走,移向外国的场景和问题。"①海因斯无疑是在暗示:曾经的"日不落帝国"的陨落所产生的危机感作为一种思潮影响了包括格林在内的一代英国作家。

可以说,社会的各种不稳定因素和英国在世界政治舞台上的角色转变都加深了他的怀疑主义和对人类痛苦的感知。新的世界格局正在形成,而那些充斥着战争、暴力、革命、贫苦的第三世界国家正代表着人类生活的各种绝境,复杂人性的各种维度被激发出来,人性与国家政治、社会责任、伦理道德的相互碰撞变得明朗清晰。这些都成为格林在国际政治小说中描绘第三世界国家的主要关注点。

因此,在内因和外因的双重作用下,格林对第三世界的关注,一方面来源于他作为外来者对异域文化的好奇和窥探心理,一方面是他作为白人第一世界的成员、曾经的霸权主义强国的国民所意识到的责任感和行动力。

但是,如果将 E.M. 福斯特(E. M. Forster)的《印度之行》(*A Passage to India*)(1924)、乔伊斯·卡瑞(Joyce Cary)的《非洲女巫》(*The African Witch*)(1936)和乔治·奥威尔(George Orwell)的《缅甸岁月》(*Burmese Days*)(1934)与格林 20 世纪 30 年代的作品《没有地图的旅行》和《无法无天之路》相比较,我们就会发现格林的创作重心与他们的都不相同。前者无一例外地都"迅猛有力地投入对帝国主义和文化冲突的刻画中"②,但格林的关注点始终在人。如果说其他同代作家是从外部审查殖民主义下意识形态对第三世界国家的政治和文化的影响,格林则是从内部、从微观的人身上进入第三世界国家之中来探讨世界新格局对其产生的影响。前者重在描写冲突和对立,但格林作品却将各种矛盾冲突融合在个人生活和情

---

① Samuel Hynes, *The Auden Generation: Literature and Politics in England in the 1930's*, Viking, 1977, pp. 228-229.

② Maria Couto, *Graham Greene: On the Frontier: Politics and Religion In the Novels*, London: Palgrave Macmillan, 1988, p. 114.

感经历中，通过人对意识形态的动态理解来观望价值冲突的成因、现状和走向。

从这一点看，格林更细微地、更具体的着眼点让他可以更准确地把握事实的真相。相比之下，尼日利亚批评家迈克尔·易可睿认为在非洲生活过六年的乔伊斯·卡瑞不懂非洲，甚至始终带有偏见在创作，建议他"应该好好回想他在非洲的日子，好将自己从之前对非洲的态度分离出来"①。格林小说的背景地也都是他的亲历之处，人物都是从现实生活中得来的灵感，如《文静的美国人》中派尔的创作灵感来源于格林在越南遇见的一位美国经济代表处成员。小说中的有些场景甚至就是真实的历史瞬间，如《喜剧演员》中游击队后来藏身的小精神病院、《文静的美国人》中爆发案发生后的受害人惨状等等。

由此看出，格林对于第三世界国家现状的呈现比同时代其他作家都显得真切和生动。同时，他又可以将外部所有刺激因素作用于复杂的人性，抓住那个"问题的核心"。对英国之外的异域的探索不仅完成了格林对日常生活的逃离，而且如他童年阅读的文学作品中的冒险英雄一样满足了他的好奇心。这种心理过程释放了格林的想象力和创作力，同时也让他直面苦难，因此收获了对第三世界人民的同情和怜悯。

然而，着眼于人的切入点为格林的小说带来了细节和真相的同时，也不可避免地意味着一种局限。因为，格林对与个体与群体生活细节的掌控，只能从他在越南、海地、古巴、巴拉圭、南非这些地域的朋友和联系人那里获得。这些联系人却大多生活在既定的白人圈子中，比如格林在海地的朋友伯纳德·迪德里希；或者是处在本地人和白人圈子相交边缘的有着两种文化身份的人，就像《文静的美国人》中福勒的助手多明格斯和《喜剧演员》中的马吉欧医生。本质上来看，从第三世界国家真正的内核，也就是本民族的原住民的生活中去体察，对一个白人作家来说几乎是不可能的。格林的小说文本批判注定不具有以非洲的齐努瓦·阿切比（Chinua Achebe）为代表的新殖民主义批评和以中东爱德华·萨义德（Edward W. Said）为代表的后殖民主义批评所强调的本体性。他在英语话语本位上的思考和书写无法逃出语言本身所提供的身份认同，他的天主教信仰也注定在意识形态和道德标准上提供审视外族时某种形式的参考。

①　Michael J. C. Echeruo, *Joyce Cary and the Novel of Africa*, London: Longman, 1973, p. 147.

格林对于白人主人公的刻画无疑是成功的，但对本地人的描写则具有无可争辩的距离感，造成了这一对人物形象在一定意义上的失衡。与福斯特、卡瑞、奥威尔、沃等同时代白人作家积极塑造具象的第三世界国家本地人形象相比，我们该如何评价格林在此的乏力？事实上，在五部国际政治小说中，格林没有用文学想象来遮掩自己对第三世界国家人们了解不足的缺陷，也没有掩饰在处理这些人物时的"笨拙"。从这一点看，他是一个诚实的作者。这很可能来自格林作为记者的职业习惯：对自己无法亲身经历的、不足够了解的事物保持沉默，让发出的声音有理有据。尤其是对于国际政治小说来说，作者、读者、评论家都无法排除历史的维度。面对个体对大历史不可超越的视角局限，我们该按照美好理想去装扮不可知，还是静静地观望？

有一个人类学的例子值得一比。美国人类学家玛格丽特·米德（Margaret Mead）只身前往南太平洋萨摩亚群岛进行人类学调查后，发表《萨摩亚人的青春期》，宣称萨摩亚人生活最大的特点就是"轻松愉快"，青春期少女对性的态度健康且自由，其民族精神温和、宽厚和温顺。这本作品长时间畅销，成为描写萨摩亚文化的权威文本。然而，另一位新西兰人类学家德里克·弗里曼（Derek Freeman）在十四年后同样在萨摩亚做田野调查得出的结论却与米德大相径庭，这位花了两年时间掌握了萨摩亚语并长时间与当地人一起生活的人类学家，用大量事例证明，萨摩亚人是一个刻板且刚毅的民族，对于少女的童贞赋以极崇高的价值。[1] 米德作为关心和书写萨摩亚文化的西方学者，其勇气、努力、成就，都值得称赞。然而，作为将萨摩亚文化介绍给西方的作者，其文本话语权力的合法性由何而来？就像弗里曼对米德的批评一样，一个不懂当地语言，没有长时间在这个文化中生活，只是采访了几个青春期少女的西方学者，如何能够替当地人发声？

我们来到了一个文本话语权力的问题。格林显然对此是有考虑的。国际政治小说不是作为文学性的历史书写，但也是具有历史意识的文学。在此意义上，文学想象不等同于按照情节所需去描摹他者，而是应尊重历史。作者有责任为他并不了解的文化和人物，留出他们自己的主体性空间。无疑，带有缺憾的格林人物具有历史感，凤儿的神秘让我们时至今日

---

[1] 张德明：《从"他者"意识到"类本位"意识——试述后殖民时代的批评新观念》，《浙江学刊》1999 年第 6 期，第 121—126 页。

依旧在阅读，在讨论。看起来不够显示作者文学想象的写法，反倒留下了巨大的想象空间给读者。

第三节　作者的认识与突围

我们谈到格林在五部国际政治小说中塑造女性角色的乏力，但若以作家文学生涯的全部作品为参照，我们也应客观地看到格林对这一局限的认识与突围。其惊险小说中的女性形象多是男性的衬托；天主教小说中只有《恋情的终结》中的萨拉有着比较丰富的描摹，却也只限于讨论信仰问题的一个依托，萨拉本人的人物形象是比较单一的。从 20 世纪 50 年代《文静的美国人》中凤儿的乖巧和物质主义，到 60 年代《喜剧演员》中玛莎的坚定和坚强，再到 70 年代《人性的因素》中卡瑟尔的非洲妻子萨拉的机智、勇敢，格林笔下的女性形象已经有了较大程度的发展。然而非常遗憾，她们无一例外仍是"腐败的种子"，是男人政治行为中那个灰色的、随时会扣动的扳机。

如果从格林整个创作生涯来看，有一部小说是由女性人物为主导的，那就是《与姨母同行》。因为奥古斯塔姨妈"带来的不是危险、不忠和无聊"[1]，时年 65 岁的格林终于不需要像对待其他女性人物一样的小心翼翼、遮遮掩掩了。在小说中，奥古斯塔不仅作为情节起承转合的关键，性格也被格林刻画得立体而且生动，再加上格林轻松幽默的笔调，评论家一致将《与姨母同行》列为格林最成功的作品之一。文中奥古斯塔对露水情人的一席话好像是经历了很长时间在两性关系中的怀疑、紧张、局促和不安的格林对自己说的："瞧，女人不那么让人头疼，对吧。你只需要学会让自己放松。你做得不错——而且你也开心了。一直观望吧。生活自己会提供讽刺。"[2]

格林本人对女性的态度也值得一提，与其本人的写作风格一样，充满了神秘的矛盾张力。如果说格林一生有污点的话，那一定是他的两性生活。据称，格林有一个小本子，上面记载了几百个世界各地的妓女的花名，以及二人发生关系的时间、地点。妓女们和从她们那儿听来的故事，

---

① Graham Greene, *Travels with My Aunt*, London: Bodley Head, 1969, p. 298.

② Graham Greene, *Travels with My Aunt*, London: Bodley Head, 1969, p. 10.

被格林称为，不可多得的写作素材。① 战时，格林甚至打报告给英国特情局总部，申请在非洲当地成立一家妓院，以收取情报。② 除此之外，格林也有酗酒和过量使用药物之嫌。③ 这是属于他自己的灰色地带。然而，格林却并非没有维持长久稳定的两性关系的能力。

一生恪守天主教教义的他，只与薇薇安一人保持了由始至终的夫妻关系，却无时无刻不在追求爱情。1966 年，62 岁的格林搬到法国小城，生活在一套只有两个房间的狭小公寓里，是为了逃离因为财务管理不当引发的税务危机，也是为了离爱人伊芙妮近一些。格林每天起床后开始写作，中午伊芙妮来帮他整理房间，两人去街口的小咖啡馆吃午餐，下午他们会一起读书或散步，日落之前伊芙妮就会回到和丈夫一起生活的家里。二人还有伊芙妮的丈夫，三人心照不宣地过着平静的生活。格林去世后，伊芙妮整理并出版了格林的很多手稿和信件。也许人们都误解了格林。他可以在肉体的欲望与有深度的情感之间划出一条清晰的界限。

与从不遮掩自己的情人一样，格林也从不避讳自己作为外来文化叙事者的视角局限。他虽然主要通过白人主人公的视角审视第三世界国家，同时也总是毫不留情地写出叙述者的人格或道德缺陷，所以是"不可信的叙述者"，从而让读者总在怀疑主人公的视角本身可能存在狭隘和偏执。《文静的美国人》以英国记者福勒为第一人称叙事，福勒记者身份所要求的中立和实事求是正是格林对第三世界国家中自己的视角的定位。而代表越南的凤儿有时在福勒的视线内，有时在他的视线外。所以读者看到的只是福勒眼中的凤儿，并不是她的全部。那些读者读不到的凤儿，是作家所尊重的第三世界国家的神秘和自由的本体性。

在挖掘第三世界国家的真相上，这位一生著作颇丰的小说家却从未显露出过分的野心。他始终有所保留。借福勒和《喜剧演员》中的马吉欧医生之口，格林清晰地表达出他的观点：霸权介入第三世界国家是解决不了问题的。换言之，格林对第三世界国家的同情和理解建立在他尊重第三世界国家本体性的努力之上。因此，读者在小说中读到的更多是平视的"同情与理解""观察和倾听"，而鲜少有给予第三世界俯视的"怜悯和施舍"。《文静的美国人》中，爆炸案发生后，格林对越南人与西方人的不同反应

---

① Norman Sherry, *The Life of Graham Greene. Volume III*, New York: Viking Press, 2004.

② Cedric Watts, *A Preface to Greene*, London: Longman, 1997, p. 196.

③ Richard Greene, *Russian Roulette: The Life and Times of Graham Greene*, Hachette UK, 2020.

的描写也体现出这一点。

> 有个女人坐在地上，把她的婴孩儿剩下的肢体放在膝上，她很郑重地用她那顶农民草帽把它盖上。她默不作声，一动也不动。在整个广场上，最使我注意的，就是那一片沉默……只有四处有些欧洲人在低声哭泣、抱怨，随后又静下来，仿佛看见东方人的沉着、忍耐、得体而感到羞愧似的。①

格林对于社会政治的复杂性的掌控和理解，使得五部小说集合了第三世界国家所面临的多种相互对立的因素。这些因素作用于人性所生发出的信仰与怀疑、希望与绝望的困境，却可能是包括第三世界、第一世界在内的所有世界公民在不同程度上共同面对的。第三世界是一个背景地，其中政治、宗教、社会等因素相互碰撞和制约所产生的人类生存绝境才是激发格林思考和创作的根本点。

与之相对应的，第三世界作为与欧洲大陆相异的背景，审查了这个来自曾经的"大英帝国"的格林对于没落的殖民种族、矛盾冲突的被殖民种族，以及一种分裂的道德秩序感的关切。从这一点看，格林的视角虽不免局限却是有价值的，"因为他作为一个具有同情心的外来者，带有对政治手段和目的更深刻的感知和认识"②。

从以上分析我们看到，格林对于第三世界国家的好奇和关切，决定了其作为外来者，运用英语写作时不可避免的局限性和他所付出的同情和理解。斯考比、威士忌神父、派尔、琼斯、普拉尔和卡瑟尔这些人物的最终结局似乎在告诉人们，欧洲白人在与第三世界的碰撞中常常以悲剧收尾。无论是自然的还是人文的因素，这些白人在第三世界中都显得难以适应、格格不入。就像《文静的美国人》中屡次提到的越南女人的白绸裤子与越南潮湿和闷热的天气、在福勒楼下嘀咕的越南老婆子们所代表的一样，这些典型的异域符号一方面意味着一种异国风情的美感，一方面意味着非本文化所带来的冲击和压迫。在此语境下，第三世界对于文明的欧洲白人来

① [英]格雷厄姆·格林：《文静的美国人》，主万译，上海译文出版社（上海），2008年，第218页。
② Maria Couto, *Graham Greene: On the Frontier: Politics and Religion In the Novels*, London: Palgrave Macmillan, 1988, p. 112.

说一方面拥有最原始的纯真，一方面又神秘、野蛮得有些可怕。

作为没落的殖民宗主国的国民，格林认为西方人企图用"文明"去改造第三世界国家，只能让一切变得更加无序，面目全非。但另一方面，通过主人公的命运，格林又在某种程度上认为这些"未开化"的地方是不祥之地，会使文明的西方人堕落，进而被毁灭。

格林的这种双向认识在评论家沃茨看来继承自他的文学偶像康拉德。[①]但格林比康拉德复杂之处在于，双向认识在他的观点中不仅相对立，而且相互融合、转化。比如在《名誉领事》中，格林批判了利瓦斯神父追求政治理想却将自己和朋友普拉尔医生以及追随自己的穷苦人都带上绝路的现实，但也认为他们来自本土的文化热情冲击了白人世界中的冷漠和疏离，肯定了他们努力改变自身困境的勇气和方向。还有《喜剧演员》中格林详细描绘的那场海地本土宗教伏都教的仪式。仪式的本身充满着野蛮和原始的血腥味道，但它却赐予残疾的约瑟夫以特殊的、带有信仰坚贞的勇气，足以去对抗恐怖的、像死神撒麦迪一般的"爸爸医生"老杜瓦利埃。因此，格林对于第三世界的双向认识虽是对立的，却不是矛盾的，其中随情况不停改变着的，只有人的因素。

出于人本主义的自由观，格林对个人行为的总体价值具有一种特殊的信仰，即使它会偏离集体的轨道或者破坏清晰的秩序。因此，第三世界国家的各种自然的、人文的因素的对立性，在格林看来，都可能依照个人情感和行为的不同而彼此融合和转换。

福勒对与凤儿的感情也许可以被当作格林对第三世界态度的最好诠释——一种疏离的爱。它不可避免地带有西方视角的局限，却在冲破局限的努力上获取了这一视角对于现代政治中的人类问题的复杂感知和深度认识。换言之，国际政治小说中格林所描绘的这个令人"绝望"的"格林之原"，彰显了小说文本在对人类现状的观察、解读和反思上的敏锐和准确，也成为格林一生创作中被桎梏的、又不断试图冲破的原点。

---

① Cedric Watts, "Ghost on the Rooftops: How Joseph Conrad Haunted Graham Greene," Dermot Gilvary & Darren J. N. Middleton ed., *Dangerous Edges of Graham Greene: Journeys with Saints and Sinners*, London: Continuum, 2011, pp. 38-52.

第三部分　政治美学的多维透视

第九章 政治审美对象

第一节 典型形象

一

在 1971 年的自传《生活曾经这样》中，格林写道："如果要我为自己写过的全部小说找篇铭文，那准是引自《伯罗葛兰姆主教辩》：'吾人兴趣总在事物的危险边缘……'"[1]诚然，无论是《权力与荣耀》中的威士忌神父、《问题的核心》中的斯考比，还是《文静的美国人》中的福勒和派尔、《喜剧演员》中的史密斯、琼斯、布朗，抑或是《哈瓦那特派员》中的伍尔摩、《名誉领事》中的普拉尔和《人性的因素》中的卡瑟尔，格林笔下的主人公都被置于地理上和观念上的陌生境遇中，以不同的政治、社会、宗教方式体验着"事物的危险边缘"。他们无一例外都是逃亡者。源于社会层面的政治迫害或职场倾轧，也源于私人生活中的错误、困惑与无奈，最终成为在"精神和行为上常处于愧疚的逃亡状态"[2]的现代人。与之相对应的，存在着另外一些人，他们似乎代表着政治上的正义与权威、道德上的高尚与无瑕。可事实真的如此吗？他们之间的碰撞、冲突、误解、纠缠，成为二十世纪现代人的关系图谱，他们构成了格林国际政治小说中的第一对典型人物——逃亡者与追击者。

从小说《斯坦布尔列车》开始，通过加入阴谋、逃脱和追捕等惊险情

---

[1] [英] 格雷厄姆·格林：《生活曾经这样》，陆谷孙译，上海译文出版社（上海），2012 年，第 102—103 页。

[2] Stephen K. Land, *The Human Imperative: A Study of the Novels of Graham Greene*, New York: AMS Press, 2008, p.1.

节，格林小说将重点从传统主人公——追击者——转移到了反派或者说表面的反派身上。这些主人公几乎都被社会的、政治的、道德的法律所通缉。正如作家时常引用的勃朗宁的诗句："诚实的偷儿，柔情的杀手，超验的无神论者，在法语新书中获得爱与救赎的卖身名媛。"① 对人物的选取体现出格林一贯的反传统风格，用非正统的宗教、社会、政治视角发现逃亡者背后的故事。随着小说推进，一个个谜题被揭开，读者开始意识到，是"人性的因素"让主人公们犯下一个又一个错误、被迫逃亡，那些人们熟悉的、显得自然而然的观点就此变得值得商榷。格林的逃亡者们让人们想起法国哲学家梅洛-庞蒂的教诲：永远不要轻易地全盘接受那些不言自明的观点。

到了国际政治小说创作阶段，格林对逃亡者与追击者的人物塑造技巧日臻成熟，尤其体现在二者的角色互换上。《文静的美国人》中，福勒似乎是那个逃亡者，为了逃离与妻子的关系而远走越南，他对情人凤儿的依恋更多来自她点鸦片时的体贴。人到中年、对一切漠不关心、无所谓目标与意义的福勒，被派尔的年轻朝气、"理想主义"和纯真所"追捕"。所谓追捕，是那个追你的人的存在本身，就无时无刻不在让你意识到自己的缺失、无能为力，但同时，你又为他所蛊惑，想象着如果自己变成他的样子会如何。但在小说的最后，追击者派尔被福勒设计清除，追击者成了逃亡者，虽然他自己并不知晓。这样的福勒与《喜剧演员》中的布朗颇为相似——一个疏离且冷漠的人。在《喜剧演员》中，琼斯是那个显而易见的逃亡者，为了躲避犯罪后的惩罚来到海地，最后被布朗"逮"到不得不"假戏真做"。而事实上，布朗也被琼斯所"追捕"。琼斯的乐天派作风、与玛莎的相处融洽的能力、愿意献身于一个超越的更大目标，都让布朗感到被步步紧逼，透不过气来，丧葬业成为他最终的归宿真是一个再合适不过的结局。

脱离了国内政治斗争的单一视角，国际政治小说中的逃亡者与追击者不再是固定的形象符号，而成为流动着的、变化着的政治身份和社会心理。它向我们揭示出二战后现代社会的一个重要特征：不再有固定的角色，每个普通人都既是逃亡者，又是追击者。人类进入了一个焦虑的时代。这些克尔凯郭尔式的主人公，身陷政治的非难，面对道德的冲突、忠

① John Woolford, Daniel Kailin, and Joseph Phelan ed., *Browning Selected Poems*, New York: Routledge, 2010, p. 306.

诚的责问，没有一个人是单纯而快乐的。唯一一个看起来天真的派尔，这个典型的"前现代"人物，在 20 世纪后波谲云诡的国际政治中，恰恰成了那个面无表情"擦掉鞋上血迹"的屠夫。西方学界反复引用《文静的美国人》中对派尔之天真的描述。

> 天真总是默默地要求保护，其实保护我们自己，以防吃天真的苦，那么我们就更聪明了：天真就像一个被遗弃的哑巴麻风病人那样，在世界上流浪，并没有意思想要害人。①

没有焦虑、没有痛苦的人是危险的，他们只看到光却看不到阴影。小说对这些人物的精准描绘，让人们意识到这些陷入内心纠缠的小说人物与身边人，似乎就是你，就是我。我们的困境是存在主义式的，在面对两难甚至多重困境时，眼前所有的选择都是坏的。通过这些人物的纠缠、撕扯和最终突破，我们看到了一种与启蒙意义相对的行为方式，它是带有浪漫主义色彩的献身和救赎。就像本可以再一次逃亡的琼斯选择加入游击队一样，小说展示出一种可能性，让信仰处于人类世俗理性的标准之外。琼斯告诉布朗，他觉得自己生而为人是有使命的。通过政治生活中一次极端的冒险，琼斯完成了克尔凯郭尔伦理学意义上的"飞跃"，献身于"某种客观上不确定的、归根到底是自相矛盾的东西"②。

在现代社会中，个人情感和生活与权力政治、国家机构、意识形态等宏大的、集体的、抽象的利益体不可避免地发生着碰撞，个体像处于漩涡中的一叶叶孤舟，彼此相隔不远，却都高速旋转，恐惧、焦虑、无助，逃亡着，也追捕着。虽然福勒、琼斯、普拉尔、伍尔摩和卡瑟尔无一例外都是自私的，但五人由多种因素促成的最终选择却因为对他人的"仁慈"达

---

① [英]格雷厄姆·格林：《文静的美国人》，主万译，上海译文出版社（上海），2008 年，第 41 页。此句原文为 Innocence always calls mutely for protection when we could be so much wiser to guard ourselves against it: innocence is like a dumb leper who has lost his bell, wandering the world, meaning no harm. (QA 1.1.3.62) 原文直译为"纯真就像一个弄丢了自己铃铛的哑巴麻风病人"，典故来自中世纪西欧的一项法规，要求麻风病人随身带一个铃铛，看到有人靠近就必须摇铃示警，让他人注意防范传染。格林在此将纯真比作不带铃铛的、不能言语的麻风病人，意指将带来防无可防的危险。更多请参考 Marie-Francoise Allain, *The Other Man: Conversations With Graham Greene*, London: Bodley Head, 1983, p.26。
② [英]帕特里克·加迪纳：《克尔凯郭尔》，刘玉红译，译林出版社（南京），2013 年，第 64 页。

成了自己的"正义",也由此对于像空气一样无所不在的政治有了推动的(哪怕一点点)意义和价值。正是他们的存在,让宏大、抽象、冰冷的政治有了人性渺小、具象、温暖的特质,即便他们所谓的最好选择是在所有都是坏的可能性中选出的。这是典型的格林风格。

二

逃亡者和追击者扩张了"格林之原"的空间,一次次打破国家和文化的边界。有意或无意地,他们成为"闯入者",与"当地人"一同,构成了格林国际政治小说中的第二对典型形象。

英国人,或者从更宏大的角度来说是白人,明显是作为"闯入者"出现在五部小说中的。不同于同时代的 E.M. 福斯特、乔伊斯·卡瑞、乔治·奥威尔等作家描绘殖民文化与本土价值观和生活方式的冲突,在格林的政治小说中,白人文化给殖民地带来的复杂影响以聚焦于个体内心矛盾和生活选择的方式呈现。通过塑造闯入者的兴奋、好奇、关心、恐惧、疏离和孤独等心理特征和行为方式,五部小说精准描绘了现代政治对于生活在世界任何角落的人同样不由分说地裹挟作用,表现出作者对于二战后世界格局剧烈变化的预判。

闯入者首先具有强制性。福勒为了逃离中年危机、派尔和史密斯要实现他们被赋予的"大国责任"、布朗不继承母亲在太子港的小旅馆就可能活不下去、琼斯要逃脱追捕、伍尔摩为了养女儿不得不接受公司外派、卡瑟尔在情报中心的上级曾把他派往南非……每一个白人似乎都有不得不闯入异国他乡的理由。而我们都知道,他们并没有受到邀请。然而,不同于"殖民主义"文学中权力话语明显的白人主人公,这五部小说中的闯入者更像是失败者,挣扎在生活和道德的边界,没有一个人是正义与仁慈的化身,他们"并没有变得善良的真正出路,而只有或多或少陷入邪恶的无数途径"[1]。也正因为此,他们的强行闯入向我们展现了后殖民时代个体自由意识的影响,成为大叙事中与威权和压迫相对照的一股力量。

五部政治小说也着力挖掘"强制性闯入"背后的矛盾推动力。除了个人的经济、情感因素,社会也像一只无形的手把人扯到一个陌生地,其中政治、文化、宗教起着决定性作用。二战后"日不落帝国"已日薄西山,

---

[1] [英]扎迪·史密斯:《英文版导言》,《文静的美国人》,格雷厄姆·格林著,主万译,上海译文出版社(上海),2008年,《英文版导言》第1页。

一个没落的贵族想要逃离失落感，到弱小城邦去谋求肤色带来的优越感便不难理解。这也可以解释记者福勒为何把自己送往越南，琼斯为何到海地避难，伍尔摩为何选择南美去销售他的吸尘器。而在太平洋的另一端，一个新兴的巨头带着怜悯与傲慢站了起来，他们视自己的社会为理想社会，想要把自己的政治、经济、文化复制到世界的每一个地方，派尔、史密斯先生、"帮助"海地的美国人无不如此。在第三世界国家，以上两方"闯入者"不仅与当地人冲突，也相互发生着碰撞。美国人带来了财富、天真与强权，英国人冷眼、怀疑、无力。"闯入者"的强制性已经分裂：一方面是不可抑制地想要为自己或社会谋求更好的生活；一方面在碰壁后也需质疑自己的"更好"是否代表了合法性。因为，很显然，当地人并没有为所谓"更好"下订单。在当地人看来，这些闯入者无疑是矛盾的、难以理解的。派尔不惜一切代价（当然是当地人的代价）以美国为标准改造越南社会的同时，却想要保留喜爱的凤儿独特的异国风情不变。福勒爱上一个越南女人，甚至也是强制性的，他在给妻子的信中表现出了某种不由自主的、对于凤儿的渴望和对两人未来的怀疑。福勒妻子的回信也许可以为这种分裂的强制性做注脚："我们的身心都太狭小了，不能占有另一个人而不自鸣得意，或者被人占有而不感到羞耻。"通过塑造这一系列带着强制性意味的闯入者，小说将白人文化对第三世界国家的影响以个体维度呈现：白人中心主义尚有残留，新的世界格局正在形成，"普遍人性"思潮随着第二次世界大战的结束扩散出西方，带给第三世界国家一种新的自我定位。因此，白人对第三世界国家强制性的闯入带有怀疑主义的分裂，分不清自己要去拯救他人还是自己，西方所谓的"政治扶贫"设想也在这种思潮下被解构了。

如果我们看向闯入者的背后，就会发现国际政治小说中的闯入者同时也是流亡者。福勒被中年危机放逐，普拉尔苦苦追求自己到底属于哪里，琼斯本就是个亡命天涯的罪犯，伍尔摩不得不在异国赚钱养女儿，卡瑟尔最后的归宿是一个寒风刺骨、语言不通的国家中的一间斗室……"格林之原"上，每个人都被追捕，被迫进行着选择。虽然格林作品会不时被指责为"太过于接近现实"，但不得不承认，在历史事件中书写人类的现代性流亡和孤独这一点上，格林在同时代作家中成绩斐然。正如卡托教授所言，"流亡是具有标志性的格林美学标准"①。这很可能源自他童年的经历，也继承自文学偶像康拉德。在康拉德最著名的流亡文学作品《艾米·福斯特》中，主人公扬珂最终的命运揭示了孤独与绝望带来的灭顶之灾。这种美学风格显然让从童年期就饱尝孤独抑郁之苦的格林很着迷。现代人的焦虑和恐惧成为流亡的动因。在格林的作品中，二战后全然不同的动荡世界无疑加深了人类的恐惧和焦虑。其中所包含的人类自身存在意义上的矛盾和谬误，甚至要比我们在康拉德小说中所能找到的更多更复杂。因此，对格林来说，一边是通过阅读和生活所继承来的一个有序、富足、个人不乏疏离感的世界，一边是用脚丈量用眼观察到的混乱、贫穷、人们渴望救赎却感受永恒孤独的人间。在那双挖掘"黑暗的心"的眼睛背后，五部国际政治小说发展了一系列"新流亡者"，在殖民主义与帝国主义已经被时代所解构之后，他们成为整个世界的流浪儿，被政治的、经济的、宗教的原因压迫和禁锢，也被自己的内心所追捕。这些白人的现代流亡属性，从内外两个维度被揭露出来，加上其本身作为"闯入者"本能的慌张无措和不得不履行的所谓身份使命，格林似乎在暗示，现代人在本体论意义上已永失家园。透过带有流亡性质的闯入者，我们看见卡夫卡式的荒诞，以及一个正在形成的、难以理解的新世界。

五部小说中唯一具有坚定"家园"的闯入者，只有派尔一人。对他来说，美国作为超级大国具有不可推卸的世界责任，而自己来到落后的越南担负着历史使命。从空间和时间两个维度，派尔为自己画下了一纵一横两个坐标，定义了自己的家园。派尔不是流亡者，他的"理想主义"还刻有殖民时代的痕迹。他同样被大历史和大潮流所裹挟，但鲜有内心的焦虑和纠缠。他是纯真的，一个正统的、虔诚的、带有宗教激进主义思想的闯入者。也许他所代表的时代已经过去，但那个时代遗留下的意识形态还在个体中存留和发酵。通过与新时代政治的联姻，不带有流亡性质的闯入者成为一股新的毁灭力量。派尔，这个文静的、一心想做善事的杀手，是格林对于殖民主义残余力量的讽喻，也是对美国在新世界格局形成之初对第三世界国家实行政治"闯入"的实质性揭露。

"本地人"与"闯入者"相对，是国际政治小说中不可或缺的人物形象。虽然格林小说中从未出现"第三世界国家"这一政治名词，但五部小

① Maria Couto, *Graham Greene: On the Frontier: Politics and Religion In the Novels*, London: Palgrave Macmillan, 1988, p. 112.

说中的本地人形象无疑具有第三世界国家国民在白人眼中的典型特征。首先是魅惑。凤儿之于福勒和派尔、马吉欧医生之于布朗、萨拉之于卡瑟尔，甚至是瑟古拉大队长之于伍尔摩，这些本地人在外来的白人眼中无疑都是具有吸引力的。陌生感带来审美空间，异域风情对抗审美疲劳。从西方白人视角看去，本地人同时也是落后的、破败的、亟须被拯救的。这二者都符合上文分析过的白人对于第三世界国家的"关切"维度。

其次是失语。《文静的美国人》中，越南人几乎没有言语，我们无从判断凤儿的真实情感，无从发现越南兵对于战争的真切感受。《喜剧演员》中，约瑟夫依然失语，马吉欧医生虽有很多名言警句，但考虑到格林为人物增加的英国留学背景，不禁让人怀疑马吉欧医生能否代表真实的海地普通民众的声音。《喜剧演员》和《哈瓦那特派员》中对于秘密警察的描写笔墨较多，但作为强权的打手，显然他们并不具有太多本地百姓的特征。借用福柯的话语理论，文本带有权力意志的印记。"本地人"在五部小说文本中的失语，也暗示着他们的国家在国际政治舞台上被夺走权力。

最后是神秘。神秘为魅惑提供了一部分原因，但二者并不对等。小说中当地人的"神秘"，更多地表现为一种让白人看不懂的平淡，尤其是面对巨大悲痛时的反应。越南广场爆炸后，"只有白人在大声哭喊"，越南人都很安静，一位年轻的越南母亲跪在那儿，把自己孩子的身体碎片无声地放在自己的腿上；被生生打断一条腿的约瑟夫，作为唯一的雇工，还在承担太子港这个破败小旅馆的所有工作；在那个乌龙绑架拉锯的昏暗小屋里，几个巴拉圭贫民游击队员在死神即将到来时，无所谓慌张，只是希望利瓦斯神父再为他们做一次弥撒……他们对于痛苦似乎司空见惯，像面对太阳东升西落一般面对痛苦，这种忍耐超出了白人闯入者的想象。格林对于本地人这一形象特征的描绘，既表达了他对于当地文化的敬意，也显示了白人中心主义的狭隘。很遗憾，我们没有在格林的五部国际政治小说中看到更有说服力的、有血有肉的本地人。

三

正如前文所述，格林对"本地人"形象的塑造是小说的明显缺憾。由于白人中产阶级作家身份显而易见的局限，格林对越南、古巴、海地等国当地人的塑造只能基于翻译文本或者听来的二手资料。他曾坦言塑造非英国文化身份小说主人公非常困难，《权力与荣耀》中威士忌神父的墨西哥籍就曾让他颇感吃力。因此，在国际政治小说中，"本地人"作为笔墨不多的"配角"出现也就不难理解。为了弥补这一缺憾，格林用对景观和事物的描写来呈现小说背景地的独特文化氛围，比如越南广场的法式建筑、太子港的独特风貌，以及南美的棕榈树等。最具代表性的，就是《名誉领事》中的那个独特的"南美情节"：怀疑神神秘秘的普拉尔私通游击队的警察队长，在发现他床上的女人后笑着对他解除了怀疑。"偷情"在当地文化中司空见惯，于是普拉尔的奇怪行为就变得可解释了。小说的这种设计从一定程度上弥补了对本地人形象塑造的缺陷。

从作家的创作时间轴上看，我们还是可以依稀辨认出"本地人"形象的发展线。他们与"闯入者"的映照在动态地进行着。1955年出版的《文静的美国人》中，会说英语的凤儿其实对白人文化一无所知，虽喜欢阅读英文儿童书籍，但始终是沉默的、神秘的。1966年《喜剧演员》中的马吉欧医生受过西方教育，认为海地的出路并不能靠美国或者任何西方国家，终究要靠海地人自己的革命。1973年作品《名誉领事》中的利瓦斯神父的情况更复杂。作为被逐出教会的神父，利瓦斯有着西方知识分子的觉醒，想要以自己的方式理解上帝：他所追求的救赎，从布道和做弥撒转向了切实的政治领域。然而，他不可能彻底地转向政治的"上帝"。他娶了虔诚的、大字不识的本地姑娘做妻子，这一事实本身就代表了南美本土文化对利瓦斯渗入骨髓的影响。如果说绑架领事的政治行为具有"攻陷巴士底狱"的味道，那么，在死亡来临前利瓦斯神父在小屋中做最后的弥撒，就是以巴拉圭本地人的方式告慰这些与他出生入死之人的灵魂。这些人无法从政治上理解他们所做的事情本身，他们的献身是道德的选择，或是仇恨或是爱。他们爱他们的神父。他们真挚到盲目的爱，对于为了改变他们的生存状态却最终将他们拖入死亡的利瓦斯来说，具有无以名状的荒诞意味。本地穷人与利瓦斯神父的对比，更加体现出受过西方文化影响的"本地人"的矛盾心理和悲剧命运。

从无力的越南人形象，到坚定执着的马吉欧医生，又或是《哈瓦那特派员》中残忍又有逻辑的瑟古拉大队长，再到有怀疑倾向的知识分子利瓦斯神父，格林在对本地人的处理上逐渐加入了自己熟悉的、能够驾驭的元素，比如知识分子和天主教徒。虽然仍有按照白人知识分子教徒框架塑造本地人的"嫌疑"，但这几组形象的生命力已逐渐生发，慢慢具有了与"闯入者"相抗衡的特质。

　　除了利瓦斯神父，《名誉领事》中还出现了具有英国和阿根廷双重血统的普拉尔。这是一个文化意义上的"中间人"，他在饱满的"闯入者"和较平面的"本地人"两类人物形象之间制造了一个缓冲地带。至此，从凤儿的神秘，到马吉欧医生的确定，再到利瓦斯神父的矛盾、普拉尔的两难，本地人在面对闯入者时的心理状态以政治行为的方式被揭示出来。其发展历程，从陌生的抗拒和魅惑，到对"先进文化"的笃定，再到怀疑……他们无力割舍任何一方，又难以按照任何坚定的价值判断来行事。这样的本地人，形式上从天平的两端来到了中间，但永远找不到那个平衡的支点，只能不断地在两极之间滑行，永失家园。从这一层面来看，本地人也是流亡者。传统的本地人以经济和政治的方式被现代社会遗弃，求新求变的本地人陷入文化的夹缝被挤压、被折磨。

　　不由分说的闯入后，是避无可避的流亡。萨义德在《流亡随想》中强调，流亡可被"视为面临统治现代生活的各种大众建制时可做出的另一种选择"[①]。闯入者和本地人共享的流亡特征向人们展示出"格林之原"的本质——整个世界都是异国他乡。格林的这一美学原则，对应了卢卡奇在《小说理论》中对于小说美学的定义，它是"超验的无家可归感"的唯一形式。通过"逃亡者与追击者""闯入者与本地人"两对典型人物，五部政治小说探讨了一种可能性：在被现代政治挤压中、在被个人情感驱使下，个体仍可以进行积极的生活选择。它好似一朵从绝望的"格林之原"上生出的希望之花。

第二节　情感模型

一

　　"逃亡者与追击者""闯入者与本地人"作为政治小说的审美对象，还蕴藏着情感与观念深化等主题。通过揭示人类相似的情感和迥异的观念，五部小说描绘出二者与现代政治混杂相糅的复杂现状。

　　从时间线上看，"纯真与世故的矛盾"作为格林小说中的首要情感主题，贯穿了作者整个创作生涯。从 20 世纪 30 年代的惊险小说作品开始，

---

　　① Ward W. Said, *Reflections On Exile*, London: Granta, 2001, p. 480.

追捕的情节中就渗透了主人公在守信与背叛的天平两端的摇摆与抉择之苦。这一主题后在天主教小说中被充分挖掘，变成了格林书写道德和伦理困境的一个美学标尺。从《权力与荣耀》中的威士忌神父到《恋情的终结》中的萨拉，我们看到格林作品逐渐深入地刻画了"纯真的信仰"如何拯救也同时摧毁着一个人的生活和情感，而"人性的世故"似乎也做了同样的事。到了国际政治小说阶段，小说故事虽然不再是宗教的，但作者的道德和伦理关注点却并没有变化，甚至进一步深化了。虽然有评论家认为小说中的伦理道德观有强调原罪的詹森主义意味，但更多读者读到的是"情感模式而非意识形态"[①]。这一主题并非格林宗教观的产物，恰恰相反地，它为格林的宗教世界观提供了诸多色彩，包括宗教之外的各种可能性。政治小说创作阶段中，格林只是在新的历史阶段将这一主题中的各种元素重新洗牌，置于二战后世界政治新格局的牌桌上。他始终没有放弃对于极度道德选择之苦的关注。

"纯真"与"世故"各自在格林小说中扮演什么角色？首先，纯真为人物提供了勇气，体现为一种不顾一切的前冲力。派尔的政治行为、史密斯先生的人道主义行动、福特那姆对于妓女妻子的爱护、戴维斯情感的投入，都是纯真激发勇气所形成的。换句话说，纯真说服了这些人，形成了牢固的价值判断。这些判断，无疑是一元的。然而，小说的进程向我们展示了新的历史时期中人类社会越发复杂的现实——政治的、宗教的、人性情感的各种意识形态交织在一起，一元的价值判断显然已经不足以应付。这些人物造成各种麻烦，带来痛苦，也具有荒诞的喜剧意味，而他们的本意是真诚。

由此，小说在启蒙的维度将纯真的另一个侧面揭示出来——纯真可能导致愚蠢。愚蠢并不是方法论意义上的，而是判断力上的。通过纯真之人制造的各种麻烦和他们最终的命运，纯真所导致的判断力僵化和退化显现出来。人变成了只处理信息的工具，他们只思考"如何做"，不需要烦心"为何做"。在纯真中，人们丧失了由创造力生成的个性，在意识形态中"胸有成竹"地沉落。在这一意义上，"格林之原"的荒芜就不难理解。纯真的美好在现实的愚蠢中腐坏，人类成为只会计算的机器，射出标准的、冰冷的寒光。"格林之原"，显然不是真正意义上的大自然，因为"大自

---

① Bernard Bergonzi, "Graham Greene at Eighty," *The Furrow*, Vol.35, No.12, 1984, pp.772-777.

然似乎对任何标准化的理想都天生反感"①。这一片被人类的纯真冻住的天地，失去了它本来应有的勃勃生机。

世故与纯真相对，首先带来认知意义上的怀疑，表现为行动上的迟缓。福勒、普拉尔、伍尔摩和卡瑟尔无疑都是世故的。他们的痛苦很大程度上来自尊重多元价值却不得不做出选择，但选择一种价值就意味着背叛其他价值。在现代政治的挤压中，人们不断选择，不断失去，渐渐去向价值的反面——虚无。这是世故的第二副面孔。布朗无疑是所有小说人物中最直观的虚无主义者，他的价值观已经崩塌，活着是活着本身的目的。小说为布朗安排的最终结局——成为丧葬业从业人士——显示了作者的态度，即虚无主宰的伦理观会让人滑向死亡的边缘。比起这个浑身黑色、无以名状的布朗，那个让福勒想对他说抱歉的派尔尚显得可爱一些。

天真中难以混杂世故，世故之人却不乏天真，《喜剧演员》中的琼斯、《名誉领事》中的普拉尔、《人性的因素》中的丹特里都是个中典型。琼斯四处流亡，不得不练就一身察言观色、哄人开心的本领。于他而言，世故与其说是认识论意义上的人生选择，不如说是谋生手段。他最后的选择是小说高潮，这个本该逃走的骗子选择履行诺言。他对布朗说，你不觉得生来就带着某种使命吗？这样的琼斯，又无疑是纯真的。相较于派尔的一意孤行和史密斯的人道天真，琼斯的天真是被人世苦难裹挟后、在昏暗人生道路艰难前行中突现的一道灵光，甚至连他自己也解释不清——似乎到了某个时刻，冥冥之中的召唤告诉他需要高尚一次。这是无数辛苦活着的穷苦之人的命运，一生想要闪耀哪怕一次高尚的光芒，想要有一个瞬间，不是为了活着而活着。借由琼斯，小说点破了穷苦之人的伦理困境——不是他们选择了世故，而是被世故所选择。当他们想要主动选择一次纯真时，这纯真带来的极可能就是毁灭。

普拉尔则更加复杂，在文化身份的夹缝中他不得不世故行事以自保，却又不免夹杂着对现代政治的天真理解，尤其体现在绑架案发展过程中他始终认为自己作为中间人可以置身事外。在文化身份上，他处于英国文化和南美文化的夹缝中。两边无所着落的疏离感渗透入他的认知，他以此作为认知模型，套用在政治世界，却一败涂地，最终不明不白地被打死。在各种文化相互交流碰撞的新时代，普拉尔式的天真让人可以成为多文化交

---

① ［美］亨德里克·威廉·房龙：《宽容》，秦立彦译，北京联合出版公司（北京），2016 年，第 151 页。

流的使者，也可能成为被双方遗弃的流浪儿。在此语境下，缺乏对现代政治的常识性认识成为压死骆驼的最后一根稻草。小说借普拉尔发出警示，人们若要保持纯真就不得不引入世故的方法，因为"政治像空气一样无所不在"将是现代多文化混杂的新世界中人们避无可避的意识必修课。

丹特里这一人物最具寓言意味。他几乎是一个现代城市人的标本：拥有一份不好不坏的工作，谈不上喜欢也谈不上讨厌；家庭生活曾经幸福如今冷清，试图修补却总不得法；觉得跟周围人的相处总隔着一层纱，这纱一触碰就飘走，穿不透，也撩不开。他不能完全获悉上司的意图，猜不透同事们的未尽之言；他对卡瑟尔抱有同情，对戴维斯之死有一丝愧疚。这样的丹特里在不得不世故的岗位被纯真折磨着，他总觉得自己该做点儿什么却又没有足够的理由和动力去付诸实施。生活像他每天使用的冰冷剃刀，又凉又滑，什么也抓不住。

丹特里这一人物，是现代资产阶级中产一族的缩影。他们不像琼斯需要为活着而世故，不像普拉尔需要为缺少身份认同而安慰自己，他们的生活什么都不缺，独少生活本身的意义。纯真是对意义的追逐。在周而复始、一成不变的生活中，丹特里走向了内化的无奈，生成了现代人无法逃脱的病症——抑郁。这种内化的疾病，是格林在政治生活的宏大叙述中留给现代人的个体寓言。

如此看来，纯真最迷人之处在于它清晰的意义和勃勃朝气，而世故为人们提供更开放地接受多元价值的可能。然而，纯真倒向一元论会导致判断力的僵化，形成一种愚蠢的破坏力量；世故中的怀疑一切会使人滑向虚无，逐渐渗透、内化，生成现代人的抑郁病症。如何在世故与纯真中进行选择？这五部国际政治小说显然没有给出答案，它们只展示了二者各自的意义和危害。这也是典型的格林风格，不直抒，不断言，轻描淡写地叙述和呈现。纯真与世故的矛盾，让我们清晰地看到人类的局限，意识到我们不可能避免瑕疵的事实，也让我们看到总是有一些人，在面对现实强加给他们的一切时，勇敢地斗争。这些人物，试图让我们理解耻辱之下的崇高和审美，让我们不得不承认现代人类社会中不存在无色透明的纯真，亦无简单明快的答案。

二

格林小说的第二个情感主题落在个体维度之上的族群情感。族群之间的文化冲突会造成观念对垒和情感排斥，甚至引发建制危机，在远古时期就给人类带来过巨大的灾难。希罗多德在《历史》中讲过一个故事：当大流士做国王的时候，他治下的希腊人奉行火葬，而卡拉提亚人则会吃掉去世亲人的尸体（认为这样可以让逝者在世间继续存在）。一次他招来希腊人，问他们要怎样才肯吃掉自己父亲的尸体，希腊人觉得这种事根本不可想象；他又叫来卡拉提亚人，问他们怎样能答应火葬自己的父亲，卡拉提亚人禁不住高声叫喊，不愿提起这可怕的行径。这些根深蒂固的想法让大流士感叹，品达洛司的诗句说得很对，"习惯乃是万物的主宰"。

五部国际政治小说中，英国式的情感和观念被反复挑战和质疑。布朗的母亲在海地经营小旅馆，她的情人是高大健硕的海地黑人马塞尔。布朗对二人的关系嗤之以鼻，认为母亲迷恋年轻有力的肉体，马塞尔看上的则是母亲的白人身份和小旅馆的钱财。因此，在母亲去世后马塞尔试图自杀殉情的时候，布朗惊呆了。马塞尔真的爱着母亲，这在布朗的英国中产阶级观念中是从未出现过的命题。布朗要一方面重新审视曾经抛弃自己的母亲的个体伦理，一方面也在试图理解马塞尔的行为时重估着自己的英国情感观。希罗多德曾说，每个民族都深信，他们自己的习俗比其他民族的习俗要好得多。这种观念在布朗的情感模型中形成了一系列的自然合法命题，认为马塞尔是功利的投机者，直到被他的殉情行为所冲击。小说在此清晰地呈现出相异文化间情感模型的结构差异，以及彼此之间沟通的重重困难，表现出对英国资产阶级以经济利益和个人发展为情感源头的质疑。旅馆剩下的唯一员工黑人约瑟夫虽身材高大，却如布朗印象中的大部分海地人一样沉默而胆小。被威权政权的秘密警察通顿·马库特打伤并逼上绝路后，海地巫师举行了一场"伏都教"（woodoo）的仪式，以血腥而灵异的方式让约瑟夫杀掉了一只鸡。在英国人布朗看起来，这是一场诡异并毫无意义的宗教仪式，它却让约瑟夫收获了一种无以言表的意志力和行动力——弱小的约瑟夫决定上山寻找游击队，开始暴力反抗。可以说，海地本土的文化情感促成了约瑟夫的政治行为。格林在描写这段宗教仪式上投入了大量的笔墨，详细地说明了仪式的每一个细节，其灵感据说来源于他本人在海地亲身经历的一场伏都教仪式。仪式本身的血腥和杀戮意味与英国中产阶级所熟悉的、在教堂唱诗领圣餐的神圣气氛相去甚远。格林试图说明一种文化情感中的残忍和杀戮，可能是另一种文化的勇气和献身，而异文化间情感的建构和排斥是不可避免且无规律的。

　　从历史视角来看，二战后人类世界存在一种普遍的文化悖论。一方面，20 世纪的两次世界大战将一元价值观彻底击碎，毁灭带给人们疮伤与怀疑，尤其是基于意识形态差异的冷战更是将人类拖入岌岌可危的不安与恐慌之中，如履薄冰。60 年代，美国无数中产阶级在花园里开挖防空地道就是最好的佐证。在这种情绪中，文化趋向于封闭，以求自保和御敌。另一方面，战争后幸存的人们无法抗拒劫后重生的幸运和喜悦，存在着一种在废墟中重建家园的本能冲动，表现为将压抑的感性和肉体进行释放的浪漫主义情感模式，美国乃至世界范围的性解放运动和嬉皮士文化便是典型例证。这一悖论在跨文化情感的建构中呈线性发展的趋势。建构初期，双方都新奇于异文化带来的陌生和兴奋，这让跨文化两性情感关系的数量极大增加，二战后日本和越南等地混血儿婴儿潮的出现正说明了这一点；而后，习俗的不同和观念的差异让问题逐渐凸显，呈现为情感和生活的拉锯状态，也是跨文化的冲突期；最终的情感走向则较多取决于个体的理性认知和对于跨文化的敏感和信心。

　　在格林的国际政治小说中，英国男性主人公在与越南、古巴、海地、非洲国家等异文化的碰撞中努力保持旁观者的视角，自持而疏离，希望在陌生中找得平静、在逃避中寻得救赎。异域文化同样以好奇心来回应他们，凤儿和马塞尔对情人的选择和态度都表明了这一点。同时，双方都带着"壳"在相处，互不信任，将各自文化的核心基因深锁在内。这些习俗文化和情感模型虽在小说中的特定人物身上显现，却并不是由格林创造出来并赋予这些人物的特殊性质，而是在很大程度上具备特定文化群体共同认可的喻义，实际上具有了一定的文化符号意义。换言之，这些情感模型确立了相异文化交流时各自的主体地位。

　　以《文静的美国人》中的英国人福勒为例。他沉稳迟疑，喜爱与越南女孩凤儿之间的相处方式，却久久不肯或者说在情感上没有能力给女孩一个确立两性安全感的承诺。英国男人似乎大多骄傲、谨慎、自持，不善于表达自己的情感。福勒的人物性格很好地继承了这一民族文化特性，甚至福勒最终的反抗也是很英国式的。英国法律中有名为"撤退到墙角"传统，即如果出现斗殴，一方退到后背已经抵到墙壁，那么他就有权反击。其中隐含的意思是，除非无路可逃，否则就不该使用暴力。在发现凤儿与派尔的感情以及派尔在越南的真实意图是扶植第三势力的整个过程中，福勒始终保持沉默。一方面他嫉妒阳光而漂亮的派尔作为情敌的存在；一方面他又喜欢与迟疑、漠然、被动的自己形成鲜明对比的派尔，并暗自觉得与美国人的婚姻是凤儿更好的归宿，因为自己并不想也没有能力给凤儿任何承诺。福勒在自我的疏离中日复一日，直到派尔暗中支持制造的广场爆炸案发生，那些无辜平民的尸体碎片把他逼到了人性的"墙角"。他采取了行动，间接"清除"了派尔。

从福勒到《喜剧演员》中的布朗、《名誉领事》中的普拉尔医生、《哈瓦那特派员》中的伍尔摩，再到有一次婚姻、三个情妇的格林自己，二战后英国中产阶级男性的情感模型的发展呈现出一条清晰的脉络。曾经"日不落"帝国在经历世界大战的打击后失掉了世界霸主的地位，至高无上的文化荣誉感不复存在，取而代之的是我自怀疑。两性关系的情感模型中，英国男人的持重转变为迟疑，或者说是对付出承诺的恐惧，甚至怀疑承诺本身的意义。这种情感，可以理解为一体化文化观念破碎后的情感幻灭，在某种程度上反映出二战后英国文化的自我解构。

三

二战后世界新格局建立，曾经的弱小民族努力在本体建构上积极作为，相反，老牌的"英国中心"乃至"白人中心"的观念和情感正一步步走向衰亡。格林显然对于这一点有所察觉。发表于1955年的《文静的美国人》的小说结尾，凤儿在跨国婚姻泡汤后又回到福勒身边这一酸涩且厚颜的行为，还带有"白人中心"的情感模型痕迹。而到了1978年的小说《人性的因素》，英国间谍卡瑟尔则成为与来自南非的黑人妻子的婚姻中付出更多的那一方，甚至他最后的政治献身也是出于对妻子的爱。萨拉以非洲的方式在英国抚养与卡瑟尔并无血缘关系的儿子，卡瑟尔也爱着南非式的萨拉，他们之间的爱情激起了卡瑟尔对整个非洲文明的同情，进而演变成为政治行动。对前后两对模型的塑造跨越了二十余载光阴，格林在此期间走过了世界很多个地方，用最直接的方式接触了白人之外的人类情感，充分感受到了多元情感的存在和价值，他对新时代情感模型的预测通过小说文本表达出来。

这两对情感模型的对比也体现出格林对文化本体性的认识。萨拉与卡瑟尔的情感是基于各自文化基因之上的相融，是一种创造性的理解。正如巴赫金（Mikhail Bakhtin）的"外位性"理论所阐释的，格林试图建立一种"不排斥自身、不排斥自己在世界中所占的位置、不摒弃自己的文化，也不忘记任何东西"①的跨文化情感交流方式。通过表现主人公们个人情感的执着和观念意识的发展，小说将跨文化碰撞作为文化发展强大推动力的性质揭示出来。"外位性"的跨文化对话和情感建构打破了文化的封闭性和文化交流的片面性，在冲突和对照中，将各自文化的深层底蕴进一步挖掘和呈现出来。

"外位性"的跨文化情感建构是如何发生和发展的？《名誉领事》中读英国文学长大的普拉尔医生是一个很好的例证。在乌龙绑架事件中越陷越深时，他开始理解利瓦斯神父不肯承认绑架错人的政治行为的寓意，以及其背后深藏的、拉美男人的"大男子主义"观念。也正是这种起初他并不理解的观念，在警官即将发现他的秘密时救了他一命（警官以为他只不过像普通拉美男人一样在偷情）。与普拉尔相似，五部小说中具有英国文化背景的主人公们，在度过与异域风情的"蜜月期"后，都不可避免地被本土情感模型所影响，最后无一例外地采取了由英国和异域双重情感模型所激发的行动。通过福勒"撤退到墙角"之后的回击、普拉尔医生冲出小屋试图为游击队说情的行为、假间谍伍尔摩真开枪为朋友报仇的举动，人们看到在破碎的英国文化情感中重建主动与热情的可能性。这种可能是由"外文化"所激发、通过个体情感和观念的重构来完成的。换言之，"外位性"的跨文化交流虽不免初期的碰撞和拉锯，却可以凭借审美的情感和开放的观念使得不同文化相互得到丰富和充实，并有可能创造出新的文化。

小说塑造"外位性"跨文化情感模型的寓意何在？显然是作者对20世纪后半叶人类情感的变化做出了自己的预判。随着世界新格局和形成，文化冲突将愈演愈烈，跨文化情感模型是作者格林为这一世纪难题开出的药方。当人类由于文化冲突而走向封闭和冷漠时，这些跨文化者将是重新打开文化沟通之门的钥匙。小说中的跨文化者具有相异于任意一种"当地人"的情感结构，因此他们对主流文化建构的不平等更为敏感。一方面，他们对主流文化优越性的中心地位有清醒的认识和切身的体会；一方面，他们对边缘文化的优缺点和特定价值也有着自己的坚守和判断。在这一前提下，跨文化者出于自我保护的动机，会表现出疏离的外在情感，但事实上，像普拉尔既同情游击队革命又欣赏英国领事福特那姆对妻子的真情一

---

① ［俄］巴赫金：《巴赫金全集》（第四卷），白春仁、晓河、周启超等译，河北教育出版社（石家庄），1998年，第370页。

样，跨文化者无意识中建构了一个更加复杂的、多元的、多变的空间，其中承载着人性的同情和理解。

然而，跨文化者对"被边缘化"的深刻体悟，可能会滑向反中心主义，认为任何主流的都是应该被批判的。这是同主流文化排斥外来者相同性质的、相反方向的文化异质性。文化的异化导致情感的封闭和排他性，将带来跨文化交流的全面失效。格林在小说中表现出了他的担忧。事实上，21世纪的当下，各种极端组织打着宗教或政治的旗号，以"边缘人"自居，向主流的文化价值观和社会秩序宣战，以"圣战"之名行恐怖主义之事，犯下了数不清的反人类罪行。这种文化观念和情感模型的封闭所导致的极端结果，让半个世纪前小说家的担忧成为现实。

即便如此，个体的跨文化者，出于人性的向善和自保，仍具有自觉进行文化融合的趋势。宏观来看，跨文化交流中处处可见话语霸权的影子，如《文静的美国人》中派尔对"大国责任"的认知、《人性的因素》中珀西瓦尔医生的"箱子理论"、《哈瓦那特派员》中瑟古拉大队长的"可折磨阶级"等等。与此相对的，小说主人公们最终具有献身意味的政治行为，揭示出跨文化交流中个体"创造自由"的法则，即跨文化者为了解决文化焦虑问题、找到文化身份认同，进行了具有超验意味的文化融合。这些努力激发了微观的政治行为，是权力政治营造的话语霸权之外的创造，虽为不可预判的偶然行为，却与宏大叙事一起，成为建构并改变这个世界的力量。

不同文化的情感模型在包括国际政治小说在内的几乎所有格林作品中都有迹可循。小说中两性的情爱、对于忠诚与背叛的另类解读、不同宗教的意识形态寓意，以及由情感激发的政治行为，都呈现出跨文化交流的形态、气质，以及新历史视阈下的制度特征。二战后文化交流得越发频繁，使得不同文化情感和观点在全球范围内冲突和互相影响。它们既是将人群分开的习俗与制度，又是将具有共同心愿的人们联系在一起的媒介；既为民众带来新奇与乐趣，又成为国家和民族心态中一种难言的禁忌。透过这些情感模型，人们意识到这样一个现实：个人情感与社会命运正以前所未有的方式进行着广泛交织和深度渗透。

第三节　观念重构

一

　　作为一个以回归大叙事传统为特征的作家，格林作品似乎让很多读者相信主人公们几乎所有的焦虑和痛苦都来自政治、宗教、社会心理等宏大意识形态的压迫。事实上，这很可能是一种误解。作者其实是在有意识地以大叙事手法掩盖小说对于西方正统观念的颠覆性解读和重构。从天主教小说《权力与荣耀》中的威士忌神父开始，格林小说的人物发展始终埋藏着一条隐线——现代社会中小到个体、大到国家的自我认知异化。

　　个体对自我的认知可追溯至 15 世纪，米兰多拉（Pico della Mirandola）发表公共讲话《论人的尊严》，提出了人的主体性。后经过笛卡尔的"我思故我在"、黑格尔的"绝对精神"和康德的"实践理性"，主体性意识逐渐演化为人文主义意识形态。通过肯定自由意志，人类第一次站到了世界的最前端，不需要再从任何外在权威等级制度中获得合法性，成为改变传统和创造历史的唯一动力。于是，一个个大写的"我"应运而生。在"我"之外的、与我相对的，没有了超验的存在，就只剩下"他者"。格林五部国际政治小说中的主要人物，都作为大写的"我"，与社会机器和政治伦理进行着对抗，这些行为构建了小说的核心叙事，主人公们等在一系列纠缠和冲突后的最终选择都是人本主义的。然而小说并没有在他们的选择后停止，而是继续向前，让读者看到福勒的抱歉、布朗的丧葬业选择、普拉尔葬礼后情人福特那姆夫人与丈夫再续前缘，以及卡瑟尔被迫出逃后的种种遭遇。似乎作者对仅仅表现"我"的主体性并不满意，还试图在悔恨、绝望、背叛中甄辨和描摹出"我"的现代性异化。

　　五部小说中最具有大写的"我"之特质的要数派尔。他博学多才，谨言慎思，怀揣着制造一个更加美好的世界的伟大"理想"，同时对自己富有历史使命和具有将"理想"变成现实的能力深信不疑。作为一个大写的"我"，派尔无疑是进步的人文主义者，将"人性"、人类的"尊严"和"伟大"等同于创造历史和推动时代的动力，宣称致力于"世界人权"。面对像越南一样并不弘扬进步和创新，而是崇尚对习俗和传统忠诚的文化，他将之视为需要改造的，而且是全面、彻底的改造。这种观念也可以在间谍鲍里斯和老霍利迪身上找到，他们忠诚勤奋，不做他虑地一步步推行自己的计划，最终将卡瑟尔推向与家人甚至自己的身份永久分离的境地。对于大写的"人"们来说，这是一个祛魅的世界，没有什么是陌生的，没有什么值得恐惧，历史的车轮会碾过一切阻碍，所有否定性都会让位给肯定性。他者，那些神秘的、诱惑的、爱欲的、渴望的、地狱般的、痛苦的他者就此消失了。①

若这个世界没有了他者，除了"我"还有什么？派尔等一众大写的"我"站在世界之巅，触目所及皆是"非我"或者"非我们"，需要被改造，被同质化。派尔希望改造凤儿、改造越南，通过全部推倒重建，生产出另一个派尔和另一个美国。二战后美国一举成为世界第一经济体，随着马歇尔计划的实施，西欧各国得以在战后重建，英国也将"世界一哥"的位置拱手相让。但不久之后，在一部分对美国的感激之情外，西欧出现了反美情绪，认为美国的功利文化会腐蚀西欧的传统。甚至有人如此形容两位新旧霸主："英国人在地球上昂首阔步，一副主人的样子；美国人则在地球上昂首阔步，根本不管谁是主人。"② 在对待美国的问题上，被认为反美的格林对"文静的美国人"派尔的塑造却十分复杂。派尔虽是制造爆炸案的帮凶，却不乏可爱之处，他的积极、热情、对凤儿的真挚，都让福勒相形见绌。可见格林的反美并不是反对美国人，而是他们以自己为样板、在世界范围内进行的"复制和粘贴"。格林不止一次批评过美国的自满和幼稚。他认为美国在国际政治上显出极度的自恋——除了我美利坚合众国再无他邦。在二战后的国际政治舞台上，"世界一哥"不断地揉搓、扭曲着其他政治上的小国、弱国，不顾它们的民族文化和情感，以经济和军事为"左右护法"，在政治上横冲直撞、推行美式标准的观念，直至在对方身上再度辨认出自己的模样。塞缪尔·亨廷顿（Samuel Huntington）在1996年出版的《文明的冲突与世界秩序的重建》中总结到："西方赢得世界不是通过其思想、价值观或宗教的优越（其他文明中几乎没有多少人皈依它们），而是通过它运用有组织的暴力方面的优势。西方人常常忘记这一事实，非西方人却从未忘记。"③ 如此看来，格林小说在20世纪50年代

---

① [德] 韩炳哲：《他者的消失》，吴琼译，中信出版社（北京），2019年，第1页。

② [美] 威廉·曼彻斯特：《光荣与梦想》，四川外国语大学翻译学院翻译组译，中信出版社（北京），2015年，第二卷，第262页。

③ [美] 塞缪尔·亨廷顿：《文明的冲突与世界秩序的重建》（修订版），新华出版社（北京），2010年，第30页。

就开始对美国的排他性政治进行揭露是极其难得的。因为此类政治行为常包裹着"普世价值"的外衣，令人难以辨明真相。显然，文化是平等的，"西方文明的价值不在于它是普遍的，而在于它是独特的"①。格林敏感地写出了以美国为首的西方大国欲将自我价值包装成普世价值的野心，这激进又无奈的现实是新历史时期的国际政治现状，也是"超验"的神性退位后的人类境况。从整个人类大历史中观望，通过揭示"自恋的主体只是在自己的影子中领悟这个世界"②的事实，格林小说预测了人文主义话语中"我"的困境，即"我"沉溺在自我之中，人类历史进程由此变成了"复制粘贴"。

《文静的美国人》中的英国记者福勒无疑是意识到他者存在的。消灭了派尔后福勒却感到抱歉，不仅是因为害派尔丢了性命，还因为对与派尔这段友谊终结的遗憾和悔恨。福勒与派尔的碰撞，曾经映照出福勒的疏离和冷漠，打破了他的惯性日常，迫使他重新思考自己在越南的意义以及对待凤儿的真实态度。可以说，作为他者的派尔以否定性重新激发出福勒的主体性，使他冲破了冷漠与疏离的空虚缥缈，踏入了一个真实的世界。

他者提供了真实。《名誉领事》中的利瓦斯神父让普拉尔医生同样感受到这一点。他对于普拉尔的否定性意义不仅在于搞错了绑架对象也不能放走的政治行为，还在于对他隐瞒父亲死讯的道德选择。他者带来魅惑，也带来痛苦。但只有他者的存在，才让普拉尔意识到他即使明知受骗于利瓦斯却还是愿意冒着生命危险为他说情。他者提供了彼此观看和映衬的联系，也同时刺激主体变异，质疑并深入地挖掘自我。由此，一种"道德飞跃"的可能性应运而生，普拉尔真的做到了，他的主体获得了重新定义。

由此可见，"格林之原"上的现代世界是由具有否定性和真实性的他者与自我共同建构的。在这个世界里，宗教从处于公共生活中心的突出位置转移到了私人领域，影响私人情感和公共生活的宗教权威被一种混合着个体信仰和私人价值的观念所取代。格林在五部小说中都安排了两个主人公之间的辩论，关于信仰与献身。它们透露出对前现代的一些追思，但更多的是批判和追问。世俗化和权力意志正在以压倒一切的态势涌来，战争、大萧条、国际政治的现状、政治对私人领域的入侵等都说明了这一

① [美]塞缪尔·亨廷顿：《文明的冲突与世界秩序的重建》（修订版），新华出版社（北京），2010年，第287页。
② [德]韩炳哲：《他者的消失》，吴琼译，中信出版社（北京），2019年，第32页。

点。在"上帝死了"的新时代，是否还存在一些夯实的、对人类来说"不可妥协"的东西？旧时代的自我、由超验的神所定义的自我逐渐退场，是否需要一种新的观念来建构人类的合法性？"人是目的"，是否足够？想要回答这些问题，需要一个超越"人"的概念的标准。那么，作为人的我们，又怎么可能将其言说？这似乎是一个无解的闭环问题。我们走进了维特根斯坦的"不可说"。其中唯一明晰的是，主体无法辨认自身，需要一个提供否定性和真实性的他者作为对照。没有了他者，每个人只能走在不断发展和挖掘自我的"康庄大道"上，自恋而迷茫，肿胀且消沉，所有的努力都指向消灭他者，去寻找甚至制造"同质者"。看看凤儿的英文读本，再想想 20 世纪 80 年代起席卷全球的好莱坞浪潮，以及如今信息全球化、资本对于各国的同质化影响，格林的忧虑似乎正在变成现实。他者，逐渐消失。

二

　　他者的消失是从"超验"的退场开始的，人类想要并只能依靠自身。20 世纪的两次大战，尤其是核武器登场的二战将整个人类史无前例地聚成一个可能随时灭亡的共同体，其内部不断地交换、纷争、裂变。这一世界格局的变化，使得人的流动性极大增强，主动地或被迫地，精神的和肉体的，政治的和经济的，人们成了格林笔下的跨文化者。

　　五部国际政治小说中，主人公都在跨文化的不适中挣扎和斗争。福勒以第一人称记述越南潮湿闷热的天气，与英国的四季分明形成鲜明对比，暗示着越南文化"黏着"的特征，也预示着美国陷入泥潭的命运；布朗带着质疑和敬畏目睹了海地本土宗教仪式，它与伦敦圣保罗大教堂的弥撒相去甚远，后者静谧而镇定，前者血腥而亢奋；政治压迫带来的恐惧让伍尔摩不敢对唐古拉大队长调戏女儿的事实有实质性的反抗，也因为大队长的行为符合南美本土的所谓"大男子主义"精神；卡瑟尔意识到穆勒的恶不只是个体道德问题，也有着深深的非洲大地精神烙印，后者给了穆勒一种超越自身伦理的合法性，能够对恶坦然，而这正是让英国人卡瑟尔最忍无可忍的。文化的因素影响着政治的走向，更影响着个人抉择。通过分析这些主人公的生活轨迹，我们可以发现一些共有的特征。

　　第一，跨文化者遭遇强烈的认同危机和严重的文化焦虑。生活在南美的普拉尔一方面不理解马基思莫精神，一方面不可避免地受其影响。理性与经验的矛盾让普拉尔陷入文化焦虑，仿若夹缝求生。当普拉尔与利瓦斯的争论进入白热化时，普拉尔试着理解利瓦斯不肯放弃乌龙绑架成果的意义所在，他开始意识到文化焦虑一直存在于他的价值观和思维方式中，阻碍了他对南美本土文化的理解和包容。更深层地，通过普拉尔最终的结局，《名誉领事》揭示出文化焦虑是现代人不可能消除的社会基因。对普拉尔来说，每一种选择都是坏的。他在相异文化的碰撞中，作为"受害者"陷入了长久的、不可解的文化焦虑中，面临的第一个也是最大的一个问题就是：我属于哪里？判断文化身份的认同来自家庭（父亲）、来自阅读、来自现实经验（自然和社会环境）。父母来自不同文化的普拉尔，阅读英国文学作品，却生活在常年湿热的南美大陆；他像一个英国资本主义中产阶级一样拿手术刀，也像阿根廷男人一样常逛妓院、把婚外情当家常便饭。这些经验主义层面的矛盾使其遭遇文化认同危机，并进一步影响着他的理性判断，使得他在面对选择时显现出认同危机者的特征——消极且疏离。这也是现代人都市人的病症之一。

罗马尼亚哲学家 E.M. 齐奥朗曾说，焦虑像一席流动的盛宴，每个时代都有不同的理解。[①]20 世纪后半叶的文化焦虑是与政治焦虑密不可分的。西方一面寻求物质主义带来的旖旎生活，一面担心核弹危机下的众生陨灭；亚洲在朝鲜战争和越南战争后四分五裂，有的希望联合以御外敌，有的努力自为、担心新的压迫。美苏两大国对抗所带来焦虑更是让任何普通人无处遁逃，即便在所谓最崇尚个人主义、强调个人价值的美国，从杜鲁门时期的"忠诚调查"到臭名昭著的麦卡锡主义都说明了这一点。无怪乎 W.H. 奥登将二战后的时代称为"焦虑的时代"。政治的焦虑比文化的焦虑对普通人的蹂躏更甚的一点在于它在哲学层面的悖论。文化焦虑，在克尔凯郭尔看来，尚且具有认知调节作用，能够帮助人们更好地了解自己。而文化焦虑中带有的自由维度——我们拥有针对自我的选择权——在政治中是不存在在。政治对于公共生活和私人生活的入侵和掌控是强制性的，等同于宗教在启蒙时代前的影响，甚至比宗教更强力。宗教尚且具有一元价值的稳定性，可政治的善变让人们眼花缭乱、无所适从。因此，政治中的人看似被赋予的选择其实并不具有自由维度。比起曾经"上帝的仆人"，格林笔下的小人物在现代政治中犹如是大浪潮中的一粒沙，一直处于运动

---

① ［美］戈登·马里诺：《存在主义救了我》，王喆、柯露洁译，北京联合出版公司（北京），2019 年，第 4 页。

中，涌来荡去，无所谓彼岸，只有运动本身是永恒。那些似是而非的选择，好比"第二十二条军规"，让人陷入永恒循环的焦虑。

第二，被动跨文化者的主动性有所增强。被动跨文化者，指那些身未离故土，精神和生活却与"外文化"发生碰撞和摩擦之人。与殖民时代面对闯入者的殖民地居民不同，五部国际政治小说中的本地人并没有停留在被动地面对和承受"外文化"的冲击，而是进行了积极的探索。如果说《文静的美国人》中的凤儿还带有殖民地女孩的特征，那么《喜剧演员》中的约瑟夫和马吉欧医生、《名誉领事》中的利瓦斯神父和《人性的因素》中的萨拉都已经开始了反思甚至行动。这些被动的跨文化者，从文化等级的桎梏挣脱出来，解码并释放了个体和本民族的能量，由此扩大了本民族的政治、社会、文化空间，登上了历史的舞台。

被动跨文化者的主动性，首先是从建构文化主体性开始的。这一点在前文论述"本地人"时就已谈到，此处不再赘述。其次，被动跨文化者对"外文化"冲击存在一个祛魅的过程。面对陌生带来的诱惑和恐惧，被动跨文化者本能的行为依据是本民族的文化传统。据文化人类学家的调查，人类群体在面对"外文化"时，或选择热忱接纳或选择敌视驱赶，都来自各自的群体属性。人类的理解和包容能力，在此被挑战和历练。二战的结束带来了世界范围的解放浪潮，不同的意识形态和思维观念涌入，在他者的对照下，被动的跨文化者不再将母文化或"外文化"中的任何一个视为唯一，不再是"东风西风"之争，而是有了并存的可能性。文化等级观念逐渐崩塌，新观念的成功塑造给了被动跨文化者更多的想象和行动空间。最后，日新月异的科技也使得被动跨文化者有可能积极创造与"外文化"的对话空间，由被动变为主动。不可否认，技术为全世界带来福祉，其中最重要的一点就是通过搭建学习平台，拓展了认知的广度和深度，为了解、理解和包容差异创造了可能。当"外文化"迎面袭来时，被动跨文化者不必像过去一样陷入休克状态，或者本能地以母文化惯例来反击，而是可以采取介绍母文化、积极了解"外文化"，并积极寻求沟通的方式来应对。被动跨文化者的主动性增强，使得人类之间的文化交流方式发生了根本的转变，由前现代的猛烈碰撞和单向流动模式转向现代的缓慢、长期、复杂的双向和多向交流。

第三，跨文化者处在从"边缘人"到"世界公民"的过渡阶段。从乔治·齐美尔提出"陌生人"概念到罗伯特·帕克定义"边缘人"，随着人类的流动性增强，个体如何与他人相处、如何与更大的社会建制和谐共生等问题被带到聚光灯下。格林从 20 世纪 50 年代开始，就通过塑造福勒、普拉尔、伍尔摩等人物形象讨论了此类困惑。与"来了不走"的陌生人不同，边缘人是一种"文化混血儿"，"他们边缘人的身份一般是与生俱来的，而且几乎无法摆脱"①。齐美尔的"陌生人"和帕克的"边缘人"概念都是在 20 世纪初期世界各国还处于相对封闭的状态下提出的。在经济、文化全球化已经成为普遍现实的今天，这些概念被社会学家罗伯特·默顿以一个更具时代特征的提法——"世界公民"（cosmopolite）——所取代了。默顿的提法是相对于"当地人"（localities）提出的，他认为"世界公民"不具有"当地人"强烈的"本土认同"，但受教育程度更高，外出旅行的次数更多，接触的是具有全球视野的媒体。②

以默顿的定义来衡量，我们很难将五部小说中的任何一个人物定义为完整意义上的"世界公民"，但主要人物都具有一定的"世界公民"特征。诚然，五部小说的主人公都受过较好的教育，是记者、公务员、医生，哪怕仅仅是一个吸尘器经销商，也喜欢阅读，有能力以吸尘器构造为蓝本画出一个导弹的草图（伍尔摩）。他们共享怀疑主义的思维方式，更容易成为边缘人。与之相反的，受教育程度较低者的价值观由传统所建造，家庭、社区、生存环境所带来的影响是最为主要的。努力将自己放在大多数人中间，这是传统所要求的安全与合理。他们往往秉持一元价值，是传承和固化传统的一批人。然而，边缘人是那些被各种相矛盾的观念和相排斥的情感所煎熬的人，是意识到自己有所选择的加缪式的存在主义者。这些人栖息在文化的边角，或以不问世事的心态自我放逐，如福勒和布朗；或因痛苦后的认同而选择献身，如马吉欧医生和卡瑟尔。他们仍在夹缝中挣扎，仍然在家国认同中寻找支点，尚不具备世界公民的现代性主体观念和全球视野。

全球化媒介的影响同样制约着这些主人公，小说表现出他们在媒介信息海洋中承受着文化、社会、政治的剧烈摩擦，以及在信息复杂变奏中的无奈和彷徨。人类历史在 20 世纪瞬息万变，人们可以做出评判的信息和

---

① 单波、刘欣雅：《边缘人经验与跨文化传播研究》，《新闻与传播研究》2014 年 06 期，第 61 页。

② 史安斌：《从"陌生人"到"世界公民"：跨文化传播学的演进和前景》，《对外大传播》2006 年第 11 期，第 46—49 页。

伦理依据也变得多元，因此让"做出选择"这件事本身变得更加痛苦。然而，即便如此，总是有人迈出那勇敢的一步，或是清醒如卡瑟尔，或是糊里糊涂如琼斯。他们的情感与殉道相去甚远，带着不舍和纠结，无时无刻不在体会着艰涩的抉择带来的撕裂疼痛。格林所要表达的存在主义式的痛苦，映照出他对现代社会的悲悯与人本主义信仰，同久经磨难的木心先生所言相仿：人在痛苦的时候最像个人。通过描写这些带有鲜明特征的边缘人完成克尔凯郭尔式的"最后一跃"，五部小说展示了边缘人努力跨界的道德勇气，以及他们所蕴藏的政治能量。从边缘者到跨界者，从跨界者到世界公民，20世纪后人类文化身份的发展脉络被勾勒出来，展现出这一世界性的观念变革。人人都可能是跨文化者，他们承受选择之苦，却同时蕴含着进行伦理飞跃的勇气和改变现实政治的能量。

三

从大写的"我"到跨文化者，新的观念在现代社会中聚拢成型，逐渐描摹出人类历史长河中的一个新时代。尼采说，这是一个在"上帝死了"后由多元虚无主义主宰的"空虚时代"。面对虚无，人类迷茫且无奈，渴望一个"抓手"，又担心被其钳制。二战后宗教信仰退潮加速，世界笼罩在核战危机与经济发展的"冰火两重天"之下。在这样一个复杂的特殊阶段，国际政治以人类命运共同体之"代言人"的身份走到了聚光灯下。格林的五部小说深入地讨论了"信仰与怀疑""希望与绝望""忠诚与背叛"这三大伦理问题在国际政治中如何被放大、被深化、被重构。

"信仰与怀疑"是格林一直以来的小说主题，在天主教小说阶段刻画得尤为突出，到了政治小说阶段有了新的特征。在几部小说中，主人公派尔与福勒、史密斯与布朗、利瓦斯与普拉尔、老霍利迪与卡瑟尔都有一场辩论，各自代表了信仰与怀疑的论辩双方。从极端的老霍利迪和派尔、到另辟蹊径的利瓦斯、再到温和的史密斯，信仰的不同层次被揭示出来。然而无一例外的，他们都是某种程度上的悲剧人物。派尔被世俗的正义所毁灭；史密斯在海地的救助计划失败不得不离开；利瓦斯在信仰的"善"与世俗正义的撕扯中最终将整个游击队和朋友普拉尔带向了生命的终点。通过这些人物，小说既批判了极端信仰所导致的"天真的危险"、抽象的信仰对现实的人性的遮蔽，又肯定了他们的希望、对生活热忱地投入，彰显了信仰在世俗中促使人们寻找正义和仁慈的能动作用。

提及信仰，不能绕过去的问题就是在对格林是否作为"天主教小说家"的态度上。小说家、文学评论家安东尼·伯吉斯认为格林是"通过对天主教的'疏离'来完成救赎的"①。格雷厄姆·史密斯教授在《格雷厄姆·格林的成就》中也提道，格林的宗教小说来源于对"上帝怜悯之心的怪异之处的兴趣"②，即仁慈的上帝为何让人类经受脆弱和痛苦。史密斯教授认为格林诠释了"生命的不可预测性给人类带来的恐惧和痛苦"③。这些评价都显现出格林并不是一个正统的天主教徒。格林也曾屡次表明自己只是一个信仰天主教的小说家，而且更像是一个"天主教的不可知论者"④。

由此可见，问题的焦点不该放在为格林是否是一个"天主教小说家"下定义，而是放在天主教如何为他的创作提供多元的、持续的灵感来源。正如学者迈克尔·布里南在《格雷厄姆·格林：小说、信仰与创作》一书中提到的，与其说格林在 1926 年信奉天主教是为了寻找一种信仰，不如说是"天主教在神学和心理学方面的效能为格林提供了创造性的想象力源泉"⑤。格林曾说："我最终愿意接受上帝的存在，但不是作为一种绝对的永恒真理，而是作为此时此景下的理念。"他提到自己接受洗礼的时候选择了教名"托马斯"（Thomas），不是指"圣托马斯·阿奎纳斯"（St. Thomas Aquinas），而是"圣托马斯·迪易默思"（St. Thomas Didymus），那个"怀疑者"。⑥由此看来，天主教为他提供了同时审视虔诚教徒和无神论者，并付出自己的理解和同情的可能；并且，通过将宗教观与政治观、社会观相融合，格林拓宽了"信仰"的概念范畴，分析天主教徒、异教徒、无神论者等每种人可能的投入和献身，从而更为深入地挖掘人类的信仰危机。

"希望与绝望"主题是对生活中理想与现实、精神与物质、热忱与冷漠等矛盾的直观体现。包括国际政治小说在内的几乎所有格林小说中，主

① Anthony Burgess, "Politics in the Novels of Graham Greene," *Journal of Contemporary History*, Vol. 2, No. 2, 1967, pp. 93-99.

② Grahame Smith, *The Achievement of Graham Greene*, Sussex: The Harvester Press, 1986, p.88.

③ Grahame Smith, *The Achievement of Graham Greene*, Sussex: The Harvester Press, 1986, p.215.

④ "An Interview with Graham Greene," *Observer,12* March, 1978, p.35.

⑤ Michael G. Brennan, *Graham Greene: Fictions, Faith and Authorship*, London: Continuum, 2010, p.vi.

⑥ Marie-Francoise Allain, *The Other Man: Conversation with Graham Greene*, London: Bodley Head, 1983, p. 154.

人公们都被置于个人、社会、宗教、政治生活的绝境中。在面对各种追捕的"逃命"过程中，主人公体会到的希望与绝望因此被凸显出来：如布朗一般的疏离者在绝望中自我放逐，如琼斯一样的小人物用死亡证明了希望。通过细致刻画人物的心理斗争和性格变化，小说描述出现代人类在面对各种问题时真实的态度和思考方式。这种在希望与绝望中来回纠缠的心理，颇具现代意味，亦是作者格林对自己的躁郁症的一种隐性表达。现代人，如格林自己，或隐性或显性，大多在心灵上生着病，在自恋与自卑之间来回往复，对生活一方面满怀希冀，一方面厌倦透顶。

即便是那些利他的"好人"，如福勒、琼斯、普拉尔、伍尔摩和卡瑟尔，也不再是纯洁的道德楷模，亦非詹姆斯·邦德一般拯救世界的英雄。福勒设计害死了派尔、琼斯是个漫天扯谎的骗子、普拉尔让领事的妻子怀了孕、伍尔摩编造了好几个假间谍吃空饷、卡瑟尔背叛了自己供职的英国特情局，他们各自都犯了错。小说没有回避任何一个人作为普通人的瑕疵，而是通过对他们各自生存和心理绝境的描绘和解读，深刻地揭示了现代社会多元价值观之下的选择之难，即忠诚于一种价值就要背叛另一种。然而，正是他们身上的瑕疵、心里的纠结、行动的迟疑，让他们看起来更真实，因此更有力。直面人类自己的不完美是需要勇气的。显然，小说提供了对不完美的某种理解依据，尤其具有时代特征，让读者愿意去追问一句"为什么"，去思考一下"还会如何"，为人们冷静的、独立的深思自我和认清外部世界提供了难得的参考和启发。

"忠诚与背叛"是格林自幼年起就开始关注，并贯穿其文学生涯始终的一个重要主题。在人类矛盾两难的绝境中，在多元价值的视角下，格林认为"忠诚与背叛"两个概念都不具有绝对的定义，而是相对的、运动着的一对观念。他鼓励人们打破各种意识形态、既定原则、公共信条的制约，开启独立的、自主的思考，在内部的个人世界和外部的世俗社会两方面严肃地审查生活。格林对于"忠诚与背叛"命题颠覆的、超越对立的融合性思考也体现在他的小说创作观中。他认为作家应跳出各种"主义"的禁锢，勇敢地为被害者发声，无论被害者来自何方阵营。

福勒、布朗、普拉尔、伍尔摩与卡瑟尔五位主人公身上都带有不同程度的格林自己的影子。他们都是怀疑主义者，疏离地，带着老于世故、看透一切的眼光打量这个世界，既渴望爱又恐惧爱，徘徊在绝望的边缘。表面上他们对一切都不屑一顾，实质上心中本能地涌动着"人性的因素"，因而，让他们不得已"牵扯"进去的常常是由个人情感促成的政治投入。怀疑主义使得他们不轻易相信任何权威话语中的"正义"，而是被个体的"权力与荣耀"所打动。就像卡瑟尔一样，他们都"希望能寻觅到一片永久的家园，一个他能够作为公民得到接纳的城市，做一个无须为什么信仰起誓的公民……这城市叫作'心之安宁'"①。为了"心之安宁"，他们可以颠覆和背叛一切抽象的、权威的、绝对的观念。在表面上秩序井然的现代社会中，小说借用主人公充满怀疑主义的眼睛，穿透表象，带读者看到在个人与国家、机构、意识形态不断发生碰撞、产生误解中的那个混乱无序的社会。然而，这一对现代社会秩序的解构并非小说所要诠释的终点，通过小人物们的献身，作者提出了投入和献身行为本身的必要性。政治投入并不荒谬，个人情感的奉献亦是如此，因为"放弃冷漠、投身使命"这一行为本身具有救赎的力量。因此，格林笔下主人公们的怀疑主义和"背叛"，成为这个常常被意识形态、国家、民族等宏大叙事所淹没的时代中人类不可或缺的力量。

吊诡的是，怀疑主义者格林也怀疑自身。他讽刺福勒们的疏离和绝望、批判他们在个人感情生活中的不忠。他们的结局无一例外地都没有完全获得自己想要的"心之安宁"：福勒希望对有个人说抱歉；布朗不得不放弃他唯一与这个世界构成联系的在海地的小旅馆；普拉尔既没有救成福特那姆也没能为利瓦斯说情，而是被不由分说地被第一个打死；卡瑟尔被"流放"到国外，永远离开了他竭尽全力保护的、为之奋斗的爱人。主人公们的最终结局，体现了格林继承自克尔凯郭尔的"积极反讽"，在肯定了他们行为价值的同时也揭示出他们所付出的代价——现代人失落信仰后的迷茫和绝望，从而成功地"超越了现代主义讽刺模式中的无效性和相对性"②。

综上，通过对五部国际政治小说的人物身份、情感模型和观念塑造的三重分析，不难发现这些作品中具有的传统浪漫主义元素：对于反叛者和被流放者的同情、对任何思想束缚的质疑，以及对物质上的成功和统治的

---

① [英]格雷厄姆·格林：《人性的因素》，韦清琦译，译林出版社（南京），2008年，第125页。

② John F. Desmond, "Review of *Greene and Kierkegaard: The Discourse of Belief*," *Religion & Literature*, Vol. 23, No. 2, 1991, pp. 115-122.

蔑视。小说将各种背景地的本土元素自然地运用到故事情节中,不仅为读者带来异域风情的审美感知,也常常成为推动情节发展却被人们忽视的主要力量。母文化与"外文化"间时刻进行着必然的碰撞与界限模糊的渗透。五部作品反复探讨"信仰与怀疑""希望与绝望""忠诚与背叛"之间的张力,追问他们并存的可能性。一方面,绝对信仰、盲目忠诚和天真的希望需要被质疑、被解构;另一方面,信仰的必要性、希望的能动作用以及忠诚的现实意义被肯定、被重构。因此,格林的典型人物可以被称为"有瑕疵的好人"。他们所犯的错和他们在绝境中的挣扎与反抗,都在不断提醒着人们:虽然世界被无知且自私的人类反复地污染和破坏,但人类从未放弃建设美好家园的希望,也总有些个体的身上闪烁着包容与爱的光芒。他们努力对抗着生命的绝境、解析复杂的矛盾,通过个体的献身让这个世界变得好了一点。由此,五部国际政治小说确立起一条将"日常生活与英雄式冒险"[①]相联系的纽带,捕捉着人类在这个孤独的、压迫重重的世界中忽明忽暗的角色。通过这些人物情感的发展过程和最终的行为选择,小说也暗示出跨文化交流作为让文化主体双方得以映照和丰富的原动力特征。冷战之后,"全球化"下飞速发展的经济和沟通紧密的文化充分印证了格林的预测。我们在小说中看到,被西方评论家认为的"悲观主义者格林"对于建造跨文化情感模型的信心。正如《人性的因素》结尾处暗示的,身在英国的黑人妻子萨拉让远在地球另一端的卡瑟尔"保持希望"!现代社会中,建立在"人性的因素"之上的,该是一种跨文化的敏感,以及"人之为人"的温暖情感和不断更新、优化的动态观念。

---

① David Leon Higdon, "A Review Essay," *MFS Modern Fiction Studies*, Vol. 36, No. 4, 1990, pp. 620-621.

第十章　政治叙事方式

第一节　公共的政治

一

　　在经过了和谐浪漫、理性高歌猛进的纪元后，人类于 20 世纪创造了无可比拟的成就，也造成了无法弥补的创伤。科学技术的发展和世界市场的形成让人类社会在短时间内享受到物质的极大丰富和生活的畅通便捷，在利用和改造自然的过程中掌握了万物之灵的"优越地位"和"绝对权力"。与此同时，短短百年间却爆发了人类历史上两次世界大战，涉及的国家之多，战场之广，死亡人数之巨，都令人心惊胆寒。人类困惑于这样的悖论：最残忍的屠杀、最极权的统治、最绝望的饥荒竟然都出现在"自由、平等、博爱"的现代文明中?！二战后至今，政治哲学研究的全面发展也证明，政治问题是 20 世纪最棘手的遗留问题。西方的理性主义为全球带来解放的浪潮，却不能避免强国对垒、小国夹缝求生，以及越来越多的被殖民国家和平争取独立的期望最终破灭而不得不诉诸武力。恐怕之前没有任何一个时代，人们被政治、被社会裹挟得如此彻底，个体在大的国家机器、意识形态、文化壁垒中面临着一个又一个艰难的抉择。个体的迷茫、错乱、孤独，是这个时代中避无可避的痛苦现状。正应了阿兰·布鲁姆的话："人们对于最重要原则的常见理解和基本共识开始瓦解了，而这些原则正是我们时代的特征。"[①]

　　格林于 1904 年出生，1991 年去世，见证了第一次世界大战，参与了

---

① 　[美] 阿兰·布鲁姆、哈瑞·雅法：《莎士比亚的政治》，江苏人民出版社（南京），2009，第 1 页。

第二次世界大战，体验并记录了冷战，听闻柏林墙倒塌、苏联解体。与W.H. 奥登、伊夫林·沃等一众英国作家一道，成为英国文学辉煌历史上绝无仅有的"三战的一代"。与前辈、后辈皆不同，"三战的一代"对政治避无可避。彼时，政治以前所未有的狂飙之势渗透进了公共生活，影响着现代生活的目标、内容和方式，影响着作家的思想和创作。

自童年起，政治在时代中所扮演的特殊角色就在格林心中留下痕迹。一战中，其父亲任职校长的公学有很多毕业生走上前线，秉承自由主义的父亲对此表现出强烈的不满和担忧，让小格林印象深刻。大学时期，格林曾短暂加入英国共产党。二战期间他供职于英国情报机构，二战后更是在全世界进行冒险旅行，撰写国际政治报道，这些丰富曲折的经历使得格林对 20 世纪政治有着独树一帜的思考。他曾表示，自己所有的作品都可以被称为是政治的。

然而，格林创作政治小说最初并不被看好。原因多样，其中最主要的莫过于"政治对诗之污染"。此一说古来有之。以小说为媒介谈论政治主题始于 19 世纪的英国，本杰明·狄思累利（Benjamin Disraeli，1840—1881）被认为是"政治小说的发明人"[1]。他曾两度出任首相，是一位不折不扣的政治家。虽然狄思累利很看重小说家的身份，但他也公开承认"本意不想采用小说形式作为宣传意见的工具"，可"经过思考，决定对这种合乎时代精神的、能够最好地影响观点的办法加以利用"[2]。对政治小说作为宣传工具的批评自此从未断绝。事实上，以意识形态为背景或主题的创作非政治小说独有——班扬的《天路历程》是宗教教化小说，而理查森的《帕梅拉》和《克拉丽莎》显然在进行道德情感教诲。高尔基曾说："政治就像坏天气一样是不可避免的，不过，为要使政治变得高尚，就必须有文化工作。"[3] 既然避无可避，正确的了解和认识政治就成了文化工作的一部分。横跨文学和政治学领域的政治小说，以其独有的视角和态度记录历史，同时也是历史的必然产物。安东尼·特罗洛普曾为政治小说抱不平，

① Morris Edmund Speare, *The Political Novel: Its Development in England and America*, Oxford University Press, Ameriacan Branch, 1924.

② Robert Blake, *Disraeli*, New York: St. Martin, 1967, pp. 193-194. 转引自管南异：《进退之间：本杰明·狄思累利的"青年英格兰"三部曲研究》，浙江大学出版社（杭州），2010 年，第 2 页。

③ 高尔基：《不合时宜的思想——关于革命与文化的思考》，朱希渝译，江苏人民出版社（南京），1996 年，第 76 页。

在自传中回击那些批评道："如果说我为自己写政治，那么我为照顾读者还得掺入爱情、阴谋、社交和狩猎。"①阅读他的政治小说，能体会到澎湃的激情，那是一个有责任感的文学家对于社会政治的关怀，体现出那个时代知识分子参与公共生活的积极态度，因为彼时"一个持有政见的人，首先要想到为他人谋幸福，不谈就是'政治阴谋家、江湖骗子、魔术师'"②。若时光倒回两千年，特罗洛普便不需要如此为自己辩护。因为在古典意义上，政治是演绎最广阔、最深沉、最高贵的激情与美德的舞台，政治人物因此也曾是诗最有意的塑造对象。如此看来，"政治对诗之污染"是禁不起推敲的，"一部小说的政治色彩浓淡并非衡量其价值高低、品味优劣的标尺"③。

格林对政治主题的选择，是对古典的回归，也是向未来的推进：回归是政治主题的内容，前进是对政治中小人物的聚焦。小说着力刻画的不是大叙事中的政治英雄，而是那些常常在政治中被牺牲的小人物。在现代政治生活中，不仅普通的品德被投射到更大的背景之上，人们也在自觉和不自觉间被激发着新的才能，产生连自己都不曾设想的能量。主人公琼斯、普拉尔、卡瑟尔的最终选择都说明了这一点。尤其是在政治的极端状态下，人的本质暴露无遗。格林的五部政治小说通过刻画人物的选择和命运，促使读者思考可能的道路，从而使人们更加理解自己。这正印证了阿兰·布鲁姆对于政治与诗之争的结论："诗的价值来源于作者的政治崇高性，同时体现在内容和用途中。诗不是自为的，它的内容和用途将它的生命与某些事物牢牢熔铸在一起，正是这些事物激励着行动中的最强者。"④

关于如何描绘政治，康拉德可以称得上格林的绝对偶像，非常直接地影响了格林的创作风格。在政治小说之前，康拉德对格林的首要影响来自他在小说美学上的探索，即在现实主义体裁中进行技巧性的实验。格林的政治小说重视语言文字的美学形式和艺术功能，运用多种现代派表现手法来突出政治主题，不仅创造了"箱子"等意象，还以印象派方式勾勒出多个经典人物。每次小说人物的出场都好比影像，带来强烈的视觉效果，作

① 蒋承勇等：《英国小说发展史》，浙江大学出版社（杭州），2006 年，第 187 页。

② 陆建德：《特罗洛普和政治》，《书城》2009 年 09 期。

③ 徐岱：《小说形态学》，杭州大学出版社（杭州），1992 年，第 276 页。

④ [美] 阿兰·布鲁姆、哈瑞·雅法：《莎士比亚的政治》，江苏人民出版社（南京），2009 年，第 6 页。

者再通过倒叙和插叙将不同场合获得的其他印象组合起来，逐渐勾勒出一个完整的人物形象。除最早期的一两部不成熟的惊险小说作品外，格林整个创作生涯的作品都在吸收和运用现代派的表现手法、电影艺术的呈现方式等方面做着积极的尝试。五部国际政治小说的人物，不管是单纯的还是复杂的，每一个都是对环境的震动做出直接反应的鲜明个体，其整体性和独特性不可分割。这些艺术手法赋予了刻板沉闷的政治小说以活力，使其显得直接且生动。

格林对政治小说主题的拓展同样继承自康拉德。从狄思累利到特罗洛普和艾略特，维多利亚时代的政治小说将政治活动本身作为主要议题，讨论的是议会、地方，或者某个党派的具体政治行为，其人物的追求或是一定程度的政治理想，或是政治权利本身，我们姑且称其为"热血政治"。而康拉德则是将资本主义追求物质利益最大化对人们身心的影响作为出发点，来谈人们违反伦理道德标准对丑陋政治的姑息和妥协，以及政治为了其所代表的某一阶级或特定人群的利益从内至外的腐化和溃烂。F.R. 利维斯认为康拉德的名篇《诺斯特罗莫》存在着"一个主要的政治或社会性的主题，即道德理想主义与物质利益之间的关系"[1]。康拉德的视角揭示了20世纪现代性语境下"金钱—灵魂—政治"的三角关系，刻画了冰冷的"功利政治"。格林对此进行了继承和发扬，如《文静的美国人》中凤儿对情人的选择，在福勒疏离的处世哲学中摇摆，在与派尔的政治交锋中最终达到高潮。格林在此传达了康拉德式的警示，呼唤在物质横流中迷失的灵魂回归本真的伦理道德，"一心一意地向普天之下表现最高程度的正义"[2]。

政治改变着公共生活，人们在其中发挥自身的潜能，也书写着罪与罚的故事。二战后，普通人与政治以前所未有的方式紧密联系，这也促使小说家们以政治的方式去观察、去思考。作为"三战一代"的作家，格林对20世纪的政治风云变幻有着特殊的敏感毋庸置疑。他意识到政治对公共生活的入侵，因此将笔触从小的政治纷争中拔出，尽心竭力地刻画公共的政治，描写人们在政治生活中的迷茫和纠缠、光荣与梦想。在这一点上，格林无疑是极具勇气的。他笔下的政治，既非民众所想，亦非政客所愿，而是对社会生活动荡以及其中人性的恒久动力二者相作用的沉思。尽管格

① ［英］F.R. 利维斯：《伟大的传统》，袁伟译，生活·读书·新知三联书店（北京），2002年，第318页。
② 赖干坚：《论约瑟夫·康拉德小说的特色》，《外国文学研究》1991年第03期。

林写出了小人物的复杂选择可能蕴含的决定性力量，但其作品显然造成了对任何意识形态下乌托邦的解构。真相让人不适，因此这世界永远缺乏并需要真相。甚至，格林"之所以被认为在宗教和文学领域特立独行"，正是因为他在人类的悲苦中一直"真诚地探究真相"①。从这一维度看，格林的国际政治小说，因其对现实的精确描绘，很可能成为对现代人类迷茫、疏离、孤独等病症"以毒攻毒"的解药。

二

对真相的积极探索使得这五部国际政治小说倾向于在真实的地理和文化背景中讲故事和刻画人物，若干重要场景都来源于格林的亲身经历，形成了格林国际政治小说的另一大叙事风格——虚构作品中的现实感。这种创作方式，使得人物的遭遇有了现实世界的依托，更加具有说服力，也让精准描绘国际政治并分析其逻辑成为可能，最终指向了对现代人类存在困境的探索。然而，评论界对格林此种风格的评价却呈两极，有学者认为这是彰显时代性的创作手法，但也有学者提出批评，认为这些作品是新闻而非文学。"指控"一部分来源于格林将其自身经历化入小说的创作习惯，一部分来自现实对于格林小说的精确到令人匪夷所思的呼应——《文静的美国人》预言了美国参与越战；《哈瓦那特派员》出版后四年爆发了古巴导弹危机，而《人性因素》中的卡瑟尔更是被认为是为金·菲尔比量身定做的……有批评家怀疑格林是现实的抄袭者。

格林对此问题并没有回避，曾在自传《逃避之路》中承认《文静的美国人》具有"直接的报道文学特色"，因为他顺应了一个作家的天性。他就在那儿，在现场，亲眼见到壕沟里的孩子依偎在他死去的母亲的身旁；他在海地的清晨一出门便看到几个人被吊死在街上。这些撕心裂肺的惨景深深地刻在他的脑海里，多年不灭。在越南战争中经历过多次战役的格林曾屡次写信给相关人士和撰写报道，呼吁西方重视这一地区的政治事件，认为西方社会对于东方正在发生什么以及其背后的原因所知非常有限，甚至是被误导的。比起西方媒体上对于外国事件报道的冰冷词句和数字，民众更需要了解那里的人究竟经历了什么。显然，作为目击者，人性的善良和作家的同理心都让他无法回避真相，他有责任为死去的人们保存一些记忆。可以说，国际政治小说的真实感，来自小说家作为记者在世界最危险

---

① Franklin Freeman, "A Review Essay," *The Literary Review*, Vol. 55, No. 2, 2012, p. 227.

的地方对人类悲苦生活的直观感受。况且，"直接的报道文学特色"并不等同于复制现实。《文静的美国人》在出版近 70 年后的今天仍然是英美高校政治学和文学学生的必读书目，恰恰说明了它一定比学生们可以在搜索引擎中找到的史实多了一点什么。

记者格林笔下客观求实的新闻报道显然并不能让小说家格林感到满意，他需要更加丰沛的文本，可以囊括他的感受、知识、想象，包含他在战争中被触动的、人类天性的多个侧面。继宗教的世界之后，格林再一次被战争后的第三世界国家的政治现实所激发，其中包含着低俗与优雅的混合、丑陋与美好的兼容，以及死亡与再生的交织。这正是小说这一艺术要记录的"真实"，小说家责无旁贷。从接受维度来看，小说显然会比新闻报道和纪实文学获得更广泛的阅读，同时具有长久的生命力。在这二者的考量下，记者格林"言传"所不能达到的，由小说家格林来"意会"。这同时体现了格林的一种历史观：以文学描述另一种真实，为微观的个体发声，用以填补或者对抗宏大叙事。

格林作品的浪漫主义手法也说明他并非现实的抄袭者。相信没有人会否定格林是一个现实主义作家，但五部政治小说中的侦探小说的框架，对"逃亡者"与"追击者"的塑造，半开放式的小说结局等却是典型的浪漫主义风格。这正应了波德莱尔的判断："浪漫主义恰恰既不在体裁的选择，也不在准确的真实，而在感受的方式。"[①] 格林小说有着一种看似冷漠的感受方式，以一个"闯入者"去看"本地人"或者另一个"闯入者"；在政治事件的发生发展中，主人公同样也在经历着内心的惊恐、纠结、痛苦，最终通过"最后一跃"完成了救赎或者成长。更值得注意的是，小说并没有停在浪漫主义的"英雄救赎"（虽然是非典型英雄），而是向前一步，揭示英雄矛盾复杂的结局，以及他为此付出的终生的代价。也许没有哪一部小说的结尾像《人性的因素》中的那样让人五味杂陈——出于对妻子的爱去报恩，却一步步走到了与妻子分隔世界两端的境地。这个结局使人意识到宏大叙事让个体背负轮回的十字架，压得人们无法不感受生命复杂的重量。

　　她问："你有朋友吗？"

　　"哦，是的，我并不孤单，别担心，萨拉。这儿有个英国人曾是

---

① ［法］波德莱尔：《波德莱尔美学论文选》，郭宏安译，人民文学出版社（北京），1987 年，第 218 页。

英国议员。他已邀请我等春天来了去他的'达莎'。等春天来了。"他用一种她简直辨认不出的声音重复到——一个已无法确定是否还能等到春天的老人。

她说:"莫瑞斯,莫瑞斯,请保持希望。"可是随之而来的一片难以撕破的沉寂中,她意识到通往……的线路断了。①

格林对将真实感注入虚构作品的创作手法虽一以贯之,但如果说作家完全没有受到评论的困扰,则并不准确。《逃避之路》详细记载了他到南美为《名誉领事》搜集素材时发生的插曲:

> 我在那儿的第一个早上,当我躺在床上读当地报纸《海滨》(El Litoral)时,一个更严重的问题出现了。在首页我读到一个和我来这儿要写的极其相似的故事——一个从科连特斯(Corrientes)附近小镇来的巴拉圭领事被当作巴拉圭大使错误地绑架了,释放政治犯的要求提交到斯特罗斯纳将军处,他那时正在阿根廷南部钓鱼度假。
>
> 接下来的一整天我都在想我此行是多么的无功。我怎么能继续创作一本故事在现实中如此清晰地发生过的小说呢?然而,几天后,将军答复绑架者说他们想怎么对待领事都行——他对除了钓鱼之外的任何事情都不感兴趣——之后领事被放出来,(这件事)也被遗忘了。我才有勇气继续我的故事。我选择巴拉圭作为实施这样无效的绑架案的地方看来是对的。②

从这段文字中可以看出,格林对于真实与虚构的界限是有所顾忌的。他极力避免情节上对历史的复刻,慎重地选择故事。在真实的历史时空中,注入虚构的情节;在虚构的人物中,塑造人类感受和思想的真实。这正是格林国际政治小说的主要美学价值之一。正如格林的偶像亨利·詹姆斯所说:"予人以真实之感是一部小说至高无上的品质。"③

如果说新闻报道类作品的"真"是对真实事件的文字叙述,那么小说

---

① [英] 格雷厄姆·格林:《人性的因素》,韦清琦译,译林出版社(南京),2008 年,第 314 页。

② Graham Greene, *Ways of Escape*, London: Vintage, 1999, p. 293.

③ [美] 亨利·詹姆斯:《小说的艺术》,朱雯等译,上海译文出版社(上海),2001 年,第 151 页。

的"真"则是小说家以感受和逻辑为基础对历史事实的微观叙事。前者是要尽量拉开距离，而后者则不得不将自己的一切与书写对象融为一体。在《喜剧演员》出版后，西方开始关注在海地发生的事件，"爸爸医生"伪装出来的和蔼领袖形象逐渐瓦解。这让我们想到彼得·盖伊（Peter Gay）的名言："在一位伟大的小说家手上，完美的虚构可能创出真正的历史。"[①]五部国际政治小说同时把握了"真"与"诗"的两个支点："生活本来的样子"和"生活应该有的样子"。艺术之美在创造者对二者的平衡中体现，包括它们之间的张力、摇摆、冲突、矛盾与联系。艺术中真正的浪漫精神其实体现了现实主义，反之亦然——真正的审美现实主义体现了浪漫精神。二者相辅相成，相互映照，不可分割。格林的这种创作风格，恰恰是对 20 世纪下半叶波谲云诡的国际政治最好的表达，与同时代的其他作家相比，具有一种"纪实美学"（journalistic virtue）价值。[②]

三

格林的"纪实美学"风格同时引起西方学界的另一类批评，认为格林描摹的现实太过真实，太过黑暗，是其将悲观主义渗透小说创作之中，有意创造出一个充满背叛、肮脏并恐怖的"格林之原"（Greeneland）。"格林之原"一词，由格林的姓氏与单词"土地"组成，比众所周知的地名"格陵兰"（Greenland）多了一个字母"e"。它首次出现在 1940 年 6 月的一期《地平线》（Horizon）文学期刊上，作者阿瑟·考尔德 - 马歇尔认为格雷厄姆·格林的小说以一个应该被称为"格林之原"的破败世界为特征。[③]众所周知，格林喜欢在文字上使用隐喻，他是否有意把自己的小说世界借"格陵兰"谐音来定义很耐人寻味。因为在 1936 年出版的小说《一个被出卖的杀手》（A Gun for Sale）中就有这样几句话："从三楼一间亮着灯的房子里飘落下一首歌"，"他们说这是，一个男人从格陵兰带来的雪莲……"[④]到 1972 年，"格林之原"这一单词被正式收录进《牛津英语词典》增编

---

① ［美］彼得·盖伊：《历史学家的三堂小说课》，刘森尧译，北京大学出版社（北京），2006 年，第 153 页。

② Robert Murray Davis, "From Standard to Classic: Graham Greene in Transit," *Studies in the Novel*, Vol. 5, No. 4, 1973, pp. 530-546.

③ Arthur Calder-Marshall, "The Works of Graham Greene," *Horizon:A Review of Literature and Art*, Vol. I, No.5, 1940, pp. 367-375.

④ ［英］格雷厄姆·格林：《一个被出卖的杀手》，傅惟慈译，江苏凤凰文艺出版社（南京），2017 年，第 12 页。

卷，词条的定义为："用来描述典型的格雷厄姆·格林小说的背景和人物所处的悲伤和破败的世界。"被评论家们归为一个悲伤破败的虚构世界的创造者，格林显然并不满意。然而他并非不承认"格林之原"，而是对这个定义暗示着"格林之原"这个破败的世界只是他的文学创作感到不满。格林想告诉人们，小说中的很多场景都在现实中发生着。

V.S. 普利切特称格林是"继亨利·詹姆斯之后第一个描绘现实世界之魔鬼一面的英国小说家"[1]。显然，格林是詹姆斯有意识的继承者。在詹姆斯的早期和晚期小说中，他将美国人与欧洲人之间的矛盾以及单纯与世故之间的对立作为基本主题，深刻地反映了新旧大陆之间在道德观念、礼仪风尚和生活态度上的冲突。从某种意义上来说，"凭借某个人物的观察、认识、感受和印象所构成的'意识中心'，来揭示美国人的天真单纯和欧洲人的世故诡诈，不仅使詹姆斯成为'大西洋两岸文化的解释者'，而且也是其小说获得成功的关键所在"[2]。格林将这一特点进一步发展到世界领域，搬上了国际政治舞台。"我是一个极其相信炼狱的人，"格林某次接受采访时这样说，"炼狱在我看来，具有意义……你会有一种活着的感觉。我无法相信一个只有消极被动的幸福所构成的天堂。"20世纪小说家已经很少会将好人与坏人做明显的两极化塑造，但格林却可以更细致地进入，"把人的邪恶同残忍、刻薄以及用意不良的愚蠢加以区分"，进而带来一种惊悚的阅读体验，"人并没有变得善良的真正出路，而只有或多或少陷入邪恶的无数途径"[3]。虽然格林曾说自己二战时期开始的世界旅行和20世纪50年代开始创作的政治小说是对中年危机的一种逃离，"逃离无聊，逃离绝望"[4]。但事实却是，小说家格林从未试图逃离人类存在的真实世界，反而不停地呈现着现代生活的各种复杂表征，并探究赋予其意义的人类思维和行为的各种可能性。

究竟什么才是"生活应该有的样子"？一直企图置身事外的福勒最终解决了间接制造爆炸案的派尔，却在内心希望对他说抱歉；骗子琼斯最终上山参与游击队，尽管其中有逼不得已，但仍用自己的方式完成了献

---

① Dorothea Barrett, "Graham Greene," Adrian Poole ed., *The Cambridge Companion to English Novelists*, Cambridge: Cambridge University Press, 2009, pp. 423-437.

② 李维屏：《英国小说艺术史》，上海外语教育出版社（上海），2003年，第203页。

③ [英]扎迪·史密斯：《英文版导言》，《文静的美国人》，格雷厄姆·格林著，主万译，上海译文出版社（上海），2008年，《英文版导言》第1页。

④ Graham Greene, *Ways of Escape*, London: Vintage, 1999, p. 139.

身；卡瑟尔明知会暴露身份仍冒死送出最后一封情报……格林笔下这些绝望的人物，在各自欲望中挣扎的同时，仍努力地想要完成属于伦理或道义的"最后一击"。现实的绝望和"格林之原"上生活本来的样子让人无可避免地选择背叛、世故、逃避，然而，在小说尘埃落定的章节，人们却分明读出作者对福勒、布朗、伍尔摩等老于世故之人的嘲讽，反过来让人思考天真行为的救赎意义。正是这"最后一击"带来了绝望之后的希望，好似黑夜中的点点星光，指引着整个人类世界的方向。这是格林之原的一大特征——至暗中的微光。

在近七十载的文学生涯中，那些概念性的、只具有标签或符号意义的东西似乎并不能让这位走遍世界的小说家感到困扰，真正难以解密的永远是活生生的人。格林作品试图捕捉人类在启蒙运动和两次世界大战之后所面对的新时代所有的人性黑暗面，深入人物的内心世界，描绘欲望发展的轨迹，又从内部的微观视角向外书写，探究小人物爆发惊人行为的驱动力。格林令人信服地以故事揭露出这样一个事实：一个生活在肮脏世界的绝望个体，有着难掩的人性丑陋面，却依然蕴含改变政治格局的微能量。如此可见，"格林之原"固然阴暗肮脏，却并非是绝对悲观的一片荒漠，而是隐藏着对人性之善的信仰与灵光。格林自己曾说过，他是在为大众写严肃文学，而不是为评论家而写的。他对宗教和政治投入的热情，为"格林之原"提供了一个不断微调的、非绝对的道德体系，也成为防止他在"虚构"中走得太远的保证。通过将对"恶"的描绘融入 20 世纪重大历史事件的大叙事，格林小说从昆德拉所说的"只能低头瞪视自己的灵魂"的窄迫凝视中解放出来，拆除现代社会中各种"主义"所建起的高楼，打破基督教道德至善的桎梏，使得"人的灵魂和私密命运不再必然隔离如孤岛"，而是"仍然可能重新接回人类的总体历史之流"[①]。

这五部国际政治小说，回归大叙事传统，在思想和隐喻上书写，在人物塑造和主题意义上追求超越历史局限的美学价值。这类作品由一双记者的眼睛和一支文学家的笔共同创造。人们常在世界最危险的角落发现这个直面人类巨大痛苦的记者、作家，一个正试图在"人性的因素"中找出"问题的核心"的普通人。这些都使得五部国际政治小说作品能够"极其

[①] 唐诺：《入戏的观众》，载《我自己的世界：梦之日记》，格雷厄姆·格林著，恺蒂译，译林出版社（南京），第 133 页。

敏锐而深入地反映时代风貌"①，在 21 世纪仍持续不断地被阅读、被研究。也许亦如美国学者卡托所强调的，世界范围内的旅行和记者的经历让格林成为"对塑造每个个体生活的政治现实有着清晰意识的人"，让他的小说可以"超越阶级和文化的局限，在整个人类生存状态的高度去剖析人性的复杂"②。无论如何，在这个被意识形态和自我中心主义所淹没的时代，我们需要一种声音来唤醒公共的意识，愿意不回避、不躲闪地去看待世界的真相，以不断加深我们对于生命"权力与荣耀"的理解和领悟。

第二节 改良的故事

一

如何去发现"真"？格林的答案是"像侦探一样"。"揭密"是格林写政治的方式，让小说故事更具可读性，且深化了主题。以《文静的美国人》为例。读者跟着叙述者福勒一点点拼凑起关于派尔的真相——他生活中的文静和政治实践中的罪恶。但直到最后一章，叙述者福勒对于派尔的死负有的责任这一事实才最终揭晓，不禁让读者怀疑福勒之前叙述得是否有失公允。换言之，作者在故事中让读者通过福勒看派尔和战争，又在结局谜底揭晓时让读者质疑福勒的视角，进而在故事外展开自己的独立思考。

犯罪调查或者追捕与人物自我反思相混合的叙事在五部小说中都能看到。《名誉领事》也是从福特那姆被绑架，佩来兹警长开始调查切入叙述的。普拉尔医生参与福特那姆的绑架、游说释放福特那姆的努力和他对父亲的回忆、对克莱拉的感情都叠加在一起。《喜剧演员》中对琼斯真实身份的猜测和探秘混合着布朗的自我怀疑与对陌生世界试探；《哈瓦那特派员》中瑟古拉大队长对于伍尔摩来说一直如芒刺在背，故事始终隐藏着伍尔摩对婚姻、生活、信仰和爱的内心质问与探索。《人性的因素》中，卡瑟尔不停返回童年的记忆去追问内心的忠诚是什么，在他老实木讷的外表

---

① 潘绍中：《格林短篇小说选》，商务印书馆（北京），1988 年，第 2 页。

② Maria Couto, "Juggling the Balance," *Economic and Political Weekly*, Vol. 18, No. 43, 1983, pp. 1835-1836.

下，在他一成不变、兢兢业业的工作后，隐藏着一个到小说后部才出现端倪的间谍身份。这些人物在面临选择时的两难、内心的悔恨，以及由悔恨引发的一连串行为更是让故事环环相扣。将五部政治小说作为整体来看，其最大的特色正在于两条或者更多线索及风格叠加的混合叙事。

继承自康拉德，格林作品"在一种惊险小说的框架中布置了个人的社会和政治行为的重大事件"[①]。这种多线混合的叙事风格，赋予小说侦探类作品的紧张节奏，又由真实地理空间和政治氛围营造出严肃凝重的氛围，同时不失谜底最后揭晓的高潮，而高潮后主人公们难以简单定义好坏的复杂命运显示出作品超越通俗小说的艺术性。它避免了全知叙事角度的局限，有效拓宽想象空间，为读者在政治的小范围和人性的大维度间打开了多条理解与同情的通道。

多线混合的叙事之外，作者还运用了融合式的多种表现手法，来呈现政治的、社会的、心理的主题。其中最值得关注的是格林对现代派艺术形式批判式的吸收。格林作品与现代派的微妙关系正是定义格林政治表达方式的难点所在。英国文学评论家布莱德伯里称格林为"文学批评家和英国传统最难处理的当代英国小说家，他的作品从来都不是一成不变地使用单一的模式或形式"[②]。

现代派的出现，在 20 世纪西方文学界掀起了对讲故事传统的颠覆浪潮。沃尔特·本雅明在对这一问题的反思中指出，自第一次世界大战以来，叙事所依赖的"交流经验的能力"已逐渐被削弱，从而暴露了人类的脆弱性。他认为，经验已经"贬值"，甚至"已跌至新的低谷"，以至于我们对外在世界，甚至"精神世界的图景都经历了原先不可思议的巨变"。他感叹道：我们要遇见一个能够地地道道地讲好一个故事的人，机会越来越少；若有人表示愿意听讲故事，十之八九会弄得四座尴尬。[③] 有着反叛意识的格林显然不怕尴尬，他对故事的喜爱来自少年的阅读，并保持了终生。同时代作家伊夫林·沃甚至称他是讲故事的天才。

钟爱故事的格林与现代主义的关系究竟如何？格林大流行是在现代主

---

① Stephen K. Land, *The Human Impetrative: A Study of the Novels of Graham Greene*, New York: AMS Press, 2008, p.1.

② Malcolm Bradbury, *The Modern British Novel 1878-2001*, Beijing: Foreign Language Teaching and Research Press, 2005, p. 297.

③ [德] 沃尔特·本雅明：《讲故事的人》，王班译，载汉娜·阿伦特编《启迪：本雅明文集》，生活·读书·新知三联书店（北京），2008 年，第 95—118 页。

义的横空出世之后，在大动荡和实验之后。他曾公开承认这一点："我也想要我的小说成为某种意义上的冒险故事，我是在有意识地反对布鲁姆斯伯里团体（the Bloomsbury Group）。"① 然而，格林却并非一个彻头彻尾的反现代主义作家。恰恰相反，在格林作品中可以找到数量可观的现代派表现手法，《恋情的终结》中大量的心理描写和意识流倾向是最好的例子。根据美国学者琳达·哈琴的定义，现代主义文学作品"以焦虑的个人反思（self-reflexivity）和形式上的互文性为标志"②。对照格林作品，通过设计回忆和希望两条叙述线索并塑造内心矛盾挣扎的人物形象，包括《权力与荣耀》《喜剧演员》《名誉领事》在内的多部格林作品都深入地将以上两点包括在内。与此同时，格林却显示出对追求审美形式的克制，不在叙事顺序上寻找标新立异，而是对故事和主题的深度保持专注。

显然，现代主义中高度追求形式和迷恋主观主义的特性让格林敬而远之，他义无反顾地回归了大叙事传统，将目光聚焦在那些不由自主被卷入国际政治进程中的普通人，那些被腐蚀被摧毁的灵魂。这是一位作家的责任。他意识到本雅明所言的经验贬值的现状："战略的经验为战术性的战役所取代，经济经验为通货膨胀所代替，身体经验沦为机械性的冲突，道德经验被当权者操纵……身陷天摧地塌暴力场中的，是那渺小、孱弱的人的躯体。"③ 所谓远行之人必有故事，格林在世界范围内的旅行和经历也成为他坚守故事、不吐不快的源头之一。在这样一位拥有丰富经验的记者和作家看来，高度现代主义既过于自私，又过度脱离普通人的日常现实。他对日常生活细节的热情是他的叙事动力，也是他的社会档案集。格林的政治小说记录了一个正在衰败的社会中所发生的变化，描绘了人们被困在他们既无法理解也无法控制的事件中所感到的困惑。

尽管格林对现代主义有过技巧性的尝试，但对公共政治和社会生活的关心使他始终坚守了故事。他认为在福楼拜和詹姆斯为现代派奠基之初，小说"并不是一种完美的形式，而是某种艺术良心"，但他们的继承人将

---

① Maria Couto, *Graham Greene: On the Frontier: Politics and Religion In the Novels*, London: Palgrave Macmillan, 1988, p. 216.

② Linda Hutcheon, "Historiographic Metafiction," Patrick O'Donnell and Robert Con Davis ed., *Intertextuality and Contemporary American Fiction*, Baltimore: John Hopkins University Press, 1989, p. 3.

③ [德] 沃尔特·本雅明：《讲故事的人》，王班译，载汉娜·阿伦特编《启迪：本雅明文集》，生活·读书·新知三联书店（北京），2008年，第95—118页。

形式完美的理想视为小说存在的理由，并淡化了这种类型，将其转化为
"沉闷的失灵形式"①。这体现出作家对现代主义处于唯我论边缘的担忧：作
家寻求"主观小说中的避难所"，导致其对外部现实体察能力退化，从而
"可见世界不再像精神世界一样完全存在"②。真相由此被消解了！

二

　　既然坚守故事，就不免有老套之嫌。格林在政治小说写作中有意地打
破传统的故事框架，加入各种新鲜的、具有世界元素的"佐料"，有心理
的、社会的，也有宗教的、政治的。《名誉领事》中的一个细节处理便让
人印象深刻。佩来兹警长探访普拉尔医生家，令人惊讶地准确分析了福特
那姆被绑架的原因："我甚至还想到，他可能是由于某一个错误而造成的
牺牲品。你知道，他和美国大使在一起，在遗址参观。大使更有可能是绑
架的对象。要真是那样的话，那些绑架者肯定是不认识他的——也许是从
巴拉圭那边来的。"③警长瞬间成为普拉尔的一个危险对手，抓住了他说谎
的小辫子，认为普拉尔很可能就是提供情报的人。此时，读者已经嗅到了
侦探小说的熟悉味道——聪明的警探将他的假设转化成为现实。然而，情
节发展的轨道却出人意料，侦探小说的模式突然被一种个性化的东西打破
了——南美文化中的马基思莫精神让佩来兹警长的神探角色戛然而止。普
拉尔与福特那姆妻子克莱拉的奸情为警长的怀疑找到了一个最好的解释：

　　　　"我很抱歉打扰了你们，医生，可是你的谎话让我费心了。不管
　　怎么说我们毕竟是老朋友了。我们甚至在一起度过了一些惊险的时
　　间……"
　　　　佩来兹警长喝干杯子里的酒站了起来。"你把我心里的疑云解开
　　了不少。我现在当然知道你为什么希望福特那姆先生能获得释放了。
　　在私情往来中，女人有个丈夫是很重要的。如果私情往来最后让人腻
　　味，女人有丈夫的话，男的就可以摆脱了。"④

①　Graham Greene, *Collected Essays*, London: Penguin Books, 1951, p. 93.
②　Graham Greene, *Collected Essays*, London: Penguin Books, 1951, pp. 91-92.
③　［英］格雷厄姆·格林：《名誉领事》，杜争鸣译，译林出版社（南京），1999年，第95页。
④　［英］格雷厄姆·格林：《名誉领事》，杜争鸣译，译林出版社（南京），1999年，第200页。

虽然警长仍像其他侦探人物一样，不忘提醒普拉尔"不要再掺和到里面去了"，但是他对本土的符号行为的接受程度是毋庸置疑的，"这儿的什么都是马基思莫……在这里，马基思莫只是另一个说法，可以表示生活，可以用来代替我们呼吸的空气。要是没有了马基思莫的话，人就活不下去了"①。由此，极具现实感的马基思莫主题介入了侦探故事的虚构叙事，打破了格式化的故事发展路线，成为将简单的情节剧（melodrama）转化成为融合多种元素、体现出人类复杂的认知和行为动机的艺术叙事。

在回忆小说《文静的美国人》的创作经历时，作家曾这样说：

> 《布莱顿硬糖》……在我头脑中是以一本惊险小说开始的。从第一句话，我的目的就是写一本犯罪小说，但是小说最后导向了一个完全不同的方向。但是最荒唐的例子，我觉得，是《文静的美国人》。我最近发现了最初的手稿……第一页上写着，"第13号小说——消遣作品"。我真的不明白自己怎会将这部小说看成一个简单的惊险故事。②

这表明格林的创作常常是从惊险小说出发的，又在创作的过程中自觉或者不自觉地将对人类道德复杂性的分析和思考加入冒险故事的框架中。几乎是从《斯坦布尔列车》开始，这种融入了阴谋、逃跑、追捕等惊险元素的叙事风格与其说是一种模式更不如说是一套文学的硬件，格林可以在整个创作生涯中应用，让他那些实质是以道德和哲学思考为中心的小说作品具有引人入胜的外在形式。西方学界对此也产生了较为一致的评价：海斯在《权力与荣耀》中读到格林"用亡命天涯的故事形式对宗教迫害进行有深意的解读和评价"③，沃森伯格认为格林自己就是侦探，"在寻找上帝的过程中发掘出人与人之间关系的荒芜之地"④，史密斯称格林的几部天

① [英]格雷厄姆·格林：《名誉领事》，杜争鸣译，译林出版社（南京），1999年，第95页。

② Marie-Françoise Allain, *The Other Man: Conversations with Graham Greene*, London: Bodley Head, 1983, pp. 148-149.

③ H.R. Hays, "A Defense of the Thriller," *Partisan Review*, Vol.12, 1945, p. 137.

④ John Wansbrough, "Graham Greene: The Detective in the Wasteland," *Harvard Advocate*, Vol.136, December 1952, p.31.

主教小说为"宗教惊险小说"①，肖洛克教授下结论说格林"制造了一种神秘故事形式的独特风格，用以表现当代社会的背叛和暴力"②。结合格林的天主教小说风格，我们不妨将其国际政治小说风格进一步生发，即一种具有惊险小说故事节奏，兼具对犯罪模式的混合心理分析和象征意向的小说风格。

这种风格在20世纪的英国小说作家中可谓独树一帜。"我就是我的书"是格林对自己的最佳注解。但事实上，格林不仅是他创作出的书，更是他读过的书。从少年时期开始的阅读一直在格林整个创作生涯中像火种一样闪烁着不灭的光芒。他曾说，童年是小说家的存款。对于在"忠诚矛盾"中备受折磨的少年格林来说，阅读是一种逃离也是一种冒险。"一个人爱上文学总是经由曲折的途径……被人发现的危险使偷读时光带上一种特别的刺激，简直无异于一时的幸福。"③因此，紧张刺激的惊险小说对处于困境中的格林具有特别的吸引力。它们不仅部分构成格林成年后在世界范围内冒险旅行的动机，更是他在一生的创作中都重视小说的可读性和趣味性的原始动力。在国际政治小说中，阅读的主题也被格林巧妙地嵌入其中。特别是普拉尔和卡瑟尔，他们都是惊险小说的忠实读者。比如，卡瑟尔在处于左右为难的困境时，他的避风港湾是想要像儿时的英雄、哈格德的惊险小说《所罗门的宝藏》中的主人公阿兰·夸特曼一样纵身跳进悠长而舒缓的地下河，去寻觅一片内心安宁的永久家园。可以说，格林对大众读者的阅读兴趣和习惯的尊重来自他对自己的定位首先是一个读者，而后才是一个创作者。他的阅读持续终生，且非常广泛，身后还留下了超过三千本藏书。格林曾说："流行文学的影响尤其在于其普及性，通过这一点，流行文学提供了对历史谜团的某种解答。"④

三

格林风格的形成也来自他对于新鲜事物的冒险尝试。20世纪的新兴艺术——电影——为格林打开了一个全新的世界，这在他作为影评人和剧

① A. J. M. Smith, "Graham Greene's Theological Thrillers," *Queen's Quarterly*, Vol. 68, Spring 1961, pp. 15-33.

② Roger Sharrock, *Sants, Sinners, and Comedians*, Kent: Burns and Oates, 1984, p.12.

③ [英] 格雷厄姆·格林：《生活曾经这样》，陆谷孙译，上海译文出版社（上海），2012年，第64—65页。

④ Dennis Porter, *The Pursuit of Crime: Art and Ideology in Detective Fiction*, New Haven: Yale University Press, 1981, p. 217.

作家的活跃度上充分展现出来。在 1999 年英国电影学会评出的 20 世纪佳片中，由格林小说改编并由他亲自撰写剧本的同名电影《第三个人》榜上有名。与同时期"痛苦的"兼职影评人乔治·奥威尔不同，格林在电影中获得的审美享受和写作灵感让他如鱼得水，并享有他应得的、很高的声誉。在一次媒体举办的关于电影的晚宴上，格林与导演、演员、记者觥筹交错、不亦乐乎，而同时的奥威尔却在之后戏称自己全身难受得像"被强迫出卖自己的灵魂以换取一杯劣质的雪莉酒"①。格林的影评风格非常毒辣，但其中的讽刺意味和精妙词句却又总让人忍俊不禁。格林曾写过一篇文章专门谈批评，认为"影评和电影一样，应该有点儿娱乐性"。他并不否认小说和电影"作为中产阶级的休闲方式已经成为一种高效的公共服务"，却坚决捍卫艺术的领地，表示"要认识到公共服务与小说和电影的艺术价值是不同的"。格林始终反对"将电影作为一种社会功能"进行艺术批评，认为"批评家的责任应该被限定在艺术的范围内"②。

电影相关的创作和批评不可避免地影响着格林对故事的构思和呈现，进一步影响其小说创作风格。首先，由电影生发的、对于"流行"的包容态度夯实了作家在小说中坚持讲故事的决心。"影院吸引着百万人，"格林写道，"我们一定要接受它作为一种美的流行性，不要像看到恶行一般逃开。"他认为小说创作和电影一样，要首先制造一个让读者可以进入的通道，制造一种传播的可能："如果你能先让观众兴奋，你才有可能将你心中的荣誉、痛苦、真相都成功地传递给他们。"③ 其次，格林有意识地将电影表达技巧应用于小说中。如在五部国际政治小说中，我们可以发现大量的蒙太奇表现手法，格林的笔像镜头一般刻画出远景、中景、近景和特写镜头。《人性的因素》中珀西瓦尔医生夜访丹特里的桥段④，先是一个近景，用详细的动作描写了丹特里的剃须强迫症，紧接着是二人对话的中景，最后在珀西瓦尔谈到屋中的版画时镜头再一次拉远。当珀西瓦尔在借版画谈政治时说"好好琢磨这幅画吧，特别是黄色块"时，小说的镜头将"观众"带到了画布的特写。整个过程行云流水，寥寥几笔就刻画出丹特里的

---

① George Orwell, *Collected Essays,* Volume 4, London: Penguin, 1970, p. 218.

② David Pakinson, *The Graham Greene Film Reader*, Applause Books, 2000, p. 406.

③ Graham Greene, "Subjects and Stories," Charles Davy ed., *Footnotes to the Film*, London: Lovat-Dickson, 1937, p. 66.

④ [英] 格雷厄姆·格林:《人性的因素》，韦清琦译，译林出版社（南京），2008 年，第 38—41 页。

局促和神经质，又表现了珀西瓦尔如鳟鱼般游走职场的世故。其三，电影并没有把格林带离小说艺术的中心，反而使他在大众审美之上坚守艺术阵地。格林推崇契诃夫对于艺术家精神的论述："他们之中最优秀的写真实的、平淡的生活，就像生活真正的样子一样，但是因为每一条线都被谈论过了，也润过色了，通过对目的的感知，你意识到，除了生活原本的样子，还有生活应该的样子，而这让你着迷。"[1]他认为可以创造出一种"诗化情节剧"[2]（poetic drama），将严肃文学表达和日常的通俗元素融为一体。情节来源于生活本体，是沟通艺术家与读者的理解通道，是艺术不可或缺的；而诗意则建构了生活之上的灵魂空间，是艺术家创作的意义和追求。映射到文学创作中，尊重流行价值的格林之意却并不在"安排词语顺序"的美妙技巧，而是在于对人性的解读和对人类价值的深入考察。

除了电影表现手法的运用，独特的文字风格也是格林作品的一大特点。由于身兼记者、小说家、冒险家等多重身份，格林深刻地体验着多种工作带来的交叉影响。即便是在小说中，格林的行文和用词都有新闻写作留下的独特烙印。与乔伊斯洋洋洒洒的文字风格不同，格林文风最大的特点是简单凝练，能用小字眼就不用大字眼，惜墨如金。在《文静的美国人》中，格林在描写一个战后新闻发布会时写道："主持招待会的是一个年轻的、过于漂亮的法国上校"[3]。不超十个字的定语不仅突出了人物的特点，还暗示出作者的反战立场：如此年轻阳光的男孩与黑暗凶残的战场格格不入，显得"过于漂亮"，他本该在大学校园里享受知识和爱情。又如《喜剧演员》中琼斯的出场："琼斯是个小个子男人，他穿戴得十分整齐，外面是一套浅灰色西服，里面搭配一件代双排扣的背心。不知为什么，离开了电梯、办公室人群和打字机发出的咔哒声，他的这身打扮显得和周围的环境格格不入。"[4]简洁的文字传神地勾勒出琼斯刻意的"正儿八经"，以及他一身正装与环境是多么的不相称。单单一个亮相，就巧妙地暗示了人物爱吹牛、好大喜功的特点，为小说最后琼斯"打肿脸充胖子"去带领游

---

[1] Graham Greene, "Subjects and Stories," Charles Davy ed., *Footnotes to the Film*, London: Lovat-Dickson, 1937, p. 57.

[2] Graham Greene, "Subjects and Stories," Charles Davy ed., *Footnotes to the Film*, London: Lovat-Dickson, 1937, pp. 67-68.

[3] [英] 格雷厄姆·格林：《文静的美国人》，主万译，上海译文出版社（上海），2008 年，第 78 页。

[4] [英] 格雷厄姆·格林：《喜剧演员》，郭贤路译，外语教学与研究出版社（北京），2017 年，第 30 页。

击队的决定做好了铺垫。

简洁的语言创造出一种直接且冷峻的文风，有不由分说的力量感。与海明威类似，格林为小说选取的词语是功能性的，极力避免语言直接的感性吸引力，使其为小说的主题、情节、人物服务。读者读过格林作品后往往对故事和人物印象深刻，但不记得语气和行文方式。这可谓是格林小说语言风格的一大特色，以伊夫林·沃为代表的众多评论家都在这一点上达成了共识。① 但与海明威不同的是，受传统英国公学教育的格林其实是位"科班出身"的作家，因此对文学形式的创新和变化异常敏感。在《斯坦布尔列车》等早期惊险小说作品中就曾出现比较明显的语言实验痕迹，比如大段的心理描写、复杂的词汇和学术性的表达等等。但从天主教小说开始，格林明显将词句简化了，文字风格变得简洁明快，甚至不像同样喜欢运用小字眼的海明威那般在意词句编排上的节奏和形式。这种对文字的考量，再一次指向了他坚持"改良的故事"的创作宗旨。借简单明晰的文字，格林将小说的重心从语言形式转回故事本身，从而可以在更自由的空间中塑造复杂人物、激发多维想象，并探讨严肃主题。"直接的语句，没有反语，没有歧义"，格林在与安东尼·伯吉斯谈起自己的小说语言时这样表示："没有那么多的描述，描述不是我的风格，（而是）直奔故事，用最经济最准确的方式呈现外部的世界。"② 从这一点看，格林属实是一个学院派文学的反叛者。

格林也喜欢将语言的要素融入人物的生活中，几乎每部格林小说中我们都能找到人物参与或评论语言相关事物的情节，而这些语言的细节常常带来一种别样的不安之感。在《名誉领事》中，普拉尔刚到达那个游击队绑架了英国领事的小屋时，与游击队中的一个印第安人面对面。格林写道："他不明白那些话——不是西班牙语。'他在说什么，雷昂？'"生活在南美、有着一半英国血统的普拉尔医生有英语和西班牙语的双语背景，始终挣扎在文化认同中，他并不完全理解身处其中的南美文化。小说在绑架案之前就对此做了足够的铺垫。而当普拉尔医生卷入绑架案时，这个"印第安人讲的甚至不是西班牙语"的细节，暗示了在普拉尔对南美文化理解有限之外更难理解政治，预示了他卷入政治后糟糕而又荒谬的悲剧结局。

---

① Evelyn Waugh, "Felix Culpa?" *Commonweal*, Vol. 48, 1948, p.324.

② Anthony Burgess, "Monsieur Greene of Antibes," *But No Blondes Prefer Gentlemen? Homage to Qwert Yuiop and Other Writings*, New York: McGraw-Hill, 1986, p.21.

人物对语言的运用和感知，同时也暗示着现代人类的沟通无力和疏离孤独。如办事员丹特里在与上司和同事的交往中往往感觉力不从心："觉得自己身处陌生人之中的丹特里喝下第一杯马蒂尼。像从外语词典上挑选词组一般地说到，他不知道……"这个一板一眼认真工作的丹特里，代表着现代社会中兢兢业业的职场人，他们恪尽职守，却不免机械刻板，在价值和意义上迷失了，进而自觉与周遭格格不入，甚至连自己的话语都变得陌生起来。

这五部国际政治小说中，在语言上感到匮乏之人，生活中也常常危机四伏。作者用直白的语言讲述耐人寻味的政治逻辑，用侦探小说的结构描绘现代人的迷失与逃亡，同时加入现代派和电影叙事的手法让文本有层次清晰的美感。透过一个个好读的故事，读者感受着创作者的坦诚，以及他的决心。坚持讲故事、坚持创新和改良故事，是最典型的格林风格。从《文静的美国人》的第一人称叙事，到《喜剧演员》中追击琼斯真实身份的渐入方式，再到《名誉领事》中陷入身份认同危机的普拉尔医生在政治中的自我认知与情感发现，以及《人性的因素》塑造的一个反传统的间谍形象，格林作品在小说美学上不断探索和精进。五部国际政治小说由故事生发，在真实的时间和空间搭建背景框架，又运用文学想象在虚构的情节和人物中反复探究表象之下的"问题的核心"，挖掘着处于历史文化大背景中的人物身上个体与他人、社会、国家、机构间的深度矛盾根源。阅读格林的文字，使人有一种无处遁逃之感。这可能来源于"老套"情节对人类好奇本能的吸引力，也可能由老故事在新技巧的加持下焕发出的时代活力所触发，或者说，是因为作品在老故事和新技巧的外衣下，将现代人在政治中被挤压、在意义中被纠缠这一两难困境精准刻画。

第三节　大众的文学

一

如果说"公共的政治"定义了格林国际政治小说的创作主旨，"改良的故事"诠释了格林小说美学的创作手法，那么这五部小说是否还存在清晰的创作受众？笔者认为答案是肯定的，便是大众。"为大众创作严肃文学"，这是作家的初衷，也是他毕生的追求。

格林文学生涯的源头可追溯到在伯克汉姆思黛德中学阅读的一众惊险小说作品，后由严肃经典小说加持，几十年来二者不断为作家提供持续的养分。正如《名誉领事》所描述的文学对普拉尔的二元性影响，流行小说和严肃文学好似格林的两位"文学之父"。不可否认，侦探小说、惊险小说等流行小说定义着他的文学启蒙，是他的"文学生父"，就像"史蒂文森、切斯特顿和柯南·道尔是普拉尔从他的长久离别的父亲那里继承下来的遗产"[①]一样。成名后的格林评价这种启蒙道：

> 我喜欢间谍小说和惊险小说，我相信我现在创作的小说在某种程度上也是惊险小说……我对冒险故事的偏好源于少年时期的阅读经历……所谓冒险故事，我指的是在行动中的一些暴力因素。我必须坦白我对一些现在被列为二等作家的偏爱，斯坦利·威曼（Stanley Weyman），约翰·巴肯（John Buchan），亨利·莱德·哈格德……正是他们为我逐渐注入了写作的热情。[②]

这些文字显示出格林对自己的文学生身之父的坦然和忠诚。他始终坚信惊险小说作家一样可以成为艺术大师，因为他们对文学极度投入，也因为他们的作品受众极广。格林曾在作品中借小说家萨维德拉之口表达了侦探小说因形式所导致的局限性而被文学界遗弃的现实，对格林自己来说，惊险故事和侦探小说作为文学生父是不能够遗弃的。他曾在对惊险小说作家哈格德的文学评论中谈道：

> 在文学生命中我们很少停下来去表达自己的感激之情，不是对伟大的作家也不是对正流行的作家，而是对那些像朋友一样让我们觉得给予了我们恩惠的人。对康拉德、陀思妥耶夫斯基、詹姆斯，是的；但是我太擅于忘记这些人：梅森（A.E.W.Masion）、威曼（Stanley Weyman）、哈格德，他们可能是所有我们年少时读过的作家里最让我

① [英]格雷厄姆·格林:《名誉领事》，杜争鸣译，译林出版社（南京），1999年，第5页。

② Marie-Françoise Allain, *The Other Man: Conversations with Graham Greene*, London: Bodley Head, 1983, p. 37.

们着迷的。让人着迷是作家的工作，他在我们头脑中勾勒的画面是三十年都抹不掉的。[①]

可见，广泛的受众和在普通读者心中造成的深远影响使得格林对惊险小说青睐有加。评论家奈林在格林身后为其撰写的文学回忆录中提到，格林一向不赞同 F.R. 利维斯所倡导的英国小说精英传统。[②] 戴维·洛奇也称格林为"某种程度上的学院派的敌人"[③]。格林曾 21 次被提名诺贝尔文学奖却无一所获的事实便是最好佐证。

相较于获得评论家的认可，格林显然更倾向与大众读者建立联系以寻找灵感并创造价值。格林所继承的英国侦探小说的传统，始终建立在对现代社会的道德困惑和清除城市混乱的可能性上。这一传统对格林来说是个几近完美的创作原动力，他得以将宗教和政治与公共道德联系起来，在冒险故事的框架中讨论生与死、信仰与怀疑、希望与绝望、忠诚与背叛等人类最核心的命题。可以说，格林的写作和他的生活一样，也是冒险式的：通过精彩刺激的故事，带领读者穿过个人的情和爱，通向宗教信仰，通向政治献身，又回头奔向冒险本身的浪漫内核，为枯燥无望的悲苦生活提供生命力。也许格林"在内心深处始终是个浪漫的理想主义者"[④]。

除此之外，《名誉领事》中普拉尔反复提及他阅读阿根廷小说家博尔赫斯的作品，也是格林在为侦探小说以及文学创作中的价值融合声援。作为 20 世纪最著名的拉美作家之一，博尔赫斯在阿根廷甚至拉丁美洲都是"某种意义上侦探小说的代言人"[⑤]。他不仅定期为侦探小说写书评，还在《家》（*El Hogar*）杂志上连载"外国文学和作者"专栏来向阿根廷读者介绍佳作，同时为报纸《批评》（*Critica*）编辑文学资料，鼓励并帮助本土

---

① Graham Greene, "Rider Haggard's Secret," *Collected Essays*, London: Bodley Head, 1969, p. 209.

② Neil Nehring, "Graham Greene," John Headley Rogers ed., *Dictionary of Literary Biography, Vol. 162: British Short-Fiction Writers 1915-1945*, Detroit: Gale Research, 1996, pp. 125-139.

③ David Lodge, Foreword, Dermot Gilvary and Darren J. N. Middleton ed. , *Dangerous Edges of Graham Greene: Journeys with Saints and Sinners*, New York: Continuum, 2011.

④ Maria Couto, "Juggling the Balance," *Economic and Political Weekly*, Vol. 18, No. 43, 1983, pp. 1835-1836.

⑤ Ronald J. Christ, *The Narrow Act*, New York: New York University Press, 1969, p.12.

的侦探小说创作。博尔赫斯也被认为是"运用跨文化隐喻的专家"①。他虽拥有"一种强烈英式的甚至是亲英派的倾向",却在创作中始终以阿根廷文化为基石。②这两种融合是文化层面的,却同样体现了作家在创作中兼容和调和不同价值的努力。从其成长经历来看,博尔赫斯是在一个同时包含英、西两种语言和文化的和谐氛围中长大的。因此,博尔赫斯在欧洲和阿根廷的文化价值上看不到矛盾对立,这一点也是可以理解的,因为两个都是他的根,他同时是两种文化的继承人。但在《名誉领事》中,普拉尔的成长经历却不同,来自南美母亲和英国父亲的双向继承对他来说意味着极大的困惑和焦虑。阅读博尔赫斯为他提供了一种可能,即在承认南美马基思莫精神价值的同时,寻找通往他父亲和另一种文化的道路。文学创作的价值融合的重要性由此被揭示出来。可以说,无论是小说本身的设计构思还是插入阅读博尔赫斯这一细节,《名誉领事》都算得上是格林对小说中流行与严肃艺术对立问题的重新表述。他试图确立一种新型的风格,以"为大众创作严肃文学作品"为出发点,将严肃文学与冒险故事进行嵌入式的融合,以求二者共生,甚至相互生发。

二

思路固然清晰,但将严肃主题和人物塑造融入冒险故事并非易事,它们不可避免地带来冲突和相互抑制。虽然格林曾说"单纯的娱乐小说写起来总是很无聊……而小说的目的是尽可能诚实地呈现真相"③,事实上二者之间的平衡却极其微妙,对作家来说并不轻松。惊险小说具有一种明显格式化的体裁风格,带有可预测的叙事线和平面的人物形象,很容易让作者关注情节发展的戏剧张力而忽视人物和主题。虽因其对读者的吸引力以及持久的影响,格林给予了侦探小说、惊险小说等流行小说很高的评价,但其中的艺术局限却是他不得不面对的。他做出的尝试是在论及善恶、生死、忠诚与背叛等人类存在主义困境等命题的严肃小说中保留惊险小说的框架,并将创作重点放在对复杂且充满矛盾挣扎的人物形象的塑造上。

① Elliot Malamet, "Art in a Police Station: Detection, Fatherhood, and Textual Influence in Greene's *The Honorary Consul*," *Texas Studies in Literature and Language*, Vol. 34, No. 1, 1992, p. 106.

② Gene H. Bell-Villada, *Borges and His Fiction*, Chapel Hill: University of North Carolina Press, 1981, p. 12.

③ Graham Greene, "Fiction," *Spectator*, 22 September 1933, p. 380.

同普拉尔处在英国和阿根廷的文化认同的夹层中相似，格林的小说作品常常被置于严肃文学与流行小说价值认同的夹层中。普拉尔以为自己属于英国，不喜欢甚至排斥萨维德拉小说中的马基思莫精神。但是，他却不可避免地受到马基思莫的影响。可最后，正是他不喜欢的马基思莫精神让他完成了对政治的投入，进而获得了他一直寻求的个人和文化身份认同。同样，严肃文学与流行小说这两位文学之父也在格林身上交战和交融。作为文学评论家的格林也曾不止一次批评某些惊险小说作家缺乏在艺术创作上的进取心和想象力。如在写梅森的文章中，他认为梅森"是一位令人钦佩的侦探小说作家"，但应该"在艺术上再精进一些"。他甚至很不客气地将梅森与康拉德作比："人们会记得康拉德写过：'天色晚了。我在一天艰难的工作后倍感疲惫。现在，对我来说总是很艰难。而最糟糕的是，一整天结束后你却发现自己根本看不到终点。'人们会怀疑梅森是否能够理解。他们为各自确立的终点并不相同。"① 在《旁观者》书评中，他写道："当代很多小说家的失败在于待在固定的轨道上。两三本作品增加了我们的希望值，却不能完满，因为作者似乎对他的艺术专业性缺乏兴趣，而这是防止头脑单调、想象力失去力量的方式。"②

除了主题和人物，格林作品在最重要的情节铺垫和表达方式两方面也基本背离了流行小说作品的范式。虽有惊险小说的故事框架，但作者在叙事上却极其克制，甚至在开篇总是稍显沉闷，全篇不见清晰的节奏，却常常引出一个意想不到的结局。表达上，即便语言是简单和凝练的，但在对其的使用上却没有采用直白易懂的方式，而是创造了颇多的暗喻。可以说，暗喻是格林"用来揭示他所感兴趣的虚构和想象主题的主要方式"，当这些暗喻在文中直接出现或者借人物之口表达时，"它们的功能就是一扇可以感知和理解世界的窗户"③。如《名誉领事》中小说家萨维德拉的一段发言，就暗示出作家对政治主题的态度。

一位诗人——真正的小说家必须始终以自己的特有的方式当小说家——写的是绝对的事务。莎士比亚回避了他那一时代的政治，也就

---

① Graham Greene, "Journey into Success," *Collected Essays*, p. 215, 218, 219.

② Graham Greene, "Fiction," *Spectator*, 4 November, 1933, p. 638.

③ Elliot Malamet, "Art in a Police Station: Detection, Fatherhood, and Textual Influence in Greene's *The Honorary Consul*," *Texas Studies in Literature and Language*, Vol. 34, No. 1, Spring 1992, p. 106.

是回避了政治的细枝末节。他并不关心西班牙腓力大帝怎样，也不管英国德雷克船长如何，他使用过去的历史只是为了表现我所谓的抽象的政治。一个小说家想写暴政不该描写巴拉圭的斯特罗斯乃（纳）将军——那是新闻而不是文学。①

　　格林对政治的态度是直接的，丝毫不回避、不躲闪。他的笔下没有政治英雄，只有现代政治中被挤压、被背叛的普通人，那些不常被作家们当作主人公的"反英雄"。如此说来，格林确实是"始终以自己的特有的方式当小说家"的。从早期的惊险小说，到中期以多个国家为背景的宗教小说和国际政治小说，以及最后阶段的"喜剧作品"，格林作为惊险小说和严肃文学的儿子始终在取得二者的美学共赢上做着积极地尝试，不断地吸收、改良、变化。因此他的作品风格多变，从不按照常理出牌，对评论家来说算是个多少令人有些头疼的角色。甚至，他还曾抱怨评论家们说，"对他们来说裁定我是只有一个风格的作家比发现风格是在变化着的要容易得多"②。

　　格林对严肃文学和惊险小说的双向继承还表现在作家自己的阅读经验上。自进入公学起，他经历了在二者之间的来回几次跳转：在少年时期的阅读之后，格林曾郑重地表示亨利·詹姆斯和约瑟夫·康拉德是自己的导师；但他却在 1932 年放弃了康拉德，重回惊险小说中寻找灵感，因为"他对我的影响太巨大也太不幸了"③；之后又重回康拉德，在 20 世纪50 年代重读《黑暗之心》④。就像他对惊险小说价值的肯定一样，格林也认识到了它的局限，同时还认识到严肃文学对他巨大到可能不幸的影响。因此，作家欲坚守严肃文学在艺术性和意义性上的阵地，同时引入惊险小说交融，并希望让二者相互借鉴创造出一种新的风格，甚至"新的体裁"。由此，格林完成了对两种文学模式的双重继承和双重反叛，成了"他的惊

---

① ［英］格雷厄姆·格林：《名誉领事》，杜争鸣译，译林出版社（南京），1999 年，第 57 页。

② Marie-Francoise Allain, *The Other Man: Conversations with Graham Greene*, London: Bodley Head, 1983, p. 143.

③ Graham Greene, *In Search of a Character*, London: Bodley Head, 1961, p. 48.

④ Graham Greene, *Getting to Know the General*, London: Bodley Head, 1984, p. 71.

险小说前辈们叛逆的'侄子'和严肃艺术作家淘气的'儿子'"[①]。

三

如何评价格林的融合性风格？这是一项异常艰难的工作。既不能将惊险小说与严肃文学之间的距离看作一条直线，更不能将格林小说简单地置于二者之间的某一个点上。自创作《斯坦布尔列车》伊始，跨越半个世纪，作家努力在对小说中包含的严肃文学和惊险小说元素进行微调，以期最大限度地彰显各自的优势。但很显然，并不是每一部格林作品都取得了成功。《密使》（The Confidential Agent）便是一部艺术性较低的典型惊险小说，主题讨巧，人物扁平。值得一提的是这部作品的创作背景。1939年，在创作《权力与荣耀》的同时，他创作了《密使》，一个占上午，一个用下午，甚至不惜服用刺激精神的药物来提神。结果前者成为他被世人铭记的杰作，后者所激起的水花与前者相比不值一提。这种同时进行的双轨创作，部分源于作家彼时捉襟见肘的经济状况，也体现出他严守艺术阵地的同时，对严肃小说和流行小说融合性的尝试。

随着时间的推移，格林的小说艺术日臻成熟，严肃文学和惊险小说的界限在其作品中也越来越模糊。单从情节来看，格林最成功的惊险小说无疑是《哈瓦那特派员》。惊险小说具有一个难以摆脱的特征，即格式化（formulaic literature）。罗伯特·沃肖（Robert Warshow）和拉夫·哈菲尔（Ralph Harper）等诸多批评家都同意惊险小说是由大众的阅读期待所决定的，同时这些作品也反向影响着读者的阅读兴趣。然而，格林的《哈瓦那特派员》和之前的《斯坦布尔列车》却与读者的阅读期待并不相合，反倒像是作者故意布局，挑战读者的预判力。通过远离基本的格式化叙事传统，或者用不同的方式来使用这些传统手法，这两部小说成功地打破了格式化叙事与严肃小说作品的界限。作者是在与读者做游戏。与康拉德的《密探》（The Secret Agent）类似，格林的这两部作品是他跨越二十载的严肃尝试，希望将侦探和冒险的情节作为一种合适的载体来发掘疏离之感的张力、界限和黑暗面。而这种疏离之感，正是20世纪现代性的标志性经验。如此一来，由于对文学"生身之父"——惊险小说——的忠诚和不离

[①] Elliot Malamet, "Art in a Police Station: Detection, Fatherhood, and Textual Influence in Greene's *The Honorary Consul*," *Texas Studies in Literature and Language*, Spring 1992, Vol. 34, No. 1, p. 106.

不弃，格林同时成为惊险小说和严肃文学的孩子，创造出"严肃的惊险小说"的独特风格。格林小说，尤其是中后期的政治小说作品，逐渐呈现出美学二元的动态平衡：既不停地使用惊险小说体裁，又"揭露道德复杂性并满足人们的审美需求"①。

此时再看格林的五部国际政治小说，不难发现，同其他的反叛类似，作家也在进行反传统的政治主题写作。他在访谈中曾提到，我所关心的政治是关乎生死的，而不是一场国内的选举或者所得税的小变化。这些在小说素材的选取和表现方式上都不可避免地带来矛盾。格林的特别之处在于能够平衡美学与政治在小说中的分量和关系，使二者之间维持一种微妙的平衡。也许是受到博尔赫斯看待英国和拉美文化的融合视角启发，格林更多地将焦点置于政治与美学的交融和彼此彰显，而不是相互间的矛盾之处。他将抽象的"元政治"用真实历史背景中虚构人物的生活表现出来，在一张一弛、一实一虚间动态地掌控着文学与政治的平衡。

从内容上看，五部作品的关注点都不在事件本身，而是在人。小说将人物置于重大政治的、宗教的历史事件中，以不回避、不掩饰的态度深入剖析处于绝境中的人们复杂的道德和情感，以及他们个人行为可能产生的全球性影响。这一点使五部作品免于传统惊险小说单纯纠缠于情节所带来的必然局限。怀疑主义者格林始终认为文学家肩负着某种程度的社会责任，要为那些"存在于国家法律之外的人们寻求同情和理解"，"去做国家机器中的沙砾"②。这些反传统的道德观使得他拒绝与任何权力政治结盟。格林曾说："也许莎士比亚最大的悲剧来自他自身：遮上双目换来一枚勋章，谨言慎行赢得皇室的友谊和斯特拉福德最好的房子。"③即使是创作天主教小说，格林的人物也常常是那些在无可奈何的情况下堕落的天主教徒，是非正统的，是反叛的。因此，除了对人的关注，格林的怀疑主义和对意识形态的独特解读也决定了他的政治小说不会成为僵化的政治宣传物。

---

① Elliot Malamet, "Art in a Police Station: Detection, Fatherhood, and Textual Influence in Greene's *The Honorary Consul*," *Texas Studies in Literature and Language*, Vol. 34, No. 1, 1992, p. 106.

② Elizabeth Bowen, Graham Greene and V. S. Pritchett, *Why Do I Write? An Exchange of Views between Elizabeth Bowen, Graham Greene, and V. S. Pritchett*, London: Percival Marshall, 1948, pp. 47-48, 49.

③ Graham Greene, "The Virtue of Disloyalty," *Reflections*, London: Reinhardt, 1990, p. 270.

从小说形式上来看，格林多变的、复杂的混合叙事手法将作品带离了惊险小说单一的、刻板的情节发展模式。格林的混合叙事的最大特点在于其赋予文本的张力。正如《文静的美国人》和《人性的因素》中，读者跟随叙述者观察事件的来龙去脉，评价人物的善恶，却在真相一个个揭晓之后不得不质疑自己曾经的判断。由此，格林帮助读者建立起文本内和文本外的双重身份。文本内，读者付出自己的同情和理解；文本外，读者需要理性地审查和批判。这种文本张力所引发的情感觉悟和理性思辨是格林小说提供的特有的广阔想象空间，使其既简单得好似只为大众获得片刻宁静，又复杂到包含了对人类存在价值之解读的各种层次。混合叙事因此成为格林将惊险小说与严肃文学相融合的最直观的尝试，影响了他的美学标准，可以被看成他的"反权威主义"对创作的影响，让他可以颠覆不论是来自外部世界的还是自我经验的一切精英传统。

在跨越了近70年的创作长河后，格林的长篇小说风格多样，但有一条"为大众创造严肃文学作品"的主旨却贯穿始终。如果将格林长篇小说作品作为一个整体来看，它采用了19世纪传统英国现实主义小说的故事框架，混合了改良后的惊险小说叙事手法，又加入现代派的表现技巧。在《另一个人——格雷厄姆·格林访谈》一书中，格林清晰地阐明了自己创作特点的由来。"我明显的、对于情节剧的喜欢是来自……少年时期的阅读。"① 在身陷忠诚矛盾、被同学排挤、背叛的少年时期，阅读为格林提供了一个庇护的港湾，建构了一生的精神家园。他在其中无需对任何人表示忠诚，沉浸在故事中跟着人物进行一次又一次的冒险之旅。正是这种作为读者的经验让格林对故事执着一生。旅行的经历让他进一步夯实了小说作为"平民艺术"的价值，认为小说应该讲故事，应该以此来拓宽人们相互理解、沟通、共存的通道。正如格林自己所说，"如果你先引起读者的兴趣……他们就会接受你心中的荣誉、痛苦和真相"②。

这一切的前提，是创作者的人性温度与作为小说家的良心。他一方面坚守以大众阅读为基础的故事创作，一方面在小说形式和小说内容上不断地改良，寻找突破和创新。而小说形式的革新，在格林看来，不在于标新

---

① Marie-Francoise Allain, *The Other Man: Conversations with Graham Greene*, London: Bodley Head, 1983, p. 130-131.

② John Russell Taylor ed., *The Pleasure Dome: Collected Film Criticism, 1935-1940*, London: Secker and Warburg, 1972, p. 94.

立异地创造出前人所没有的,而是为了更好地凸显人物,更准确地、传神地表现人类在绝境中的痛苦、绝望和抗争。尽管他是一个虔诚的天主教徒,格林却说:"相较于上帝的角色,小说家更像是一个双面间谍:他在声讨和维持自己的个性间不断地转换。"[1] 他观察,聆听,寻找动机,分析性格——为了真诚地探究真相,可以肆无忌惮,为所欲为。[2] 这也是格林的五部国际政治小说之所以持续被阅读、被研究的原因——读小说故事是在读关于读者自己、父辈、祖辈的一段往事,读小说人物是在试图参透超越历史的复杂人性。也许用卡尔维诺的一段话来定义格林的政治小说创作十分恰当:

> 文学就像一只耳朵,它可以听到政治预言所允许听到的语言之外的意义;它就像一双眼睛,可以看到政治所允许看到的光谱之外的颜色。因为作家的工作十分个人化,所以作家有可能发现别人尚未到过的地方。这个地方也许存在于他的内心,也许存在于他的外部世界,但最终可以起到开拓集体意识的作用。[3]

---

① Marie-Francoise Allain, *The Other Man: Conversations with Graham Greene*, London: Bodley Head, 1983, p.161.

② [英] 格雷厄姆·格林:《生活曾经这样》,陆谷孙译,上海译文出版社(上海),2012年,第127—128页。

③ Italo Calvino, "Right and Wrong Political Uses of Literature," *The Use of Literature*, p. 98. 转引自《政治变革与小说形式的演进》,裴亚莉著,中国社会科学出版社(北京),2008年,第28页。

第十一章　政治思想表达

信息化革命后，地球村现象让公关关系成为世纪命题，其中国际政治引起的关注最为直接和广泛。小说的政治阅读，正是基于此种现实之下的必然。作者借小说揭示政治规律，这些包含着各种利益纠葛的规律与人性交织，似乎成为某种程度上的永动机，迫使人们正视窘境，追问"什么是好生活、什么是好社会"。人们在超越半个多世纪的时间里持续阅读格林，正是想要查明困境背后的小政治主张和大政治观念，发掘那些复杂的、左右为难的人们做出的一个个选择具有怎样的现实意义。

说来吊诡，写政治小说的格林并没有一个清晰确定的政治主张。他批判美国的大国对外政策和强加的民主，也对南美出现的威权和个人崇拜表示出质疑。然而，由始至终，他的作品关注人在政治中的角色和生存状态，而不是政治本身的运作和影响。这似乎暗示着他人本主义的政治观，但同时也意味着任何以集体主义形式运作的政治体系都不可能使他满意。不论是《文静的美国人》描写冷战中大国博弈对东方的影响、《喜剧演员》中控诉海地的杜瓦利埃威权政权、《名誉领事》中对南美政治中宗教角色的判定，还是《哈瓦那特派员》和《人性的因素》中对间谍世界里个人忠诚的鉴别，格林的政治主题总是构成二元或者多元的张力，并在之上努力寻找让矛盾对立的双方可以沟通、交流、共存的可能。作为国际政治小说的作者，格林很可能比其他任何小说家更能够使大量的西方读者同情左翼政治，又同时在各国都引起针对公共政治的大讨论。

第一节　伦理与权力

一

政治中的伦理是所有政治小说作者都无法绕过的命题。格林在 1951 年出版的《失落的童年》中第一次谈论了自己的伦理观。西方评论界多对前半句的"恶横行无阻"广为引用，作为批评格林悲观主义的证词，却往往忽视了他对"人类之善最终得胜"富有信心的后半句 [①]。这意味着格林对善恶对抗角逐有着现实维度的看法。在他的作品中，"恶"似乎在计谋和执行力上总是胜过一筹。小说《文静的美国人》中，天真纯洁的派尔带着美好的动机，他文质彬彬、有修养，看着妓女也会心有不忍，觉得她们都是"美好的东西"，需要被拯救。带着"完美的善"的动机，派尔实践着自己抽象的正义，却最终带来了"绝对的恶"，不仅造成了无辜越南人的伤亡，也让自己跌入了坟墓。同时，造成他悲剧结局的，是福勒背叛朋友的"恶"。但也因为福勒的"恶"——背叛了派尔、赢回了凤儿——避免了更多越南平民的伤亡，成就了"正义的善"。在派尔的故事中，"完美的善"变成了酵母，它在现实中可能催发的杀戮和悲剧被揭示出来。小说似乎在告诫告诉那些像派尔一样抱有"完美的善"的人们：他们对于"善"有限的理解在这个被"恶"的经验所腐化了的世界中是远远不够的。

"世间一切都彼此交融——善融于恶，宽宏融于正义，宗教融于政治……"，这句格林经常引用的哈代的话正代表了格林对"善与恶"相交融的理解。无论是《权力与荣耀》中的威士忌神父、《问题的核心》中的斯考比、《恋情的终结》中的萨拉，主人公们都在各种社会的、宗教的、政治的、个人情感的元素中被撕扯和折磨。以斯考比为例，他因为仁慈救了寡妇，又出于同情而爱上她；因为失去了唯一的孩子，他对妻子心存愧疚，为了负担她的旅费又不得不受贿于叙利亚商人。他出于"善"的动机却让他最终既背叛了家庭，又背叛了社会道德。更为讽刺的是，斯考比无法在世俗的审判中面对妻子、情人以及社会的责难，作为一个虔诚的天主教徒，他最后的选择是背叛教义以自杀作结。我们不禁要问：斯考比出于

[①] Gary Storhoff, "To Choose a Different Loyalty: Greene's Politics in *The Human Factor*," *Contemporary Literary Criticism*, Vol. 11, No.1, 1984, pp. 59-66.

各种"完美的善"的动机而生成的行为却为何都以背叛正义的"恶"收场呢？《文静的美国人》中福勒对派尔的评价恰好可与斯考比的悲剧作类比：带着"完美的善"的动机的派尔"就像一个被遗弃的哑巴麻风病人那样，在世界上流浪，并没有意思想要害人"①。他们出于"完美的善"的"理想主义"是无意于加害他人的自我救赎（斯考比和派尔都是虔诚的教徒），这在正统的天主教教义中无可厚非。

　　小说对此发出了诘问：将个人的救赎与他人的救赎、世界的救赎分离开的世界是否还是真的"善"？这一思考具有萨特的存在主义哲学倾向，认为个人的虔诚与涉及他人的社会与政治是不可能分开的。相对应的，"善"也以出于人性伦理的"仁慈（charity）"和社会生活中追求公平和幸福的"正义（justice）"两种形态出现。格林小说中的主人公们都处在"仁慈"与"正义"发生碰撞的对立点上。"正义与仁慈"的冲突在格林的笔下催生了人类思想和行为的种种不合逻辑和前后矛盾，人与人之间的关系因此带有难以分辨的矛盾对立、复杂性和多变性。这正是格林小说所挖掘出的人类"问题的核心"。

　　在《文静的美国人》中，我们看到"正义与仁慈"的矛盾在政治中显得尤为突出，派尔与福勒的争论尤其体现了这一点。福勒出于"避免让更多的无辜越南人死于爆炸"的正义而杀死了派尔，但是他的动机中也掺杂着个人情感的妒忌。最终他背叛了派尔并赢回凤儿，完成了对越南人的正义，却失落了对派尔和凤儿的仁慈。因此，在派尔死后自己"事事如意"的情况下，福勒对派尔和凤儿都抱有歉意。派尔为了"理想"中的正义而战，就像福勒所说，"你的动机是好的，它们总是好的"。但是抽象的正义却冷静到遮蔽了派尔用仁慈的心感知其他人类个体的通道，让派尔对他可能造成的和已经造成的罪恶都不以为然。福勒说："但愿你有时候也有几个不好的动机。那么你也许就会对人稍许多理解一点儿。"②二者之间的矛盾冲突继承了格林之前在宗教小说中的命题：不管是威士忌神父、斯考比，还是萨拉（《恋情的终结》），他们的正义和仁慈总是处于一个复杂的矛盾节点上。他们的痛苦，并不会因为他们的目标是正义的或手法是仁慈

---

① [英] 格雷厄姆·格林:《文静的美国人》，主万译，上海译文出版社（上海），2008年，第41页。

② [英] 格雷厄姆·格林:《文静的美国人》，主万译，上海译文出版社（上海），2008年，第178页。

的而减少半分。正相反，随着正义与仁慈的交战，"痛苦不是随着数目而增加的：一个人的身体可以包容全世界所会感到的痛苦"①。通过他们，格林揭示出人类存在的一个绝境：人可以是正义的或者是仁慈的，但可悲的是，似乎不能两全，也无法分出轻重。

但是我们希望两全，只有"正义"与"仁慈"的两全才是我们最希望的政治思想和最渴望的道德准则。虽然格林在小说中揭露出的现实是两者的分道扬镳，但小说结局中的一丝希望透露了他的信心，显然他认为为两全而努力是必要的、有意义的。现代社会中，各种社会的、意识形态的、个人情感的元素彼此碰撞、挤压、对抗，同时也彼此影响、彼此交融，因此在这个无序的世界中存在"两全"的可能。正如评论家麦克康尼所说，格林严肃的、不可妥协的观点是："正义与仁慈，如果它们不能统一，就没有任何意义。"②

格林的道德观由此构成了对强调个体救赎的天主教和宣扬正义的任何政治意识形态的双重反叛。格林曾说他怀疑自己是个天主教堂里的新教徒，对"三位一体"不感兴趣、常常质疑所谓道德原罪，喜欢表现教徒的道德堕落之感③；他也一再表示自己不会附庸任何政治意识形态，因为"选边"就意味着在感知人类道德情感的复杂性上变得迟钝。无论是斯考比、威士忌神父，还是福勒、派尔，格林小说的主人公们常被放在宗教和政治的极端状况下，他们的选择来自相互融合的复杂动机。作家希望以此揭示：事实上没有离开现世的宗教，也没有不具化为政治的道德生活。他将宗教、政治、国家、民族等意识形态融于个人的内在精神世界和个体行为。因此，格林作品中的间谍和警察角色常常看起来很"宗教化"，如《恐怖部》和《第三个人》；他的神父和圣徒常常很"政治化"，如《权力与荣耀》《一个自行发完病毒的病例》《名誉领事》。同时，对于生活中个人和群体的思考和行为，格林的感知是多层面的、复杂的，具有怀疑主义特征，让他可以解构任何正统意识形态。正是在此基础上，格林小说得以超越政治理论和神学，呈现给读者人们对"正义和仁慈难两全"的清醒认识和融合努力，并揭示出为何现代社会的无序性和碎片化让这种正义与仁

---

① [英]格雷厄姆·格林：《文静的美国人》，主万译，上海译文出版社（上海），2008年，第247页。

② Frank D. McConnell, "Graham Greene," *Wilson Quarterly*, Vol. 5, No. 1, 1981, pp. 168-186.

③ Maria Coutto, "Juggling the Balance," *Economic and Political Weekly*, Vol. 18, No. 43, 1983, pp. 1835-1836.

慈的两全如此困难。

本书所讨论的五部国际政治小说，不仅在战争、民族、西方霸权、个人友情、爱情等语境下讨论了"正义"与"仁慈"的博弈与交融，也通过派尔与福勒、布朗与琼斯、利瓦斯与普拉尔等人物之间没有结局的争辩提出了一个开放式的命题："正义"与"仁慈"相统一的可能性。

虽然这看起来像是格林的乌托邦，却开启了在矛盾节点中人们认识自我、解构自我，进而重构自我的通道。"正义"与"仁慈"的对抗和融合让判断"善"的基点总是处于运动中。显然，"派尔们"单一指向的、固定的"完美之善"在现实世界中是行不通的，它会被"绝对的恶"利用，会败下阵来。而"福勒们"个人情感和行为的复杂性则可能为"正义与仁慈的两全"提供可能（但绝非无瑕疵）。因此，格林在小说中表现的不是苍白的绝望，也非对某一意识形态的拥护或批评，而是一种观念：社会的无序、个人的自私和人与人的相关性都可以成为真正的道德观的填充方式，成为统一"正义"与"仁慈"的催化剂。在此基础上，政治和宗教如果可以被正确理解，它们就不会是交替上场的，而是持续地、互为补充地构成对人类"问题的核心"的解答。

二

伦理的审美特性使得它在现代政治中具有反叛基因，即反权威的个体情感与思想动机。这决定了格林国际政治小说的内部层次和创作方向。格林本身就是一个彻头彻尾的反权威主义者，这源自他对天主教和无论何种政治意识形态的怀疑主义思考。就像他被正统宗教人士攻击一样，格林因《文静的美国人》中对美国物质主义和霸权主义的批判而终身被美国禁止入境，苏联对他也没有好感。格林长久以来秉持个人主义，同时反对"美国所代表的、当代的、个体在其中没有容身之处的个人主义文化"[①]。

格林曾说，我所关心的政治是关乎生与死的，而不是一场国内的选举或者所得税的小变化。伯吉斯也曾从宗教角度诠释说，格林心中真正的信仰之敌横行于整个世界，并非只在英国教会之中，因此他的政治也是世界的政治。在国际政治小说中，格林对政治的现实探索并不落在刻画、揭露、分析某种政治意识形态或者某个国际政治角色的特点和实质上。正

---

① Gangeshwar Rai, *Graham Greene: An Existential Approach*, Delhi: Associated Publishing House, 1983, p. 76.

如那些在政治中左右为难的主人公一样，格林所关注的是政治中的各种力量、影响因素和相互碰撞的那些矛盾对立的节点，体现在国家与国家之间的权力政治、国家体系与个人生活之间的人权政治，以及个人与他人之间的人本政治上。

无论是《文静的美国人》中对美、法、英等新老殖民主义的争夺下的越南的同情，还是《喜剧演员》中对老杜瓦利埃钻美国外交政策的空子以维持自己独裁统治的揭露和讽刺，或者《人性的因素》中对强国为争取南非进入自己的意识形态阵营而支持种族隔离政府核武器计划的批判，小说始终站在被害者的一边控诉大国外交政策在"干涉他国"上的非法性，支持第三世界国家争取独立和平等的权利，同时预言了强国政治终会将自己拖入泥潭的命运。在格林对国家间权力政治的理解中，国家间权力政治运作和交往中的反人性和反伦理是导致国际局势混乱无序的荒谬元凶。以《文静的美国人》为例，小说中被福勒和派尔争来夺去的爱情奖品凤儿正代表了她的国家越南，成为美国、法国、英国等"新老殖民者"相互争夺的牺牲品。而事实上越南需要什么？正如小说中福勒所说，"他们要有足够的米吃，他们不要去当炮灰。他们希望有那么一天也跟别人一样平等。他们不要我们这些待在他们四周的白皮肤的人来告诉他们，什么是他们所需要的"。换言之，持人本主义自由观的格林认为国家间权力政治应该坚实地建立在尊重各自独立自主的基础上。美国等一些西方强国的强加干涉，表面上是给予了帮助和支持，但实质上常培养出第三甚至第四势力，让本已无序的政治局面变得更加混乱。

同时，格林作品也讽刺了冷战背景下从意识形态出发的强国权力政治的幼稚和荒谬。在《喜剧演员》中，"爸爸医生"老杜瓦利埃一面对美国表示出友好态度，一面对国内的共产党"睁一只眼闭一只眼"，以此牵制美国，顺利地得到自己想要的政治和军事支持。小说揭露了所谓的强国权力政治的出发点是何等的轻率和幼稚，"敌人的敌人即朋友"的概念在东西方冷战中被无限放大，使强大的美国轻易地被老杜瓦利埃操控，一向标榜从民主自由出发的强国权力政治就这样成为老杜瓦利埃实施独裁统治的帮凶。《人性的因素》中北约强国支持南非种族隔离政府"最终解决方案"的情节更是凸显了国家间权力政治的反伦理性。为了政治和经济的利益，不惜剥夺亿万计黑人的生存权利，其可耻的"恶"已经超出人类社会的界限。整体来看，五部小说的时间线性发展逐步为读者揭示出一个时代的转型，即旧世界的殖民主义规则正向着一种美国以本国的经济和外交利益为核心而建立的世界新秩序转变。

如果旧世界的殖民主义算是典型的"父权政治"的话，以美国为代表的新强国权力政治则更像是一位另有所图的"养父"。以国家为实体的养育关系，不具备人的情感因素，往往在人道主义外衣下包裹层层利益纠葛。正如《文静的美国人》中凤儿姐姐对她恋爱和婚姻的介入和干涉一样，强国不断地插手别国政治，表面"帮扶"，实则有条件地"收养"，欲在全球范围建立自己的半强迫半自愿的"家族政权"。换言之，帮扶对象不是亲生的，强国抚养亦非天经地义，这意味着被帮扶对象需要付出高昂代价。然而，现代社会破碎的文化形态、人们碎片化的生活状态、新自由主义的崛起，都决定了这种政治主张的悲剧结局——使贫穷的更贫穷、破碎的更破碎。《喜剧演员》中马吉欧医生的话可以被当作替所有清醒过来的"养子"们发言：

> 我们的问题不能让美国海军陆战队来解决。我们已经领教过被美军占领的滋味了。如果美军要来，我说不定会站在"爸爸医生"这一边，至少他是海地人。不，这件事必须要由我们自己来做。我们这里是一座恶劣的贫民窟，漂浮在离佛罗里达州只有几英里远的海上，没有哪个美国人会用出售军火或是援助资金或是提供顾问的形式帮我们。①

如果说"人权高于主权论"是 20 世纪 90 年代美国理论界最先提出的一种新型国际政治观和人权理论，那么格林的政治小说早在 50 年代就开始深度触及"人权"与"主权"关系矛盾对立又相互作用的命题。一方面，借由布朗和普拉尔，格林刻画了个人生活如何被国家政治不可避免地侵蚀和扰乱；另一方面，通过福勒和卡瑟尔的最终行为，格林也揭示出个人行为可能产生的对于国家政治的决定性反作用力。在以抽象的、集体的价值观为导向的国家政治中，个体的命运好像大海上的一叶扁舟，被茫茫未知的磨难包围着。这是格林笔下现代社会中的人类绝境。好似《人性的因素》中的种族隔离分子穆勒以黑人与白人有不同的天堂为基础相信善恶

---

① ［英］格雷厄姆·格林：《喜剧演员》，郭贤路译，外语教学与研究出版社（北京），2017年，第 308—309 页。

有报一样，国家政治的"善恶"也与人类社会中个体的伦理观分属不同的"天堂"。更有甚者，《名誉领事》中的普拉尔，当他的个人伦理价值观与国家政治价值观发生冲突的时候，英国、美国、巴拉圭等政府都有默契地遵循着统一的政治逻辑——放弃了并没有政治价值的名誉领事福特那姆，让普拉尔挽救无辜生命的努力像打在一堵无形的墙上，看起来格外地可笑和可悲。同样，《人性的因素》中的"箱子理论"也是格林对国家政治打压人权政治的强有力的暗喻。人们蹲在被圈定的意识形态箱子里，被切断了彼此相联系的通道，世界因此是黑暗无边、毫无意义的。

在格林看来，以抽象的集体利益为出发点的国家政治所标榜的"正义"常常是以牺牲对个体人类的仁慈为代价的，而"正义与仁慈如果不是一个东西，它们就没有意义"。因为并不存在为国家而存在的人类，只有为人类而运作的国家。从这一点看，格林赋予个体行为以国家政治层面的意义体现出他的存在主义哲学观。他笔下主人公们的个人选择都具有超出个人生活层面的宏观的、多维度的影响。通过肯定个人选择的价值，格林成功地将萨特的存在主义学说与现实的政治生活相联系。借由福勒、普拉尔和卡瑟尔，作家在无声地呼喊：尽管国家政治不具有同人权政治一样的价值基础，但放弃冷漠、投身使命并不可笑也非无功；个体的选择因其"无私"而可能产生全球性的影响，个体本身也由此重新收获了人权层面的意义。

因此，与"权力政治"和"国家主权"相对、落实于人与人之间关系的"人本政治"构成了伦理在格林政治表达中的一个个基点。"人本政治"概念由当代法国学者埃德加·莫兰在《人本政治导言》一书中提出。人本政治理论的内容不仅是"确定人是政治服务的对象"，而且"认识到人类社会生活的不幸的根源存在于人类自身"①。相应地，在包括国际政治小说在内的格林所有作品中，很少有干干净净像白纸一张的好人，每个人心中都涌动着自私与奉献、善与恶的矛盾洪流。因此，从自由主义和存在哲学出发，格林将人本政治作为衡量一切人类社会关系和价值的基础。在他的作品中，每个人都可能同时作为英雄、受害者、帮凶存在于这个世界上。比如，福勒的最终行为让他成为拯救越南人生命的英雄，同时也是杀害派尔的帮凶，而作为被派尔横刀夺爱的受害者，他的行为来源于自私与正义

① ［法］埃德加·莫兰：《人本政治导言》，陈一壮译，商务印书馆（北京），2010 年，《译者序》第 ii 页。

相掺杂的复杂动机。还有卡瑟尔，他所面对的忠诚矛盾其实不只限于对国家和对爱人萨拉，对于朋友戴维斯甚至老狗布勒，卡瑟尔都是富有责任的，而他的每个选择都意味着对一个价值的忠诚和对其他的背叛。因此，在卡瑟尔身上，捍卫爱情和私人生活的英雄也是权力政治的受害者，也是对他人造成伤害的帮凶。

对比国际政治小说中的几位主人公，《喜剧演员》中的布朗是唯一的彻底失败者。福勒、普拉尔、伍尔摩和卡瑟尔都因为某种程度上的无私而获得了救赎，只有布朗是彻底疏离的、自私的。他绝对世俗的生活在可能危及生命的权力政治中显得单薄且不堪一击。因此，他帮助马吉欧医生、推荐琼斯的终极目的都是为了自己更好地活下去，而他与这个世界彻底的疏离决定了他的"活下去"没有任何超越肉体和世俗的精神追求，只意味着"没死"。通过将布朗与"理想主义者"史密斯和痞子外表下的"英雄"琼斯相对比，小说挖掘出了布朗这个特殊的人物作为现代社会的一种典型：他想要的只是"活着"，所以只要还没死，他就不是受害者。他为了"活着"而活着，其选择必然是自私的，意味着他不可能是英雄。虽然他只想独善其身、好好活着，但国家政治的无孔不入会让他的自私不可避免地造成对他人的伤害，因此他是麻木的帮凶，是一个"穿黑衣、戴黑帽"、彻头彻尾的"喜剧演员"。

细看之下，布朗与《人性的因素》中的丹特里有颇多相似之处。他们都在"惯化性"中生活着，孤独是状态也是目的；他们对周遭不关心，只尽国家机器交给自己的职责（布朗之前的工作同丹特里相似，即使失业时他也尽着流浪汉的"职责"）。这是格林的人本政治思想在小说中最着力的投射——揭露在"惯化性"中生活着的人们麻木僵死的状态。他们鲜少独立思考，不愿意在自私的"职责"之外做出选择，因此彻底地疏离于这个世界，最有可能成为个人伦理和权力政治碰撞中的帮凶。同时，这一批判也构成了格林对包括自己在内的怀疑论者的怀疑。怀疑论者失去了信仰的指引，那牵引了社会逾千年的献身动力和道德准则瓦解了，人类不出意料地陷入自私的泥潭。如此的个体关系与国家政治发生碰撞时，势必会导致道德的崩坏与社会的混乱。借布朗和丹特里，格林揭示出人类在 20 世纪的病症：自私与冷漠。现代性在摧毁旧物建起高楼大厦的同时，也阻断了人与人之间联系的通道，人类从此生活在汪洋之中各自的孤岛。对如何破解这一难题的思考，构成了以下格林富有张力的政治观。

第二节　介入与旁观

一

在格林的四个创作阶段中，政治小说的阶段时间跨度长、作品丰富、产生的世界影响也最大。然而，西方评论界对其政治小说的关注度明显弱于对他的宗教和其他主题小说的研究，迄今为止格林在漫长写作生涯中的政治观点并没有被全面细致地分析评价。这很可能是由于格林对冷战中东西阵营两种意识形态的双重批判，导致很多评论家不愿触碰这一敏感话题，抑或因为格林贯穿整个创作生涯都不具有明晰的政治观而为批评带来极高难度。因此，以国际政治小说创作为原点、在时间轴上梳理和分析格林的政治观将会为整体的格林研究增添重要的一笔。

大体上讲，格林的政治观发展可以划分为三个阶段。第一个阶段是1920年至1950年间，格林常常去往墨西哥、非洲等地旅行，试图成为一个正确精准的观察者和置身事外的记者；第二阶段是从1955年《文静的美国人》出版到20世纪70年代，格林开始明确地关注政治事件，在世界范围内选择背景和故事来创作政治小说，批判美国的对外政策，并对共产党政府表现出浓厚的兴趣；最后一个阶段，是从70年代格林频繁地访问拉美国家到他去世，其间他声援拉美左翼领导人，出版《认识将军》等纪实小书。然而，就像他与巴拿马左翼领导人奥马·托里霍斯（Omar Torrijos，1929—1981）若即若离的关系一样，格林参与公开的社会民主活动，却对各种意识形态所承诺的"终极解决方案"均持有怀疑态度。纵观这三个阶段，格林都没有在政治中明确地选择某一个战队，唯一贯穿始终的是他对在权力政治的绝境中左右为难的个体充满同情。尤其是在国际政治小说所属的第二阶段，以《喜剧演员》为代表的作品不仅揭露了权力政治对人的挤压和践踏，反复批判国家间政治博弈逻辑的荒谬，而且深入地分析了人性的因素如何与意识形态、国际机构等在误解中发生交集的复杂过程，并预言这一复杂的"化学变化"最终将会让个人和社会都陷入某种程度的无序状态。

"丧钟将为所有人而鸣"，作者对人性贪婪与权力政治联姻后的腐化无疑是持悲观态度的，他的作品也暗示二者掀起的波浪将裹挟所有渺小的、试图逃离的个体。福勒、布朗、普拉尔、伍尔摩、卡瑟尔五位主人公最显著的共同点是他们疏离的生活方式，包括对政治和宗教等权力意识形态的怀疑，以及对人与人之间关系的渴望与恐惧。他们都希望独善其身，却最终发现在现代社会中根本行不通。即使他们不是意识形态的拥护者，也会因为个人情感与国家、社会、机构等不可避免地发生交集而不得不介入政治。正如《文静的美国人》中法国空军特鲁恩上尉所说的：你们全会卷进去的，总有那么一天。在格林看来，现代社会中不可能有人是绝对干净的、清白的。

　　同五位主人公相同，格林本人的生活经历和思想发展也是由"疏离"开始的。童年时期，作为校长的小儿子，6岁的小格林就已经开始体验被同学们排挤的滋味。在自传《生活曾经这样》中，格林坦言年少的他已经知道人性不只是黑白之分，而是有中间的灰色地带。为了生存下去，他既不愿像学监哥哥一样坚定地站在管理者位置，也不愿通过诋毁家人的方式与同学们打成一片，于是，阅读和轻微的自残成为他的逃离方式。从这一点看，五位主人公身上都有作者自己的影子——都因为曾经的痛苦经历，出于保护自己而选择疏离于世界。处于"忠诚矛盾"的夹缝中，少年格林还不得不面对来自同学和家庭之间的相互质疑和否定。这让怀疑主义深深地植根于格林的思想中。他在成年后，对待无论是宏观的意识形态问题还是微观的个人情感，始终保持怀疑态度。在《文静的美国人》的福勒与派尔、《喜剧演员》的布朗与马吉欧医生、《名誉领事》的普拉尔与利瓦斯神父、《人性的因素》的卡瑟尔与老霍利迪之间，格林都安排了一场怀疑主义者与有信仰之人的辩论。无一例外，四场辩论均无最终胜者。这说明格林不但怀疑绝对信仰，也怀疑自己的怀疑。因此，他努力在信仰与怀疑之间建立沟通的渠道，这也成为其政治观的一个导向。在对矛盾双方进行双重批判和解构之后，晚年格林试图在二者之上寻找一种融合的可能性，以期相互抑制错误，最大程度彰显彼此的长处。

　　除了童年经历的作用，家族传承和冒险旅行同样影响着格林的哲学与政治观。作为公学校长的父亲持一成不变的自由派政治观点，在道德伦理方面是个极端的保守主义者。虽然成年的格林曾一度叛逆地反对父亲，但与大部分资产阶级家庭的父子关系一样，格林终生的自由主义观点和某些方面的保守主义都继承自父亲。因此，格林最初和同时代的很多人类似，作为没落的殖民主义者的儿子，在面对西方家长权威与政治强权主义联姻时，他的问题是传统西方教会伦理与自由主义的历史进程之间的信仰背离。这可以解释为何格林的早期作品多是以不带感情的笔调客观而又疏离地进行描写和记录，即便它们带有政治意味。

最终促成格林政治观和创作方向转变的是他从 20 世纪 50 年代开始的世界范围的冒险旅行。对格林自己来说这是一场逃离中年危机的旅行，却让他有了最直接地与人类困境面对面的机会。它加深了一个中产阶级白人作家对苦难的想象力和理解力，开启了他对普通人的生存权利和意义更深层的思考。在很多第三世界国家，作家目睹了一个又一个辛苦劳作只求温饱的微小个体是如何被政治一步步影响并最终走入绝境的。这使得格林的政治观从最初的自由主义开始向左倾斜，认为政治就像空气一样无所不在，因而疏离和逃避注定是无用的。由此，从人本主义出发的自由观和怀疑主义在格林的哲学思考中紧密地联系在了一起，构建起他政治观的出发点和方法论。《文静的美国人》质疑和批判了派尔绝对的政治信仰，用派尔被"处死"表现了对越南人生存权利的维护，却也以福勒最终想对一个人说抱歉的意图怀疑了福勒行为可能存在的自私动机，以及对派尔作为一个"文静的美国人"个体被剥夺生存权利的同情；《人性的因素》中卡瑟尔的悲剧结局透露出作者对出于忠诚个人情感所导致的背叛国家行为的质疑，但卡瑟尔传递最终情报可能挽救南非无数黑人生命的情节却体现出格林的人本主义正义和信仰。

从人本主义出发的自由观定义了这个集小说家与记者于一身的国际问题观察家，使他对所有处于绝境中的人们抱有同情，不论他们来自哪个国家、属于何类种族、信奉哪种宗教。受这一使命感召唤的格林在旅行中获得对这一命题更深刻的理解，驱使他在作品中不断挖掘人们不得已的选择背后的各种成因，努力在国家和道德的边缘为那些"落水狗"（underdog）呼喊和求救。与此同时，怀疑主义又赋予了他另一种力量，让其对正统观念和学说的批判性思考成为可能，像一剂清醒剂，破解宏大叙事的迷惑作用，同时从"大政治"与"小人物"两个方向审视国家机器不由分说的权力和个体那自私中隐藏的富有奉献精神的人性。

二

当自由主义和怀疑主义联姻并成为一种坚定并行的力量时，它们在政治上很可能导向一种危险的理念：无政府主义。在格林的生活和写作中，似乎有迹可循。他曾屡次暗示国家机器左右民众情感，而小说家的职责在于理解那些生活在国家所允许的界限之外的人们。小说《人性的因素》中甚至有如此比喻：恋爱中的男人就像一个无政府主义者，身上带着炸弹在世间行走。自传《逃避之路》中对《布莱顿硬糖》主人平基的评论就带有更浓重的无政府主义的味道："其他人犯了更大的罪却春风得意。这个世界满是这样带着成功面具的'其他人'……不管他是不是被迫犯下罪，这个没有长大的孩子始终是正义的守护神。"① 谢里的格林传记和奈瑞尔（Neil Nehring）博士的批评文章中也都提到了格林的无政府主义倾向。凭借这些，我们是否可以将格林的政治观定义为无政府主义？

答案是否定的。虽然有着以上种种对国家机器的批判以及自由主义言论，但格林的无政府主义倾向只局限于在文学作品中考量善恶的伦理范畴。格林的现实政治观显然并非是对现代政府的彻底解构，而是寻求批判之上的建构可能。笔者认为，是坚定的宗教信仰让格林有所坚守，避免滑向怀疑主义在政治上的极端。安东尼·伯吉斯也认为"一种宗教信仰一定会带有自己的政治理念"②；卡托希望人们能看到格林的怀疑主义之下隐藏着一个胸怀宽阔的、敏感的人文主义者③；伯格茨则说格林"从来不是一个明确的政治小说家"，因为秉持的"特质的"天主教义牢牢地牵引着他的政治观④。事实上，这些观点都不如格林的直接发言更能代表他对无政府主义的鲜明态度。

　　我的好朋友之一，赫伯特·瑞德（Herbert Read），是一个无政府主义者。对他来说，无政府主义意味着将一套政府系统缩减到可能的最小单元……我认为不可能消除整个中央集权管理。从这一点上看，我不是一个无政府主义者。我，就像我们大多数人一样，反对权力的

① Neil Nehring, "Graham Greene," John Headley Rogers ed., *Dictionary of Literary Biography, Vol. 162: British Short-Fiction Writers 1915-1945*, Detroit: Gale Research, 1996, pp. 125-139.

② Anthony Burgess, "Politics in the Novels of Graham Greene," *Journal of Contemporary History*, Vol. 2, No. 2, pp.93-99.

③ Maria Couto, *Graham Greene: On the Frontier:Politics and Religion In the Novels*, London: Palgrave Macmillan, 1988.

④ Bernard Bergonzi, "Graham Greene at Eighty," *The Furrow*, Vol. 35, No. 12, 1984, pp. 772-777.

滥用，但是也意识到最小量的权力的必要性。[1]

　　由此看来，虽然格林的宗教观也是非正统的，但他对仁慈与救赎的理解，对政治作为社会秩序维护者的现实感知都决定了他不可能走向无政府主义。出于人本主义所引导的自由观，无论是宗教的还是政治的，格林都将其列入个人的情感和行为范畴，因而二者同时具有思想上的指向和现实中的意义。他认为天主教的教义更多应体现在现世而不是彼岸。他亲临战场，采访过多个有争议的领导人，在多个第三世界国家经历过危险并帮助过当地人。可以说，格林在宗教、政治、文学上表现出的"另类"是由其对真相的真诚探求而来的。"真"宗教确立了他对"仁爱"与"救赎"的信仰，"真"人本主义又让他的信仰不可能脱离现世的存在。在真实的范畴内，这位另类小说家剖析着宏大叙事与渺小个体的共生共荣，避免了怀疑主义将自己引向政治现实中的无政府主义。

　　至此，格林的政治观是人文的、伦理的，具有一定的审美倾向。正如他笔下有缺陷的主人公一样，格林对政治的理解也是在实践"有缺陷的善"。因为至纯至真在现代政治中会不可避免地被扭曲而变成一股危险的破坏力量。这种对真相不惜代价的揭示对正统的天主教伦理无疑造成了巨大冲击，对一位天主教徒来说是极需要勇气的。当代英国小说家莫妮卡·阿里认为格林在 21 世纪持续受到关注的原因之一是，格林小说"作为一剂解药，可以治疗如评论家詹姆斯·伍德（James Wood）所说的'善的道德教化的传染源'"[2]。如此有缺陷的善才是当代生活中可能出现的真实的善，是政治可以努力的方向。潘一禾教授也在专著《西方文学中的政治》中指出："优秀的文学作品能向人们发出真诚的政治文明的呼唤，能对身处特定历史情境中的人的命运予以真实的表现，能让人们共同期望的事情以感人至深的形式得以展示，能让人们发现自己的命运、意志、力量、爱情等与他人休戚相关"[3]。在五部国际政治小说中，正是这些不完美的小人物，透过他们的天真、世故和无畏，在与政治的碰撞中保持着人性

[1] Marie-Françoise Allain, *The Other Man: Conversations with Graham Greene*, London: Bodley Head, 1983, p.186.

[2] Monica Ali, "Reading Graham Greene in the Twenty-First Century," Dermot Gilvary and Darren J. N. Middleton ed., *Dangerous Edges of Graham Greene: Journeys with Saints and Sinners*, New York: Continuum, 2011, pp. 277-279.

[3] 潘一禾：《西方文学中的政治》，浙江大学出版社（杭州），2006 年，第 2 页。

的温度，对抗着政治理性中的机械和冰冷，揭示出"放弃冷漠、投身使命"的重要性和可行性。

我们都期待自己能成为《喜剧演员》中史密斯先生这样的"名仕"：有好的出身和稳定可观的经济收入，不必为了生计看尽世间丑恶，可以轻松地保留自己的纯真。但这样的幸运儿总是凤毛麟角。更多时候，我们不得不像布朗和琼斯一样为了糊口而奔忙。现代社会似一台巨大机器高速地运转，个体只是其中一颗渺小无比的螺丝钉，只能跟着机器不停地动。为了自己不会从这巨大的机器上滑落或者被甩出，我们竭尽全力，无暇顾及他人，一步步地走向疏离，走向利己主义。格林用五部政治小说表明，无论何种意识形态下的人类社会，似乎在这一点上殊途同归。而痞子琼斯一般的小人物，却因为在心中深藏着与他人相联系的渴望，成了一颗意识到自己负有使命的螺丝钉，是人性向善的星星之火。格林认为，它永不会熄灭。

三

更重要的，格林作品并非意在美化如琼斯为政治"献身"类的行为结果，而是指出人类确信"献身是绝对必要的"这一信念的终极意义。在格林的政治伦理观中，缺少这样一种信念正是现代社会的病根。人们如布朗一样在琐碎的生活中不可避免地成了利己主义的动物，没有什么让人们感觉需要自己去献身。小说中，马吉欧医生指出布朗的冷漠之时，他说："如果你母亲还在世，看到今天这个样子，她绝不会如此冷漠。她多半这会儿就已经跑到山上打游击去了。"布朗反问道："白费力气？"马吉欧医生回答："哦，是的，白费力气，当然。"① 布朗是现代经济型社会培养出的合格品，他给每一种行为都标上了价签。在他心中，活着本身就是最终目的，因此当然不会"去白白送死"。殊不知，这正是他不可能成为如史密斯一般的名仕、马吉欧一样的救国者，甚至琼斯那样有缺陷的勇士的最根本原因。三人都拥有"确信献身是必要的"的信念，也就是琼斯心中那个他自己也说不清的"使命"，是明知是白白送死也要去做的事，是"宁可

---

① ［英］格雷厄姆·格林：《喜剧演员》，郭贤路译，外语教学与研究出版社（北京），2017年，第310页。

让双手沾满鲜血，也不愿像彼拉多 [①] 那样用清水洗手" [②] 的决心。

　　小说中对宗教活动的描写进一步突出了作者的这一观点。这个非正统的"天主教小说家"，将笔下的天主教徒描绘得与纯洁圣徒相去甚远，只是一个又一个有着诸多阴暗面的普通人。不可否认，宗教感激发了格林在政治上对于"介入或旁观"的伦理思考。在拉美国家，他发现宗教信仰具有一种新型的、积极的功能——激发具有反抗意识的政治行为。格林曾在访谈中说道："我知道历史上的太多时间，教会都站在当权者那一边，但是这种情况在 20 世纪越来越少了。我想在当下，特别是在拉美，它实实在在地重新启动了革命的力量。" [③] 在海地，绝大部分本土黑人信奉伏都教；受过西方教育的海地人马吉欧医生是天主教徒；布朗酒店的帮手约瑟夫则同时信奉这两个宗教。在贫苦的海地，伏都教和天主教的融合为人们提供了希望，让海地人们不仅看到魔鬼（人们用伏都教魔鬼的化身来形容威权者老杜瓦利埃），也知道了天使的存在（天主教意象）。小说中记录了以格林亲身经历为蓝本的一次伏都教祭祀，是它开启了小菲利波和约瑟夫参与游击队的反抗行动。尤为难得的是，天主教徒格林并没有区分异教徒，而是意识到并且支持这些本土宗教中潜藏的政治能量。

　　通过挖掘这些能量，格林试图再次为信仰寻找落脚点。同琼斯那无从琢磨的对善的使命感一样，约瑟夫也在宗教中找到了他可以为之献身的力量源泉。不管是道德的还是宗教的，无论通过何种途径，人们需要相信的是"献身"作为一种选择的可能性和意义所在。《喜剧演员》通过以上两点透露出格林自我信仰的道德核心：虽然恶跋扈自恣、不可一世，但善会取得最终胜利；即使这意味着之前有很多人"白白送死"，但正是他们的献身所启迪的勇气和力量，才能确保最终扬善除恶。对非利己主义目标的献身，以及对这种献身之必要性的绝对信仰是格林为生活在现代破碎政治中的人们开出的一剂药方。

　　以上，我们看到人本主义、怀疑主义、自由主义、天主教信仰以互相融合的复杂方式对格林的政治观发生着影响。正如格林在《名誉领事》的

---

① 彼拉多（Pilate）是圣经中将耶稣钉在十字架上的犹太总督。圣经中记载彼拉多在众人面前洗手，表明自己在此事上无罪。

② ［英］格雷厄姆·格林：《喜剧演员》，郭贤路译，外语教学与研究出版社（北京），2017年，第 376 页。

③ Marie-Françoise Allain, *The Other Man: Conversations with Graham Greene*, London: Bodley Head, 1983, p.166.

题记中引用的哈代之言："世间的一切都彼此交融——善融于恶，宽宏融于正义，宗教融于政治……"格林的政治观也体现出以上诸多理念彼此碰撞、融合后的张力。在格林去世前接受的最后一次采访中，他透露出自己总体上不确定的政治观："自从 19 岁后，我一直是左派，但是我不知道是因为它意味着什么或者只是我的思维方式。我想它代表了反对威权政权，而且也反对我觉得以美国为代表的极端资本主义。"[①]"意味着什么"和"思维方式"暗示出格林的政治观在横向和纵向两个维度上的张力。

横向来看，格林的怀疑主义所引出的反权威和反绝对理念决定了他对任何具体的权力政治意识形态都不感到满意。他的政治小说不断地批判美国的"大国意识"和消费主义，同时也质疑间谍组织运作的僵化逻辑可能对个体造成深远的负面影响。他反对疏离的、老于世故的、不想介入政治的生活状态，因为现代政治显然无孔不入。无论是像卡瑟尔一样想将个人生活完全隔离于政治世界之外，还是像福勒和普拉尔一样由于个人经历而对政治保持冷漠，抑或像布朗一样忙于世俗地、机械地活着而对政治漠不关心，注定都是失败的，莫不如勇敢地直面它并参与其中。借以上主人公们的行为和最终命运，作者政治观中的积极一面最终展现出来：介入政治并不荒谬，它可以成为一种救赎的力量，让疏离的人们重新获得与这个世界的联系，从而收获生命的意义。

从纵向的维度看，格林的政治观无时无刻不带有怀疑主义。他在尝试着将以上相悖的各种政治理念进行融合时，也在怀疑自己的尝试本身。因此，我们会在他的政治小说中发现很多自我怀疑式的内部矛盾冲突。以《名誉领事》中的利瓦斯神父为例。他发现宗教在帮助穷人的现实上虚弱无力，便愤然放弃神职投身革命，成为业余小游击队的领导者，试图用将天主教追求的"仁慈"与暴力革命追求的"正义"相融合的方式来实现帮助穷人的最终目的。而事实上，队员们更愿意把他当作神父来取得思想上的"救赎"。最终，面对被上级抛弃、游击队自身性命难保的局面，利瓦斯仍无法听从亚基诺的建议杀死名誉领事后带着队员们逃命。他不愿意放弃政治使命去释放福特那姆，也不愿放弃宗教信条去杀死福特那姆，最终的结果只能是毁灭自身，也将游击队所有队员和朋友普拉尔的生命带到终点。

---

① Neil Nehring, "Graham Greene," John Headley Rogers ed., *Dictionary of Literary Biography, Vol. 162: British Short-Fiction Writers 1915-1945*, Detroit: Gale Research, 1996, pp. 125-139.

在横向和纵向两个维度的张力之中，格林的政治观复杂多变，甚至让人匪夷所思。他反对权威和绝对理念，但又认为信仰必须存在；他赞同某种理念中的一个方面，也同时会批判它的另一面；他提出一种可能性，但又会质疑甚至推翻它；他怀疑外部世界，也不断自我怀疑。在笔者看来，格林所有意识形态观点都源于他对"信仰与怀疑"的矛盾但不对立的辩证认识，或者说是一种"没有信条的信仰"（faith without belief）。换言之，他认为人必须有信仰作为生命意义的指向，但放入其中的信条却并非单一的、绝对的、永恒的，信条可以由时间、地域、对象、情势的变化而变化。格林的信仰，最终的基石，是对人的价值的信仰。用小说家自己的话来说，即是"一种简单的、认为人类的存在具有永恒重要性的信仰"[①]。由此来看，格林的哲学思考和政治观的核心应该是人本主义的。

"我是一个有信仰的人。我确信一些观点，但不具有任何清晰的政治信仰。我常常表现出较强的左派倾向（但从没有绝对的右派倾向）。我不会成为一个好'党员'，因为我的忠诚会随着情况而变化……"[②]由此看来，格林的政治观包含着多个相悖的命题，并持续地运动着、生长代谢着。试图用某一个清晰的点去定义作家的政治观注定是失败的，或许小说本身才是作家希望自己的政治观被理解的最好通道。在小说中，政治是具有道德复杂性的人类行为总和，而作者要做的，就是努力向读者传递对这些行为多层面的、矛盾但不对立的丰富感知。

第三节　身份与意义

一

20世纪是人类历史上充斥着混乱和磨难的纪元，也创造了无数发现与开拓的机遇。作为它的观察者和记录者，一个合格的小说家需要以细微敏锐的笔触诚实地记录真相，包括对复杂人性的准确描摹和对国际政治大格局的勇敢评述。格林无疑做到了。他笔下的主人公们一面追求有序的、

① A.F. Cassi ed., *Graham Greene: Man of Paradox*, Chicago: Loyola University Press, 1994, p. 277.

② Marie-Françoise Allain, *The Other Man: Conversations with Graham Greene*, London: Bodley Head, 1983, pp.19-20.

舒适的生活，一面渴望浪漫的、超越的意义，总是在世俗的琐碎和追求意义的重要性之间转换。格林生动地刻画出他们所处的这个变幻莫测的时代——一个"善与恶""对与错"似乎都可以争辩的时代，一个人们被忠诚的矛盾、来世的救赎和现世的存在撕扯着的时代。人们对于价值原则的共通理解正在消退，失去了道德方向感的现代人孤立无援、徘徊彷徨，那些本应支撑时代的根基也因此变得支离破碎。

格林笔下的主人公们正是这个时代的典型，在那些正在瓦解的、曾经的共识中左右为难。忠诚于一方意味着对另一方的背叛。"疏离"，似乎是他们用以自保的唯一方法。虽然格林是天主教徒，但他的以上主题所体现出的哲学观却"更倾向于萨特的无神论的存在主义"①。福勒的最终行为避免了更多越南人的伤亡并赢回了凤儿，普拉尔虽失去了生命却在最后时刻明白了自己对爱情的恐惧和渴望，卡瑟尔始终忠诚于个人感激的情感并最终知道自己将政治隔离在个人生活之外是多么的愚蠢——他们都通过"选择"，在某种程度上完成了对自己的救赎。疏离的痛苦，曾经是他们共同的病症，即失落了信仰的文明人类在破碎的现代政治文化中的存在主义困境。在对这些人物的塑造中，格林表现出对现代政治和文化的怀疑态度，并精准预言了文化从融合走向排斥的碎片化趋势。这正是格林的国际政治小说力图呈现的真相：破碎的现代性政治中人们疏离的生活方式。其实质是作家透过现代政治反复诘问：碎片化的生活意义何在？

碎片化的生活以多种方式呈现，特征之一是堪比传染病的孤独和无助感。现代人努力想要逃离，小说中，爱情是他们找到的避难所。人们渴望爱情，更惧怕爱情，因为"爱情是一种他满足不了的要求，是他不愿承担的一种责任"②。今天人们读福勒、普拉尔、布朗、伍尔摩、卡瑟尔的爱情故事，会惊讶于这些人物在 50 年前便被塑造，因为他们分明是 21 世纪千万大都市夜归人的缩影。人们渴望关心，又惧怕介入，所谓"政治正确"更是划出越来越多不可触碰的禁区。人们开始担忧与他者建立灵魂的联系，既担心这对他人是种无谓的打扰，又恐惧受到嘲讽或冷漠对待。于是，只好自建堡垒，努力表现坚强。清醒如普拉尔医生，他反复提醒自己

---

① Robert Evans, "Existentialism in Graham Greene's The Quiet American," *Modern Fiction Studies*, Vol. 3, Autumn 1957, pp. 241-248.

② ［英］格雷厄姆·格林：《名誉领事》，杜争鸣译，译林出版社（南京），1999 年，第 194 页。

的便是：关心就意味着危险。吊诡的是，抱定疏离处世观的他们将自己放逐在陌生大陆，进入了人类痛苦和危险的最黑暗地带，而正是这些近在眼前的、人类最露骨的痛苦，动摇了他们的冷漠。像福勒和卡瑟尔一样，这些普通人为了达到"自私的"内心安宁，选择了放弃冷漠，开始半疏离式地介入他者的生活。虽孤独感无法根治，但他们都在某种程度上完成了伦理上的跨越，实践了"生"的意义。

政治焦虑是原子化社会（social atomization）生活的另一个投射。作为康拉德的继承人，格林的政治小说在存在主义层面揭露了主人公左右为难的困境，是政治的，也是人性的。如果说康拉德代表着爱德华时期的"时代意识"，格林则写出了 20 世纪破碎政治中的"矛盾对立"。将"信仰与怀疑"作为命题基点，格林不仅讽刺和反对那些疯狂的意识形态追随者，而且分析和批判了那些消极的、回避的"无政治论"者。前者因为抽象的正义而牺牲了人性的仁慈，但其为了信仰去努力本身并不可笑；后者因为怀疑绝对信仰而可能使尊重个体价值的温暖人性闪光，但他们同时不可能清除动机中的自私。相比于献身政治权力的人们，后者似乎是我们这个时代的大多数。人们失落了信仰而疏离于这个世界，都像福勒、布朗、普拉尔、伍尔摩和卡瑟尔一样孤独地存在；当别人指责他们的冷酷无情时，他们却"更觉得自己像个努力钻研的、准确无误的诊断专家"①。他们的期望最终落空，他们的行为触发悲剧式的连锁反应，让这世界因人们的冷漠和自私变得七零八落，更加混乱无序。

在揭示了这一"问题的核心"并对"绝对信仰"的意识形态追随者和"怀疑一切"的疏离者进行双重解构之后，格林试图在"人性的因素"上重建人们对生命意义的信心。首先是物质化的视角。人的物理因素决定了人不得不受限于自然与社会环境的现实，因此"贫苦"一直是格林小说的重要主题之一。小说家坦言"对于忍饥挨饿的人来说，荣誉是没有什么实际意义的，更加严肃地为生存而战才是分内的事"②。因此，他的作品中塑造了诸多像《布莱顿硬糖》中的平基一样的"痞子"，他们为活下去不得已而做了骗子、浪子，恶随之而来。但与诸多同时代作家相异的是，格林

① ［英］格雷厄姆·格林:《名誉领事》，杜争鸣译，译林出版社（南京），1999 年，第 158 页。

② ［英］格雷厄姆·格林:《名誉领事》，杜争鸣译，译林出版社（南京），1999 年，第 25 页。

在小说中深度剖析了痞子们的内心世界，大胆表达了他的同情。

现实生活中，太多人像《喜剧演员》中的琼斯一样生活在社会的底层，为生活放弃尊严，被道德所通缉，但他们同样会听到"使命"的声音在呼唤，即便自己觉得无心无力为之。格林相信，这就是"人性之善"。正是这个"使命"让琼斯有别于彻底世俗化的布朗，在"即使意味着死亡"的终点上完成了"放弃冷漠、投身使命"，从而在贫苦中寻得高贵，在世俗中获得救赎——一个"痞子"因此具有了"英雄"的悲剧意义。这一表达体现了格林的反叛特性，也具有浪漫主义风格。然而，问题在于在多大程度上的"恶"是可以接受的？格林对"小恶"的浪漫主义解读在为人们提供全新的同情和理解他人的维度的同时，也需要被警惕。善恶无法被简单计算，历史是痞子英雄们的唯一审判者。

其次，从精神层面来看，20世纪的人类危机并不是"上帝死了"，而是人们对"使命"的解构，是对共享经验与社会契约等"想象秩序"①（imaginary orders）的信仰崩塌。这一危机在政治生活中被凸显出来。"我这个人很少对什么百分之百的肯定，"格林说，"但是政治确实存在于我们呼吸的空气中，就像上帝时而显灵时而隐没。"②在他的理解中，无论直面还是逃避，每个人都无时无刻不生活在政治中，这是现代性的特征。因此，任何的无视或者企图逃离都是天真且危险的，会将自己和身边的人带入歧途。而小说中如小偷琼斯、医生普拉尔、间谍卡瑟尔和伍尔摩却向人们证明：当你认清了政治必然存在的真相并勇敢地、有人性地介入其中时，就有可能对抗自己的玩世不恭，破解疏离的生活方程式，从而获得"人性之善"的意义。

二

"人性之善"救赎人于内心，但现实却是复杂的、残酷的。尽管卡瑟尔最终送出的情报可能挽救无数人的生命，但他终究是被双方间谍机构都欺骗和背叛了的；琼斯虽上山带领了游击队，却因为极度缺乏战斗能力而命丧山野；普拉尔看到福特那姆如愿以偿地被救出，而自己却被不由分说地一枪打死了……这些极致讽刺的结局，深刻地揭示出个体在政治风浪中

---

① ［以色列］尤瓦尔·赫拉利：《人类简史》，林俊宏译，中信出版社（北京），2014年。

② Marie-Françoise Allain, *The Other Man: Conversations with Graham Greene*, London: Bodley Head, 1983, p.87.

的茫然和无措。显然，在现代政治的话语中，"个体的正确选择"并不存在，只有一个又一个政治的"囚徒困境"。博弈论"囚徒困境"中，在对方一旦坦白，自己将处于被动的前提下，两个囚徒均倾向于选择自己首先坦白。而在政治生活中，个体与他者便是政治监狱里的囚徒，在面对抉择时，个体理性常导致集体非理性的出现，其结果往往是监狱成为最大赢家。

具体说来，格林政治美学思想中的囚徒困境可分为三个层次。首先，他笔下的主人公们都处于不得不做出抉择的矛盾节点之上。他们站在十字路口，被个人情感、社会伦理、意识形态等多种价值所撕扯，忠诚于一个意味着对其他所有价值的背叛。这种矛盾两难的状态是格林小说中政治的囚徒困境的第一层含义。

在抉择面前，有的人老于世故，消极逃避，以不付出忠诚来避免被背叛；有的人是理想主义者，坚定地跟随价值之一而放弃了其他。通过五部小说中的五场怀疑主义者与虔诚信徒之间谁也说服不了谁的辩论，以及主人公们无一完满的结局，充满荒谬悖论的现代社会生活实质被揭露出来，暗示了"困境是无解的"这一残酷现实。此为囚徒困境的第二层含义。

最后，格林复杂的政治观与对政治困境的哲学思考发生了交融。从现实政治角度来看，格林的政治观受到卢卡奇的影响，认为政治无所不在，因此逃避是无用的，也是自私的。这体现出格林对"政治不可避免地入侵个人生活"这一事实的理性认识。在小说中，格林对那些老于世故的、冷眼旁观的逃避之人不吝讽刺的笔墨，如《文静的美国人》中的福勒和《名誉领事》中的普拉尔等。同时，在这个价值多元的现代社会中，虔诚信徒也常常会因为对抽象的、宏观对象的绝对忠诚而遮蔽了自己具体的、带有人性的同情和理解他人的通道。因此，政治的"囚徒困境"还意味着现代社会中对他人漠不关心所带来的信仰危机和伦理困境，以及绝对忠诚所导致的思维僵化和行为惯性对人类个体价值的蔑视和践踏。这是囚徒困境的第三层含义。

囚徒并不仅仅被囚禁于意识形态的牢笼，在小说中我们可以看到格林超越冷战思维的新一层忧虑。《喜剧演员》中，受过良好西方教育的天主教徒马吉欧医生认为海地的未来不能依靠美国人，必须要靠海地人自己，即便是粉身碎骨也在所不惜。《名誉领事》中化身革命斗争中领头人的利瓦斯神父亦是如此。这些人物和情节意味着民族意识的觉醒，个体身上多种身份的冲突体现出民族意识逐渐与宗教和政治意识形态形成了对垒之势。然而，这些人物最终令人唏嘘的命运表明作者并非高举双手为民族意识唱赞歌，而是有所保留，甚至透出担忧。利瓦斯与他带领的穷人教徒小分队在某种程度上是被误导了的，他们显然既无战斗素养又缺乏基本的政治理解力。利瓦斯将无知的自己与同伴抛入革命洪流中，究竟是英雄还是愚蠢？他欺骗普拉尔最终使其丧命是为了革命目标而犯的小错还是"卖友求荣"的大恶？显然，格林又一次不肯明言，但读者仍可以从中体会出他对民族意识可能作为一种新的形态将人们分割开来的担忧。

如今，历史的洪流又向前翻滚了半个多世纪，人们惊讶地发现，格林的预言又一次成真。族群政治已取代意识形态成为新的割据准则。在这之前，人类也确实经历了由统一身份认知将分裂的国家整合的黄金年代。曼德拉与南非最后一任白人总统德克勒克通过和平交接建立的"彩虹之国"便是最有力的证明。随着苏联解体、柏林墙倒塌，人类进入了历史新纪元，人们互相拥抱、高歌，庆祝意识形态的高墙终于被推倒。一个又一个殖民地宣布独立，联合国运作有序，经济全球化和科技高歌猛进更是塑造了前所未有的"地球村"，经历了两次世界大战和一次冷战的人类似乎终于走上了康庄大道。以福山为代表的一批西方学者都认为制度背后的观念竞争已经走向了终结。[①] 然而，"蜜月期"却如此短暂。以身份认同为基点的族群政治兴起，好不容易从"左右之分"的牢笼中逃出来的人们再次被囚禁于新的"箱子"中。新的"箱子"甚至较之前更为碎片化，可能是民族主义或种族认同的，可能是宗教分支或宗教情感的，也可能是性别或者性取向意识的，等等。

这些现象无疑呼应了格林在半个世纪前的担忧。怀疑主义者格林在为意识形态斗争唱挽歌的同时，并没有为民族意识的觉醒唱赞歌。他意识到宗教感在激发民族意识和革命行为中的积极力量，但同时批判了其中的天真、混乱，以及其对个体情感和个体价值的漠视。即便如此，我们仍可以从格林的政治思想中分辨出一条由始至终的隐线——反教条主义。无论何种意识形态或身份认同，一旦它失去了人性的活力，即会增生肿胀成僵死的教条，泯灭了生而为人的根本。这是格林为之忧心忡忡的、碎片化生活中人类的"囚徒"本质。

---

① ［美］弗朗西斯·福山：《历史的终结与最后的人》，陈高华译，广西师范大学出版社（桂林），2014年。

三

为了打破这一囚徒困境，格林在晚年提出"有人性地介入政治"这一观点，再一次强调了审美的政治意义。在国际政治小说中，我们看到，"有人性地介入政治"在人们各自存在的孤岛之间搭建起了桥梁。虽然带有部分自私的目的，但最后福勒对凤儿的感情已不再仅限于对一个陪伴自己不孤独变老的伴侣；琼斯成了真如自己吹嘘的那个受人尊敬的战斗英雄；普拉尔走出了对父亲回忆的泥潭，并愿意为朋友利瓦斯和像父亲一样的福特那姆努力一回；伍尔摩欺骗了英国特情局并导致无辜之人丧命，却为了朋友奋力一搏，当了一回真间谍；卡瑟尔失落了双向的忠诚，却可能挽救数万非洲黑人的生命。无一例外，五个人物的出发点都不是宏观的、抽象的、超验的理念，而是个人的、私密的、具体的对他人的情感。

通过他们，格林传达出一种信念：人与人之间的关系本身就是意义。出于个人对他人的情感，人类最原始的道德激情被激发出来，让他们可以放弃自私的孤立存在，打破世俗的和精神上的一切规则和信条，向着将"正义"与"仁慈"相统一的方向努力。从这一点上看，通过揭示个体关系的最终意义，格林的政治小说超越了存在主义哲学。不可能完全无私的人类可以做"没有信条的信仰"的虔诚教徒，通过放弃冷漠，去寻找与他人之间的温暖联系。在个人生活不可避免地被政治侵扰时，人与人之间的关系正是对抗权力逻辑的荒谬性、国家伦理的无序性、现代意识的破碎性等最有力的武器。

在小说《人性的因素》中，老霍利迪最后送给卡瑟尔的礼物是一本特罗洛普的书，书名正可以用来描绘格林政治美学的这个最终命题："我们如今的生活方式"。记者和文学家格林一方面在真实的空间和时间中搭建背景，让人们尽可能触摸事情的真相；一方面在虚构的想象时空中放置典型的人物和关乎生死、善恶的终极主题，力图开启人们对当下生活多方面、多层次的思考。

通过揭示教条主义下思维惯性对人性的可怕腐蚀力，格林作品对绝对信仰和怀疑疏离这两种生活态度都进行了解构。他将人文政治观投射到生活这一更大也更具体的舞台上，借由作品表达他对战后现代生活的思考：不能因为对信条的动摇而放弃"信仰"这一行为本身；信仰个体关系所具有的意义正是人性向善的原始动力。就像卡瑟尔和福特那姆一样，童年所建立的对"人与人关系"的信仰决定了他们的一生。前者反复重温年少的纯真,寻找"内心的安宁";后者努力忘记所受到的伤害,努力不让自己曾经遭受的"恶"再发生在他人身上。他们,都是放弃了冷漠的。

然而,我们始终不能忘记格林是个怀疑论者,他是否只是在用对"个体关系的信仰"来进行更深层次的讽刺呢?笔者认为并非如此。正如维特根斯坦的哲学思考所表达的,怀疑的基础是不怀疑,再高级的怀疑论者也需要坚实的土壤来播撒自己的怀疑。这个由人与人之间的关系所维系的世界正是格林的土壤。所有的"生与死""善与恶""堕落与救赎"若超越现世生活的话语便不具任何价值,因此人们无须"为了最后升入天堂而躲在让自己可以远离现实的肮脏与龌龊的那个壳中"①。由"人性的因素"生发的人与人之间的关系是格林的"没有信条的信仰",是他在"我们如今的生活方式"中寻找到的身份与意义。

从以上的分析可以看出,格林的哲学思考和政治观、宗教观、社会观都经历了一条从矛盾,经由多元,走向融合的特殊轨迹。在肯定世界上各种矛盾冲突必然存在的前提下,他揭示出人类生存中左右为难的绝境,对那些生活在其中的人们表现出了深切的同情和理解。他的作品揭露了"大国逐力、小国博弈"的权力政治现实,精准地刻画了权力政治的控制欲和利益交换为生活带来的无情、混乱、荒谬现实,也讽刺了个人想要将政治隔绝于私人生活之外的幼稚和无力。在格林笔下,伦理政治不可避免地被以国家、机构为代表的抽象利益所挤压和践踏;与此同时,个人政治行为具有可能产生国际性影响的潜在能量。五部国际政治小说形象地描绘了破碎的现代生活中人们独善其身而引发的疏离和冷漠状态,它可能出于"为了反叛而反叛"的审美情感,也可能由绝对理性带来的反理性所引发,最终形成了共同的对生命意义的弱化和无视。

在对如此生活状态的记录中,格林秉持了记者的书写风格,准确、凝练、一针见血。然而,仅仅是记录和揭示并不能满足小说家格林,他想要"绝境突围"。多元的、四维的、包容性的视角让格林在发现人们各自不同的"权力与荣耀"时,辨认出人们可以彼此联系、交流、理解的通道。这要求他打破所有的界限。无论是社会的、宗教的,还是政治的观念,格林都将它们摊开放在一片广阔的平原上观望。由此,他的哲学思考来到了最

---

① Cates Baldridge, *Graham Greene's Fictions: The Virtues of Extremity*, Columbia, MO: University of Missouri Press, 2000, p. 148.

后一个阶段：融合。当界限被消除、"箱子"被打破、高楼大厦被拆掉时，一切一览无遗。这意味着我们越来越接近真相。真相是什么？是人！所有一切规则框架都消失时，和人类一起留下的，只有心中时刻涌动的、与生俱来的"人性的因素"。

人是共性与个性的复杂混合体，是自私的也是奉献的，是冷漠的也是热情的，是有爱的也是疏离的。因此，在肯定存在着与他人、与外部世界各种对立矛盾的情况下，格林鼓励人们：在观察和思考时，用多元价值的视角去审视这个世界，付出自己的理解和同情；在行动时不要"独善其身"，而是向着超越性的创造终点，努力寻找和实践自己和他人各自的"权力与荣耀"可以契合的那个交点。

结　语

　　"我是一个足够好的作家。比很多作家优秀。我并不是骄傲，而是实事求是。我也没有谦虚。但是我不能把自己放在伟大作家的行列。"[①]这是格林在 20 世纪 80 年代接受艾林的访问时对自己文学地位的评价。这一评价受到评论家们的认可。格林也许无法与他的文学偶像亨利·詹姆斯和约瑟夫·康拉德比肩，但人们绝不会否认他在 20 世纪文学史上独树一帜、成绩斐然。他在小说美学中尝试传统与现代的融合和创新，挖掘宗教救赎和现世生活之间的张力，表现政治信仰和政治怀疑之间的博弈，并在它们之上，对现代社会中人类被桎梏、被挤压的绝境，建立起运动着的、融合性的思考和分析，体现了始终不变的、对人类最终正义的信心和实现途径的探索。

　　本书所讨论的五部国际政治小说是格林创作巅峰期的政治主题作品。以政治生活中个体所经历的两难困境为切入点，这一系列作品不仅用大格局和大视角审视国家间的"权力政治"，还用细微的敏感笔调细描国家机构与民众间的"人权政治"和个人与他人间的"人本政治"，并同时兼顾了小说文本的艺术性和可读性。格林跳出了官僚机构间的党政谋略，把视线聚焦于二战后国际政治风云变幻中小人物的命运，塑造了"逃亡者"与"追击者"、"闯入者"和"本地人"两对典型人物形象，揭示出各种矛盾对立的两难或者多难的抉择是人类现代生活的"囚徒困境"，并通过多元价值观以及对人本政治的建构和分析，努力寻找突围的可能，因此是具有特殊小说美学和政治美学价值的"国际政治小说"。

　　格林在五部小说中批判权力政治逻辑的反人性，揭露美国标榜自己为国际政治新秩序立法者的野心，尤其着重笔墨剖析个人与国际机构发生交

[①]　Marie-Francoise Allain, *The Other Man: Conversations with Graham Greene*, London: Bodley Head, 1983, p.186.

集时，"人权政治"被迫屈从于"主权政治"的荒谬，同时肯定了个体积极投身政治所带来的正面的、可能具有世界性影响的价值。格林将"人本政治"作为其政治哲学思考的基点，描绘出在破碎的现代社会文化中，人类犹如生活在一个个孤岛之上彼此隔绝的残酷现实。他认为"自私和冷漠"是现代伦理困境的症结所在，在价值多元、权力政治无孔不入的状态下，势必导致道德崩坏和共同价值瓦解。这是格林的政治美学中的悲观一面。

现代生活中的本质矛盾冲突被格林划入"信仰与怀疑""希望与绝望""忠诚与背叛"三大主题。他一方面反对绝对信仰、盲目忠诚和天真的希望；一方面也肯定信仰的必要性、希望的能动作用和忠诚的现实意义。小说主人公们都在努力克服自己的玩世不恭，格林借他们来喻意"政治投入并不荒谬"，它可以实现对现代社会中疏离、冷漠的大多数人的"救赎"。这体现了格林政治美学中积极的一面，驳斥了西方学界对格林作为"悲观主义作家"的评价。

格林的政治观同他的小说主题一样充满张力，怀疑主义、自由主义、人本主义、天主教信仰既相悖地同时又相互融合地构成了格林政治观的哲学基础。因此，他对正统理念既是继承的，也是批判的：有着资产阶级白人小说家的出身，却一生反对以美国为代表的霸权文化和物质主义；他怀疑外部世界，也不断自我怀疑；他并非无政府主义者，却公开表示过对超级大国政治现实的批判。显然，格林的政治观不具有一个清晰的、确切的定义。它是复杂的、流动的，是对政治作为"具有道德复杂性的人类行为总和"的一种多层面的、讽刺又温情的解读。那是对小人物的同情，对不论在哪个国家、哪个民族、哪个宗教中正在经受挤压和磨难的人深刻的体察和援声。用格林自己的话说，一个作家也可以是一颗银子弹。

各种意识形态在文本中交锋，呈现出格林哲学思考的核心——矛盾但不对立。二元甚至多元的政治观、宗教观、道德观相互交融，在格林作品中描摹出一条"从矛盾，经由多元，走向融合"的特殊轨迹。在揭示出矛盾的必然存在、讽刺和批判人们的逃避态度后，格林鼓励人们用多元价值观审视自己和外部世界、对他人付出同情和理解。通过提出"没有信条的信仰"和"有人性地介入政治"两大命题，格林在思想和行为两方面建构了人类"绝境突围"的可能性。

格林提出的两大命题是以确立人与人之间的关系本身的意义为基础

的。出于个人对他人的情感，人类最原始的道德激情会被激发出来，让人们愿意放弃自私的孤立存在，打破世俗和精神上的一切规则和信条，向着将"正义"与"仁慈"相统一的方向努力。从这一点看，因为赋予个体关系以终极意义，格林的哲学核心是人本主义的，而西方学界普遍认为的格林小说所具有的存在主义哲学基础只是其中的一个维度。

"矛盾、多元、融合"的思想发展轨迹也体现在格林小说双向继承的复杂的文学创作形式上，具体表现为对"传统与现代""经典与流行""大众与精英"三对矛盾对立的创作元素在小说中的融合性使用上。格林一方面坚守大叙事传统，不躲闪、不回避地记录大历史、大政治；一方面从现代派、纪实文学、电影艺术等多渠道吸收养分，不断改良小说形式。格林这一小说美学特点源于他首先将自己定位为一个读者，其次才是一个创作者，这使他可以对以上三组元素有着双向的继承和双重的颠覆。作家拒绝为自己的小说确立唯一理论或者标尺，在每部作品中对诸多对立创作元素的出场次数多寡、程度深浅进行微调，以确保根据情节和人物相应地、最大限度地彰显这些矛盾元素各自的价值。"为大众写严肃文学"，是格林小说美学观的最好诠释。

综上，格林的国际政治小说的价值在于不断呈现人类在政治、宗教、社会道德、个人情感上的生存绝境，观望绝境中的人们在矛盾中凸显出的"人性的因素"，并试图解答那个"问题的核心"。但本书所讨论的五部作品也存在着一定的局限。小说中女主人公都被限制在两性关系或者家庭生活中，没有走到台前与男性人物一起呼吸"无所不在"的政治空气，性格单调，情感没有大的起伏，因此人物形象相较男性人物显得平面、乏味。同时，在对第三世界的刻画上，格林的国际政治小说也不可避免地带有西方白人视角出于责任感和好奇心所产生的担忧与偏见。虽然，由于白人主人公的第一人称叙事视角和"元政治"的主题选择，作品在一定程度上弥补了以上缺陷，但不可否认，格林在英语话语本位上的思考和书写无法逃出语言本身所提供的身份认同，他的天主教信仰也在意识形态和道德标准上提供了审视外族时的某种参考。

格林去世后，20 世纪的大幕缓缓落下，人类进入信息、文化、政治、经济全面全球化的新纪元。格林的国际政治小说中对历史事件的真实描述，总结出的时代经验和教训，以及对处于绝境之中运动着的、复杂矛盾的人性的同情和批判，再次在新时代中为更多人提供着对现实世界的新鲜感知和深层理解。虽然当过间谍的格林与英国特情局之间的关系没有最终的定论，虽然他也曾作为妓院和鸦片馆的投资人、对一些形式的"堕落"过分地"赞美"，但其一生不变的对弱势群体和受苦个人的同情使他的作品发人深省，也同时作为动力让他在近七十载的创作生涯中始终保持着常人无法匹敌的想象力和创造力。

格林的国际政治小说，在惊人地预言了重大政治事件的同时，也深入地剖析了国际政治背后的时代迷局和人为因素。他是无可争议的、文学意义上的世界公民，在每块大陆间寻找搭建理解与沟通之桥梁的可能。这一系列作品让我们意识到无论何种政体都可能存在的局限以及人不可能避免瑕疵的事实，但也帮助我们辨认出这样一些人，他们在面对欲望的腐坏和现实强加的一切时，奋力一搏，也只有这样的人才能理解耻辱中的美感，成就泥潭中的高贵。在描绘这些人时，格林不直言，不断意，轻描淡写，娓娓道来。他讨厌露骨的表达，因为人类社会中根本不存在所谓无色透明、简单明快的答案。所以，我们需要文学。那些声称为人类问题提供终极解决方案的强权政治和国际政策，是现代社会需要反复考察和警惕的，而这一工作需要全体民众的参与。格林强调的"人与人的关系本身就是意义"在"人与机"的关系日益紧密的当下，具有尤其重要的价值。在"附近性"逐渐消失的时代里，格林坚持为大众讲的严肃故事贡献了难得的"现场性"，让人们可以不断追思、诘问，努力寻找人性的因素和生活的意义。从某种程度上说，阅读格林，为我们理解超级大国的影响不断增强、移民问题凸显、民粹主义抬头的 21 世纪现代社会，提供了一种宝贵的参考。

参考文献

格林著作

［英］格雷厄姆·格林：《文静的美国人》，主万译，上海译文出版社（上海），2001年初版，2008年再版。

［英］格雷厄姆·格林：《名誉领事》，杜争鸣译，译林出版社（南京），1999年。

［英］格雷厄姆·格林：《人性的因素》，尚明、张林译，群众出版社（北京），1981年；田怡译，云南人民出版社（昆明），1982年；苏晓军等译，译林出版社（南京），2001年；韦清琦译，译林出版社（南京），2008年。

［英］格雷厄姆·格林：《我们在哈瓦那的人》，张晓胜译，辽宁人民出版社（沈阳），1985年。

［英］格雷厄姆·格林：《哈瓦那特派员》，吴幸宜译，译林出版社（南京），2008年。

［英］格雷厄姆·格林：《生活曾经这样》，陆谷孙译，上海译文出版社（上海），2012年。

［英］格雷厄姆·格林：《逃避之路》，黄勇民译，上海译文出版社（上海），2014年。

［英］格雷厄姆·格林：《问题的核心》，傅惟慈译，外国文学出版社（北京），1980年；译林出版社（南京），1998年初版，2008年再版。

［英］格雷厄姆·格林：《布莱顿硬糖》，姚锦清译，浙江文艺出版社（杭州），1991年；王宏译，译林出版社（南京），1999年初版，2002年再版；上海译文出版社（上海），2008年。

［英］格雷厄姆·格林：《一个自行发完病毒的病例》，傅涛涛译，花城

出版社（广州），1982 年；傅惟慈译，上海译文出版社（上海），2008 年。

[英] 格雷厄姆·格林：《权力与荣耀》，傅惟慈译，译林出版社（南京），2001 年；上海译文出版社（上海），2008 年。

[英] 格雷厄姆·格林：《恋情的终结》，柯平译，译林出版社（南京），2000 年初版，2008 年再版。

[英] 格雷厄姆·格林：《斯坦布尔列车》，黄梅、黄晴译，上海译文出版社（上海），2010 年。

[英] 格雷厄姆·格林：《恐怖部》，钱满素译，漓江出版社（桂林），1991 年。

[英] 格雷厄姆·格林：《秘密使节》，傅涛涛译，漓江出版社（桂林），1991 年。

[英] 格雷厄姆·格林：《神秘的第三者》，姜姜、其煌译，文化艺术出版社（北京），1987 年。

[英] 格雷厄姆·格林：《输家变赢家》，吴人珊译，福建人民出版社（福州），1984 年。

[英] 格雷厄姆·格林：《炸弹宴会》，屠珍译，百花文艺出版社（天津），1985 年；周仲贤译，江苏人民出版社（南京），1981 年。

[英] 格雷厄姆·格林：《一个被出卖的杀手》，傅惟慈译，江苏凤凰文艺出版社（南京），2018 年。

[英] 格雷厄姆·格林：《第十个人》，李文刚等译，载英国小说集《血窟》，团结出版社（北京），1995 年。

[英] 格雷厄姆·格林：《格林短篇小说选》（英汉对照本），潘绍中译，商务印书馆（北京），1988 年。

[英] 格雷厄姆·格林：《吉诃德大神父》，冯之安等译，江苏人民出版社（南京），1986 年。

[英] 格雷厄姆·格林：《我自己的世界：梦之日记》，恺蒂译，译林出版社（南京），2008 年。

中文专著

[英] 雷蒙德·威廉斯：《政治与文学》，河南大学出版社（开封），2010 年。

[英] 威廉·托多夫：《非洲政府与政治》，肖宏宇译，北京大学出版社

（北京），2007 年。

[英] 阿瑟·库斯勒：《中午的黑暗》，董乐山译，作家出版社（北京），1988 年。

[英] 安东尼·吉登斯：《现代性后果》，译林出版社（南京），2000 年。

[美] 拉塞尔·雅各比：《乌托邦之死——冷漠时代的政治与文化》，新星出版社（北京），2007 年。

[英] 波普尔：《二十世纪的教训》，王凌霄译，广西师范大学出版社（桂林），2004 年。

[美] 阿兰·布鲁姆：《莎士比亚的政治》，江苏人民出版社（南京），2009 年。

[美] 玛莎·努斯鲍姆：《诗性正义：文学想象与公共生活》，北京大学出版社（北京），2010 年。

[美] 赫伯特·马尔库塞：《审美之维》，上海三联书店（上海），1989 年。

[美] 王斑：《历史的崇高形象：二十世纪中国的美学与政治》，上海三联书店（上海），2009 年。

[美] 丹尼尔·贝尔：《资本主义的文化矛盾》，上海三联书店（上海），1989 年。

[美] 弗·詹姆逊：《政治无意识：作为一种社会象征行为的叙事》，中国社会科学出版社（北京），1999 年。

[美] 苏珊·桑塔格：《同时——随笔与演说》，上海译文出版社（上海），2009 年。

[美] 塞缪尔·亨廷顿：《文明的冲突与世界秩序的重建》（修订版），新华出版社（北京），2010 年。

[美] 布鲁斯·罗宾斯：《知识分子：美学、政治与学术》，江苏人民出版社（南京），2002 年。

[美] 安东尼·J. 卡斯卡迪：《启蒙的结果》，商务印书馆（北京），2006 年。

[美] 布鲁斯·罗宾斯：《知识分子：美学、政治与学术》，江苏人民出版社（南京），2002 年。

[美] 露丝·本尼狄克特：《菊与刀》，北塔译，上海三联书店（上海），

2007 年。

[美] 莫里斯·艾泽曼：《美国人眼中的越南战争》，孙宝寅译，当代中国出版社（北京），2006 年。

[美] 马尔科姆·科利等：《福克纳评论集》，李文俊等译，中国社会科学出版社（北京），1986 年。

[美] 阿兰·布鲁姆：《巨人与侏儒》，秦璐等译，华夏出版社（北京），2003 年。

[美] 阿兰·布鲁姆、哈瑞·雅法：《莎士比亚的政治》，潘望译，江苏人民出版社（南京），2009 年。

[美] 理查德·加纳罗、特尔玛·阿特休勒：《艺术让人成为人》，舒予、吴珊译，北京大学出版社（北京），2012 年。

[美] 汉娜·阿伦特：《责任与判断》，陈联营译，上海世纪出版集团（上海），2011 年。

[美] 马克·爱德蒙森：《文学对抗哲学》，王柏华、马晓冬译，中央编译出版社（北京），2000 年。

[美] 彼得·盖伊：《历史学家的三堂小说课》，刘森尧译，北京大学出版社（北京），2006 年。

[美] 纳博科夫：《文学讲稿》，申慧辉等译，上海三联书店（上海），2005 年。

[美] 林赛·沃斯特：《美学权威主义批判》，昂智慧译，北京大学出版社（北京），2000 年。

[美] 亨德里克·威廉·房龙：《宽容》，秦立彦译，北京联合出版公司（北京），2016 年。

[美] 威廉·曼彻斯特：《光荣与梦想》，四川外国语大学翻译学院翻译组译，中信出版社（北京），2015 年。

[美] 弗朗西斯·福山：《历史的终结与最后的人》，陈高华译，广西师范大学出版社（桂林），2014 年。

[德] 卡尔·雅斯贝斯：《时代的精神状况》，王德峰译，上海译文出版社（上海），2003 年。

[德] 西奥多·阿多诺：《启蒙辩证法》，重庆出版社（重庆），1990 年。

[德] 瓦尔特·本雅明：《机械复制时代的艺术作品》，中国城市出版社

（北京），2002 年。

[德] 卡西尔：《人论》，甘阳译，上海译文出版社（上海），2004 年。

[德] 哈贝马斯：《后形而上学思想》，曹卫东、付德根译，译林出版社（南京），2001 年。

[德] 汉斯·罗伯特·耀斯：《审美经验与文学解释学》，顾建光、顾静宇、张乐天译，上海译文出版社（上海），2006 年。

[德] 汉娜·阿伦特编《启迪：本雅明文集》，生活·读书·新知三联书店（北京），2008 年。

[法] 瓦莱里：《文艺杂谈》，段映虹译，百花文艺出版社（天津），2002 年。

[法] 雅克·朗西埃：《政治的边缘》，上海译文出版社（上海），2007 年。

[法] 埃德加·莫兰：《人本政治导言》，陈一壮译，商务印书馆（北京），2010 年。

[德] 韩炳哲：《他者的消失》，吴琼译，中信出版社（北京），2019 年。

[法] 让 - 保罗·萨特：《存在主义是一种人道主义》，周煦良、汤永宽译，上海译文出版社（上海），2008 年。

[法] 吕克·费希：《什么是好生活》，黄迪娜、许世鹏、吴晓斐译，吉林出版集团（长春），2010 年。

[法] 罗歇·格勒尼埃：《阳光与阴影——阿尔贝加缪传》，顾嘉琛译，北京大学出版社（北京），1997 年。

[法] 雅克·里纳尔：《小说的政治阅读——阿兰·罗伯 - 格里耶的〈嫉妒〉》，杨令飞、吴延晖译，湖南文艺出版社（长沙），2000 年。

[匈] 卢卡奇：《审美特性》，徐恒醇译，社会科学文献出版社（北京），2014 年。

[匈] 卢卡奇：《小说理论》，燕宏远、李怀涛译，商务印书馆（北京），2012 年。

[意] 维柯：《新科学》，朱光潜译，商务印书馆（北京），1989 年。

[意] 卡尔维诺：《未来千年文学备忘录》，杨德友译，辽宁教育出版社（沈阳），1997 年。

[俄] 高尔基：《不合时宜的思想》，余一中、董晓译，花城出版社

（广州），2010 年。

[俄] 别尔嘉耶夫：《人的奴役与自由》，徐黎明译，贵州人民出版社
（贵阳），2007 年。

[俄] 康定斯基：《论艺术的精神》，查立译，中国社会科学出版社
（北京），1987 年。

[丹] 勃兰兑斯：《十九世纪文学主潮》，侍桁译，人民文学出版社
（北京），1958 年。

[阿根廷] 博尔赫斯：《博尔赫斯谈诗论艺》，陈重仁译，上海译文出
版社（上海），2008 年。

[捷] 昆德拉：《小说的艺术》，孟湄译，生活·读书·新知三联书店
（北京），1992 年。

[瑞士] 荣格：《心理学与文学》，冯川、苏克译，译林出版社（南
京），2011 年。

[以色列] 尤瓦尔·赫拉利：《人类简史》，林俊宏译，中信出版社（北
京），2014 年。

潘一禾：《故事与解释：世界文学经典通论》，学林出版社（上海），
2000 年。

潘一禾：《观念与体制：政治文化的比较研究》，浙江大学出版社（杭
州），2002 年。

潘一禾：《文学与国际关系》，浙江大学出版社（杭州），2005 年。

潘一禾：《西方文学中的政治》，浙江大学出版社（杭州），2006 年。

潘一禾：《西方文学中的跨文化交流》，浙江大学出版社（杭州），
2007 年。

徐岱：《美学新概念》，学林出版社（上海），2001 年。

徐岱：《小说叙事学》，中国社会科学出版社（北京），1992 年。

徐岱：《小说形态学》，杭州大学出版社（杭州），1993 年。

徐岱：《侠士道：金庸小说与中国精神》，北京大学出版社（北京），
2009 年。

徐岱：《批评美学：艺术诠释的逻辑与范式》，学林出版社（上海），
2003 年。

杨适：《中西人论的冲突》，中国人民大学出版社（北京），1991 年。

潘绍中：《格林短篇小说选》，商务印书馆（北京），1988 年。

钱永祥：《纵欲与虚无之上——现代情境里的政治理论》，生活·读书·新知三联书店（北京），2002 年。

裴亚丽：《政治变革与小说形式的演进》，中国社会科学出版社（北京），2008 年。

胡强：《康拉德政治三部曲研究》，中国社会科学出版社（北京），2008 年。

王柯平：《〈理想国〉的诗学研究》，北京大学出版社（北京），2005 年。

陈中梅：《荷马的启示：从命运观到认识论》，北京大学出版社（北京），2009 年。

王天兵：《哥萨克的末日》，新星出版社（北京），2008 年。

刘剑梅：《革命与情爱》，上海三联出版社（上海），2009 年。

朱晓进：《政治文化与中国二十世纪三十年代文学》，人民出版社（北京），2006 年。

朱晓进：《非文学的世纪：20 世纪中国文学与政治文化关系史论》，南京师范大学出版社（南京），2004 年。

王佐良、周珏良主编《英国二十世纪文学史》，外语教学与研究出版社（北京），1994 年。

侯维瑞、李维屏：《英国小说史》，译林出版社（南京），2005 年。

阮炜、徐文博、曹亚军：《20 世纪英国文学史》，青岛出版社（青岛），2004 年。

张和龙：《战后英国小说》，上海外语教育出版社（上海），2004 年。

陆建德主编《现代主义之后：写实与实验》，中国社会科学出版社（北京），1997 年。

恺蒂：《话说格林》，海豚出版社（北京），2012 年。

李保平：《传统与现代——非洲文化与政治变迁》，北京大学出版社（北京），2011 年。

木心：《文学回忆录：1989—1994》，陈丹青笔录，广西师范大学出版社（桂林），2013 年。

张京媛：《当代女性主义文学批评》，北京大学出版社（北京），1992 年。

中文报刊

胡丽敏：《误读的越南战争——论〈沉静的美国人〉及据其改编的两部电影》，《解放军外国语学院学报》2010 年第 5 期。

温华：《格雷厄姆·格林长篇小说"宗教"主题初探》，《解放军外国语学院学报》2005 年第 3 期。

王丽明：《格雷厄姆·格林宗教小说中的生存悖论》，《当代外国文学》2010 年第 3 期。

蒋虹：《现代浮士德的悲剧——格雷厄姆·格林的〈权力和荣耀〉中人物比较》，《解放军外国语学院学报》2001 年第 3 期。

张莉琴：《现实主义的新发展——评格雷厄姆·格林小说艺术的基本特色》，《四川外语学院学报》2004 年第 3 期。

胡亚敏：《误读的越南战争——论〈沉静的美国人〉及据其改编的两部电影》，《解放军外国语学院学报》2010 年第 5 期。

陈兵：《逃避·反抗·痛苦——评格雷厄姆·格林的〈布莱顿硬糖〉》，《外国语言文学》2003 年第 1 期。

温华：《一个"自相矛盾"的文本——〈病毒发尽的病例〉的主题及其它》，《解放军外国语学院学报》2001 年第 1 期。

童汝林：《格雷厄姆·格林小说人物特性之二元对立》，《文艺生活》2011 年第 10 期。

甘文平：《历史的真实和文学的洞见——评格雷厄姆·格林的〈沉静的美国人〉》，《山东外语教学》2011 年第 5 期。

肖腊梅：《罪与爱的变奏曲——评格雷厄姆·格林的宗教四部曲》，《外国语言文学》2011 年第 1 期。

穆海博：《赏析格雷厄姆·格林〈问题的核心〉中人性的复杂性》，《时代文学》2008 年第 16 期。

马丽：《文化殖民下的"镜像迷误"——〈问题的核心〉的后殖民主义解读》，《华人时刊（下旬刊）》2013 年第 1 期。

穆海博：《人性与宗教的冲突——解读格雷厄姆·格林的宗教四部曲》，《河南商业高等专科学校学报》2007 年第 5 期。

廖文倩：《迷案背后的意义重构——浅谈格林小说〈布赖顿棒糖〉对侦探小说的戏仿》，《宜春学院学报》2010 年第 10 期。

马淑敏：《浅析格雷厄姆·格林的宗教三部曲的叙事技巧》，《安徽文学（下半月）》2010 年第 2 期。

张淑宏：《绿原之光——格雷厄姆·格林作品中多种族和谐相处主题的研究》，《学周刊 C 版》2010 年第 1 期。

吴桂金：《天使的堕落——格林小说主人公的宗教情怀》，《安徽广播电视大学学报》2010 年第 2 期。

马丽：《残缺童年下的人性迷失——〈一支出卖的枪〉中的人文主义研究》，《西江月》2012 年第 28 期。

佘丹：《〈问题的核心〉中的"对话"哲学》，《中国校外教育：下旬》2012 年第 5 期。

吴艳梅：《对格林的〈权力与荣耀〉人物形象的原型探胜》，《湖北广播电视大学学报》2010 年第 1 期。

周婉莹：《疯狂的边缘——浅析格雷厄姆·格林短篇故事〈艾奇韦尔路不远的小地方〉》，《传奇·传记文学选刊》2011 年第 2 期。

王佳：《游走于灰色地带的灵魂——论格雷厄姆·格林小说〈问题的核心〉之善恶观》，《考试周刊》2010 年第 20 期。

吴颖：《"雅"与"俗"的完美平衡——浅析格雷厄姆·格林的〈神秘的第三者〉》，《社科纵横》2009 年第 1 期。

纪乃元：《浅析〈问题的核心〉中主人公斯科比悲剧性的成因》，《黑龙江教育学院学报》2010 年第 7 期。

王臻：《解读格雷厄姆·格林的精神生态关怀——〈恋情的终结〉中爱的救赎》，《电影评介》2011 年第 10 期。

张悦：《关于〈文静的美国人〉中主人公善与恶的探析》，《辽宁工业大学学报（社会科学版）》2012 年第 5 期。

李欣：《格林小说〈问题的核心〉之中复杂人性探究》，《商情》2010 年第 21 期。

穆海博：《赏析格雷厄姆·格林的〈权力与荣耀〉中的"格林之原"》，《美与时代（下半月）》2008 年第 4 期。

宋文峰：《格雷厄姆·格林对第一次越南战争的政治观点》，《现代语文（学术综合）》2011 年第 8 期。

尹来莹：《格雷厄姆·格林小说〈过桥〉中的创作技巧》，《黑龙江教育学院学报》2008 年第 12 期。

高晓慧、仉金辉：《短篇小说〈过桥〉的电影化技巧探析》，《东北农业大学学报（社会科学版）》2009 年第 5 期。

温华：《格雷厄姆·格林小说的"修辞学"——格林小说艺术风格分析》，《周口师范学院学报》2008 年第 3 期。

刘洋风：《救赎之路——论〈权力和荣耀〉》，《邢台学院学报》2011 年第 2 期。

黄彩虹：《永远的格林》，《中国科技信息》2005 年第 10 期。

张明兰：《三角恋爱故事中的文化冲突和警世预言——评格雷厄姆·格林的越战小说〈文静的美国人〉》，《怀化学院学报》2009 年第 3 期。

冯立丽：《一本小说的几种读法：〈布赖顿硬糖〉的文本策略浅析》，《社科纵横》2006 年第 2 期。

郭小红：《炼狱中的灵魂——〈问题的核心〉中的人文主义研究》，《广东工业大学学报（社会科学版）》2004 年第 S1 期。

谭桂林：《官场小说非政治小说浅议》，《理论与创作》2010 年第 1 期。

雷达：《呼唤优秀的政治小说》，《文艺报·文学批评》2008 年 4 月 10 日。

卢德坤：《不要地图的旅行：〈格林文集〉一瞥》，《南方都市报·阅读周刊》2008 年 3 月 23 日。

学位论文

王盾：《论格雷厄姆·格林小说中的信仰之善到艺术之美的转化》，辽宁师范大学硕士学位论文，2010 年。

温华：《自相矛盾的文本——格雷厄姆·格林长篇小说综论》，上海师范大学硕士学位论文，2001 年。

李日税：《格雷厄姆·格林的"父型英雄"》，华东师范大学硕士学位论文，2008 年。

费丽园：《格雷厄姆·格林在〈我们在哈瓦那的人〉中对现代社会人类困境的探究》，安徽大学硕士学位论文，2009 年。

英文专著

Judith Adamson, *Graham Greene: The Dangerous Edge: Where Art and Politics Meet*, New York: St. Martin's Press, 1990.

Marie-Françoise Allain, *The Other Man: Conversations with Graham Greene*, London: Bodley Head, 1983.

Kenneth Allott and Mirian Farris, *The Art of Graham Greene*, New York: Russell & Russell, 1951.

John Atkins, *Graham Greene: A Biographical and Literary Study*, New York: Roy, 1958.

Cates Baldridge, *Graham Greene's Fictions: The Virtues of Extremity*, Columbia, MO: University of Missouri Press, 2000.

Gene H. Bell-Villada, *Borges and His Fiction*, Chapel Hill: University of North Carolina Press, 1981.

Bernard Bergonzi, *A Study in Greene: Graham Greene and the Art of the Novel*, Oxford University Press, 2006.

Mark Bosco, *Graham Greene's Catholic Imagination*, Oxford University Press, 2005.

Elizabeth Bowen, Graham Greene and V. S. Pritchett, *Why Do I Write? An Exchange of Views between Elizabeth Bowen, Graham Greene, and V. S. Pritchett*, London: Percival Marshall, 1948.

Malcolm Bradbury, *The Modern British Novel 1878-2001*, Beijing: Foreign Language Teaching and Research Press, 2005.

Michael G. Brennan, *Graham Greene: Fictions, Faith and Authorship*, London: Continuum, 2010.

Erin G. Carlston, *Double Agents: Espionage, Literature, and Liminal Citizens*, NY: Columbia University Press, 2013.

Ronald J. Christ, *The Narrow Act*, New York: New York University Press, 1969.

Yvonne Cloetta, *In Search of a Beginning: My Life with Graham Greene*, translated by Euan Cameron, Bloomsbury, 2004.

Maria Couto, *Graham Greene: On the Frontier: Politics and Religion In the Novels*, New York : St. Martin's Press, 1988.

A.A. DeVitis, *Graham Greene, Revised Edition*, Boston: Twayne, 1986.

Bernard Diederich, *Seeds of Fiction: Graham Greene's Adventures in Haiti and Central America 1954–1983*, London: Peter Owen, 2012.

Brian Diemert, *Graham Greene's Thrillers and the 1930s*, McGill-Queen's University Press, 1996.

Patrick O' Donnell and Robert Con Davis ed., *Intertextuality and Contemporary American Fiction*, Baltimore: John Hopkins University Press, 1989.

Leopoldo Duran, *Graham Greene: Friend and Brother*, translated by Euan Cameron, HarperCollins, 1994.

Michael J. C. Echeruo, *Joyce Cary and the Novel of Africa*, London: Longman, 1973.

Claire Eliane Engel, *Esquisses anglaises: Chaeles Morgan, Graham Greene, T. S. Eliot*, Paris: Je Sers, 1949.

Francis L. Kunkel, *The Labyrinthine Ways of Graham Greene*, New York: Sheed& Ward, 1959.

Dermot Gilvary and Darren J. N. Middleton, editors, *Dangerous Edges of Graham Greene: Journeys with Saints and Sinners*, Continuum, 2011.

Graham Greene, *Collected Essays*, London: Penguin Books, 1951.

Graham Greene, *Getting to Know the General*, London: Bodley Head, 1984.

Graham Greene, *In Search of a Character*, London: Bodley Head, 1961.

Graham Greene, *Reflections*, London: Reinhardt, 1990.

Graham Greene, *The Comedians*, London: Vintage, 1999.

Graham Greene, *The Lawless Road*, London: Heinemann, 1939.

Graham Greene, *Travels with My Aunt*, London: Bodley Head, 1969.

Graham Greene, *Ways of Escape*, London: Vintage, 1999.

Shirley Hazzard, *Greene on Capri*, Farrar, Straus & Giroux, 2000.

Allan Hepburn, *Intrigue: Espionage and Culture*, New Haven: Yale University Press, 2005.

George Herring, *America's Longest war: The United States and Vietnam:1950-1975*, New York: Newbery Awards Records, 1986.

Samuel Hynes, *The Auden Generation: Literature and Politics in England in the 1930's*, Viking, 1977.

Pico Iyer, *The Man within My Head*, Bloomsbury, 2012.

Richard Michael Kelly, *Graham Greene: A Study of the Short Fiction*, Twayne, 1992.

Richard Michael Kelly, *Graham Greene*, Ungar, 1984.

Stephen K. Land, *The Human Impetrative: A Study of the Novels of Graham Greene*, New York: AMS Press, 2008.

Jeremy Lewis, *Shades of Greene: One Generation of an English Family*, Jonathan Cape, 2010.

Ceorg Lukacs, *Studies in European Realism*, New York: Grosset and Dunlap, 1964.

Jacques Madaule, *Graham Greene*, Paris: Editions du Temps Present, 1949.

Elliott Malamet, *The World Remade: Graham Greene and the Art of Detection*, New York: Peter Lang, 1998.

Maire-Beatrice Mesnet, *Graham Greene and the Heart of the Matter,* London: Cresset, 1954.

Paul O'Prey, *A Reader's Guide to Graham Greene*, Thames and Hudson, 1988.

Robert Pendleton, *Graham Greene's Conradian Masterplot: The Arabesques of Influence,* NY: St. Martin's Press, 1996.

Gene D. Phillips, *Graham Greene: Films of His Fiction*, Teachers' College Press, 1974.

Dennis Porter, *The Pursuit of Crime,* New Haven: Yale University Press, 1981.

Gangeshwar Rai, *Graham Greene: An Existential Approach*, Atlantic Highlands, N.J., 1983.

Roger Sharrock, *Saints, Sinners and Comedians: The Novels of Graham Greene*, Tunbridge Wells and Notre Dame, 1984.

Michael Shelden, *Graham Greene: The Man Within*, William Heinemann, 1994.

Norman Sherry, *The Life of Graham Greene. Volume I,II, III,* New York: Viking Press, 1989, 1994, 2004.

Grahame Smith, *The Achievement of Graham Greene*, Sussex: The

Harvester Press, 1986.

John Russell Taylor ed., *The Pleasure Dome: Collected Film Criticism, 1935-1940*, London: Secker and Warburg, 1972.

Brian Thomson, *Graham Greene and the Politics of Popular Fiction and Film*, Basingstoke: Palgrave Macmillan, 2009 .

Cedric Watts, *A Preface to Greene*, Longman, 1996.

James Wilson, *Vietnam in Prose and Film*, Jefferson: MaFarland, 1982.

Peter Wolfe, *Graham Greene: The Entertainer*, Southern Illinois University Press, 1972.

George Woodcock, *The Writer and Politics*, London: Porcupine Press, 1948.

Francis Wyndham, *Graham Greene*, London: Longmans, 1955.

Ward W. Said, *Reflections On Exile*, London: Granta, 2001.

英文论文集

A. F. Cassis ed., *Graham Greene: Man of Paradox*, Chicago: Loyola University Press, 1994.

Dermot Gilvary and Darren J. N. Middleton ed., *Dangerous Edges of Graham Greene: Journeys with Saints and Sinner*s, New York: Continuum, 2011.

Richard Greene ed., *Graham Greene: A Life in Letters*, Knopf Canada, 2007.

George A. Panichas ed., *The Politics of Twentieth-Century Novelists*, New York: Crowell, 1971.

Gilbert Phelps ed., *Living Writer*s, London: Sylvan Press, 1947.

Robin W. Winks and Maureen Corrigan ed., *Mystery and Suspense Writers*: *The Literature of Crime, Detection, and Espionage*, New York: Charles Scribner's Sons, 1998.

英文报刊

Walter Allen, "The Novels of Graham Greene," *Penguin New Wright*, Vol. 18, 1943.

William Atkinson, "The Lives of Graham Greene: A Review Essay," *South Atlantic Review*, Vol. 61, No. 3, Convention Program Issue (Summer, 1996).

Stephen Benz, "Taking Sides: Graham Greene and Latin America," *Journal of Modern Literature,* Vol.26, No.2 (2003).

Bernard Bergonzi, "Graham Greene at Eighty," *The Furrow*, Vol. 35, No. 12 (Dec., 1984).

Neville Braybrooke, "Graham Greene: A Pioneer Novelist," *The English Journal*, Vol. 39, No. 8 (Oct., 1950).

Anthony Burgess, "Politics in the Novels of Graham Greene," *Journal of Contemporary History*, Vol. 2, No. 2, (Apr., 1967).

Maria Couto, "Juggling the Balance," *Economic and Political Weekly*, Vol. 18, No. 43 (Oct. 22, 1983).

Adams David, "Book Gives Up-close Look at Graham Greene's Political Writing," *Reuters*, MIAMI: Fri Nov 23, 2012.

Robert Murray Davis, "From Standard to Classic: Graham Greene in Transit," *Studies in the Novel*, Vol. 5, No. 4 (winter 1973).

Doreen D'Cruz, "Comedy and Moral Stasis in Greene's *The Comedians*," *Renascence*, Vol. 40, No.1(Fall 1987),Periodicals Archive Online.

John F. Desmond, "A Review Essay," *Religion & Literature*, Vol.23, No. 2 (Summer 1991).

Nathan Elliot, "A Review of *Graham Greene's Fictions: the Virtue of Extremity*,"*Religion & Literature*, Vol. 34, No. 2 (summer 2002).

Robert Evans, "Existentialism in Graham Greene's *The Quiet American*," *Modern Fiction Studies*, Vol. 3, Autumn 1957.

James Finn, "Graham Greene as Moralist," *First Things*, No.3, May 1990.

Franklin Freeman, "A Review of Graham Greene's *The Comedians*," *The Literary Review*, Vol. 55, No.2, (Spring 2012).

Graham Greene, "Fiction," in *Spectator*, 4 November, 1933.

Graham Greene, "The Virtue of Disloyalty," in *The Observer,* 24 Dec., 1972.

Graham Greene, "An interview," *Sunday Times*, 1 April, 1984.

Graham Greene, "Chile: The Dangerous Edge," *Observer Magazine*, London, 2 January, 1972.

Graham Greene, "Fiction," in *Spectator*, 22 September, 1933.

Graham Greene, "Interview with Christopher Burstall," *The Listener,* 21 November, 1968.

Graham Greene, An Interview in the *Observer*, 12 March, 1978.

H.R. Hays, "A Defense of the Thriller," *Partisan Review*, Vol.12, Winter 1945.

Jeet Heer, "The Stock of Bond: Ian Fleming's literary reputation," in *Boston Globe Ideas*, October 20, 2002.

David Leon Higdon, " A Review of *Graham Greene: A Revaluation*," *MFS Modern Fiction Studies*, Vol. 36, No. 4(Winter 1990).

David Leon Higdon, "A Review of *Graham Greene: The Dangerous Edge*," *MFS Modern Fiction Studies*, Vol.37, No. 4 (winter 1991).

David Higdon, "'I Try to Be Accurate': The Text of Greene's Brighton Rock," *Essays in Graham Greene: An Annual Review*, Vol.1 (1987).

R.E. Hughes, "A Review of *The Labyrinthine Ways of Graham Greene* by Francis L. Kunkel," *Wisconsin Studies in Contemporary Literature*, Vol. 2, No. 1 (Winter, 1961).

Stanley Karnow, "An interview with General Giap," in *The Vietnam Reader*, ed. by W. Capps, New York: Routledge, 1991.

Douglas Kerr, "A Review of Graham Greene's *The Comedians*," *Studies in the Novel*, Vol. 41, No. 1(Spring 2009).

David J. Leigh, "The Structure of Greene's *The Honorary Consul*," *Renascence*, Vol.38, No.1 (Fall 1985).

David Lodge, "A Review of *Graham Greene* by A.A. DeVitis," *The Modern Language Review*, Vol.60, No.4 (Oct.,1965).

Elliot Malamet, "Art in a Police Station: Detection, Fatherhood, and Textual Influence in Greene's *The Honorary Consul*," *Texas Studies in Literature and Language*, Vol. 34, No. 1, Spring 1992, Periodicals Archive Online.

Gerald Martin, "End of Empire," *Third World Quarterly*, Vol. 10, No.4

(Oct., 1988).

Frank D. McConnell, "Graham Greene," *Wilson Quarterly*, Vol. 5, No. 1 (Winter 1981).

Neil Nehring, "Graham Greene," *British Short-Fiction Writers, 1915-1945*. Ed. John Headley Rogers, *Dictionary of Literary Biography*, Vol. 162.

Valerie Sedlak, "Espionage, Murder, and the Moral Vision in *The Human Factor*," *CEA Magazine: A Journal of the College English Association,* Vol.11 (1998).

A.J. M. Smith, "Graham Greene's Theological Thrillers," *Queen's Quarterly*, Vol. 68, Spring 1961.

Robert Lance Snyder, "He Who Forms a Tie Is Lost: Loyalty, Betrayal, and Deception in *The Human Factor*," *South Atlantic Review*, Vol.73, No.3(Summer 2008).

Randall Stevenson, "A Review of *Graham Greene and the Art of Novel*," *The Modern Language Review*, Vol. 103, No. 3 (Jul., 2008).

Gary P. Storhoff, "To Choose a Different Loyalty: Greene's Politics in *The Human Factor*," *Essays in Literature,* Vol.11, No.1 (Spring 1984).

Laura Tracy, "Passport to Greeneland," *College Literature,* Vol.12, No. 1 (1985).

John Wansbrough, "Graham Greene: The Detective in the Wasteland," *Harvard Advocate*, Vol.136, December 1952.

Evelyn Waugh, "Felix Culpa?" *Commonweal*, Vol. 48 (16 July, 1948).

Charles Dodd White, "Graham Greene's The Quiet American," *The Explicator,* Vol.67, No.1 (2008).

Peter Wolfe, "Greene Thoughts in a Green Shade," *Prairie Schooner*, Vol. 40, No. 2 (summer 1966).

附录1 格雷厄姆·格林作品表

英文原著

1. (1929) *The Man Within*, London: Heinemann; New York: Doubleday.

2. (1930) *The Name of Action*, London: Heinemann; New York: Doubleday.

3. (1931) *Rumour at Nightfall*, London: Heinemann; New York: Doubleday.

4. (1932) *Stamboul Train*, London: Heinemann.

5. (1934) *It's a Battlefield*, London: Heinemann; New York: Doubleday.

6. (1934) *The Old School*, London: Jonathan Cape.

7. (1935) *England Made Me*, London: Heinemann; New York: Doubleday.

8. (1935) *The Bear Fell Free*, London: Grayson.

9. (1935) *The Basement Room and Other Stories*, London: Cresset Press.

10. (1936) *Journey Without Maps*, London: Heinemann; New York:Doubleday.

11. (1936) *A Gun For Sale*, London: Heinemann.

12. (1938) *Brighton Rock*, London: Heinemann; New York: Viking.

13. (1939) *The Lawless Roads*, London: Heinemann; New York: Viking Press.

14. (1939) *The Confidential Agent*, London: Heinemann; New York: Viking Press.

15. (1940) *The Power and the Glory*, London: Heinemann.

16. (1940) *The Labyrinthine Ways*, New York: Viking Press.

17. (1942) *British Dramatists*, London: Collins.

18. (1943) *The Ministry of Fear*, London: Heinemann; New York: Viking Press.

19. (1946) *The Little Train*, London: Eyre and Spottiswoode; New York: Lothrop, Lee and Shepard.

20. (1947) *Nineteen Stories*, London: Heinemann; New York: Viking Press.

21. (1948) *The Heart of the Matter*, London: Heinemann; New York: Viking Press.

22. (1948) *Why do I Write?* London: Percival Marshall; New York: British Book Centre.

23. (1950) *The Third Man*, London: Heinemann; New York: Viking Press.

24. (1950) *The Fallen Idol*, London: Heinemann; New York: Viking.

25. (1950) *The Little Fire Engine*, London: Parrish; New York: Lothrop, Lee and Shepard.

26. (1951) *The Lost Childhood and Other Essays*, London: Eyre and Spottiswoode; New York: Viking Press.

27. (1951) *The End of the Affair*, London: Heinemann; New York: Viking Press.

28. (1952) *The Little Horse Bus*, London: Parrish; New York: Lothrop, Lee and Shepard.

29. (1953) *The Little Steamroller*, London: Parrish; New York: Lothrop, Lee and Shepard.

30. (1953) *The Living Room*, London: Heinemann; New York: Viking Press.

31. (1954) *Twenty-One Stories*, London: Heinemann; New York: Viking Press.

32. (1955) *Loser Takes All*, London: Heinemann; New York: Viking Press.

33. (1955) *The Quiet American*, London: Heinemann; New York: Viking Press.

34. (1957) *The Spy's Bedside Book*, London: Rupert Hart-Davis.

35. (1957) *The Potting Shed*, London: Heinemann; New York: Viking Press.

36. (1958) *Our Man in Havana*, London: Heinemann; New York: Viking

Press.

37. (1959) *The Complaisant Lover*, London: Heinemann; New York: Viking Press.

38. (1961) *A Burnt-Out Case*, London: Heinemann; New York: Viking Press.

39. (1961) *In Search of a Character: Two African Journals*, London: Bodley Head; New York: Viking Press.

40. (1963) *A Sense of Reality*, London: Bodley Head; New York: Viking Press.

41. (1964) *Carving a Statue*, London: Bodley Head.

42. (1966) *The Comedians*, London: Bodley Head; New York: Viking Press.

43. (1967) *May We Borrow Your Husband? And Other Comedies of the Sexual Life*, London: Bodley Head; New York: Viking Press.

44. (1969) *Collected Essays*, London: Bodley Head; New York: Viking Press.

45. (1969) *Travels with My Aunt*, London: Bodley Head; New York: Viking Press.

46. (1971) *A Sort Of Life*, London: Bodley Head; New York: Simon and Shuster.

47. (1972) *Collected Stories*, London: Bodley Head and Heinemann; New York: Viking Press.

48. (1972) *The Pleasure Dome*, London: Secker & Warburg; New York: Simon & Schuster.

49. (1973) *The Honorary Consul*, London: Bodley Head; New York: Simon and Schuster.

50. (1974) *Lord Rochester's Monkey*, London: Bodley Head; New York: Viking Press.

51. (1975) *An Impossible Woman: The Memories of Dottoressa Moor of Capri*, London: Bodley Head; New York: Viking Press.

52. (1975) *The Return of A.J. Raffles*, London: Bodley Head; New York: Simon & Schuster.

53. (1978) *The Human Factor*, London: Bodley Head; New York: Simon & Schuster.

54. (1980) *Doctor Fischer of Geneva or The Bomb Party*, London: Bodley Head; New York: Simon & Schuster.

55. (1980) *Ways of Escape*, London: Bodley Head; New York: Simon & Schuster.

56. (1981) *The Great Jowett*, London: Bodley Head.

57. (1982) *J'Accuse: The Dark Side of Nice*, London: Bodley Head essay Nice.

58. (1982) *Monsignor Quixote*, London: Bodley Head; New York: Simon & Schuster.

59. (1983) *Yes and No*, London: Bodley Head.

60. (1983) *For Whom the Bell Chimes*, London: Bodley Head.

61. (1984) *Getting to Know the General: The Story of an Involvement*, London: Bodley Head; New York: Simon & Schuster.

62. (1985) *Collected Plays*, London: Penguin Books.

63. (1985) *The Tenth Man*, London: Bodley Head and Anthony Blond; New York: Simon & Schuster.

64. (1988) *The Captain and the Enemy*, London: Reinhardt Books; New York: Viking Press.

65. (1989) *Yours etc.: Letters to the Press*, London: Reinhardt Books; New York: Viking Press.

66. (1990) *Reflections*, London: Reinhardt Books; New York: Viking Press.

67. (1990) *The Last Word and Other Stories*, London: Reinhardt Books; Toronto: Lester & Orpen Dennys; New York: Viking.

68. (1992) *A World of My Own*, London: Reinhardt Books dream diary.

69. (1993) *The Graham Greene Film Reader: Mornings in the Dark*, Manchester: Carcanet Press.

附录 2　格雷厄姆·格林大事记

1904 年　出生于伦敦郊区的伯克汉姆思黛德镇

1910 年　父亲出任伯克汉姆思黛德公学校长

1912 年　进入伯克汉姆思黛德公学

1918 年　在伯克汉姆思黛德开始寄宿读书生活

1921 年　在肯尼思·里奇蒙德处接受心理治疗

1922 年　进入牛津大学贝利尔学院攻读历史学

1923 年　探访都柏林（欧洲爆发"鲁尔危机"）

1924 年　探访鲁尔

1925 年　短暂加入共产党；获得历史学学士学位；与薇薇安·达瑞尔 - 布朗宁坠入情网；加入又离开烟草公司；做过家教；入职《诺丁汉报》

1926 年　受洗信奉罗马天主教；入职《泰晤士报》

1927 年　与薇薇安结婚

1929 年　出版长篇小说《内心人》（*The Man Within*）获得成功；从《泰晤士报》辞职，成为全职作家

1930 年　出版《行动之名》（*The Name of Action*）

1931 年　出版《入夜谣言》（*Rumor at Nightfall*）

1932 年　出版《斯坦布尔列车》（*Stamboul Train*），再获成功

1933 年　探访挪威和瑞典

1934 年　出版《这是战场》（*It's a Battlefield*）

1935 年　出版《英国造就我》（*England Made Me*）、短篇小说《坠落的熊》（*The Bear Fell Free*）和《地下室与其他故事》（*The Basement Room and Other Stories*）；与表妹芭芭拉·格林穿行利比亚旅行

1936 年　出版游记《没有地图的旅行》（*Journey Without Maps*）和

《一个被出卖的杀手》（*A Gun for Sale*）

1937 年　出任《夜与日》刊物的文学编辑

1938 年　出版《布莱顿硬糖》（*Brighton Rock*）；访墨西哥和法国

1939 年　出版游记《无法无天之路》（*The Lawless Road*）、长篇小说《密使》（*The Confidential Agent*）；第一次乘坐轰炸机

1940 年　出版《权力与荣耀》（*The Power and the Glory*）大获成功，获豪森登奖（Hawthornden Prize）；出任《旁观者》（*The Observer*）文学编辑；为信息部工作；在防空洞里躲过了伦敦大轰炸

1941 年　加入英国特情局，被派往塞拉利昂

1942 年　出版戏剧评论集《英国剧作家》（*British Dramatist*）

1943 年　出版长篇小说《恐怖部》（*The Ministry of Fear*）；在情报局开始接受金·菲尔比（Kim Philby）的直接领导

1944 年　从英国情报局离职

1945 年　出任艾尔与斯波蒂斯伍德出版公司（Eyre & Spottiswoode）管理总监（1948 年卸任）

1946 年　出版童书《小火车》（*The Little Train*）

1947 年　出版短篇小说集《十几个故事》（*Nineteen Stories*）

1948 年　出版长篇小说《问题的核心》（*The Heart of the Matter*），它成为畅销书；与伊丽莎白·鲍恩（Elizabeth Bowen）、V.S. 普利切特（V. S.Pritchette）合著对话集《我为什么写作》（*Why Do I Write*）；为电影《跌落神坛的偶像》（*The Fallen Idol*）撰写剧本；访比利时、奥地利、捷克斯洛伐克、意大利卡普里岛等

1949 年　担任编剧的电影《第三个人》（*The Thind Man*）大获成功；访意大利和非洲；获"詹姆斯·泰特·布莱克纪念奖"（*James Tait Black Memorial Prize*）[①]

1950 年　出版剧本《第三个人》《跌落神坛的偶像》、童书《小火力发动机》（*The Little Fire Engine*）；访马来亚；首次获诺贝尔文学奖提名

1951 年　出版散文与评论集《失落的童年与其他论文》（*The Lost Childhood and Other Essay*）、长篇小说《恋情的终结》（*The End of the Affair*）；再访马来亚和法属"印度支那"地区

---

① 此奖为纪念已故的詹姆斯·泰特·布莱克先生于 1919 年设立，与豪森登奖并称为英国两大最古老的文学奖。

1952 年　出版童书《小马公交车》(*The Little Horse Bus*)；获天主教文学奖（*Catholic Literature Award*）；访越南；经历爆炸事件

1953 年　出版戏剧作品《客厅》(*The Living Room*)、童书《小蒸汽压路机》(*The Little Steamroller*)；访肯尼亚

1954 年　出版短篇小说集《二十一个故事》(*Twenty-One Stories*)；访越南和海地

1955 年　出版惊险小说《输家通吃》(*Loser Takes All*)、《文静的美国人》(*The Quiet American*)；与胡志明相识

1956 年　访波兰

1957 年　访中国和古巴

1958 年　出版长篇小说《哈瓦那特派员》(*Our Man in Havana*)；出任宝德利·海德（Bodley Head）出版社总监（1968 年卸任）

1959 年　出版喜剧作品《殷勤的情人》(*The Complaisant Lover*)；访刚果

1960 年　访塔希提岛；获波兰"皮切克奖"（Pietzak Award）

1961 年　出版长篇小说《一个自行发完病毒的病例》(*A Burn-Out Case*)、非洲游记作品《寻找人物：两本非洲游记》(*In Search of a Character: Two African Journals*)；访莫斯科；得了肺炎

1963 年　出版短篇小说集《一种现实感》(*A Sense of Reality*)；访东德、牙买加；重游海地和古巴

1964 年　出版戏剧作品《刻雕像》(*Carving a Statue*)；访古巴并结识卡斯特罗

1965 年　因聘用的"税务专家"的失败投资几乎破产

1966 年　出版长篇小说《喜剧演员》(*The Comedians*)；定居法国昂蒂布（Antibes）；获英国皇家"名誉勋位"（Companion of Honour）奖章；再访古巴

1967 年　出版喜剧作品《我们可以借一下你丈夫吗？及其他两性喜剧》(*May We Borrow Your Husband? & Other Comedies of the Sexual Life*)；访以色列

1968 年　访巴拉圭

1969 年　出版论文集《精选文集》(*Collected Essays*)、长篇小说《与姨母同行》(*Travel with My Aunt*)；访捷克斯洛伐克；在汉堡被授予"莎

士比亚奖"（Shakespeare Prize）；获法国政府颁发的"荣誉军团骑士"奖章（Chevalier de la Legion d'Honneur）

1971 年　出版自传《生活曾经这样》（*A Sort of Life*）；在智利与总统阿连德相交

1972 年　出版短篇小说集《精选故事》（*Collected Stories*）、影评集《愉悦的穹顶》（*The Pleasure Dome*）

1973 年　出版长篇小说《名誉领事》（*The Honorary Consul*）；获"托马斯·摩尔奖"（*Thomas More Medal*）

1974 年　出版文学传记作品《罗切斯特大人的猴子》（*Lord Rochester's Monkey*）

1975 年　出版戏剧作品《拉弗尔斯归来》（*The Return of A.J. Raffles*）

1976 年　与巴拿马领袖奥马·托里霍斯（Omar Torrijos）成为朋友

1977 年　访美国华盛顿

1978 年　出版《人性的因素》（*The Human Factor*），成为畅销书

1979 年　接受肠癌手术

1980 年　出版长篇小说《日内瓦的费舍尔医生或炸弹晚会》（*Doctor Fischer of Geneva or The Bomb Party*）、自传《逃避之路》（*Ways of Escape*）；访巴拿马；获首届"多斯·帕索斯奖"（Dos Passos Prize）；获"马德里城市奖"（City Medal of Madrid）

1981 年　获"耶路撒冷文学奖"（Jerusalem Prize）

1982 年　出版长篇小说《吉诃德大神父》（*Monsignor Quixote*）

1983 年　出版戏剧作品《是与非》（*Yes and No*）及《钟为谁鸣》（*To Whom the Bell Chimes*）；获巴拿马政府颁发的"瓦斯科·努涅斯·德·巴尔博亚十字勋章"（Grand Cross of the Order of Vasco Nunez de Balboa）

1984 年　出版纪实作品《认识将军》（*Getting to Know the General*）；获英国"文学勋位"（Companion of Literature）；获法国文学艺术类最高奖"艺术与文学大师奖"（Commander des Arts et des Lettres）

1985 年　出版长篇小说《第十个人》（*The Tenth Man*）；访巴拿马

1986 年　被授予皇家功绩勋章（Order of Merit）

1986 年　到莫斯科看望金·菲尔比

1987 年　访尼加拉瓜和巴拿马

1988 年　出版《船长与敌人》（*The Captain and the Enemy*）；获莫斯

科大学荣誉博士学位

　　1989 年　访爱尔兰；卧病在床

　　1990 年　出版短篇小说集《最后一句话与其他故事》（*The Last Word and Other Stories*）、文集《倒影》（*Reflection*）

　　1991 年　于瑞士小镇韦威（Vevey）去世